Ariadne Krimis: Inwiefern anders?
Ariadnes Spezialität ist spannender Lesestoff mit literarischem *und* aufrührerischem Anspruch. Für uns muss ein *guter* Krimi folgende Kriterien erfüllen: Der Suspense muss auf mehreren Ebenen stattfinden. Also nicht nur: wer hat gekillt bzw. wird er oder sie überführt?, sondern zusätzliche Rätsel, Fragen, Unklarheiten, Gefahren, Ängste und Nöte. Der Erzählkosmos darf keine heile Welt sein, die nur durch ein einsames Verbrechen gestört und mit der Lösung des Falls wieder blitzsauber wird – vielmehr zieht ein guter Krimi seine Spannung auch aus den Lücken, Grauzonen und Fehlern herrschender Moral und Rechtsvorstellung. Gerade hier sehen wir die Herausforderung einer zeitgemäßen Krimikultur: eingängig und spannend Geschichten zu erzählen, die gesellschaftliche Widersprüche und Ungerechtigkeiten ausleuchten, Zweifel an kulturellen, moralischen, sozialen Selbstverständlichkeiten wecken, kritischen Argwohn gegenüber den gängigen Glücks-, Erfolgs- und Wohlstandsversprechungen schüren, zum Misstrauen gegen blinde Ideologien, Dogmen und Normen anregen.

Ariadne Krimis neigen zum Subversiven. Dass Frauen darin stets die Hauptrollen besetzen, war vor zwölf Jahren ein mittlerer Skandal, heute stehen wir damit nicht mehr so allein. Dass die Hälfte unserer Protagonistinnen Sex mit Frauen bevorzugt, ist schon weniger gängig und entspricht dem Off-Mainstream-Anspruch der Ariadne Krimis. Die Heldinnen und Antiheldinnen sind meist Figuren, die an den üblichen Rollenmustern rütteln und neue Wege zu gehen versuchen. Bei den deutschsprachigen Autorinnen suchen und fördern wir diejenigen, die mit dem Genre experimentieren, über den Tellerrand spähen, sich dreist auf neues Terrain wagen. Krimis sind für uns eine Art Widerstandskultur. Das muss man natürlich nicht genauso sehen, man kann auch einfach die spannenden Bücher genießen, die wir verlegen.

Zu diesem Buch

Die junge Liebe zwischen Grafik-Designerin Martha Marix Jones und Kommissar Jeschek wird hart auf die Probe gestellt, als Martha mitbekommt, wie die Wiener Polizei mit Afrikanern umspringt. Deshalb zieht sie es vor, auf eigene Faust herumzuschnüffeln, als sie von dem Gerücht hört, dass Mitarbeiter einer befreundeten afrikanischen Botschaft mit Drogen dealen. Doch dann wird die Sekretärin der Botschaft ermordet und Jeschek mit dem Fall betreut …

Brigitt Albrecht, geboren in Solothurn, Schweiz. Studium der Fächer Deutsch, Englisch und Französisch an der Universität Bern, arbeitete als Sprachlehrerin in England, zurück in der Schweiz in einer Bibliothek und in einem Verlag. Lebt seit 1996 in Wien, schreibt Artikel für die *Kriminalpolizei,* die Fachzeitschrift der Vereinigung der Österreichischen Kriminalisten, und Krimis um das ungleiche Detektivpaar Jeschek und Jones.

Brigitt Albrecht

Jeschek & Jones

Schwarz Weiß Schwarz

Ariadne Krimi 1152
Argument Verlag

Ariadne Krimis
Herausgegeben von Else Laudan
www.ariadnekrimis.de

Von Brigitt Albrecht bei Ariadne bisher erschienen:
Jeschek & Jones 1 – Wiener Blut (Ariadne Krimi 1144)
Jeschek & Jones 2 – Schwarz Weiß Schwarz (Ariadne Krimi 1152)

Deutsche Originalausgabe

Eppendorfer Weg 95, 20259 Hamburg
Telefon 040/4018000 – Fax 040/40180020
www.argument.de
Lektorat: Merle Kröger
Satz: Iris Konopik
Umschlaggestaltung: Martin Grundmann,
www.herstellungsbuero-hamburg.de
Druck: Alfa Druck, Göttingen
Gedruckt auf säure- und chlorfreiem Papier
ISBN 3-88619-882-0
Erste Auflage 2004

Die erwähnten afrikanischen Länder sind auf keiner Karte zu finden. Sie sind frei erfunden.
Namensgleichheiten mit lebenden oder verstorbenen Personen sowie Parallelen mit tatsächlichen Ereignissen wären rein zufällig.

Mit herzlichem Dank für Zund und Ezzes, Hilfe und Ratschläge, geopferte Mittagspausen, Tatortbegehungen, Nachmittage im Kaffeehaus und späte Stunden im Schanigarten an

Ben, Bruno, Chrispen, Christian, Gerhard, Günter, Helmut, Herbert Michael, Isabella, Judith, Jürgen, Liesl, Max, Nigel, Otmar, Pepi, Peter, Reinhard, Richard, Robert, Sabina, Tapiwa, Ulrike,
meine Lektorin Merle, die Wien nicht nur auf dem Papier kennen und schätzen gelernt hat,
meine Kolleginnen und Kollegen aus der Buchhandlung, die ständig für die Erweiterung meines Wiener Sprachschatzes sorgen,
und an die MitarbeiterInnen von Ariadne.

1

»Frau Jones, bitte noch das R einfügen. Mühlendofer Straße gefällt mir nicht.« Herr Preissner, der Inhaber des Küchenfachgeschäftes, strich über den Flyer, prüfte die Qualität des Papiers. »Fühlt sich gut an, ich bin froh, dass wir uns für die teurere Variante entschieden haben.«

Marthas Ohren brannten. Der Druckfehler war ihr peinlich. »Oje, das bringe ich selbstverständlich in Ordnung. Soll ich Ihnen die Korrektur vorlegen, bevor gedruckt wird?«

Preissner lächelte, legte den Flyer in einen Ablagekorb und stand auf. »Nicht nötig. Setzen Sie das R bloß an der richtigen Stelle ein.«

Martha war ebenfalls aufgestanden. »Ich gebe mir Mühe. Mühlendrofer Straße wäre auch nicht das, was wir brauchen.«

»Wird der Flyer rechtzeitig geliefert?«

»Auf jeden Fall«, versprach Martha. »Wenn Sie möchten, direkt in die Messe.«

»Keine schlechte Idee. Ich notiere Ihnen die Standnummer.« Er schrieb sie auf einen Zettel. »Was machen Sie morgen, am Feiertag?«

»Wenn das Wetter so bleibt, gehen wir im Lainzer Tiergarten spazieren.«

»Hüten Sie sich vor den Wildschweinen«, warnte Herr Preissner. »Vor allem im Frühjahr, wenn die Jungen geboren sind, ist mit denen nicht zu scherzen.« Er warf ihr einen besorgten Blick zu. »Sie fahren öffentlich, nicht wahr? Ich hoffe, Sie müssen nicht zur U 6? Wenn doch, passen Sie auf! In der Station Mühlendorfer Straße treibt sich Gesindel herum. Meine Gattin fürchtet sich vor den Ausländern.« Er schlug sich eine Hand vor den Mund. »Ausländer, Sie sind damit natürlich nicht gemeint! Die Engländer sind ein Volk von Tschenntelmännern und -frauen.«

»Mit Ausnahme von Jack the Ripper und einigen anderen.« Martha verstand seine Anspielung. Vor einer halben Stunde hatten drei Dealer bei der besagten U-Bahn-Station auf ihre Kunden gewartet. »Machen Sie sich keine Sorgen, ich komme schon klar. Herr Preissner, der Flyer wird verlässlich geliefert.«

Er ging mit zur Tür, riss sie auf. »Kommen Sie gut nach Hause.«

Martha genoss die Wiener Höflichkeit. Vielleicht lag es daran, dass sie in Wien geboren war. An die ersten Jahre hatte sie kaum Erinnerungen. Auch nicht an ihren leiblichen Vater. Der war kurz nach ihrem vierten Geburtstag gestorben. Ihre Mutter, die Tochter des britischen Botschafters, war mit ihr nach England zurückgekehrt. Seit zwei Jahren lebte Martha wieder hier. Und es gefiel ihr gut. Ein Lächeln glitt über ihr Gesicht. Einer der Gründe war Simon Jeschek. Wenn die Wanderung morgen bloß nicht ins Wasser fiel. In letzter Zeit hatten seine Sondereinsätze etliche Pläne über den Haufen geworfen.

Die Ampel gegenüber der U-Bahn-Station stand auf Rot. Eigentlich stimmte der Name nicht. Man musste die Treppe hinaufsteigen, um zu den Zügen zu gelangen. Teile der alten Stadtbahn waren in das moderne Netz einbezogen worden. Die Fassade strahlte weiß, das Dach hatte das gleiche Grün wie die schmiedeeisernen Geländer mit dem Sonnenmotiv an den Bahnsteigen. Martha liebte Jugendstilbauten.

Endlich Grün. Sie wollte sich in Bewegung setzen, ein Wagen brauste noch über die Kreuzung. Die Höflichkeit der Wiener schien im Straßenverkehr außer Kraft gesetzt. Sollte sie vorzeitig aus dem Leben scheiden, kamen zwei Ursachen in Frage: Entweder wurde sie überfahren oder von herabfallenden Teilen einer Stuckverzierung erschlagen. Schönheit war vergänglich. Fast in jeder Gasse gab es eingerüstete Häuser, deren Fassaden überholt wurden.

Sie schaffte es heil auf die andere Straßenseite.

»Hallo, Martha, was machst du hier?«

»Maji! Schön, dich zu sehen.« Kennen gelernt hatten sie sich bei einer Feier, er war ihr auf Anhieb sympathisch gewesen. Er warf sich seinen bunten Stoffbeutel über die linke Schulter und streckte die Hand aus. Martha schlug ein. »Ich war bei einem Kunden, ein Stück die Straße runter. Und du?«

Maji ließ ihre Hand nicht gleich los. »Hast du vergessen? Wir machen das doch so!«

Der dreifache Handschlag. Zuerst wie allgemein üblich, Daumen dem Gegenüber entgegengestreckt, der zweite umgekehrt, der dritte wie der erste. »Den hast du mir am Tag der offenen Tür beigebracht. Deine Frage, ob ich auch aus Amani stamme, hat mich damals überrascht. Ich meine, bei meiner Hautfarbe …«

»Hast was dabei? Weißes? He, Alter, sprich mit mir, ich kann auch zahlen! Komm, lass mich nicht hängen, wenigstens ein Halbes.« Ein schlecht rasierter Mann in ausgetragener Militärjacke und zerrissenen Jeans hatte Maji am Ärmel gepackt.

Majis Augen wurden schmal, seine Mundwinkel begannen zu zittern. Er trat einen Schritt zurück, aber der Mann ließ ihn nicht los. »Lassen Sie mich in Ruhe. Ich verkaufe keine Drogen.«

»Was hast mit der Braut zu besprechen? Ich hab den Händedruck gesehen, da ist bestimmt was rübergegangen. Und mir willst du nichts verkaufen?« Mit der anderen Hand griff er in seine Jackentasche und förderte ein paar zerknitterte Zehn-Euro-Scheine zutage. »Also, was ist? Mein Geld ist so gut wie das von der da.«

»Bitte?« Martha kostete es einige Anstrengung, ruhig zu bleiben. »Was wollen Sie? Ich unterhalte mich mit einem Bekannten …«

»Und? Wir alle wissen, dass die Nigger Gift …«

»Dreinreden kann ich auch.« Ihr Ton war scharf geworden. »Er hat gesagt, er verkauft keine Drogen, geht das nicht in Ihren Schädel?«

Der Mann tippte an seine speckig glänzende Baseballmütze und versuchte sich ihnen in den Weg zu stellen. »Ich hab ein Hirn da drunter. Und ich kenn mich aus. So, und jetzt sag mir den Preis, Alter.«

Maji schüttelte seinen Arm ab. »Lassen Sie mich in Ruhe! Komm Martha, wir gehen«, sagte er und steuerte zum Eingang der U-Bahn-Station.

»Behalt dein Zeugs, dreckiger Affe! Oder teilst es mit der Braut? Darfst dafür bei ihr abspritzen?«, schrie der Mann ihnen nach.

»So ein Idiot«, ärgerte sich Martha. Hatte Maji die beleidigenden Worte verstanden? Er war mit einer Österreicherin verheiratet, sprach gut Deutsch. »Der hält dich für einen Dealer!«

Er zuckte die Schultern. »Ich kenne das nur zu gut. Es tut mir Leid. Wenn du nicht weiter mit mir …«

»Weil er glaubt, ich bin eine Kundin?«

Er sah sie an. »Das war ja noch harmlos. Der Typ war nur das Vorprogramm. Ich habe manchmal drei, vier von der Sorte am Hals, sie folgen mir bis in die U-Bahn.« Er klang resigniert. »Was soll ich tun? Wir leben weit draußen, ein Auto können wir uns nicht leisten, ich bin auf die Öffentlichen angewiesen. Jetzt gerade bin ich unterwegs zu einer Galerie in Ottakring, zu Fuß bräuchte ich mindestens zwei Stunden!«

Maji lebte länger in Wien als sie. Er war Bildhauer, fertigte kleine Figuren aus Speckstein. Sie hatte ihm eine abgekauft und Simon geschenkt. Die stand bei ihm im Büro auf dem Schreibtisch. Martha kannte auch seine Frau, eine Volksschullehrerin. »Ich fahre die gleiche Richtung. Passiert dir das auch, wenn Veronika dabei ist?«

Er verdrehte die Augen und strich sich seine langen Rastalocken nach hinten. »Sicher. Blicke lernt man zu ignorieren. Beschimpfungen nicht. Negerschlampe, zum Beispiel ...«

»Dem oder der würde ich etwas erzählen, verlass dich drauf«, empörte sich Martha.

Sie waren bei der Station angelangt. Die Schwingtüre stand offen. Aus der Bäckerei neben dem Eingang duftete es verlockend nach frisch gebackenem Brot. Maji hastete die Stufen hoch.

Auf dem Treppenabsatz stand ein Schwarzer, eine junge, modisch gestylte Frau gab ihm Geld. Er steckte es weg, hielt sich eine Hand vor den Mund und spuckte eine Kugel in der Größe eines Kirschkerns aus. Die Frau riss sie an sich und eilte die Treppe hinunter.

Martha drehte sich angewidert weg. Ihr grauste davor, einen Gegenstand anzufassen, den ein Fremder im Mund gehabt hatte.

»Hast du gesehen?« Maji war ihr zwei Stufen voraus. Sie musste sich Mühe geben, mit ihm Schritt zu halten, er war einen halben Kopf größer als sie.

»Sicher«, keuchte Martha. »Niemand kann abstreiten, dass es Afrikaner gibt, die dealen. Aber ich verstehe nicht, warum jeder Schwarze ein Dealer sein soll. Österreicher, Leute aus dem Balkan, Türken und so dealen doch auch.«

Maji wirkte unsicher. Er schaute den Bahnsteig hinauf und hinunter. »Und wenn schon. Die Afrikaner fallen am meisten auf. Ah, der Zug kommt.« Maji steuerte in die Mitte des Abteils. »Das ist ja noch gut gelaufen«, stellte er erleichtert fest.

»Ich fand das ärgerlich«, wandte Martha ein.

»Ich habe lernen müssen, welchen Ärger ich an mich heranlasse. Wenn ich aus der Straßenbahn aussteige und die Schmierereien bei der Haltestelle lese, *Vorsicht Drogen-Neger, Asyl-Ratten* …« Er lächelte bitter. »Solche Sprüche springen mir in die Augen, aber ich habe gelernt, sie nicht zu sehen.«

Sie musterte ihn nachdenklich. »Soll ich dir glauben?«

»Ich habe mich entschieden, hier zu leben. Es gefällt mir ganz gut in Österreich. Wien ist eine schöne Stadt. Wenn auch …«

Sie schaute ihn fragend an. »Wenn was?«

»Was vorhin passiert ist, erlebe ich jeden Abend in einer verschärften Variante. Ich weiß nicht, was ich tun soll.« Er teilte sich mit anderen Künstlern ein Atelier, in dem er oft bis spät am Abend arbeitete. In der U-Bahn-Station am Reumannplatz lauerten ihm seit einigen Tagen drei junge Männer auf, bedrängten ihn, endlich die Drogen zu liefern, die sie bereits bezahlt hätten. Sonst würden sie ihn verpfeifen. »Ich habe nie Geld von ihnen genommen. Mit Drogen will ich nichts zu tun haben.«

»Das brauchst du nicht zu betonen«, versicherte Martha.

Maji seufzte. »Wenn sie auf mich losgehen, hilft mir doch niemand. Passanten unterstützen eher die Angreifer, fürchte ich. Veronika wollte zur Polizei gehen, aber ich habe kein gutes Gefühl, hier in der Stadt. Früher haben wir in einem Dorf in Niederösterreich gewohnt. Einmal, an einem Samstag, hatte ich die Zeit vergessen. Erst kurz vor Ladenschluss fiel mir ein, dass ich mit Einkaufen dran war und bin losgerannt. Ein Streifenwagen hat mich gestoppt.«

»Typisch!«, sagte Martha verärgert. »Sie haben dich wegen deiner Hautfarbe angehalten, das ist amtlich verordneter Rassismus! Haben sie dich aufs Wachzimmer mitgenommen?«

»Nicht doch, die Gendarmen haben mich gekannt! Sie haben mich zum Greißler gefahren, lag ihnen am Weg. Aber die Polizisten in der Stadt sind anders. Ich bin Ausländer, die drei sind Österreicher, wem wird mehr geglaubt?«

Martha biss sich auf die Lippen. Maji wusste nicht, dass Simon … »Wenn es Giftler sind, hüten sie sich, die Polizei zu rufen. Das käme einer Selbstanzeige gleich.«

»Das haben mir die von der Botschaft auch gesagt. Und …«, er schluckte, »es sei vielleicht besser, eine Nacht hinter Gittern zu verbringen. Meine Unschuld wird sich herausstellen.«

»Das kann doch nicht wahr sein!«, empörte sich Martha. »Wer hat dir das gesagt?«

»Mr. Jua.«

»Caleb Jua?« Martha kannte den Diplomaten. »Stellt der sich allen Ernstes vor, dass die Polizei jeden Schwarzen in eine Zelle steckt? Und dann erst mit den Ermittlungen beginnt? So geht es doch nicht. Wenn du einverstanden bist, rede ich …« Manchmal fiel es ihr schwer, Bekannten zu erzählen, dass Jeschek Kriminalbeamter war. »Ich rede mit meinem Freund, der ist bei der Kripo.«

Maji schaute sie überrascht an. »Wirklich? Simon heißt er, nicht wahr? Wir haben uns unterhalten. Er hat mich gefragt, wie ich mit dem hiesigen Winter zurechtkomme. Ich dachte, er ist Journalist.«

»Darf ich ihm deine Nummer geben? Er ruft dich bestimmt an.«

Maji nickte. »Einverstanden.«

Martha schaute sich um. Niemand der anderen Fahrgäste achtete auf sie. »Reden wir von erfreulicheren Dingen. Du hast gesagt, du bist unterwegs zu einer Galerie. Wegen einer Ausstellung?«

Majis Züge entspannten sich. »Eine kleine, aber feine Adresse beim Brunnenmarkt. Das wäre eine gute Chance.« Er warf ihr einen fragenden Blick zu. »Du bist doch Grafikerin? Wenn sie zusagen, brauchen sie jemanden, um die Einladungen und die Plakate zu entwerfen!«

Seine Begeisterung war ansteckend. »Würde mich reizen. Nur, die meisten haben ihre fixen Leute, mit denen sie zusammenarbeiten.«

»Fragen kann man trotzdem.«

»Gerne! Die nächste ist meine Haltestelle. Du hörst von uns, versprochen.«

Maji reichte ihr die Hand. »Drei Mal, diesmal hast du es nicht vergessen! Wenn du die von der Botschaft siehst, lass sie grüßen.«

* * *

»Clemens, hast du eine Sekunde Zeit?«, rief Martha.

Ihr Chef, der Inhaber des Ateliers, trat zu ihrem Tisch. »Wenn es sein muss, auch zwei.«

Sie deutete auf den Bildschirm. »Kannst du dieses Wort lesen?«

»Mühlendorfer Straße«, tat er ihr den Gefallen. »Was stimmt da nicht?«

»Es soll ja nicht etwas nicht stimmen, sondern richtig geschrieben sein.« Sie drehte sich zu ihm. »Schon beim Entwurf habe ich Telefon- und Faxnummer verwechselt, die E-Mail-Adresse falsch geschrieben und zum Drüberstreuen noch die Straße.«

»Jetzt passt es«, beruhigte er sie. »Zumindest der Straßenname. Was die Nummern betrifft, ich kann das Telefonbuch nicht auswendig.«

»In Zukunft werde ich die eigenhändig ausprobieren, bevor ich drucke.«

Clemens zog an seiner Pfeife. »Und die Telefonrechnung steigt ins Astronomische! Wie lange bist du noch da?«

»Ich bin schon weg.« Sie sicherte das korrigierte Dokument und schaltete den Computer aus. »Ich will noch in die Buchhandlung.« Sie war schon bei der Tür, als ihr Handy brummte. »Hallo, Simon, vorhin habe ich an dich gedacht.«

»Das freut mich«, hörte sie Jescheks tiefe Stimme. »Ich auch an dich. Siebzehn Uhr, bei *Dora am Kai,* geht sich das bei dir aus?«

»Auf jeden Fall.« Sie rümpfte die Nase. »Ich weiß, was passiert. Ich sitze im Lokal und warte und warte. Aber nicht länger als eine halbe Stunde! Dann gehe ich alleine zu Georg und esse euch alles weg.«

»Das schaffst du nie!«, lachte er. »Wie ich ihn kenne, kocht er für ein halbe Kompanie. Ich bin pünktlich, versprochen.«

Innerlich machte sie sich auf die Wiederholung der Ansage gefasst. Es musste an seinem Beruf liegen, dass er alle Orts- und Zeitangaben zweifach machte.

»Weswegen hast du an mich gedacht?«

»Erzähl ich dir später. Ich freu mich auf den Abend.«

»Ich mich auch. Bis siebzehn Uhr, *Dora am Kai.*«

Sie nickte ergeben. »Alles verstanden, Herr Inspektor.«

»Miss Marix Jones, die Engländerin, beehrt uns, welche Freude. Ich muss dringend mit dir reden. Ich hätte dich um ein Haar verpasst, war kurz im Keller, Nachschub holen«, sagte Alois und deutete auf den Stapel Einkaufstaschen, die er unter die Kasse legte.

Martha hatte das bunte Logo entworfen, eine zwinkernde Eule, die ein Buch zwischen ihren Flügeln hielt. Der Buchhändler winkte sie mit einer Kopfbewegung hinter den Vorhang, der den geschäftlichen vom privaten Bereich abtrennte. Martha folgte ihm in das Hinterzimmer und musste niesen.

»Gesundheit«, wünschte Alois. »Bist du verkühlt oder ist es der Bücherstaub?«

»Das Zweitere. Dabei mag ich den Geruch von Büchern.«

»Es gibt auch solche, die stinken. Letztes Jahr hatten wir Leerbücher im Angebot, die Seiten waren aus Umweltschutzpapier. Keine Ahnung, was die da alles verwertet haben. Wahrscheinlich Klopapier.« Er hielt sich die Nase zu. »Allerdings kein frisches.«

»Du, ich bin ziemlich in Eile, ist es sehr wichtig?« Sie hatte alle Zeit der Welt, um zu ihrer Verabredung zu kommen. Vielleicht half der Wink mit dem Zaunpfahl und Alois fasste sich für einmal kurz.

»Ist aber wichtig, sehr wichtig.« Er zündete sich eine Zigarette an, griff nach seiner Kaffeetasse und nahm einen Schluck. »Bah, der ist ja kalt.« Er schüttelte sich.

Martha nieste noch einmal. »Heißt es nicht, dass man davon schöner wird?«

»Noch schöner? Ich konserviere, was vorhanden ist«, schäkerte er und lachte über seinen eigenen Witz.

Er war hager, seine Nase lang und spitz, die dünnen Lippen blutleer. Die tiefblauen Augen hingegen waren lebhaft, drückten Anteilnahme und Interesse aus. Sein Bart reichte von den Schläfen zum Kinn hin, die Wangen waren rasiert. Wie eine Gesichtsumrandung. Sie hatte noch keinen Mann getroffen, dem diese Barttracht stand.

»Magst auch einen? Neuer ist im Handumdrehen zubereitet.«

Martha lehnte dankend ab.

»Du bist doch befreundet mit denen von der Botschaft«, sagte er. »Ich sehe euch oft zusammen.«

Im Haus neben der Buchhandlung residierten vier Botschaften. Zwei Staaten aus dem südlichen Afrika und zwei, die früher zur Sowjetunion gehört hatten. Im Erdgeschoss und im ersten Stock war das Polizeikommissariat Josefstadt untergebracht.

»Befreundet ist ein relativer Begriff«, stellte sie fest.

»Es ist folgendermaßen.« Er zog an seiner Zigarette. »Bist du sicher, dass ich deine Zeit nicht über Gebühr in Anspruch nehme?«

»Wenn du noch heute zur Sache kommst?«

Er spitzte die Lippen. »Was sich hier alles an Kundschaft einfindet, geht auf keine Kuhhaut. Kennst du den Ausdruck? Dein Deutsch ist hervorragend, aber Redensarten haben es in sich.«

Martha fühlte sich wie in der Schule. »Das bedeutet einfach unglaublich.«

»Richtig. Ich hab nichts gegen Charakterfiguren, nur wenn sie gehäuft auftreten, geht es mir auf die Nerven. Ich bin mir dann nicht mehr sicher, was ich von Beruf bin: Buchhändler oder Psychotherapeut.«

Sein Blick bekam einen verschwörerischen Ausdruck. Martha rutschte ungeduldig hin und her.

»Ich könnte ein Buch schreiben. Was sag ich, ein Buch, mehrere Bände, eine Bibliothek! Alois Schwammenschneiders gesammelte Erfahrungen mit Menschen auf der Suche nach ihrem Buch. Ein längeres Kapitel würde ich der Dame von vorhin widmen, ich schätze sie anfangs vierzig. Sie hatte ein Kind dabei, wahrscheinlich ihr erstes und einziges. Das Madl, zwei, höchstens drei Jahre alt, hat ein Buch nach dem andern aus dem Regal gezerrt und zu Boden fallen lassen. Frau Mama war das peinlich, sie traut sich aber nicht, ihren Nachwuchs zurechtzuweisen. Mich bittet sie darum!« Er pochte sich auf die Brust. »Wie komme ich dazu, Kinder fremder Leute zu erziehen? Es ist mit meinem eigenen Sohn nicht immer leicht. Spätgebärende Frauen glauben, alles besser machen zu müssen.« Er musste Atem holen.

Martha nutzte die Pause. »Und was hat das mit meinen Bekannten zu tun? Meines Wissens erziehen die ihre Kinder ordentlich.«

»Darum geht es nicht, vielmehr um eine Kundin, besser gesagt eine Beinahekundin. Ich vermute, nein, ich bin überzeugt, dass Deals über die Botschaft laufen.«

Martha glaubte, sich verhört zu haben. »Welche Botschaft? Weißt du eigentlich, was du da behauptest? Dealende Diplomaten, direkt unter den Augen der Polizei?«

»Ich muss etwas ausholen. Also, die Beinahekundin wollte die Psychologieabteilung sehen, angeblich studiert sie dieses Fach. Wir sind eine kleine Buchhandlung, davon haben wir nicht viel am Lager. Wenn sie Studentin wäre, würde sie nicht hier danach fragen. Auf dem Uni-Campus gibt es Fachbuchhandlungen.«

Martha erwartete eine längere Abhandlung, welche Buchhandlung worauf spezialisiert war, aber Alois schwenkte zurück zum eigentlichen Thema.

»Wir führen ein paar wichtige Neuerscheinungen, des Weiteren Ratgeber und populärwissenschaftliche Titel. Einige hat sie durchgeblättert. Dann hat sie zu den Reiseführern gewechselt. Sie interessiere sich für Afrika, das schwarze Afrika. Ich habe die Frau darauf hingewiesen, dass nebenan gleich zwei Botschaften sind. Die haben bestimmt Informationsmaterial. Sie hat gemeint, ja, das sei ihr bekannt. Freilich muss sie das wissen, sie kennt einen von dort.«

»Und?«

»Obwohl, vielleicht stimmt das mit dem Studium. Wundern täte es mich nicht. Man sagt, wer mit sich selber Schwierigkeiten hat, wählt die Richtung.«

»Das halte ich für sehr verallgemeinernd«, warf Martha ein.

»Sie muss hier irgendwo wohnen. Langes blond gefärbtes Haar, kommt etwas schlampig daher. Sie hat einen Hund, eine Promenadenmischung, schaut lustig aus mit seinen schwarzen Ohren und Pfoten.« Alois' Augenbrauen zogen sich zusammen. »Die ist auf harten Drogen. Ich habe sie in Begleitung von Schwarzen, Marke Dealer, angetroffen.«

Martha wurde ungehalten. »Alois, das ist ein Klischee! Drogen, Schwarze, hier im Bezirk wohnen viele Studenten, sicherlich auch einige aus Afrika. Drück nicht jedem diesen Stempel auf!«

»Ich bin kein Dampfplauderer. Im Supermarkt habe ich sie von nahem gesehen. Pupillen wie Stecknadelköpfe. Trägt auch im Sommer lange Ärmel, um die Einstichstellen zu verstecken. Die Anzeichen sind mir vertraut.« Er leerte seine Tasse, wischte sich über den Mund. »Ich setze gleich neuen auf. Trinkst einen mit?«

Martha winkte ab. »Nein danke. Kennst du dich mit harten Drogen aus?«

Der Löffel, mit dem er das Kaffeepulver abmaß, begann zu zittern. Er legte ihn in die Dose zurück, holte ein rot kariertes Taschentuch hervor und wischte sich über die Stirn. »Meine große Schwester. Sie war auf Heroin«, sagte er gedämpft. Die Geschäftigkeit war von ihm abgefallen. »Wir haben alles getan, was wir konnten. Familie, Freundeskreis, das ganze Umfeld. Entzug, Therapie, alles angefangen, alles abgebrochen.« Er flüsterte nur noch. »Sie war fünf Monate im Gefängnis, Diebstahl, Beischlafdiebstahl und illegale Prostitution. Wegen dem verdammten Gift! Im Häfen ging es ihr erstaunlich gut. Wir haben Hoffnung geschöpft, dass sie sich wieder fängt.«

»Und?«, fragte Martha vorsichtig.

»Sie war zwei Tage draußen, schon hat sie wieder gespritzt. Zehn Tage später hat sie sich den goldenen Schuss gesetzt.«

»Sch…, das tut mir Leid«, sagte Martha.

»Ich habe immer noch das Gefühl, versagt zu haben.« Er straffte sich. »Die Erfahrung mit Thea ist der Grund, weswegen ich Leute hasse, die mit dem Zeugs Geschäfte machen.«

»Trotzdem, die pauschale Annahme, jeder Schwarze sei ein Dealer, macht mir Mühe.«

»Mir doch auch«, verteidigte sich Alois. »Die Sprüche, die man früher über Juden gemacht hat, tauchen nun in Begegnungen mit Afrikanern auf. Letzthin war ich mit einem Freund und dessen Arbeitskollegen unterwegs. Ein Schwarzer hat uns nach dem Weg gefragt, ich habe ihm weitergeholfen. Anschließend hat einer der Spezis meines Freundes mich gefragt, ob ich meine Börse noch hätte!«

Martha verdrehte die Augen. »Ich habe vorhin miterlebt, wie es einem Schwarzen in den Öffentlichen gehen kann, das hat mich aufgebracht.«

Nun war er wieder der umsichtige, geschäftstüchtige Buchhändler. »Was ich gesehen habe, habe ich gesehen! Ich habe mir lange überlegt, ob ich zu den Bullen gehe oder nicht. Aber das sind nicht meine Freunde. Sie, die bewusste Frau, hat die Bücher angefasst, aber kein einziges aufgeschlagen, immer nur nach draußen gestarrt. Ich habe sie im Auge behalten, man weiß ja nie. Plötzlich fehlt etwas. Die hätte ich glatt angezeigt.«

Alois gehörte zu den Leuten, die auf die Polizei schimpften und dann am lautesten nach ihr riefen, wenn sie sich bedroht fühlten.

»Geklaut hat sie also nicht. Und dann?«

Er dämpfte seine Zigarette aus. »Einer der Diplomaten ist gekommen. Daraufhin hat die Frau den Laden überstürzt verlassen. Sie ist ihm nachgegangen. Und …«, er machte eine Pause, bevor er mit gesenkter Stimme fortfuhr, »er hat ihr etwas zugesteckt.«

»Auf offener Straße?«

»Ich bin mir sicher, da hat ein kleiner bis mittlerer Deal stattgefunden. Sie hat ihm Geld gegeben! Nicht in die Hand, im Vorbeigehen in seine Jackentasche geschoben. Es ist allgemein bekannt, dass gewisse Botschaften dick im Drogengeschäft sind.«

Martha schüttelte den Kopf. »Ich erledige oft Aufträge für die Botschaft von Amani. Mir ist nie etwas aufgefallen, was nur im Geringsten auf Drogenhandel deutet. Außer den Angestellten habe ich nur andere Diplomaten, Wirtschaftsleute und Touristen gesehen.«

»Sie werden kaum einen schwunghaften Handel über die Theke betreiben. Aber was die Frau betrifft, die braucht ihren Stoff, einmal täglich mindestens.«

»Und der Mann?« Martha fühlte leichtes Unbehagen in sich aufsteigen.

»Ich weiß nicht, wie er heißt. Er ist Afrikaner.« Alois hatte sich wieder gefangen und widmete sich der Kaffeemaschine. »Er kommt in der Früh oft mit der Frau, die … ähm … toll aussieht, die mit dem aufregenden Hintern und dem langen Haar.«

Martha rief sich das weibliche Botschaftspersonal in Erinnerung. Udongo beschäftigte zwei Frauen, eine Sekretärin und eine Übersetzerin. Die eine war Slowakin, die andere Philippinerin. In der Botschaft von Amani arbeiteten drei Frauen: die Botschafterin, eine Dame Mitte, Ende fünfzig. Ihre Rubens-Figur entsprach nicht unbedingt westeuropäischen Männerträumen. Sally ja, sie arbeitete am Empfang. Die sah gut aus. Große Augen, regelmäßige Züge, breiter Mund. Die dritte Frau war Afrikanerin, aber weiß, stammte aus einer Siedlerfamilie.

»Ich habe dich nach dem Mann gefragt, wie sieht der aus?«

»Mittelgroß, eher rundlich, nicht dick. Mehr Glatze als Haar. Er trägt zwar immer einen Anzug, allerdings macht er auf mich den Eindruck, er fühlt sich nicht wohl darin. Versteh mich nicht falsch, ich will damit nicht sagen, er solle sich lieber ein Baströckchen anziehen. Seine Hosen sind ihm zu kurz, das Hemd hängt meist drüber, und seine Krawatte ist selten ordentlich gebunden.«

Die Beschreibung passte haargenau auf Trevor Bahari Dume, der die finanziellen Angelegenheiten im Gleichgewicht hielt. »Ich weiß, von wem du sprichst. Ein sympathischer Mensch, du musst dich täuschen, unmöglich, dass er…« Und wenn doch? Martha überlegte. Zu Caleb Mkate Jua hatte sie den besten Draht, mit ihm sollte sie reden, erst allgemein, was er von Drogen hielt. »Die Sache müssen wir aus der Welt schaffen, nur diese Woche wird es eng.«

»Vielleicht deutest du an, dass du ab und zu etwas reinziehst«, schlug Alois vor. »Wenn er dir ein Angebot macht, wäre das ein eindeutiger Beweis.«

»Schon, aber das glaube ich nicht.« Sie schaute ihn bittend an. »Geh nicht zur Polizei. Red mit niemandem darüber. Noch nicht. Wenn die mit Drogen handeln, finde ich es heraus. Aber wenn wir gleich schweres Geschütz auffahren, richtet das bleibenden Schaden an. Versprochen?« Martha griff nach ihrer Tasche und wandte sich zum Gehen.

Alois folgte ihr zur Tür. »Von mir aus. Wenn mir wieder etwas auffällt, geb ich dir Bescheid.«

* * *

Es war kurz vor halb fünf. Martha stieg in die Straßenbahn, fuhr bis zur Station Börse. Von dort waren es nur noch ein paar Minuten zu Fuß zu *Dora am Kai,* dem Stammlokal von Simon und seinem Freund und Kollegen Hans Hammerl. Tagsüber war der Wind sehr stark gewesen. Laub raschelte unter ihren Füßen. Stellenweise versank sie bis zu den Knöcheln darin. Sie liebte die Ringstraße, jeden Teil davon. Die Tage, an denen der Ring ganz oder abschnittsweise für Umzüge oder Feste gesperrt war, mochte sie besonders. Vor ein paar Wochen war sie von der Oper bis zum Parlament flaniert. Links und rechts waren alte Straßenbahnzüge und Busse gefahren. Wiener und Touristen hatten um die Wette fotografiert.

Die beiden Erlebnisse beschäftigten sie. Maji und seine Frau mussten im öffentlichen Raum ständig damit rechnen, angefeindet zu werden. Und dann Alois' Erzählung. Je länger sie darüber nachdachte, desto absurder erschien sie ihr. Eine Botschaft, die mit Drogen dealte, unter den Augen der Polizei? Das wäre ein Tanz auf dem Vulkan. Oder … die beste aller Tarnungen.

Martha war erst gestern dort gewesen, um der Botschafterin Entwürfe für neue Drucksorten zu zeigen. Das Haus war ein gesichtsloser Bau aus den achtziger Jahren. Auch die Räume der Botschaft von Amani wirkten nüchtern. Die Spannteppiche in den Gängen und am Empfang waren mit schützendem Plastik abgedeckt. Atmosphäre schufen nur die Landschafts- und Tieraufnahmen. In jedem Büro hing das Bild des Präsidenten, es zeigte ihn verschmitzt lächelnd. Der österreichische Bundespräsident, der in den meisten Amtsstuben hing, hatte einen viel grimmigeren Ausdruck.

Das Büro der Botschafterin war persönlicher eingerichtet. Ein riesiger Schreibtisch, immer peinlich genau aufgeräumt. In der Ecke stand ein geblümtes Sofa mit Spitzendecken darauf. Dorthin hatte sie Frau Mwenzi gebeten, um mit ihr die Entwürfe durchzugehen. Ihrer Exzellenz hatten sie gefallen, die Botschafterin hatte sich auf die Schenkel geklopft, ihr Busen war ins Wippen geraten, die Kopfbedeckung hatte sich verschoben. So spontan hatte noch kein anderer Kunde auf ihre Arbeiten reagiert.

Kurz vor dem Lokal hielt Martha inne. Ab sofort nicht mehr

daran denken, befahl sie sich. Leichtes Unbehagen beschlich sie. Sie hatte Alois Verschwiegenheit abgefordert, musste sie die auch einhalten? Sogar Simon gegenüber?

Jeschek und Hammerl saßen an ihrem Lieblingstisch beim Fenster. Die beiden waren in ein Gespräch vertieft. Ein gut aussehendes Duo. Hans war schmaler gebaut, wirkte gutmütig und verträumt. Jeschek war der größere und athletischere der beiden. Er strich sich durch das kurz geschnittene, dunkelbraune Haar. An den Schläfen zeigte sich das erste Grau. Kein passendes Geschenk zum vierzigsten Geburtstag, hatte er gemeint. Ihr gefiel es. Noch mehr die hellen Augen, die einen Kontrast zu der gebräunten Haut bildeten. Sie mochte seine Art, mit den Augen zu lachen. Und das gewisse Etwas in seinem Blick.

Er hob den Kopf und winkte ihr zu.

Martha zog ihre Jacke aus und setzte sich. »Hallo. Ich dachte, ich bin die Erste und muss auf euch warten.«

Jeschek lachte. »Ganz die Frau eines Kriminalbeamten. Ich habe versprochen, pünktlich zu sein. Hast du Hunger?«

»Riesigen. Ich habe seit dem Frühstück nichts mehr gegessen. Georg hat mit einem Festmahl gedroht. Seit wann ist er damit beschäftigt?« Martha schaute Hammerl fragend an.

Hans spielte mit seinem Ohrring und grinste. »Seit Tagen. Mein Göttergatte will die Küche vom *Sacher* übertreffen. Wir dürfen erst kommen, wenn er anruft.«

»Schön, sich einmal verwöhnen zu lassen«, freute sich Martha.

»Spielst du darauf an, wie ich mich dir gegenüber benehme?«, fragte Jeschek besorgt.

»Das besprechen wir, wenn wir unter uns sind«, sagte Martha und deutete auf Hammerl. »Nicht vor Zeugen.«

Jeschek legte einen Arm um sie. »Klingt ernst. Heute Abend kümmere ich mich gebührend um dich. Ich fang gleich an, was darf ich dir bestellen? Weiß gespritzt?«

»Gerne. Schau, das habe ich für deinen Sohn gekauft.« Sie zog das Buch aus der Tasche, das sie vorhin erstanden hatte.

»Ist Alex übers Wochenende bei euch? Ich hab ihn lange nicht gesehen.« Hammerl nahm es ihr aus der Hand. »Toll. Ein Roboterbausatz. Zeig das bloß Georg nicht, der fährt auf so was total ab.«

»Den Roboter setzt er dann in der Küche ein«, vermutete Jeschek und entwand ihm das Buch. »Nix da. Der ist für Alex.«

Georg war nicht nur ein sehr guter Koch, sondern auch ein Gastgeber alter Schule. Sie hatten viel gelacht, gut gegessen. Zufrieden und beduselt von dem hervorragenden Wein saß Martha neben Jeschek in der U-Bahn.

»Den Weinbauern muss man sich merken, Georg, wie hieß der?«, fragte Jeschek. »Aus Gols, das ist mir geblieben.«

»Weingut Köllan, Schmelzer, Georg Schmelzer, das Flaschenetikett hat ein gutes Design.«

»Ist mir nicht aufgefallen, ich habe nur auf den Inhalt geachtet.« Er strich sich zufrieden über den Bauch. »Ich habe gegessen wie ein Scheunendrescher.«

Bei der Station Längenfeldgasse stach Martha ein Trio in die Augen, zwei Männer und eine Frau, die auf einer Bank saßen. Die Frau hatte den Kopf in den Nacken gelegt. Ihr Mund stand weit offen. Schlief sie? Ein Mann hielt schützend seinen Arm um sie und starrte auf die Bierdose, die er in der Hand hielt. Der dritte war in sich zusammengesunken, Jacke und Hemd trug er offen. Er war mager, seine linke Augenbraue blutverschmiert. Das Gespräch mit Alois fiel ihr wieder ein. Waren die drei alkoholisiert oder auf Drogen? Aus der Distanz schwer zu beurteilen.

An der Treppe stand ein Afrikaner, Hände in den Taschen vergraben, die Baseballmütze verkehrt herum aufgesetzt. Wie um das Bild Konsumenten und Dealer abzurunden.

»… somit bekommst du den ersten Preis, den absoluten Spitzenplatz,« drang Jescheks Stimme an ihr Ohr.

»Bitte was? Einen Spritzenplatz?«

»Spitzenplatz. Als rundum beste Köchin. Wo bist du mit deinen Gedanken?«

»Tschuldige.« Sie sah ihn an.

»Martha Marix Jones, hallo, kennst du mich noch? Ich bin's, Simon Jeschek.«

»Ich kann mich schwach erinnern«, sagte sie und blinzelte ihm zu. »Tut mir Leid. Wofür bekomme ich einen Spitzenplatz?«

»Als beste Köchin. Jeder kann was Anständiges kochen, wenn er fähig ist, ein Kochbuch zu lesen. Du hingegen machst den Kühlschrank auf und zauberst etwas aus Resten. Besonders das Gröstl von letzthin, das war urgut, die Kalbsleber mit Äpfeln und Kartoffeln, Sachen, die niemand sonst zusammen in die Pfanne hauen würde ...«

»Ich will sie aber nicht in die Pfanne hauen.«

Jeschek griff nach ihrer Hand. »Ich zolle dir das größte Kompliment, das ein verfressener Kerl, wie ich es bin, jemandem machen kann, und du hörst mir nicht zu. Was ist, wen willst du nicht in die Pfanne hauen?«

»Nichts, ich habe mich verdacht.«

Er lachte. »Das kenne ich, du bringst Deutsch vor- und rückwärts durcheinander, versprochen, verdacht ... Komm, wir müssen aussteigen.«

Marthas weite Jacke ließ sie voluminöser aussehen, als sie eigentlich war. Sie trottete neben ihm her. Jeschek betrachtete die steile Falte auf ihrer Stirn. Ihre dunklen Augen hatte sie zusammengekniffen. Sie strich eine Strähne ihres mittelblonden Haares aus dem Gesicht, die Geste mochte er gerne.

»Wenn ich dir etwas sage, was ich nur dir erzählen will, tust du dann etwas, was ich nicht möchte, dass du es tust?«, fragte sie.

Er blieb stehen. So kariert redete sie nur, wenn etwas Schwerwiegendes sie beschäftigte. »Geht es um deinen Bekannten? Ich habe gesagt, dass ich Maji anrufe und mir das anschaue. Aber du darfst dich nicht beschweren, wenn es bei mir wieder einmal spät wird.«

»Nein, vielmehr ... wenn ich es wüsste, ich meine, genau wüsste, also, wenn es so ist, wie es möglicherweise sein könnte ... Weißt du eigentlich, dass ich stolz bin, das alles in der Möglichkeitsform von mir zu geben?«

»Ich verstehe nicht viel, außer dass du mir etwas erzählen möchtest, oder doch lieber nicht. Liegt es an meinem Beruf? Mir würdest du es sagen, aber nicht einem Kriminalbeamten.«

Der Wind war stärker geworden. Martha zog ihre Jacke enger um sich. »Wie ist das, wenn ich dir von einer möööglichen …« Sie gab sich Mühe, das Wort in die Länge zu ziehen. »Hm, also vielleicht, unter Umständen, wobei ich glaube, dass üüüüberhaupt nichts dran ist.«

»Dreht es sich um eine Straftat?«

Sie machte eine unbestimmte Handbewegung. »Wenn du zufällig, in deiner Freizeit, von einem Verbrechen erfährst, musst du einschreiten?«

»Ob Freizeit oder nicht, spielt keine Rolle. Die Sicherheitsbehörden, dazu gehöre ich …«

»Du klingst amtlich«, kicherte sie. »Immerhin gefällt mir Behörde besser als Organ.«

»Wie meinst du?«

»Ist mir in den Wiener Linien aufgefallen, in ihren Spielregeln. Wen sie befördern, wen nicht. Da steht etwas über das Mitführen von geladenen Schusswaffen, das ist nur staatlichen Sicherheitsorganen gestattet. Zuerst habe ich Sicherheitsorangen gelesen …«

Er zerzauste ihr Haar. »Lieber bin ich eine Sicherheitsorange als ein Spinatwachter.«

»Ein was?«

»Spinat ist grün, wie die Uniform der Sicherheitswache. Noch. Man will sie von Grün zu Blau um-uniformieren. Frag mich jetzt bloß nicht, ob sie dann Zwetschkenwachter genannt werden.«

»Wie hast du in Uniform ausgesehen?«, fragte Martha.

»Nicht ablenken! Bei Gelegenheit zeige ich dir ein Foto. Zu deiner Frage, ich habe allen Verbrechen und Vergehen nachzuforschen, alles zu tun, was zur Aufklärung dient. Sollte jemand in die Eisenwarenhandlung dort drüben einbrechen, müsste ich mich sofort in den Dienst stellen, den Notruf verständigen und helfen, den oder die Täter zu verhaften. So steht es in der Strafprozessordnung. Den genauen Wortlaut habe ich nicht im Kopf. Worum geht es?«

Martha blies Luft aus den Backen. »Sage ich dir nicht. Das geht nicht gegen dich – ich habe gewusst, dass du bei der Kripo bist, als wir uns kennen gelernt haben. Die Sache ist heikel. Nachforschungen der Exekutive könnten Schaden anrichten. Ich möchte mir selber ein Bild machen.«

»Du machst mich neugierig. Kannst du konkreter werden? Die vermutete Straftat beschreiben, ohne Namen oder Örtlichkeiten zu erwähnen?«

»Das schaffe ich nicht.«

»Dass du darin verwickelt bist, schließe ich aus. Dann würde ich dich unter den Arm nehmen und mit dir ans andere Ende der Welt fliehen.«

Martha wurde munter. »Ich bekomme direkt Lust, ein Verbrechen zu begehen. Können wir weiter? Mir ist kalt.«

Jeschek ließ nicht locker. »Ich höre nur zu.«

»Du hättest mich mit drei Fragen ausgeforscht, so gut bist du im Ausfratscheln.«

»Dein Wienerisch ist bemerkenswert.«

Sie waren bei dem Haus angelangt, in dem Martha wohnte. »Wer ist zuerst oben?« Sie hatten sich schon oft ein Wettrennen vorgeschlagen, stattgefunden hatte es noch nie.

Jeschek hielt sich den Bauch. »Sportlicher Ehrgeiz überkommt mich nicht mehr. Nur noch eine Frage, die eventuelle Straftat, wäre ich dafür zuständig?«

Sie war ihm eine Stufe voraus, blieb stehen, drehte sich zu ihm um. Ihre Augen waren fast auf gleicher Höhe. »Du bist mehr als eine Stufe größer als ich«, stellte sie fest und legte ihre Arme um seinen Hals.

»Das nehmen wir in unsere Personenbeschreibung auf«, lachte er. »Sag, wäre ich für die Amtshandlung zuständig?«

Sie grinste. »Welche Amtswandlung?«

»Das hast du jetzt mit voller Absicht verdreht. Ich kenn dich, du willst mich ablenken.«

Sie zog ihn weiter. »Ja. Mit allen Mitteln. Wegen der Zuständigkeit – kein Delikt für dich. Mehr bekommst du nicht aus mir heraus.«

»Ich werde die neuesten Vernehmungsstrategien an dir ausprobieren.«

»Meine Lippen sind verschlossen, der Schlüssel ist weggeworfen. Ab sofort schweige ich wie ein Grab.«

Jeschek musterte sie von der Seite. »Du hast dir den ganzen Abend nichts anmerken lassen. Erst in der U-Bahn bist du gedanklich weggetreten, hast mir nicht zugehört. Hm, das Thema hatten wir bereits: Drogenhandel.«

Martha setzte ein Pokergesicht auf. Oben angekommen, schloss sie die Türe auf und schaltete Licht an.

»Vermutest du, dass Maji eventuell doch dealt?«

»Nie im Leben«, brauste sie auf. »Dann würde ich dich nicht bitten, ihn anzurufen.«

»Sachte, sachte«, beschwichtigte er. »Ich habe ihn nur einmal getroffen. Wie ich ihn einschätze, passt er nicht ins Dealerschema. Er hat einen Beruf, ist verheiratet. Beschäftigt dich noch eine Geschichte? Hat die auch mit Drogen zu tun?«

Sie hängte ihre Jacke an die Garderobe. »Magst du was trinken oder hast du noch Hunger?«

»Nur ein Glas Wasser. Oder genehmigen wir uns ein Betthupferl?«

»Keinen Alkohol mehr. Mir auch ein Wasser, bitte.« Martha drehte ihr Glas hin und her, nippte nur daran.

»Hast du Erfahrungen mit Drogen?«

»Mit Koks. In Herberts Wohnung haben wir damit eingeheizt.«

»Wir auch. Der Brennstoff hat ältere Rechte an dem Wort«, überlegte Jeschek. »Das habe ich nicht gemeint.«

Sie schluckte. »Ich … ich bin nicht besonders stolz darauf. Meist war ich ja in deutschsprachigen Schulen, aber für die O-Levels, die Matura, hat man mich in ein Internat verfrachtet. Nicht für lange, ich bin wegen Drogen geflogen.« Sie lauschte ihren Worten nach. »Das reimt sich.«

Er hob die Augenbrauen. »Auf die Frau, die du bist, macht es keinen Reim.«

»Angefangen hat es, so blöd das klingt, nicht in der Disco oder in einem zwielichtigen Lokal, sondern in der Bücherei. Die war ein Treffpunkt von uns Schülerinnen und der Ortsjugend.«

»Und dort habt ihr gekifft?«, fragte er überrascht.

»Nein, natürlich nicht. Wir sind zum Fluss gegangen, dort gab es verschwiegene Plätze.«

»Wie alt warst du?«

»Siebzehn.«

»Hie und da Gras rauchen ist in meinen Augen kein Verbrechen. Hat das gereicht, dich von der Schule zu verweisen?«

Sie schaute ihn offen an. »Nein. Das war nach einem Trip. Einer aus der Clique ist mit LSD angekommen. Ich ... ich habe das nicht vertragen, bin umgekippt. Zwei Mädchen haben mich zur Schule zurückgeschleppt, in die Umkleidekabinen der Schwimmhalle gebracht. Eine Lehrerin musste ausgerechnet an diesem Abend schwimmen gehen. Sie hat mich gefunden.«

»Donnerwetter«, meinte Jeschek. »Was haben deine Eltern gesagt?«

»Meine Mutter war schockiert. Mein Stiefvater sicherlich auch. Aber er hat gut reagiert. Er hat lange mit mir geredet, mir klar gemacht, dass ich mit meinem eigenen Geld tun und lassen kann, was ich will. Mit seinem nicht. Ich habe ein halbes Jahr Taschengeld abarbeiten müssen. Auf dem Hof, den er verpachtet hat.«

»Und seither? Keine weiteren Experimente? Immerhin hast du in der Werbebranche gearbeitet, da wird doch gekokst?«

Er hatte den Verhörton drauf, den mochte sie nicht. »Du kennst dich aus oder glaubst es zumindest? In den Betrieben, in denen ich gearbeitet habe, hat niemand harte Drogen genommen.«

Jeschek stand auf, trat zu ihr und legte die Arme um sie. »Deine Drogenkarriere hat ein jähes Ende gefunden, gut. Aber ... ich möchte wissen, was du mir nicht erzählen willst.«

Sie lehnte sich an ihn. »Du gibst nie auf.«

»Das Thema ist ernst.« Er hauchte ihr einen Kuss aufs Ohr.

Sie seufzte wohlig. »Ist das die neueste Vernehmungsstrategie?«

Er streichelte ihre Brüste. »Wenn du dich nicht dagegen wehrst ...«

Sein Handy piepte. Er richtete sich auf, langte nach dem Telefon und starrte auf das Display. »Das ist mein Gruppenleiter, was will der um die Zeit …« Er drückte die Taste. »Jeschek. … Ich? Es ist kurz vor Mitternacht, ich habe weder Dienst noch Bereitschaft … Verstehe. Unverzüglich? Ich kann nicht fahren, ich habe getrunken … In zehn Minuten. Halbmondgasse, Ecke Siebensterngasse.« Er legte auf und löste sich von ihr. »Liebste, ich muss weg. Einsatz. Brenneis will, dass ich dabei bin.«

Sie verzog das Gesicht. »Ist dein neuer Gruppenhäuptling nicht in der Lage, auch nur einen Schritt ohne dich zu machen? Was hat er bei seinem Amtsantritt gesagt? Er ist kein Kapitän, der nur auf der Brücke steht, er greift auch in die Speichen. Ich frage mich seither, wo ein Schiff Speichen haben könnte.«

»Vielleicht hat er von einem Raddampfer geredet. Der Ausspruch hat die große Runde gemacht.«

»Warum musst du hin?«

»Was weiß ich? Wir sind zur Zeit eine Rumpfgruppe, habe ich dir doch erzählt.« Statt zu fünft arbeiteten sie nur zur dritt. Ein Kollege war krank, der andere auf Urlaub.

»Deine Gruppe ist nicht die einzige!«

»Die andern sind nicht in Wien oder gehen schlicht und ergreifend nicht ans Telefon.«

»Und warum du?«

»Aus Pflichtgefühl. Gib dir keine Mühe, nicht enttäuscht dreinzuschauen, du bist es. Ich doch auch.«

Sie löste sich von ihm, hielt die Hände hoch. »Ich habe mich aufs Ausschlafen gefreut. Mit dir.«

Er küsste sie auf die Nasenspitze. »Geh, wärm das Bett an. Ich hoffe, ich bin bald wieder da.«

»Hätte er doch angerufen, bevor wir oben angekommen sind, jetzt musst du noch mal die Treppe hoch.«

Er zog die Jacke an, steckte Handy und Schlüssel ein. »Hält fit. Schlaf schön.«

»Pass auf dich auf.«

2

Der übliche Aufmarsch. Sicherheitswache, Tatortgruppe, Nachbarn, die in Gruppen im Stiegenhaus herumstanden und tuschelten.

Jeschek sah sich um. Das Haus war höchstens drei, vier Jahre alt. Böden und Treppen waren noch tadellos. Im ersten Stock gab es einen Absatz, von dort sah man direkt zur Haustür. Brenneis war ihm zwei Stufen voraus, sein Atem ging schwer. Er war knapp über fünfzig, wirkte aber älter. Sein hellbraunes Haar war bereits schütter.

»Da hinten am Gang, das muss die Wohnung sein«, keuchte er. Die Tür war offen, ein uniformierter Beamter stand davor. »Guten Abend«, polterte der Gruppenleiter. »Chefinspektor Brenneis, Kriminaldirektion 1.«

Der Polizist trat zur Seite.

Die Frau lag auf dem Rücken im Vorraum. Vollständig bekleidet. Der lange Rock war nicht hochgeschoben, die Bluse saß ordentlich, nichts verrutscht, nichts zerrissen. Die Beine waren ausgestreckt, den linken Arm hatte sie angewinkelt. Ein bunter Schal war um ihren Hals geknüpft. Neben der Leiche kniete ein Arzt.

Jeschek warf einen Blick auf das Gesicht der Toten. Ein dumpfes Gefühl machte sich in seiner Magengrube bemerkbar. Er trat einen Schritt näher, um sie besser erkennen zu können. In die langen Rasta-Zöpfe waren Bänder und Glasperlen eingeflochten. Die goldenen Ohrringe. Die oder ähnliche hatte sie auch getragen, als er sie das letzte Mal gesehen hatte.

Er wusste, wer die Frau war.

Sein Herzschlag beschleunigte sich, seine Hände wurden feucht. Der Anblick von gewaltsam zu Tode gekommenen Menschen war nicht einfach zu verkraften. Die Situation war umso schlimmer, weil er sie zu Lebzeiten gekannt hatte. Er räusperte sich. »Das ist Sally!«

»Stimmt. Sally Usiku. Auf der Kommode lag ihre Handtasche mit dem Führerschein, ja. Du kennst eine Negerin?« Brenneis klang erstaunt.

»Warum denn nicht? Aber nenn sie nicht Negerin.«

»Sei nicht so heikel, ja? Die bekommt eh nicht mehr mit, was ich sage.«

»Aber ich!«

Brenneis rieb sich am Ohr und musterte ihn mit einer Mischung aus Argwohn und unverhohlener Neugierde. »Wie gut kanntest du sie? … Gar intim … ja? Muss ich dich wegen Befangenheit wieder nach Hause schicken?«

»Was willst du mir unterstellen?«, fragte Jeschek verärgert. »Dass ich …«

»Die Frau ist erwürgt worden«, unterbrach der Gerichtsmediziner. »Ich bin mir ziemlich sicher, dass sie zu diesem Zeitpunkt entweder stark benommen oder bewusstlos war, hier …« Der Arzt hob den Kopf der Toten an und strich die Haare zur Seite. »Sehen Sie die Platzwunde am Hinterkopf? Sie hat sich gestoßen, vermutlich an der Ecke der Kommode. Die Wunde ist tief, die Todesursache ist sie aber nicht.«

»Keine Abwehrspuren?«, fragte Jeschek und versuchte seinen Unmut über Brenneis' Bemerkung runterzuschlucken.

»Nichts. Keine Hautpartikel unter den Fingernägeln. Die sind alle intakt, keiner abgebrochen, nichts eingefetzt.« Er hob eine Hand der Toten hoch. Die Nägel waren lang und perfekt gepflegt.

»Kein bisschen Lack abgesplittert?«, fragte Jeschek.

»Mit solchen Details befasse ich mich später«, wehrte der Arzt ab.

»Ja, wie interpretierst du das Spurenbild, Jeschek?«, fragte Brenneis.

»Man stürzt nicht so mir nichts dir nichts. Auf dem Spannteppich kann man stolpern, aber ausrutschen? Sie trägt Hausschuhe mit Gummisohlen.« Er wandte sich an den Arzt. »Ist sie geschlagen worden? Ihr Gesicht sieht nicht danach aus.«

»Keine Schwellung, keine Blutergüsse, keine Platzwunde. Die Lippen sind nicht beschädigt, die Zähne auch nicht«, sagte der Mediziner.

»Möglicherweise wurde sie von hinten angegriffen«, mutmaßte Jeschek.

»Hier kann ich nichts weiter tun.« Der Arzt stand auf. »Todeszeitpunkt, den wollt ihr doch immer sofort wissen. Frühestens um halb neun, pardon zwanzig Uhr dreißig, spätestens zweiundzwanzig Uhr.«

»So genau können Sie das sagen?«, fragte Brenneis. »Sonst braucht ihr dazu viel länger, ja.«

»Ich habe Körper- und Raumtemperatur sofort gemessen. Daraus lässt sich recht präzise ableiten, wann sie gestorben ist. Die Spurensicherung soll sich die Kommode näher anschauen.«

»Wird da von uns gesprochen?« Berger, ein Ermittler der Tatortgruppe, kam aus dem Zimmer, das auf die Straße ging. »Hallo, Jeschek, haben sie dich auch nicht schlafen lassen? Wegen der Kommode, die steht auf unserer Liste, wir wollten Ihnen nicht in die Quere kommen.«

»Wir erwarten die Frau in der Sensengasse.« Der Arzt verabschiedete sich.

Die Gerichtsmedizin hatte sich ihre Adresse nicht ausgesucht. Aber sie passte. Jeschek drehte sich zu Berger. »Wie schaut die Wohnung aus?«

»Kommt mir keinen Schritt näher. Ihr beiden habt zwar brav Handschuhe übergestreift, aber wie steht es mit Schutzkleidung? Auch schon davon gehört?«

»Jetzt hab dich nicht so«, brauste Brenneis auf.

Jeschek trat ins Stiegenhaus. Er betrachtete die Wohnungstür. Der Türstock war solide gebaut, die Türe massiv. *S. Usiku* stand neben der Türglocke. Das Schloss war intakt. Auf dieser Seite der Stiege lagen vier Wohnungen. Der fensterlose Gang war an die fünfzehn Meter lang. »Keine Zeichen von gewaltsamem Eindringen. Sally hat ihren Besuch gekannt, oder die Person hatte einen Schlüssel.«

Brenneis holte eine Zigarettenschachtel aus seinem Trenchcoat und zündete sich eine an. »Der Alarm ist vor einer Stunde gekommen. Einer der Nachbarn, er wohnt nebenan, ja, hat sich gewundert, dass die Wohnungstür offen steht. Er hat geklopft, gerufen und die Tür aufgestoßen. Da lag sie. Er hat Atmung und Puls kontrolliert, keine Chance.«

»Der Schal war fest geknüpft.« Jeschek wandte sich von Brenneis ab, der ihm den Rauch seiner Zigarette ungeniert ins Gesicht blies. »Wo ist der Nachbar?«

Brenneis ließ die Asche fallen. »Er wird erkennungsdienstlich behandelt. Er hat die Tote angefasst, ja. Er sagt, er ist in einem Konzert gewesen. Wir werden seine Angaben überprüfen. Aber … sag schon, woher kennst du die Frau? Ist sie eine …« Er zwinkerte.

Jeschek wollte auf diesen Ton nicht eingehen. »Eine was?«

»Na, du weißt schon, ist sie … war sie … eine … soll ich sagen Tänzerin?«

»Sind alle Polinnen, die hier leben, Putzfrauen und alle schwarzen Frauen Tänzerinnen oder Prostituierte? Usiku arbeitete für die Botschaft von Amani. Die sitzen in der Laudongasse, oberhalb des Kommissariats Josefstadt. Ob sie Amanierin ist, weiß ich nicht.«

»Wird sie ja, als Diplomatin.«

»Sie arbeitete am Empfang, hatte keinen diplomatischen Status, gehörte zum Bodenpersonal.«

»Ich nehme an, du bist ab und zu in dem Haus bei den Kollegen, ja, aber wie kommt es, dass du die Leute von der Botschaft kennst?«

»Die hatten vor ein paar Wochen eine Art Tag der offenen Tür, Präsentation der Tourismusverbände und mehr. Die Landschaft ist einzigartig«, erzählte Jeschek.

»Willst du dort urlauben? Kannst du dir das leisten, mit deinem Gehalt?«

»Es hat mich interessiert.« Sollte er erwähnen, dass Martha ihn mitgenommen hatte? Dass sie sich gelegentlich mit einem der Diplomaten und seiner Familie trafen?

»Unsereins gönnt sich allerhöchstens zwei Wochen Kroatien oder Italien, ja. Verdient deine Freundin gut?«

Berger trat zu ihnen. »Jemand hat die Wohnung durchsucht, aber gründlichst. In der Küche ist alles am Boden, was in einem durchschnittlichen Haushalt zu finden ist: Mehl, Zucker, Erbsen, sogar die Tiefkühltruhe ist ausgeräumt. Jede Tube im Badezimmer ist ausgedrückt. Und dann das Schlafzimmer! Matratzen aufgeschlitzt, detto die Pölster, von den Tuchenten sind nur Fetzen übrig. Frau Holle hätte ihre helle Freude gehabt. Was uns Sorgen macht, keine Spur von dem Kind.«

Jeschek zuckte zusammen. Einen Moment lang bekam er keine Luft, als läge der Schal nun um seinen Hals. »Kind?«, japste er.

»Die Tote hat eine Tochter, drei Jahre alt, sagt der Nachbar. Jessy heißt sie. Ihr Bettchen ist leer.«

»Entführt?«

»Wie soll ich das wissen? Ob die Kleine darin schlafen gelegt worden ist, lässt sich beim besten Willen nicht mehr feststellen. Dort ist alles genauso zerlegt wie in den anderen Zimmern.«

Jeschecks Gedanken rasten. Er musste so schnell wie möglich jemanden sprechen, der Auskunft über Sallys Gewohnheiten geben konnte. Die Botschafterin? In diplomatischen Kreisen wurde viel Wert darauf gelegt, die hierarchischen Strukturen einzuhalten. Er hatte sein Handy schon in der Hand. »Ich wollte, die Rede wäre früher auf das Kind gekommen. Wir stehen nur dumm umadum und tun nichts.« Er rief den Journaldienst an. »Du, ich brauche dringend eine Telefonnummer. Die Residenz von Amani ... was? Nur die Botschaft ... Nichts? Scheiße ... Moment, das Außenministerium, da gibt's eine Notfallnummer, probier's dort.«

Die Minuten erschienen ihm wie Stunden. Es konnte doch nicht so schwer sein, die Auskunft zu bekommen. Nervös ging er einige Schritte auf und ab. War das Madl aufgewacht? Aus der Wohnung gelaufen? Irrte sie draußen herum? Beklemmende Bilder tauchten vor seinen Augen auf. Caleb! Nummer hatte er keine und seinen Nachnamen wusste er auch nicht. Aber Martha. Es dauerte eine Weile, bis sie abhob. »Liebste, es tut mir wahnsinnig Leid. Du hast doch die Nummer von Caleb, ich brauch sie dringend ... Nein, es ist nichts mit ihm oder seiner Familie. ... Ja, ich höre. Caleb Tschua, wie buchstabiert man das? Ah, Julius Ulrich Anton. Und die Nummer? ... Moment, ich wiederhole ... Du hast mir sehr geholfen. Versuch weiterzuschlafen.«

Brenneis war zu ihm getreten. »Wie willst du mit denen reden? Sprechen die Deutsch, ja? Haben wir einen Dolmetscher, auf den wir um die Zeit zurückgreifen können? Oder ... kannst du Englisch?«

»Etwas.« Jeschek wählte die Nummer. Seit er mit Martha zusammen war, hatten sich seine Englischkenntnisse sprunghaft verbessert.

»Hello?«, fragte eine verschlafene Stimme.

Jeschek vergewisserte sich, ob er wirklich mit Caleb sprach. Dann entschuldigte er sich und erklärte den Grund des Anrufs.

»Sally tot? Wie ist das geschehen?«, hörte Jeschek Calebs belegte Stimme. »Zu deiner Beruhigung, Jessy ist bei uns, sie schläft tief und fest.«

Ein Stein fiel ihm vom Herzen. »Bin ich froh. Es ist mir zuwider, noch jemanden zu wecken, aber ich muss die Botschafterin verständigen.«

»Ich ziehe mich an und komme ebenfalls hin.«

»In die Residenz? Vielleicht nicht schlecht. Bis später.« Jeschek wählte erneut, musste lange warten, bis geantwortet wurde. Eine heisere Stimme leierte etwas herunter, das halbwegs zu *Residence of her Excellency the Ambassador of Amani* zusammengesetzt werden konnte. Wie sollte er sich melden? Er entschied sich für *Federal Police* und fügte *Murder Squad* an. Das wurde verstanden. Auch *Emergency*. Zwei Minuten später hatte er die Botschafterin am Apparat. Er machte sich auf eine sehr emotionale Reaktion gefasst, aber er hatte sich verschätzt.

»Ich bin schockiert«, sagte die Dame am anderen Ende der Leitung. »Wenn Sie sich hierher bemühen, stehe ich Ihnen selbstverständlich zur Verfügung. Ich kann auch zu Ihnen kommen. Sobald ich meinen Fahrer organisiert habe.«

»Wir sind schon unterwegs.«

»Ich werde alles tun, damit Sie sich in meinem Haus wohl fühlen.«

»Vielen Dank.« Jeschek legte auf, seltsam berührt. Das hatte nicht nach einer Floskel geklungen. Eine ihrer Mitarbeiterinnen wurde ermordet und die Frau machte sich Sorgen um sein Befinden. Sein Handy piepte. »Ja?«

»Ist dauernd besetzt bei dir«, maulte der Kollege von der Bereitschaft. »Wäre Zeit, dass endlich neuere Geräte angeschafft werden, mit denen man makeln kann. … Also, das hat eine Weile gedauert, bis ich über den Tonbanddienst hinausgekommen bin.«

»Danke dir, ich habe schon mit der Residenz gesprochen. Servus«, unterbrach Jeschek.

»Und? Was ist?« Brenneis sah ihn ungeduldig an.

»Die Botschafterin ist bereit, mit mir zu sprechen. Ich fahre hin.«

»Du hast ja keinen Wagen. Worauf wartest du noch? Hier können wir nichts tun. Ja, Jeschek, Abmarsch. Wie lautet die Adresse?«

* * *

Es war kurz nach halb sechs, als er zu Martha ins Bett schlüpfte.

Sie drehte sich um. »Da bist du endlich. Was ist passiert, ich habe mir Sorgen gemacht.«

»Komm her.« Er zog sie in seine Arme.

Sie schmiegte sich an ihn. »Ich habe kaum geschlafen.«

Er strich ihr das Haar aus dem Nacken, blies ihr sanft ins Ohr. Es tat gut, ihren Duft, ihre Wärme zu genießen. Er legte eine Hand auf ihren Bauch. »Ich hatte solchen Schiss, hab vermutet, ein kleines Kind sei entführt.«

»Und was hat Caleb damit zu tun?«

Er drückte sie fest an sich. »Es hat einen Mord gegeben. Sally, von der Botschaft, ist tot.«

»Nein!« Sie presste sich an ihn.

Dachte sie an Herbert, ihren früheren Freund? Martha hatte sich von ihm getrennt, tags darauf war er ermordet worden. Jeschek hatte in diesem Fall ermittelt und sich Hals über Kopf verliebt. »Bestimmt denkst du jetzt an die Geschichte mit Herbert«, sagte er leise.

»Wie ist Sally gestorben?«

»Erdrosselt. In ihrer Wohnung. Ein Nachbar hat sie gefunden. Hast du gewusst, dass sie ein Kind hat?«

Martha zuckte zusammen. »Jessy! Wegen ihr hast du … ist sie auch …?«

»Nein, ihr ist nichts zugestoßen, sie ist bei Caleb und Rebecca. Ich bin erschrocken, wie die Kollegen von dem leeren Kinderbett geredet haben. Martha, du zitterst ja.« Er strich ihr über den Rücken. »Dann habe ich die Botschafterin aus dem Schlaf geläutet und bin mit Brenneis hingefahren. Caleb ist auch gekommen. Sie waren erschüttert, aber sehr kooperativ.«

»Erdrosselt. Geht das schnell?«

»Einen genauen Bericht gibt es noch nicht. Abwehrspuren sind keine festgestellt worden. Daraus kann man ableiten, dass sie nicht bei Bewusstsein war, als ihr der Schal um den Hals gelegt wurde.«

»Grauenhaft.« Martha wand sich aus seiner Umarmung und vergrub ihr Gesicht in der Bettdecke. »Sch … Aber … vielleicht gibt es keinen Zusammenhang«, murmelte sie undeutlich.

»Wie meinst du?«

»Ich hätte es dir sofort sagen sollen, statt so ein Theater zu machen«, klang es dumpf neben ihm.

Jeschek stützte sich auf den Ellbogen. »Worauf spielst du an? Auf die Sache von gestern?«

»Ja.« Martha drehte sich zu ihm. »Es geht um die Botschaft von Amani! Jemand hat mir gesagt, dass die möglicherweise dealen. Zumindest einer, du hast ihn auch schon gesehen. Trevor.«

»Ach, du Schande!« Aufgeschlitzte Polster, ausgeschüttetes Mehl, ausgedrückte Tuben. Alles deutete darauf hin, dass jemand nach Drogen gesucht hatte. Die Tatortgruppe hatte aber keine gefunden. »Erzähl von ganz vorne.«

Sie schaute ihn mit großen Augen an. »Aber du darfst nur privat zuhören!«

»Ein Mord ist geschehen! Ich bin Polizist.«

»Du redest wie ein linientreuer, wie heißt das, Amtsbottel? Einer, der nur auf seinen Paragraphen herumreitet!«, schimpfte sie.

»Es gibt einige Flaschen bei unserem Verein, aber nicht jeder Amtsbüttel ist eine. Danke, dass du mich zu denen zählst. Gleich wirst du mir noch unterschieben, dass ich den Fall zum Anlass nehme, an meiner Karriere zu basteln«, sagte Jeschek schneidend.

»Bist du jetzt beleidigt?« Sie klang irritiert. »Du bist kein Karrierelöwe, das weiß ich.«

»Tiger«, korrigierte er. »Und jetzt raus mit der Sprache. Keine Einzelheit auslassen.«

»Nicht in dem Ton, Jeschek. Das hier ist ein Schlafzimmer, nicht dein Büro.«

Er strich ihr über das Haar. »Entschuldige. Schau, es ist wichtig. Ich laufe damit nicht zum Kriminaldirektor. Mir ist klar, dass wir aufpassen müssen wie die Haftelmacher. Eine schwarzafrikanische Botschaft, die mit Drogen handelt.«

Sie setzte sich auf und begann zu erzählen.

Ihr Bericht war präzis. Jeschek ließ ihn auf sich wirken. »Hat der Buchhändler Angaben über die Größe des Gegenstandes gemacht, den er der Frau gegeben hat, wie viel Geld sie ihm zugesteckt hat?«

»Das habe ich nicht gefragt.« Sie musterte ihn misstrauisch. »Versuchst du jetzt, Material gegen die Botschaft zu finden?«

Er kniff die Augen zusammen. »Nicht doch. Primär suche ich einen Mörder. Ich muss alle Möglichkeiten in Betracht ziehen.«

»Das mit Trevor ist ein blödes Gerücht.« Sie klang nicht überzeugt, eher trotzig.

»Bist du nicht daran interessiert, die Wahrheit zu erfahren?«

»Sie müssen unbedingt von dem Verdacht entlastet werden!«

»Das Unbedingt macht mir Mühe.«

»Warum? Du glaubst doch nicht dran? Das wäre glatter Wahnsinn! Du kennst sie, wenn auch nur ein bisschen«, schränkte sie ein.

»Ich glaube gar nichts. Schau, du willst, dass die Geschichte nicht stimmt. Mit der Haltung ignorierst du Hinweise auf einen positiven Tatbestand«, sagte er. »Du hättest die Wohnung sehen sollen, Polstermöbel aufgeschlitzt, in der Küche lag alles am Boden, der Deckel vom Wasserkasten im Badezimmer war zerschlagen. Eigentlich sollte ich die neuen Erkenntnisse sofort …«

»So habe ich es mir vorgestellt. Mit vollem Tatü auffahren!«, brauste Martha auf. »Mit der Polizei kommt die Öffentlichkeit, die Medien. Ihr guter Ruf ist dahin!«

»Durchsuchungsbefehl für die Botschaft bekommen wir sowieso keinen«, brummte er. »Das solltest du wissen. Immerhin war dein Großvater Diplomat.«

Sie wirkte schadenfroh. »Stimmt. Ist exterritoriales Gebiet. Ha, da hätte ich mir keine Sorgen zu machen brauchen. Du darfst dort nicht hinein.«

»Freu dich nicht zu früh. Mit der Botschafterin habe ich mich gut verstanden. Ich hoffe, sie gestattet mir, mich an Sallys Arbeitsplatz umzusehen.«

»Startest du gleich wieder durch?« Sie klang ärgerlich.

»Solange die Spur heiß ist … Aber ein paar Stunden Schlaf liegen drin.« Er gähnte. »Übrigens, Brenneis' Englisch ist nicht das beste. Er hat die Botschafterin Ihre Eminenz genannt.«

Marthas Mundwinkel bewegten sich kaum. »Ihre Exzellenz hat sich bestimmt gewundert, als Kardinal angesprochen zu werden. Wie hat sie reagiert?«

»Überhaupt nicht. Vielleicht hat sie es nicht gehört. Oder sie war höflich und hat sich nichts anmerken lassen.« Er legte sich hin, zog die Decke hoch. »Brenneis hat noch etwas Komisches gesagt. *Police* war ihm zu gewöhnlich. Vorgestellt hat er sich, ich zitiere: *I work in the criminal direction.*«

Martha verdrehte die Augen. »Die kriminelle Richtung. Vielleicht berät er Ganoven. Was man bei einem Bankraub beachten muss. Wen lohnt es sich zu erpressen, und wie gestalte ich die Geldübergabe, ohne dabei erwischt zu werden? Warum hat man die frühere Bezeichnung Sicherheitsbüro fallen lassen? Das ist ein Begriff, ein Markenzeichen. So eines kann man doch nicht einfach über Bord werfen. Stell dir vor, *Scotland Yard* wird umgetauft, zu … *Criminal Detection* oder ähnlich.«

»So notwendig die Polizeireform war, sie haben es geschafft, einiges kaputtzureformieren. Komm her, meine Schöne, lass uns schlafen.«

* * *

Martha stand kurz nach neun auf. Nach der unruhigen Nacht fühlte sie sich wie gerädert. Sie ging in die Küche und setzte Wasser auf. Sally ging ihr nicht aus dem Kopf. Bestand ein Zusammenhang zwischen ihrem Tod und Alois' Vermutung, Trevor sei ein Dealer? Sie goss Tee auf, ließ ihn ziehen.

Sie trat ans Fenster. Strahlendes Kaiserwetter, passend zum Nationalfeiertag und zum geplanten Spaziergang. Daraus wurde nichts, Simon musste arbeiten. Sie kämpfte mit ihrer Enttäuschung, redete sich ein, je schneller der Fall geklärt war, desto besser. Sie würde ihre Oma besuchen. Die Mutter ihres verstorbenen Vaters lebte in einem Seniorenheim, nicht weit vom Lainzer Tiergarten. Vielleicht hatte sie Lust auf einen Spaziergang.

Es klopfte an der Tür. Jeschek drängte sie immer wieder dazu, eine Türglocke anzuschaffen, aber ihr gefiel es so. Die Gegensprechanlage identifizierte Besucher von außen. Das Klopfen die Nachbarn. Das hier gehörte Clara von schräg gegenüber. Martha öffnete. Die junge Frau trug einen längsgestreiften Morgenrock aus flauschigem Frottee. Sie hatte ihn nicht zugebunden, die Enden des Gürtels hingen lose herab. Ihr blondes, glattes Haar war zerzaust.

»Morgen, hab ich dich geweckt?«, fragte sie.

»Nein, komm rein, es ist zugig im Stiegenhaus.«

Sie huschte ins warm geheizte Vorzimmer. »Ich hab vergessen, dass heute Feiertag ist. Hättest du mir etwas Brot?«

»Sicher.« Martha ging zum Brotkasten und nahm ein Messer zur Hand. »Wie viel?«

»Weniger, ja so. Du, Blitzidee, hast du schon gefrühstückt? Käse, Aufstriche und eine gute Marillenmarmelade habe ich. Du bist doch alleine?«

»Simon schläft noch, er hatte einen Einsatz. Ich komme gerne.« Sie nahm das Brot und die Schlüssel, legte Simon einen Zettel hin und ging mit Clara in ihre Wohnung.

Der Tisch war gedeckt, in der kleinen, aber gemütlichen Küche duftete es nach frischem Kaffee. Clara holte einen zweiten Teller und bedeutete Martha, sich zu setzen. »War er bei dem Mord im 15. Bezirk? Sie haben es im Radio gebracht.«

»Er hat nur kurz davon erzählt. Was haben sie gesagt?«

»Dass eine Frau in ihrer Wohnung erwürgt wurde. Über Motiv und Täterschaft liegen noch keine Erkenntnisse vor.«

Martha strich Butter auf das Brot und träufelte Marmelade darauf. »Keine weiteren Details?«

»Nein, sonst nichts. Weißt du mehr?«

»Ich habe die Frau gekannt. Sie hat für die Botschaft von Amani gearbeitet.«

»Eine aus dem Land?«, fragte Clara. »Sie haben keine Angaben zu ihrer Nationalität gemacht. Wundert mich auch nicht.«

»Wie meinst du?«

»Ich surfe herum, dass die Wände wackeln. Besonders interessieren mich die Leserforen, zumindest die der seriösen Medien. Die User verstecken sich hinter einem Nickname und bleiben anonym. Musst du dir auch mal anschauen.«

»Warum wird die Nationalität von Verbrechensopfern nicht angegeben?«

Clara schenkte sich Kaffee nach. »Nicht nur die von Opfern, vor allem die der Täter. Ich glaube, weil sonst über die Ausländer im Allgemeinen, die Türken, die Serben und die Afrikaner im Besonderen hergezogen wird.« Sie schmierte den restlichen Eiaufstrich aufs Brot und warf die leere Packung in den Mistkübel. »Da zeigt sich die österreichische Seele nicht von ihren besten Seite.«

»Ausländerfeindlichkeit gibt es überall. Ich habe irgendwo gelesen, dass der Anteil an Nicht-Österreichern in Wien zu Beginn des 20. Jahrhunderts höher war als jetzt.«

»Wem sagst du das? Meine Familie stammt aus Tschechien, wie die von Simon. Jeschek ist eingedeutscht. Im Tschechischen wird es mit Z geschrieben.« Clara lehnte sich gemütlich zurück. »Damals trugen die Zuwanderer keine Kopftücher und waren auch nicht schwarz. Sie waren nicht auf den ersten Blick als Fremde zu erkennen.«

Martha kaute nachdenklich. »Warum haben so viele Menschen Angst vor anderen Sitten oder einer anderen Hautfarbe? Ich habe das nie begriffen.«

»Letzthin sind zwei mutmaßliche Dealer verhaftet worden. Da ist es wieder losgegangen in den Leserforen. Ich zitiere: waren Umojaner, was denn sonst. Dann kam Drogenneger, Nigger, Bimbo und noch so vieles andere.«

»In England übertreiben sie auf die andere Seite. Eine Freundin von mir aus London hat erzählt, dass man die Wandtafeln nicht mehr *blackboard* nennen darf. Der Ausdruck sei diskriminierend.«

Clara schwankte sichtlich zwischen Lachen und Staunen. »Wenn die Welle der politischen Überkorrektheit zu uns herüberschwappt, wie nennt man Schwarzfahrer in Zukunft? Und der Negerant wird auch verboten.«

»Wie bitte? Was ist das?«

»Einer, der pleite ist«, kicherte Clara. »Kennst du das Lied? *Ich bin ein Negerant, Madam …*«, begann sie zu singen. »Weiter kann ich nicht. Magst du noch was?«

»Danke, nein.« Martha warf einen Blick auf die Uhr. »Ich glaube, ich sollte langsam.«

»Bekommst du Ärger mit Simon, wenn du nicht mit ihm frühstückst?«

Martha winkte ab. »Nein. Ich würde glatt verhungern, wenn ich immer mit dem Essen auf ihn warte.«

Clara musterte sie. »Ist das nicht manchmal mühsam?«

»Ja und nein.« Martha spielte mit dem Gürtel ihres Morgenrocks. »Seine Ehe ist schief gelaufen, unter anderem kam seine Ex-Frau mit den unmöglichen Arbeitszeiten nicht klar. Ich bin oft im Zwiespalt. Mir behagen die auch nicht. Umgekehrt muss er auf mich warten, wenn ich Tag und Nacht an einem eiligen Auftrag arbeite. Hoffentlich hält er sich wenigstens das Wochenende frei, sonst wäre nicht nur ich, sondern auch Alex enttäuscht.«

»Vergiss das Brot nicht!«

Das Frühstück hatte sie versöhnlich gestimmt. Martha kehrte in ihre Wohnung zurück und ging unter die Dusche. Simon hatte sie gebeten, ihn spätestens um elf zu wecken. Ein Lächeln glitt über ihr Gesicht. Sie schmiegte sich gerne an ihn, wenn er aufwachte. Seine Ausstrahlung im Moment zwischen Traum und Tag war unwiderstehlich. Als sie sich abgetrocknet hatte, ließ sie den Morgenrock hängen und öffnete leise die Tür zum Schlafzimmer. Simon lag auf dem Rücken, die Decke war heruntergerutscht. Sie schlüpfte ins Bett und rutschte zu ihm hinüber.

»Gleich zwölf«, stellte Jeschek fest, als er seinen Kaffee trank. »Ich rufe Hammerl an, sage ihm, dass ich um eins am Tatort bin. Die Spurensicherung ist durch, wir dürfen endlich rein.«

»Ich bin erstaunt, dass Jessy bei Caleb und Rebecca ist.«

»Warum?«

Martha rieb sich die Nase. »Weil es in der Botschaft hierarchisch zugeht. Die Diplomaten bleiben unter sich, von den Angestellten grenzen sie sich eher ab. Caleb isst immer im *Buffet Kaiser*. Die Angestellten kommen nie dorthin, sie gehen ins *Café Schäfer*. Trevor isst mal hier, mal da.«

»Caleb ist doch ein umgänglicher Mensch? Wenn er sich nur mit Menschen seines Standes abgeben würde, wäre er im *Buffet Kaiser* an der falschen Adresse. Dort trifft sich doch alles, vom Professor bis zum Müllkutscher.«

»Vielleicht glaubt er, den Vorgesetzten hervorstreichen zu müssen? Er lässt sich auch nie von einem Untergebenen mit dem Vornamen anreden.« Sie rollte ihren Kopf hin und her. »Mein Nacken ist verspannt, ich sollte wieder Gymnastik machen.«

Jeschek stand auf und begann sie zu massieren.

»Danke, tut gut. Trevor und Caleb sind unterschiedlich. Caleb macht manchmal Bemerkungen, die man als rassistisch auffassen könnte. Oder als pauschal. Er hat gemeint, wir Weiße könnten uns nicht bewegen, keinem Rhythmus folgen. Trevor wollte Frau Kaiser vom *Buffet Kaiser* ein Kompliment machen und hat gesagt, sie erinnere ihn an einen Elefanten.«

Jeschek lachte. »Hat er nicht mitbekommen, dass hierzulande alle Frauen glauben, schlank sein zu müssen?« Er leerte seine Tasse, dann nahm er die Massage wieder auf. »Reden wir über Usiku. Wann ist Sally zur Arbeit gekommen, wann gegangen, mit wem war sie zusammen? Jede Einzelheit.«

»Von Sally weiß ich nicht viel. Sie lebte seit über drei Jahren in Wien.« Martha rechnete nach. »Länger als ich. Früher habe ich nie darüber nachgedacht … ist das nicht eher ungewöhnlich? In Westeuropa ist es durchaus üblich, dass Frauen alleine ins Ausland gehen. Ich habe in Deutschland und in der Schweiz gearbeitet, bevor ich nach Wien gezogen bin. Und Afrikanerinnen?«

»Ich werde diesen Punkt ansprechen«, sagte Jeschek.

»Ich habe nicht oft mit Sally gesprochen. Wie geht's, danke gut. Schönes Wetter heute und so«, sagte Martha bedauernd. »Ihre

Frisörbesuche haben mich beeindruckt. Die haben um die acht Stunden gedauert. Nicht am Stück, auf zwei Tage verteilt. Eine Wahnsinnsprozedur, diese Haarverlängerungen. Komisch, niemand ist mit dem zufrieden, was die Natur einem gibt.«

»Acht Stunden? Damit ist mein Jahresbedarf gedeckt. Weißt du zufällig, bei welchem Frisör sie war? Im Allgemeinen wird dort viel getratscht.«

»Ich nicht, aber frag Rebecca. Ich glaube, sie gehen zum gleichen.«

»Mach ich. Hat Sally nie von einem Freund erzählt?«

»Nein.«

»Hast du sie nie mit einem Mann, die von der Botschaft ausgeschlossen, gesehen?«

Sie kniff die Augen zusammen. »Lass mich überlegen. Hm … Doch, an eine Szene kann ich mich erinnern. Ist schon eine Weile her. Wie wir mit Clemens und Alex am Würstelstand gewesen sind. Ihr habt über Spanien geredet … warum nur, ach ja, dieser Typ ist aufgetaucht, der früher neben dem Atelier ein Motorradgeschäft betrieben hat. Der ist dorthin ausgewandert. Ich habe nicht zugehört.« Alois, der Buchhändler, hatte Briefe in den Postkasten eingeworfen und war seines Weges gegangen. »Dann kam Sally. Ich habe immer ihren Gang bewundert, sie hat sich so elegant bewegt, so harmonisch. Sie war nicht alleine, ein Mann war bei ihr.«

»Kanntest du den?«

Martha nickte. »Ich bin mir ziemlich sicher, dass er im gleichen Haus, wo die Botschaft wohnt … ist, ein- und ausgeht. Ich glaube, in Uniform.« Martha grübelte. Einer von der Polizei? Sie hatte Mühe, Menschen, die sie in Uniform kennen gelernt hatte, in Zivil wiederzuerkennen. Und umgekehrt. Uniformen verdeckten die Individualität eines Menschen, stellten seine Funktion in den Vordergrund.

»Was für eine?«

Sie zuckte bedauernd die Schultern. »Keine Ahnung. Ich komme nicht einmal mit den hiesigen Polizeiuniformen klar, verwechsle sie mit den Parksheriffs. Die privaten Sicherheitsdienste verwirren mich zusätzlich.«

»Würdest du ihn wiedererkennen?«

»Er hat mich an einen Sportlehrer im Internat erinnert. Ich habe gedacht, wie gibt es das, dass er nicht älter geworden ist. Es ist über zehn Jahre her, dass er uns trainiert hat. Nein, noch länger.«

»Solche Assoziationen sind nicht zu unterschätzen. Ich nehme an, er ist weiß«, stellte Jeschek fest.

Sally und ihr Begleiter waren ins *Café Schäfer* gegangen. Sie hatte zwei hüpfende Schritte gemacht, sich um sich selbst gedreht. Der Mann hatte die Türe des Lokals aufgezogen, sich verbeugt, die Frau war mit hoch erhobenem Kopf eingetreten.

»Ich kann mich erinnern, du bist mit Alex auch hinein, er musste aufs Klo und traute sich nicht alleine.«

»Mich hat es gefreut, dass dein Sohn mich gefragt hat. Ich hatte zum ersten Mal das Gefühl, dass … ich mehr bin, als die neue Freundin seines Vaters.«

Jeschek lächelte. »Hast du die beiden drinnen gesehen?«

»Sally saß mit ihrem Begleiter in einer Nische. Ich bin mir blöd vorgekommen, sie zu beobachten. Aber die Neugierde hat Oberhand über die englische Zurückhaltung gewonnen. Ich habe mich gefragt, ob sie ein Paar sind. Sally hat ihn angehimmelt. Keine hilfreiche Information.«

»Kann ich noch nicht beurteilen. Lass mich wissen, wenn der Mann wieder auftaucht.«

»Und wenn es ein Polizist ist?«

»Sally war eine sehr attraktive Frau. Ich wäre erstaunt, wenn sich nicht der eine oder andere Kollege nach ihr umgedreht hätte.«

Martha schaute ihn fragend an. »Du auch?«

»Wenn du mich das in meinen Sturm- und Drangjahren gefragt hättest, die Antwort wäre positiv ausgefallen. Und du?«

»Unter uns gesagt, die Hautfarbe macht keinen Unterschied. Ich habe dir doch von David erzählt, mit dem war ich damals in Bristol zusammen. Die ersten zwei Jahre am Art College.«

»Mhm. Er hat einen Lehrauftrag in den USA angenommen, nicht wahr?«

»Ja. Habe ich dir nie gesagt, dass er schwarz war?«

»Und wenn er kariert gewesen wäre, jetzt bist du mit mir zusammen, nur das interessiert mich.« Jeschek trat zu Martha und umarmte sie. »Danke übrigens für das Wecken. Das war schön.«

Sie küsste das Grübchen auf seinem Kinn. »Keine Ursache.«

Er lachte. »Warum wirst du rot? Ist das deine englische Erziehung? Du brauchst dich nicht zu schämen, mich darfst du jederzeit verführen.«

»Bei Gelegenheit komme ich auf dein Angebot zurück.« Sie boxte ihn in die Rippen. »Kann ich dich begleiten? Dann können wir auf dem Weg noch reden.«

Er sah sie fragend an. »Keine Vorwürfe, keine Szene?«

»Wenn dir das lieber wäre … Bist du auch enttäuscht, dass du arbeiten musst?« Sie schielte zu ihm hoch. »Oder gibst du freiwillig zu, dass die Arbeit immer vor dem Privatleben kommt?«

Er seufzte. »Was soll ich darauf antworten?«

»Du hast keine Zeit mehr für deine Hobbys. Du hast dir eine Digitalkamera angeschafft, weil du wieder fotografieren wolltest. Du hast sie noch nicht einmal ausgepackt!«

»Ich weiß. Ich wollte sie auf dem Spaziergang heute einweihen«, sagte er bedauernd. »Aber am Wochenende, wenn Alex da ist.«

»Dein Wort in Gottes Ohr! Was geschieht mit Jessy?«

»Sie bleibt bei Caleb und Rebecca. Sie wollen mit Sallys Familie besprechen, wie es weitergeht. Ich nehme an, früher oder später wird sie dorthin gebracht.«

»Wenn ihr den Schuldigen nur bald findet«, meinte Martha mit Nachdruck.

»Das klingt nach Absolution. Vielleicht schaffen wir es, essen zu gehen.«

Sie löste sich von ihm. »Das wäre schön.«

Er suchte nach seinen Schlüsseln. »Bist du so weit? Ich bin gespannt, was du noch über die Botschaft weißt.«

3

Hammerl betrachtete skeptisch den Abzug oberhalb des Herdes. »Die Klappen kann man abnehmen. Haben die von der Tatortgruppe reingeschaut?«

Jeschek nickte. »Die haben keinen Millimeter ausgelassen, alles unter die Lupe genommen. Du behältst die Sache doch für dich? Brenneis braucht es noch nicht zu wissen.«

»Was Martha zugetragen worden ist? Sicher. Aber vernachlässigen dürfen wir diese Option nicht.«

»Ach ja, Martha lässt grüßen. Sie bedankt sich für … gestern? Ja, gestern, scheint mir schon viel länger her.« Er blieb im Durchgang zum Wohnzimmer stehen. »Die Kollegen haben nichts Härteres als Aspirin gefunden. Vielleicht hat der Täter Papiere gesucht oder Geld, Aufzeichnungen, Fotos … Übrigens, Brenneis hat sich erkundigt, ob Sally Tänzerin war. Uns wird immer gesagt, wir sollen unsere Fantasie gebrauchen. Seine reicht nicht über die gängigen Klischees hinaus.«

»Ich kenne die Sorte Hetero, selbstgefällig, das Maß aller Dinge. Ich möchte nicht wissen, wie er auf die Tatsache reagiert, dass ich schwul bin.«

»Ich binde es ihm nicht auf die Nase«, beruhigte Jeschek.

»Das weiß ich eh.« Hammerl wandte sich zu einem Regal mit Kochbüchern. Er griff wahllos eines heraus, blätterte es durch. »Eine Tante von mir legt alles Mögliche als Buchzeichen in ihre Kochbücher. Notizzettel, Quittungen, und vergisst sie dort. So hat sie ihren Meldezettel verschlampt.« Ein Stück Papier flatterte zu Boden. Er bückte sich. »Sieh an.«

Neugierig trat Jeschek zu ihm. »*Milk, toilet paper, baby shampoo, peanut butter*«, las er vor.

»Was ist das?« Hammerl sah ihn fragend an.

»Erdnussbutter«, übersetzte Jeschek. »Hast im Englischunterricht nicht aufgepasst?«

»Dein Englisch ist erst seit Martha halbwegs verständlich geworden«, schimpfte Hammerl und legte das Buch zurück. »Und sonst? Tagebuch, Briefe?«

»Alles Englische wird schon übersetzt. Die Schriftstücke in Usikus Landessprache, keine Ahnung. Ich weiß nicht, ob wir die von der Botschaft dahinter lassen. Vielleicht finden wir jemanden über die Uni, am Institut für Afrikanistik.«

Hammerl schaute sich im Wohnzimmer um. »Kein Computer?«

»Negativ. Ich würd mir gerne ihren Arbeitsplatz anschauen. Sofern die Botschafterin einverstanden ist.«

»Hat sie euch wirklich im Morgenrock empfangen?«

»Wer erzählt das?« Jeschek hob erstaunt die Augenbrauen.

»Wer wohl? Brenneis.«

»Ihre Exzellenz war korrekt gekleidet«, grinste Jeschek. »Nicht nach unseren Standards, aber Morgenrock war das keiner.«

Hammerl musterte seinen Kollegen nachdenklich. »Unser neuer Gruppenleiter ist nicht die Leuchte, als die er angepriesen wurde. Früher ist einer aus der Gruppe aufgestiegen, jetzt bekommen wir einen von außen vor die Nase gesetzt. Den Einstand ist er uns auch noch schuldig!«

Die Gegensprechanlage knarrte. Jeschek und Hammerl sahen sich kurz an. »Bin schon unterwegs«, zischte Jeschek. Er rannte die Stiegen hinunter. Auf dem letzten Treppenabsatz bremste er ab, spähte zur Eingangstür. Frau Mwenzi stand davor.

»Bitte entschuldigen Sie, Frau Botschafterin, wir haben Sie warten lassen.«

Die Frau war fast so groß wie er, gut über einsachtzig. Sie trug für Amani landesübliche Kleidung und Kopfbedeckung, darüber einen Wintermantel. Sie drehte sich zu dem Wagen, der mit laufendem Motor vor dem Haus stand. »Holen Sie mich in einer halben Stunde wieder ab!«, rief sie dem Fahrer zu. Der nickte und fuhr weiter. »Mr. Jeschek, Ihre Karte habe ich leider nicht mehr gefunden. Ich habe gehofft, Sie sind hier, ich muss noch einmal mit Ihnen sprechen.«

Jeschek drückte den Knopf der Gegensprechanlage. »Ich komme mit Frau Botschafterin Mwenzi hoch«, sagte er. Gestern hatten sie nur Englisch gesprochen. Ihre Deutschkenntnisse konnte er nicht beurteilen, aber er hielt es für besser, jegliche Form zu wahren.

»Wenn Sie mir bitte folgen? Mein Kollege …«, sagte Jeschek.

Sie zuckte zurück. »Der ist auch hier?«

»Vier Augen sehen mehr als zwei. Ich wäre sowieso wiederum auf Sie zugekommen. Wir möchten Miss Usikus Arbeitsplatz anschauen. Selbstverständlich nur mit Ihrer Zustimmung.«

Sie zögerte keine Sekunde. »Von mir aus können wir gleich in die Botschaft fahren. Ich gebe Ihnen die Schlüssel, mein Fahrer kann sie später wieder abholen. Ich bin zu einem Empfang eingeladen. Schließlich will ich diesem Land meinen Respekt zollen, an seinem Nationalfeiertag. Ich wollte mich, Österreich zu Ehren, rot-weiß-rot anziehen, habe aber leider nichts Passendes in meiner Garderobe.«

»Was ich auch brauche, eine Liste Ihrer Mitarbeiter.«

»Die bekommen Sie. Und … ich werde meine Leute instruieren, offen und ohne Vorbehalte mit Ihnen zu reden«, versicherte sie. »Wir sind nicht viele. Einer der Diplomaten weilt im Ausland, wir erwarten ihn nicht vor nächster Woche zurück. Die Feiertage, Sie verstehen.«

Martha hatte Recht. Er arbeitete zu viel. Wann war er das letzte Mal in einem Konzert gewesen? Er hörte nur noch Radio, nahm sich nicht die Zeit, eine CD aufzulegen. Und den Film, den Martha für ihn aufgezeichnet hatte, hatte er sich auch noch nicht angesehen.

Hammerl wartete an der Wohnungstür. Jeschek stellte die Botschafterin vor.

»Aber das ist nicht der, der mich zu einer Geistlichen …« Ihr Blick fiel auf die Markierungen, die anzeigten, wo Sally gelegen hatte. Sie schluckte. »Wo ist Usiku jetzt?«, fragte sie.

»In der Gerichtsmedizin. Bei Gewaltverbrechen ist eine Obduktion richterlich vorgeschrieben.«

»Bei uns ebenfalls. Ich habe Rechtswissenschaften studiert, eine Weile in einer Kanzlei gearbeitet, bevor ich ins Außenministerium wechselte.«

»Haben Sie Miss Usikus Familie erreicht?«

»Noch nicht. Jua versucht es weiterhin.« Sie schaute Jeschek an. »Hat sie leiden müssen?«

»Wir glauben, es ist sehr schnell gegangen. Das soll kein Trost sein, nur eine Feststellung.« Dabei wirkte die Frau nicht, als müsse sie getröstet werden. Er räusperte sich. »Wie ist Miss Usiku nach Österreich gekommen?«

Frau Mwenzi begann zu erzählen. Sally hatte sich in einen ehrgeizigen jungen Musiker verliebt. Er war zu einem Festival nach Wien eingeladen worden. Usiku, bereits schwanger, war mit ihm gegangen. Der Auftritt hatte nicht die gewünschte Publizität gebracht. Der Mann war nach England weitergereist, um dort sein Glück zu versuchen. »Sie ist in Wien geblieben, um ihr Kind zur Welt zu bringen. Sie hat sich an die Botschaft gewandt. Zufälligerweise brauchten wir damals eine Mitarbeiterin. Ihre Qualifikation war in Ordnung, sie hat sich in kürzester Zeit eingearbeitet. Mir hat die Frau gefallen, ich hatte Respekt vor ihrer Entscheidung und ihrem Mut, sich hier ein Leben aufzubauen.« Frau Mwenzi schaute sich um. »Und das ist ihr nicht schlecht gelungen, die Wohnung ist hübsch. Von der Unordnung abgesehen. Das ist … war nicht ihre Art. Niemals. Und die Kleine ist ein Goldstück, Usiku hat sie gut erzogen.«

»Der Vater des Kindes hat sie nie besucht?«

»Nie. Sie hat vor einem Jahr eine Postkarte von ihm erhalten, aus Deutschland, er schlägt sich als Straßenmusiker durch, weiter nichts. Er hat seine Tochter noch nie gesehen.« Sie seufzte. »Ich möchte zu dem eigentlichen Punkt kommen, warum ich hier bin. Usiku hatte schon mit der Polizei zu tun, sie ist vor etwa eineinhalb Jahren vorgeladen worden. Ich kann mich nicht mehr erinnern, von welcher Dienststelle, etwas mit *sicher*, ja, Sicherheitspolizei. Es ging um illegale Prostitution.«

Hammerl warf Jeschek einen überraschten Blick zu. Anscheinend verstand er alles, nur mit Wortbeiträgen hielt er sich zurück. »Sicherheitsbüro?«

»Ja, so hat es geheißen.«

»Ist Miss Usiku als Zeugin vorgeladen worden?«

»Nein. Sie wurde beschuldigt. Usiku war auf dem Heimweg von der Feier zum Unabhängigkeitstag von Amani in der UNO-City.

Das Kind war bei Familie Jua, unter der zuverlässigen Aufsicht einer Babysitterin. Usiku hat sich nach 23 Uhr in der Gegend des Westbahnhofs mit einem Mann unterhalten, der sie aus seinem Auto heraus angesprochen hat. Sie hat mir später erzählt, der Herr sei sympathisch gewesen. Er hätte gefragt, woher sie komme, ob ihr Wien gefalle. Harmlos.«

»Und dann hat er sie nach ihrem Preis gefragt«, vermutete Jeschek.

Die Botschafterin nickte. »Genau so war es. Er wollte mit ihr ins Geschäft kommen. Usiku war entsetzt. Sie ging weiter, er fuhr neben ihr her. Eine Polizeistreife wurde auf die beiden aufmerksam. Der Mann hat ausgesagt, sie habe sich ihm angeboten. Usiku haben sie auf die Wache mitgenommen.«

* * *

»Waren die blind? Haben die nicht begriffen, dass der Kerl sie bedrängt hat?« Martha richtete sich empört auf.

»Schau, der Mann hat ausgesagt, sie hätte ihm sexuelle Leistungen gegen Geld angeboten.« Jeschek setzte sich auf die Bettkante.

»Das hat sie doch richtiggestellt? Dann steht Aussage gegen Aussage!« Sie griff nach ihrem Morgenrock, schlüpfte hinein.

»Dazu kommen die so genannten Expertenmeinungen der Polizeibeamten, zudem hat sie sich in einem Prostitutionsgebiet aufgehalten.«

»Experten? Waren es geistig Minderbemittelte, die A rassistisch und B sexistisch denken? Warum glaubt die Polizei dem Mann, aber nicht Sally? Weil er weiß ist und sie schwarz?«

»Bitte, Martha, spring doch nicht auch auf diesen Zug. Das Verhältnis Polizei und Afrikaner ist belastet genug.«

»Von dir persönlich war nicht die Rede, warum fühlst du dich betroffen?«

»Ich mag pauschale Verurteilungen nicht. Es gibt in jedem Verein solche und solche.«

»Ich habe dich nicht mit denen in einen Topf geworfen«, stellte Martha klar. »Wenn du das so aufgefasst hast, ist das dein Problem!

Und was soll der Ausdruck Prostitutionsgebiet? Wenn sie aus der UNO-City kommt, fährt sie mit der U1, dann U3 und steigt am Westbahnhof in die Straßenbahn um.«

»Dabei käme sie nie auf die Straße, du kennst dich doch aus. Die Autos fahren nicht in die Station hinein. Sie muss das Bahnhofsgelände verlassen haben. Sie ist von dem Kerl aus dem Auto heraus angesprochen worden.«

Martha überlegte. »Oder sie ist vom Westbahnhof zu Fuß nach Hause gegangen. Macht keinen Unterschied.«

»Dann muss sie gewusst haben, was sich dort abspielt.«

Sie zog den Morgenrock enger um sich. »Man nimmt nur das wahr, was man will.«

»Stimmt, aber so naiv kann sie nicht gewesen sein! Es ist bei einer Ermahnung ohne Strafverfügung geblieben, ich habe den Akt nachgeschlagen. Die Kollegin, die den Fall bearbeitet hat, musste so handeln«, erklärte er.

Sie warf ihm einen misstrauischen Blick zu. »Im Zweifel für den Angeklagten, gilt das nur für Weiße? Mir macht auch Mühe, wie schnell du deine Kollegen in Schutz nimmst.«

»Wer sollte es sonst tun«, verteidigte sich Jeschek.

Martha hielt es im Bett nicht mehr aus. Sie stapfte in die Küche. »Das ist unglaublich, mir kommt die Galle hoch.« Sie schenkte sich ein Glas Wasser ein und trank in langen Schlucken. »Immer diese Stigmas … Stigmen? Egal. Die Männer dealen, die Frauen gehen auf den Strich. Wie lange bleibt so eine Ermahnung an einem kleben?«

Jeschek war ihr gefolgt. »Fünf Jahre. Ich muss sie in meinem Bericht erwähnen. Ich messe der Sache nicht viel Bedeutung bei. Brenneis' Weltbild wird nur leider damit bestätigt. Seine erste Assoziation war, dass Sally eine Gürtelschwalbe gewesen ist.«

»Hätte ich doch nichts erzählt. Jetzt hast du die Qual der Wahl, ob Sally eine Prostituierte oder eine Dealerin war. Oder möglicherweise beides.«

»Ich könnte mir auch vorstellen, dass am Westbahnhof ein übermotivierter Kollege im Einsatz gewesen ist. Und der Mann im Auto ein Arschloch ohne jedes Gewissen.«

»Aha, klingt schon anders. Interessehalber, Prostitution, ist das ein Delikt?«

»Wenn die Frau die Tätigkeit ohne amtsärztliche Untersuchung aufnimmt, ja.« Er wurde amtlich. »Rechtlich gesehen ist das eine Verwaltungsübertretung nach dem Prostitutionsgesetz. Gewerbsmäßig sexuelle Handlungen am eigenen Körper dulden oder an anderen vornehmen. Deswegen sitzen auch viele Drogenabhängige, weil sie sich prostituieren, ohne einen Deckel zu lösen.«

»Einen Dackel?«

»Nein, nichts mit Hund, einen Deckel, Schein, Bewilligung, das Gewerbe auszuüben.«

»Lass die Sache in deinem Bericht aus.«

»Geht nicht, ich muss alle amtlichen Eintragungen über jemanden, der ermordet worden ist, abchecken. Ich kann das nicht unter den Teppich kehren. Zudem will ich mir den Typ vorknöpfen, der behauptet, sie hätte sich ihm angeboten.«

»Tu das. Bring ihn dazu, seine billigen Fantasien zuzugeben. Der bildet sich bestimmt ein, dass jede Frau, die ihn anschaut, Sex mit ihm haben will.«

Er senkte den Kopf. »Ich vernehme niemanden, um eine Theorie, die mir passt, bestätigen zu lassen. Mir liegt daran, die Wahrheit herauszufinden.« Er gähnte und rieb sich die Augen. »Ich geh jetzt ins Bett, ich bin hinüber.«

Sie folgte ihm ins Schlafzimmer. »Es gibt keinen Hinweis auf den Täter? Weder in der Wohnung noch an ihrem Arbeitsplatz?«

»Auf die Berichte der Spurensicherung müssen wir warten, wegen der Feiertage. Wir haben zwar zwei Ladegeräte, aber kein Handy von Usiku gefunden. Adressbuch auch nicht. Kein einziges privates E-Mail, keinen Kalender. Nichts, um ihr Leben außerhalb der Arbeit zu begreifen.«

Martha fühlte sich, trotz der Beklemmung über Sallys Tod, erleichtert. »Wenn Ihre Exzellenz dir einen Schlüssel zu ihrem Territorium gibt, dann haben die nichts mit Rauschgift zu tun.«

»Trevor könnte auch im Alleingang dealen.« Er zog die Decke hoch. »Liegen. Schlafen. Fremdwörter.«

Sie setzte sich auf das Bett. »Ist bestimmt ein Riesen-Missverständnis. Ich denke dauernd daran, an Sally natürlich auch. Wo bist du morgen? Kommst du in die Laudongasse?«

»Ich muss mit den Angestellten der Botschaft reden. Vielleicht können wir zusammen essen, heute ist es sich ja nicht ausgegangen.« Er streckte einen Arm nach ihr aus und schupfte sie. »Komm, leg dich doch auch hin.«

Sie löschte das Licht und rollte sich auf ihrer Seite zusammen. »Ich habe keine Termine auswärts, bin den ganzen Tag im Atelier.«

»Sally wird das Thema in der Gasse sein. Wenn jemand was von Belang erzählt, lässt du mich es doch wissen?«

Wollte er sie zum Spitzel machen?

Seine Stimme klang leise. »Und wenn die blonde Frau auftaucht, gib mir sofort Bescheid. Ich möchte mit ihr sprechen. Den Buchhändler nehme ich mir vor. Nur wegen Sally, sonst nichts. Weiß er, dass du mit einem Kriminalbeamten zusammen bist?«

»Nein.«

»Dann sag ihm auch nichts davon.«

»Ich werde dich glatt verleugnen. Gut, dass Alois nie ins *Buffet Kaiser* geht, sonst müsste er uns schon gesehen haben.« Es kam keine Antwort mehr. Jeschek war bereits eingeschlafen.

* * *

Martha fiel es schwer, sich zu konzentrieren. Sie sollte ein Layout für einen Folder über das Pulkautal und seine Kellergassen, ein Weinanbaugebiet nördlich von Wien an der Grenze zu Tschechien, entwerfen. Clemens Hoffmeister hatte den größten Teil der Woche in der Gegend fotografiert. Auch heute war er in aller Frühe losgefahren. Er hatte ihr einen Stoß Unterlagen hingelegt. Zuoberst klebte eine Notiz. *Schau dir die Prospekte an, aber mach was Besseres.*

Sie blätterte den ersten Folder durch. Zu brav, in ihren Augen. Der zweite desgleichen.

Alois aus der Buchhandlung möchte dich sprechen.

Die Notiz klebte auf dem dritten Prospekt. Sie blätterte den Stapel durch und fand noch weitere Botschaften.

Gut zu wissen, dass du so zuverlässig bist.

Der hier ist stinklangweilig.

Schönes Wochenende!

Sie musste lächeln. Eine nette Idee, die Zettel so zu verteilen. Die meisten hätten alles auf ein einziges Blatt geschrieben. Sie ordnete den Stapel. Bei diesem Auftrag war die Grundfarbe ausschlaggebend. Vielleicht ein tiefes, volles Rot, aber nicht als Hintergrund, Schrift darauf war schwer zu lesen. Sie schaltete den Computer ein und rief die Mails ab. Sieben Stück, darunter eines von Simon. *Mein lieber Watson, war schon in der Buchhandlung, komme am Nachmittag noch mal in deine Gegend. Essengehen ist leider gestrichen. Holmes.* Gelegentlich nannten sie sich so, nachdem sie bei der Aufklärung des Todes ihres früheren Freundes mitgeholfen hatte.

Sie druckte zwei Schreiben an Clemens aus und legte sie auf seinen Schreibtisch. Der Kaffee in der Thermoskanne war noch warm. Ihr Chef bereitete ihn immer selbst zu. Das könne er nicht einer Engländerin überlassen, hatte er erklärt. Sie schenkte sich eine Tasse ein, warf zwei Zuckerstücke hinein. Zu schwungvoll, die braune Flüssigkeit spritzte auf und ihre weiße Bluse hatte einen Fleck. Gut, dass sie keinen Termin auswärts hatte. So bekleckert, nein, angepatzt, wie die Wiener sagten, hätte sie keinen guten Eindruck hinterlassen.

Sie schaute auf die Uhr. Halb zwölf. Die Buchhandlung öffnete um neun. Hatte Alois vor oder nach dem Gespräch mit Jeschek nach ihr gefragt? Sie machte sich auf den Weg.

Der Buchhändler hatte Zeit, der Laden war leer.

Ein einzelner Arbeitstag zwischen einem Feiertag und dem Wochenende wurde Fenstertag genannt. Wer nicht freihatte, belohnte sich mit gelockerten Arbeitssitten. Als würden die Dinge schweben. Alois hätte an einem normalen Arbeitstag kaum seinen Dienst unterbrochen. Kein Problem, hatte seine Kollegin Miriam versichert, sie komme locker alleine zurecht. Martha lotste ihn zum Würstelstand. Karli gab ihnen die Getränke und machte sich wieder an den Umbau, eine gedeckte Erweiterung des Standes, »damit mir die Kundschaft nicht erfriert, wenn es demnächst wieder saukalt wird«.

Martha war es recht, ihn außer Hörweite zu wissen. Er war die zentrale Melde- und Weitergabestelle für alles, was sich in der Gasse ereignete.

Alois nahm einen Schluck. Er wirkte bedrückt. »Es ist etwas Furchtbares passiert. Die Frau von der Botschaft, von der ich dir erzählt habe. Sally heißt sie. Hieß sie. Sie ist tot, ermordet worden.«

»Um Gottes willen.« Martha brauchte kein Entsetzen zu heucheln.

»Du weißt das noch gar nicht? Vorhin war ein Bulle, ein Oberkieberer der Kriminaldirektion im Geschäft, der wollte mich in die Mangel nehmen. Ob ich die Tote gekannt habe.«

In die Mangel nehmen, das klang danach, die Wahrheit aus jemandem herauszuprügeln. Jeschek verfügte über subtilere Mittel.

»Viel konnte ich ihm nicht erzählen. Ich habe ja nicht einmal gewusst, wie sie heißt. Ich habe nicht erwähnt, dass ich einem Dealer auf die Spur gekommen bin.« Er strich sich über den Bart.

»Danke.« Martha hatte ein schlechtes Gewissen. Alois hatte dichtgehalten. Sie nicht. »Du hast gesagt, dass viele Botschaften dealen, wie kommst du darauf?«

Alois leerte sein Glas. »Schau dir die Situation an. Die Umstände. Sie können in ihrem Gepäck mitbringen, was sie wollen. Darf nicht kontrolliert werden. Sie genießen Rechtsfreiheit, sind viel unterwegs, über alle Kontinente.«

Sie schüttelte den Kopf. »Ist mir zu verwaschen.« Das mit der Rechtsfreiheit stimmte so nicht. Trevor hatte sie vor ein paar Monaten gebeten, ein Schreiben des Außenministeriums zu übersetzen. Auch wenn er alle Namen mit schwarzen Balken abgedeckt hatte, war unschwer zu erkennen, dass die Angelegenheit ihn betraf. Wiederholtes Fahren im angetrunkenen Zustand, eine Verwarnung und ein Verfahren wurden angedroht. Trevor trank viel. Jetzt war sein Führerschein weg. Davon brauchte Alois nichts zu wissen.

»Gewisse Dinge bleiben einem nicht verborgen«, behauptete er. »Übrigens, nach unserem Gespräch wollte ich die Straße im Auge behalten, ob sich die beiden wieder treffen. Keine Chance. Ich hatte Kundschaft, kurz vor sechs kommen für gewöhnlich noch etliche in den Laden. Torschluss-, nein, eher Ladenschlusspanik müsste es heißen. Als könnten sie die Nacht nicht ohne ein neues Buch überleben. Soll mir recht sein, bringt Umsatz. Vorletzte Woche hatte ich jemanden um drei viertel sieben! Ich bin länger geblieben, die Tageskasse hat nicht gestimmt, ein läppischer Betrag, sieben Euro, aber wenn man das nicht sofort angeht, bringt es die ganze Buchhaltung durcheinander und …«

Martha wurde ungeduldig. Buchhaltung gehörte zu den Dingen, die ihr ewig ein Fremdwort blieben.

»… da haben wir in den Büchern tricksen, den Betrag abschreiben müssen.«

»Wie groß war das Päckchen oder der Gegenstand, was die Frau von dem Schwarzen bekommen hat?« Jetzt stelle ich Simons Fragen, schoss es ihr durch den Kopf. Einerseits war es ihr zuwider, selber herumzuschnüffeln, andererseits wollte sie nicht riskieren, dass Alois zur Polizei ging.

»Das habe ich nicht gesehen.«

»Hast du gesehen, wie viel Geld sie ihm zugesteckt hat?«

»Nicht genau, aber es sind mehrere Scheine gewesen, Zehner, da bin ich mir sicher.« Er schaute auf die Uhr. »Ich sollte wieder ins Geschäft.«

»Ich versuche, Caleb übers Wochenende zu erreichen. Ich halte dich auf dem Laufenden.«

»Darum wollte ich dich bitten.«

Er musste immer das letzte Wort haben.

* * *

Brenneis warf die Tatortfotos schwungvoll auf den Tisch. Drei Bilder rutschten zu Boden. Der Gruppenleiter öffnete die Knöpfe seiner grün-braunen Strickjacke, bückte sich danach und quälte sich stöhnend wieder hoch. »Mein Kreuz, ich habe keine Zeit, zu der Physiotherapie zu gehen, die mir der Arzt verschrieben hat. Schaut euch die in aller Ruhe noch mal an, vielleicht fällt euch etwas auf, ja.«

»Nicht die übliche Qualität«, bemerkte Hammerl. »Der Kollege hat noch nie eine Afrikanerin fotografiert. Schlecht ausgeleuchtet.«

»Das habe ich nicht gemeint. Dass sie eine Negerin ist, stellt uns zusätzlich vor Probleme, ja. Wir wissen zu wenig über deren Gewohnheiten. Die haben eine ganz andere Kultur als wir.«

»Eine Kultur? Afrika ist ein Kontinent, da gibt es tausend Kulturen«, sagte Jeschek.

»Völkerkundliche Vorträge brauchen wir keine, dass sie anders leben, ist ja nicht abzustreiten, ja?«

»Usiku lebte seit mehr als drei Jahren in Wien. Ihre Wohnung sieht um keinen Deut anders aus als die einer Österreicherin.«

»Und wenn schon. Könnt ihr mit neuen Erkenntnissen aufwarten?«

»Wir haben keine weiteren Hinweise auf den Tathergang gefunden«, sagte Hammerl.

»Meine Theorie könnte hinkommen. Der Angriff war für sie überraschend.« Jeschek schob die Fotos zu einem Stapel zusammen. »Usiku war eine gesunde, kräftige Frau. Sie hätte sich gewehrt.«

»Ein Sexualdelikt können wir ausschließen, sie war vollständig angezogen, keine Verletzungen im Genitalbereich, keine Spermaspuren. Das steht fest, ja.« Brenneis warf einen Blick in seinen Terminkalender. »Ich werde am Montag bei der Leichenbeschauung anwesend sein. Oder will einer von euch das übernehmen?« Er schaute sie fragend an.

Hammerl räusperte sich. »Nein, passt schon.«

»Was ist mit dem Schal? Stammt er aus ihrem Besitz?«, fragte der Gruppenleiter.

Zwei Sätze ohne ein einziges Ja, stellte Jeschek fest. »Die Botschafterin hat erzählt, Usiku hätte ihn vor nicht langer Zeit geschenkt erhalten und herumgezeigt. Der Schal wird auf Spuren untersucht. Hoffentlich sind verwertbare dabei.«

»Ob die von dem oder den Tätern stammen, steht damit noch nicht fest, ja«, wandte Brenneis ein. »Ohne Vergleichsmaterial nützt uns das nichts.«

»Nach meiner Überzeugung haben wir es mit einem Einzeltäter zu tun. Und die beiden haben sich gekannt«, meinte Jeschek.

»Das Labor hat gejammert. Sie sind hoffnungslos unterbesetzt.

Resultate sind nicht vor nächster Woche zu erwarten«, sagte Hammerl. »Zu viele Feiertage, halb Österreich hat geschlossen.« Er warf einen Blick auf seinen Notizblock. »Nach unseren bisherigen Ermittlungen hat Usiku bis siebzehn Uhr gearbeitet, dann die Kleine aus dem Kindergarten in der Heingasse abgeholt und in den 18. gebracht, zu Familie Jua, die wohnen in der Salottigasse. Kurz vor halb sieben ist sie aufgebrochen. Mit den öffentlichen Verkehrsmitteln braucht sie eine halbe Stunde nach Hause. Wagen hat sie keinen. Wir wissen nicht, ob sie direkt gefahren ist oder einen Umweg gemacht hat. Der Zeitpunkt ihres Todes liegt zwischen ein- und zweiundzwanzig Uhr. Um zweiundzwanzig Uhr dreißig kommt der Nachbar zurück und bemerkt die offene Tür. Was in der Zwischenzeit geschehen ist, darüber haben wir keine Anhaltspunkte, keine Zeugen, nichts.«

»Ich habe Frau Jua gefragt, warum das Kind bei ihnen war«, berichtete Jeschek. »Sie hat erzählt, das sei ab und zu vorgekommen. Die Kleine hat weder Vater noch Geschwister, bei der Familie gibt es sowohl als auch.«

»Zum Wochenende oder zu den Feiertagen hat man doch Familie um sich, ja. Meine eigene Tochter schert sich nicht um solche Gelegenheiten. Aber mein Sohn. Der ist schon vor einigen Jahren ausgezogen, aber zu den Feiertagen kommt er, verlässlich«, sinnierte Brenneis. »Warum gibt sie ihr Kind weg? Bestimmt hat diese Negerin Männerbekanntschaften gehabt. Eine exotische Schönheit fällt auf … Habt ihr schon festgestellt, ob etwas über sie vorliegt?«

»Dazu sind wir noch nicht gekommen«, log Jeschek. »Machen wir als Nächstes.«

»Drogen sind keine gefunden worden«, sagte Brenneis. »Auch wenn es eine Neger-Wohnung war, ja.«

»Einen Punkt möchte ich klarstellen«, sagte Hammerl. »Das Wort Neger ist offiziell aus dem Wortschatz gestrichen. Ich war bei einer Weiterbildungsveranstaltung des Projekts *Polizei und AfrikanerInnen,* die setzen sich dafür ein, das Verhältnis zwischen Polizei und Afrikanern zu verbessern, Vorurteile abzubauen und den Dialog aufzunehmen.«

»Davon habe ich gehört, auch eine nette Art, sich die Zeit zu vertreiben, ja«, winkte Brenneis ab. »Wir brauchen etwas Handfestes, Burschen, wir haben einen Fall aufzuklären!«

»Ich habe die Weiterbildung als sinnvoll empfunden«, sagte Hammerl geduldig. »Sie hat mir einige Erkenntnisse gebracht.«

»Zumindest die, dass man nicht mehr Neger sagen darf«, spöttelte Brenneis. »Meines Wissens kommt das Wort aus dem Lateinischen und bedeutet schwarz, ja. Darf man auch nicht mehr Schwarzer sagen? Wie ist es umgekehrt, ja? Wie bezeichnen sie uns? Als Weiße, als Bleichgesichter.«

»Es gibt in einigen afrikanischen Sprachen Wörter, die die unterschiedlichen Hautfarben und ihre Träger beschreiben, darum geht es nicht. Der Vergleich hinkt vielleicht, aber wir sind auch nicht begeistert, wenn wir Bullenschweine genannt werden. Das Wort Neger ist nahe bei Nigger und wird als abwertend empfunden. Außerdem, das Opfer hat einen Namen, wie alle Menschen. Der Kollege, der das Projekt mitbetreut, sitzt nur eine Etage höher«, sagte Hammerl zuvorkommend. »Ich stell dich ihm gerne vor. Mir hat es geholfen, mit Afrikanern eine Gesprächsbasis zu finden, Vertrauen aufzubauen.«

»Ja, wer weiß, wenn ich mal keine anderen Sorgen habe. Habt ihr mit den anderen Mitarbeitern gesprochen?«

»Mit den beiden Fahrern und mit Sophokles Kitabu. Er ist der politische Beobachter, versucht, die Politik des Landes zu verstehen und daraus zu lernen. Was man bei ihnen davon umsetzen könnte«, berichtete Jeschek.

»Den Job stelle ich mir mühsam vor«, grinste Hammerl. »Bei unserer jetzigen Regierung.«

»Mich interessiert mehr, was er über Usiku weiß, ja«, sagte Brenneis missbilligend.

»Er hat sich kaum mit ihr unterhalten. Er ist erst seit zwei Monaten in Wien. Die andern Mitarbeiter konnten wir nicht erreichen. Trevor Dume hat die Feiertage zum Anlass genommen, seine Familie, die in London lebt, zu besuchen. Mit der Übersetzerin sprechen wir am Montag.« Jeschek blätterte durch seinen Notizblock.

»Sitten haben die. Die eine gibt ihr Kind dauernd weg, die Familie eines anderen lebt in England. Wen habt ihr noch befragt? Wir müssen mehr über die Gewohnheiten dieser Frau herausfinden.« Brenneis klang ungeduldig.

Vier Sätze und kein einziges Ja. Jeschek ließ seinen Stift fallen, der unter den Tisch rollte. »Es ist kaum jemand da. Wir haben auch nicht mit allen unmittelbaren Nachbarn des Opfers gesprochen. Zwei Buchhändler habe ich erwischt, der Laden liegt im Haus neben der Botschaft. Die kennen sie vom Sehen, mehr nicht.«

Brenneis blickte auf die Uhr und stand auf. »Es ist halb zwei, ja. Genug Zeit, die Sache voranzutreiben. Ich muss zu meinem Termin. Und ja, wenn die Feiertage vorbei sind und wir wieder die volle Gruppenstärke haben, ist es höchste Eisenbahn, dass wir einen Termin für den versprochenen Einstand ausmachen, ja?«

»Geht klar«, sagte Hammerl ohne Begeisterung. »Er greift in die Speichen«, kommentierte er, als Brenneis außer Hörweite war.

»Dabei kann man leicht ein paar Finger verlieren«, konterte Jeschek. »Ich konzentriere mich mehr auf seine Jas, wie oft er sie bringt, wie viele Sätze am Stück er ohne auskommt, aber nicht auf die Fakten.«

»Es ist nicht einfach, eine Gruppe zu übernehmen, die schon einige Jahre in der gleichen personellen Zusammensetzung ermittelt. Ich habe ihm einen Unsicherheitsbonus gegeben.« Hammerl lehnte sich in seinem Sessel zurück und legte die Füße auf den Tisch. »Den hat er fast aufgebraucht.«

»Ich fühle mich wie ein Schulbub. Ich habe Spaß, wissentlich Informationen zurückzuhalten, den Chef nicht in alle Erkenntnisse einzuweihen.«

Hammerl spielte mit seinem Ohrring. »Wir sind auf dem besten Weg, gegeneinander zu arbeiten statt miteinander.«

»Meinst du, wir sollten die Geschichte von Martha einbringen?«

»Du hast gesagt, sie wird die Lage auskundschaften. Sie ist ein guter Hilfssheriff, das hat sie bewiesen. Wenn Brenneis jetzt schon davon erfährt, laufen wir Gefahr, dass er sich benimmt wie ein Elefant im Porzellanladen.« Er kratzte sich an der Stirn. »Oder, um es mit seinem Geschick für Sprichwörter auszudrücken, wie ein stürmischer Fisch im Wasserglas.«

Jeschek griff nach seiner Jacke. »Brenneis mit einem Goldfisch zu vergleichen, du hast sie ja nicht alle. So, ich fahre in die Laudongasse, rede mit dem Personal der anderen Botschaften, die sind, oh Wunder, brav an der Arbeit. Die Eintragung über Usiku suche ich später heraus.«

»Kannst du mir überlassen. Ich werde den Zeugen anrufen, dem sie angeblich ein Angebot gemacht hat.« Hammerl setzte sich wieder manierlich hin.

»Bevor ich fahre, geh ich auf einen Sprung zum Suchtgiftreferat. Möchte wissen, was denen zum Thema dealende Diplomaten einfällt. Bis später.«

»Darf man?« Jeschek klopfte an die Tür und trat ein.

»Bist ja schon drin«, brummte es aus der hinteren Ecke. Sven Küppers hockte am Computer, tiefe Falten auf seiner Stirn.

»Du schaust nicht gerade glücklich aus«, meinte Jeschek.

»Stimmt. Aber erst mal hallo. Magst einen Kaffee?«

»Am liebsten eine Kanne. Was ist los mit dir?«

Küppers deutete auf das Telefon. »Meine Frau hat angerufen. Sie ist stocksauer, weil ich wieder Überstunden schieben muss. Sie hat damit gedroht, mich vor die Tür zu setzen, wenn das so weitergeht. Sie hätte einen realen Mann geheiratet, keinen virtuellen. Unsere Sprösslinge kennen mich nur von Fotos und Gute-Nacht-E-Mails.« Er zupfte an seinem Pullover herum. »Letzten Monat habe ich knapp hundertfünfzig Überstunden gemacht! Wir sind absolut am Limit. Ich bin kurz davor, den Hut draufzuhauen, aber was soll ich tun? Taxi fahren?«

»Meine Freundin beschwert sich auch, aber das Maß ist erträglich.«

»HaRa, Harald Raschauer, unser Hochamtsleiter, ist scharf auf Dealer. Wir haben fast jeden zweiten Tag Schwerpunktaktionen, Razzien. Wohnheime, Call-Center, U-Bahn-Stationen, all die neuralgischen Punkte.«

»Ich weiß, Strukturermittlungen würden mehr …«

»Na, Jeschek, wie wär's, willst du in unser Referat wechseln?

Dich könnten wir brauchen. Besonders wenn wir uns mit Niggern anlegen.« Faltermayr, ebenfalls vom Referat Suchtgift, war eingetreten.

»Was soll die Anspielung?«, fragte Jeschek. »Wegen dieser Sache beim Nahkampftraining? Du bist mir direkt in den Arm gelaufen.«

Faltermayr hielt sich den Bauch und tat, als ginge er zu Boden. »Den Schlag solltest du dir patentieren lassen.« Dann richtete er sich wieder auf. »Im Referat Gewalt hast du weniger Gelegenheit, dein Können einzusetzen. Letzte Woche, bei der Razzia im 15., ich stehe ...«, er ging in die Knie, winkelte die Arme auf Brusthöhe an und boxte in die Luft, »ich stehe bei der Treppe in dem Asylbewerberheim, da stürzen drei auf mich zu, zwei Bimbos und irgendein Tschusch. Die hatten sich in einem Besenschrank versteckt, plötzlich stürmen sie los, ich habe ...«

»Lass gut sein«, unterbrach Küppers. »Wir kennen die Geschichte.« Er griff nach einem Dossier und reichte es ihm. »Hier sind die Unterlagen, die du wolltest. Entschuldige, wir haben eine Besprechung.«

»Man wird ja noch von seinen Erfolgen erzählen dürfen«, maulte Faltermayr beleidigt und nahm die Papiere an sich. Beim Hinausgehen setzte er zu einem Stoß in Jeschecks Magengrube an. Der wich geschickt aus. »Gute Reaktion, so haben wir's gerne.« Er knallte die Türe hinter sich zu.

Küppers schüttelte den Kopf. »Der mit seinen Storys. Glaub ihm nicht alles. Wenn du mich fragst, er prügelt sich gerne, er sucht es geradezu.«

»Ich verstehe nicht, warum er mir ein Rambo-Image anhängen will«, wunderte sich Jeschek. »Beim Training hat er herumgealbert, ist mir direkt in den Ellbogen gelaufen und hat sich für zwei Minuten auf die Matte gesetzt.«

»Das hat sein Ego schwer getroffen«, grinste Küppers. »Vergiss sein Gerede. Er ist einer der Kollegen, die sich zur Zeit überall anpreisen, damit der Kriminaldirektor auf sie aufmerksam wird. Dafür macht er alles, wenn's sein muss, sich nackig ausziehen und im Hof Purzelbäume schlagen. Aber in der Not kann man sich auf ihn verlassen. Was führt dich zu mir?«

»Ich mach mir Gedanken über eine Situation, die in dein Referat greift.« Jeschek berichtete von der Geschichte des Buchhändlers.

Küppers winkte ab. »Vergiss es. Solange du nicht mit eigenen Augen gesehen hast, dass illegale Drogen verkauft worden sind, brauchst du keinen weiteren Gedanken daran zu verschwenden. Sogar wenn die Frau eine stadtbekannte Fixerin ist.« Er kämpfte mit den viel zu langen Ärmeln seines Pullovers, krempelte die Enden mehrfach um. »Ein Geschenk meiner Schwiegermutter«, sagte er erklärend. »Sie schätzt mich falsch ein.«

»Zumindest tun die dem langem Arm des Gesetzes Genüge.«

Küppers grinste. »Moment. Hat die Angelegenheit mit deinem Fall zu tun? Du hast die schwarze Leiche auf dem Tisch, nicht wahr? Sie hat für eine Botschaft gearbeitet?«

»So ist es«, bestätigte Jeschek. »Ich will keinen Schaden anrichten. Die Botschafterin hat mir gestern einen Schlüssel gegeben, Hammerl und ich waren über eine Stunde in deren Räumen. Ohne Aufsicht. Ausschließen tue ich nichts, ich gehe der Sache nach. Aber ich halte alles unter dem Deckel. Brenneis habe ich noch nicht davon erzählt.«

»Nichts kommt über meine Lippen«, versprach Küppers. »Der würde Raschauer Bericht machen. HaRa wäre glatt in der Lage, selber auf Dealerjagd zu gehen.«

»Glaub ich nicht, die Dreckarbeit überlässt er lieber uns. Hattet ihr schon mal eine Botschaft wegen Drogenhandel im Visier?«

Küppers schüttelte seine Hand, als hätte er sich verbrannt. »Einmal. Allerdings war das keine afrikanische Botschaft, sondern eine aus Südamerika. Wir haben einen Tipp bekommen. Ein Kollege hat versucht, einen Scheinkauf einzufädeln. Entweder haben sie Lunte gerochen, oder es hat nicht gestimmt. Wenn die Botschaft Drogen unter die Leute bringt, werden sie nicht nur eine einzige Abnehmerin haben. Wenn ich von einer neuen Bezugsquelle höre, geb ich dir Bescheid.«

4

»Komm rein«, sagte Rebecca. »Entschuldige die Unordnung.«

Martha zog die Schuhe aus. »Wo soll die sein?«

»Die siehst du früh genug. Ein immer perfekt gekleideter Ehemann und drei Kinder … Die Waschmaschine läuft im Dauerbetrieb, und ich müsste um die zwei Tonnen Wäsche bügeln.«

Martha verzog bedauernd das Gesicht. Da konnte Jeschek betteln, wie er wollte, sie bügelte seine Hemden nur, wenn sie sie selber anzog. »Habt ihr es den Kindern gesagt?«

»Mary ja. Ihr Deutsch ist gut, ich wollte nicht, dass sie es aus dem Fernsehen oder in der Schule mitbekommt. Ian und Jessy verstehen es noch nicht, die sind zu klein.«

»Da ist wer gekommen!«, brüllte eine Kinderstimme. Zwei Sekunden später kam Ian, eine kleine Ausgabe seines Vaters, angerannt. Er stoppte direkt vor Marthas Füßen. »Hallo, willst du mit meinem neuen Computergame spielen? Man muss nur aufpassen, dass man gut um die Kurven kommt. Vorhin bin ich mit meinem Auto in ein Haus gekracht«, gluckste er vergnügt.

Martha hatte schon ein paar Mal fasziniert zugesehen, wie Mary und Ian auf dem Gehsteig spielten, wenn Rebecca Caleb abholte. Alle behielten die Eingangstür im Auge. Der Bub war ständig in Bewegung, hüpfte, rannte, vorwärts, rückwärts, seitwärts. Er übersah Hindernisse, stieß mit Passanten, Hunden, Einkaufswagen oder mit der Straßenlampe zusammen, aber das schien ihm nichts auszumachen.

Er wettet mit Mary, wer Daddy zuerst sieht. Er will jeden Abend gewinnen, hatte Alex erklärt, als sie letzten Sommer alle zusammen in einem Schanigarten gesessen hatten.

Wie hast du das herausgefunden, hatte Martha erstaunt gefragt.

Alex hatte die Schultern gezuckt. *Er hat es mir gesagt.*

Die beiden stammten nicht vom gleichen Kontinent und hatten keine gemeinsame Sprache. Sie sagten es sich einfach.

»Ian, Martha und ich möchten miteinander reden. Geh in dein Zimmer«, bat Rebecca.

»Ich habe jetzt eine kleine Schwester! Eine große habe ich schon immer gehabt. Und du?«

»Nur einen kleinen Bruder«, sagte Martha und knuffte den Sechsjährigen in den Bauch.

»Wie groß ist der?«

»Etwa so.« Sie hielt ihre Hand über den Kopf.

»Wenn er so groß ist, ist er nicht dein kleiner Bruder.«

»Er ist jünger als ich.«

»Wie alt?«

»Ian, ich möchte mit Martha Tee trinken und reden«, stoppte Rebecca seinen Wissensdrang.

»Du musst aber noch in mein Zimmer kommen«, bettelte Ian.

Martha versprach es und folgte seiner Mutter ins Wohnzimmer.

»Er findet nie ein Ende«, sagte Rebecca entschuldigend. »Mit Jessy ist er gut, die Rolle als großer Bruder gefällt ihm.«

»Fragt die Kleine nach ihrer Mutter?«

»Hie und da. Wir überlegen, wie wir es ihr beibringen. Caleb ist kaum da. Morgen kommt eine Delegation aus Amani, die muss er bis Dienstag betreuen, dann fliegen sie nach Berlin weiter.« Rebecca setzte sich auf das Sofa, zog die Beine hoch, griff nach ihrer Tasse und legte beide Hände darum. »Mich friert dauernd.«

»Sallys Tod muss ein Schock gewesen sein.«

Rebecca nahm einen Schluck. »Dabei begegnen wir dem Tod häufiger. Letztes Frühjahr ist Calebs Neffe im Hochwasser ertrunken. Kurz darauf ist einer meiner Schwager an einer Infektion gestorben. Wir haben große Familien, die medizinische Versorgung ist nicht wie in Österreich. Aber ich war nicht darauf vorbereitet, dass ich hier mit einem unnatürlichen Tod konfrontiert werde. Wien ist eine sichere Stadt. Auch als Frau kann man sich gut alleine bewegen. Ich bin froh, dass Simon den Fall bearbeitet. Er kennt uns und wir ihn. Sallys Erfahrung mit der Wiener Polizei hat uns misstrauisch gemacht.«

»Ich war empört.«

Rebecca zuckte die Schultern. »Sie hat es herausgefordert.«

Martha stellte ihre Tasse ab. »Es ist doch kein Verbrechen, zu Fuß nach Hause zu gehen.«

»In der Gegend? Sie musste damit rechnen, angesprochen zu werden. In vielen Dingen war sie naiv.«

Martha wusste nicht, wie sie mit dieser Aussage umgehen sollte. Über Verstorbene nur gut zu reden bereitete ihr auch Mühe. Der Tod löschte all die Unstimmigkeiten, die Differenzen, die man mit einer Person hatte, nicht aus. Damit hatte sie viel gehadert, als ihr Ex-Freund ermordet worden war.

Rebecca bemerkte ihr Zögern. »In meinem Land ist es üblich, sich die Augen auszuweinen, wenn eine nahe stehende Person gestorben ist. Und dann reden wir schlecht von ihr«, erklärte sie.

»Im Ernst? In Westeuropa wäre das verpönt.«

»Vielleicht erleichtert es den Abschied? Ein Mensch wie du und ich, mit all seinen Vorzügen und Schwächen.« Rebecca seufzte. »Sally war hin und her gerissen. Mein Aufenthalt in Österreich ist begrenzt, ich habe mich nie darauf eingestellt, für immer hier zu bleiben. Spätestens in zwei Jahren sind wir wieder in Amani. Sally hat versucht, hier zu Hause zu sein, das ist ihr nicht gelungen.«

»Ich hatte den Eindruck, sie war in vielen Belangen integriert?«

Rebecca zog einen Schal um sich. »War sie das? Sie sprach gut Deutsch. Ich bewege mich meist unter Menschen, die Englisch sprechen. Die Kinder gehen in eine englischsprachige Schule. Es gibt Theater, die in Englisch spielen, Kinos, die Filme in der Originalversion zeigen.«

»Und die vielen Konzerte. Musik ist die gemeinsame Sprache überhaupt. Aber ich komme ins Philosophieren«, sagte Martha. »Du hast gesagt, Sally hätte auf dich naiv gewirkt.«

»Womit hat sie in dieser Gesellschaft bestehen können? Sie wollte ein Heim, eine Familie. Die Männer wollten nur ein Abenteuer mit einer Schwarzen, keine Beziehung. Einer ihrer Verehrer hat sie zu seiner Familie eingeladen. Die Mutter hat das Zimmer verlassen und gesagt, sie setzt sich nicht mit einer Negerin an den gleichen Tisch. Daraufhin hat sich der Mann von ihr getrennt.«

Martha schüttelte den Kopf. »Da hat sie nichts verpasst.«

»Sie hat viele Enttäuschungen erlebt.« Rebecca legte ihre Hände wieder um die Teetasse. »Sally hat fast jeden Monat einen neuen

Typen an Land gezogen. Ich bin mir sicher, dass sie zeitweise mit mehreren Männern gleichzeitig etwas laufen hatte. Sie hat Jessy immer öfter zu uns gebracht. Ich habe ihr gesagt, dass ich das nicht gut finde. Es schadet dem Image der afrikanischen Frauen, wenn sie ihre Partner häufig wechseln. Es zementiert ein Vorurteil.«

Was immer Sally tat, sie fiel auf. »Fühlst du dich dauernd beobachtet, weil du schwarz bist?«

»Ich habe gelernt, nicht darauf zu achten. Einmal, in dem neuen Pub in der Nähe der Botschaft, im *Jolly Fisherman*, hat mich jemand angesprochen, ob er mir die Hand geben darf. Er hätte noch nie einen Schwarzen gesehen.«

Das Lokal kannte Martha. Eines der zahlreichen Pubs, die in letzter Zeit Wien flächendeckend überzogen. »Das ist doch kaum zu glauben.«

Rebecca lachte. »Es wird noch besser, du denkst bestimmt, das war ein Österreicher. Falsch. Ein Amerikaner, ein Tourist.«

Martha musste mitlachen. »Lebt der in einem Glashaus?«

»Caleb war dabei, er konnte kaum an sich halten«, kicherte Rebecca. »Möchtest du noch Tee?«

»Ja bitte. Ich wusste nicht, dass du Sally so gut kennst, Caleb war ihr gegenüber zurückhaltend.«

Rebecca nickte. »Er ist sehr klassenbewusst. Es liegen Welten zwischen seiner Familie und dem Umfeld, aus dem Sally stammt. Bei mir ist das anders. In Amani bin ich berufstätig und habe meinen eigenen Freundeskreis. Aber hier bin ich nur die Ehefrau eines Diplomaten. Mir kommt es gelegen, auf Jessy aufzupassen, ich bin mehr Herausforderung gewöhnt.«

Die Situation konnte Martha sich nicht vorstellen. Ganz und gar von einem Mann abhängig sein.

»Caleb war nicht begeistert, aber ich habe mich durchgesetzt«, erzählte Rebecca weiter. »Jessy hat sein Herz erobert, er liebt die Kleine wie seine eigene Tochter«

Martha schmunzelte. »Hast du einen von Sallys Freunden kennen gelernt?«

»Nein. Allerdings, so vor zirka vier, fünf Monaten muss sie jemanden getroffen haben, der anders ist. Sie hat nur Andeutungen gemacht. Dem sei es ernst, ihr Leben werde sich ändern.«

»Nichts weiter?«

»Nein. Aber sie wirkte in den letzten Wochen viel ausgeglichener.«

Die Tür vom Kinderzimmer wurde aufgerissen, Jessy kam schreiend angerannt. »Neeed!!! Los mi!«, brüllte sie in breitestem Wiener Dialekt. Sie hielt eine Puppe an sich gepresst, rannte zu Rebecca und kletterte auf ihren Schoß. »Sarah nicht!«, sagte sie nun in normaler Lautstärke und in Englisch.

Rebecca nahm sie in die Arme und wiegte sie hin und her. Sie redete mit der Kleinen in Sauti, der Landessprache von Amani. Ian war ihr gefolgt, blieb kleinlaut bei Martha stehen und fasste ihre Hand, als erhoffe er sich Unterstützung. Er murmelte etwas. Jessy richtete sich wieder auf und musterte Ian misstrauisch.

»Er wollte die Puppe am Bein operieren«, dolmetschte Rebecca. »Sie ist damit nicht einverstanden. Ich glaube, das hat mit seinem Beinbruch vom letzten Sommer zu tun.«

»Hi, Jessy«, sagte Martha. »Ich glaube, Doktor Ian hat eine falsche Diagnose gestellt. Sarahs Bein muss nicht operiert werden.«

Das Mädchen schaute zu ihr hinüber. »Nein. Nicht opieren.«

Ian wurde wieder mutiger. »Falsche Diagnose, spielen wir weiter?«

»Ja!« Das Mädchen rutschte vom Sofa, griff nach Ians Hand und zog ihn mit sich.

Martha schaute den beiden nach. »In der Größe finden sie alle Leute süß, aber wenn sie erwachsen sind, heißt es Neger, Bimbos.«

»In ihm sehen sie einen Dealer, in ihr eine Prostituierte. Ich bin froh, dass sie noch klein sind.«

»Und Mary? Sie ist zwölf, hast du keine Angst, dass sie dumm angemacht wird?«

Rebecca hob die Hände. »Wir haben mit ihr darüber gesprochen. Auf alles kann man sie nicht vorbereiten. Bis jetzt sind ihr negative Erfahrungen erspart geblieben.«

»Apropos Kinder, Alex verbringt das Wochenende bei uns, ich muss noch einkaufen.«

»Es beruhigt mich, dass es in weißen Familien nicht anders zugeht als bei uns. Die Männer arbeiten, aber die Frauen üben einen Beruf aus und versorgen die Familie.«

* * *

»Muss das sein?« Martha fühlte Ärger in sich hochsteigen. »Es ist Samstag, und du willst ins Büro! Alex ist da, ich bin nicht sein Vater, ich bin nur zufällig anwesend.« Mit dieser Durchsage hatte er gewartet, bis Alex in die Trafik gegangen war, um ihre Zeitung, den *Standard,* zu holen. Und ein Comic-Heft für sich.

»Du hast mich nicht ausreden lassen. Wir alle gehen hin. Schatz, ich brauche ein Phantombild von dem Mann, den du mit Sally gesehen hast. Wir sind noch keinen Schritt weiter. Usikus Telefon speichert die letzten zehn Anrufe. Der Kindergarten, Familie Jua, die Botschaft, eine Wertkartennummer, keiner antwortet, nicht mal eine Mobilbox. Das Handy ist nicht eingeschaltet, somit können wir es nicht orten.« Jeschek sah sie bittend an. »Du hast doch gesagt, du würdest den Mann wiedererkennen. In Sallys Wohnung ist Männerkleidung gefunden worden, auch Unterwäsche.«

Sie räumte das Frühstücks-Geschirr in die Spülmaschine. »Und da braucht ihr ein Phantombild, um festzustellen, ob die Stücke ihm passen? Wie lange dauert das, so eines zu machen?«

»Hängt davon ab, wie schnell du mit dem Zeichner vorankommst.«

Erst hieß es Büro statt Ausflug, dann wurde sie für die Dauer des dienstlichen Abstechers verantwortlich gemacht. Wollte er ihr das als Herausforderung verkaufen? »Ich hätte auch noch zu arbeiten. Aber ich verdrücke mich nicht, es war ausgemacht, dass wir zusammen etwas unternehmen. Wir wollten radeln gehen.«

Jeschek räumte die Überreste des Frühstücks in den Kühlschrank. »Donauinsel war der Gutwetterplan. Schau aus dem Fenster, die Wolken hängen tief, es kann jede Minute regnen. Morgen wird das Wetter besser, dann weihen wir endlich die Kamera ein.«

»Einen Schlechtwetterplan hatten wir auch, ich habe doch dieses Buch gekauft, den Roboterbausatz. Und morgen ist Ende der Sommerzeit, du wolltest die Uhren umstellen. Wegen dem Phantombild, ich warte auf eine offizielle Vorladung.« Sie setzte die Spülmaschine in Gang.

Er trat zu ihr, strich ihr über den Rücken. »Du hast gesagt, der Mann hat dich an deinen Sportlehrer erinnert.«

»Mr. Jennings, unseren Hockey-Trainer.«

»Du hast Hockey gespielt? In England spielen Mädchen Hockey?«

»Ist ein beliebter Sport. Wir hatten viel Spaß in meinem Team, wir haben aber meistens verloren. Ich sehe Jennings vor mir, wie er neben dem Spielfeld hin und her gelaufen ist und uns angespornt hat.«

»Am Feld? Ach so, ich Depp habe an Eishockey gedacht.«

»Er war fesch, wir haben alle für ihn geschwärmt.« Sie suchte nach Worten. »Kein Hochglanz-Schönling, eher der männlich-markante Typ, durchtrainiert. Nicht so groß wie du. Und blond.«

»Du wirst ihn im Nu gezeichnet haben. Ich habe Milch verschüttet, gibst du mir einen Fetzen?«

Sie musste lachen. »Du kannst auch einen ganzen Lappen haben. An einige Wörter hier gewöhne ich mich nie.« Sie streckte ihm ein Putztuch hin, ließ es aber nicht los.

»Ich bin froh, dass du mir den Fetzen nicht um die Ohren haust. Gib her, sonst musst du selber aufwischen.« Er ließ das Tuch los, sie wäre beinahe umgefallen. Das hatte er kommen sehen und hielt sie fest. »Hiermit lade ich dich offiziell vor, uns ein Phantombild zu erstellen. Um Alex kümmere ich mich. Er findet es toll bei mir im Büro. Anschließend gehen wir essen. In den *Wilhelm,* zu Markus. Auf meine Rechnung, versteht sich.«

Das Essen im Lokal von Simons Bruder war ausgezeichnet, der Bestechung konnte sie nicht widerstehen. »Der hat keine durchgehende Küche«, wagte sie einen letzten Einwand.

»Ist neu. Seit letztem Sommer.«

»So lange waren wir nicht mehr dort?«

»Ist es mir gelungen, dich einzukochen?«

Sie drehte sich um. »Bist du unter die Kannibalen gegangen?«

»Nein, ich wollte nur wissen, ob ich dich herumgekriegt habe.«

Die Tür ging auf, Alex trat ein. Martha mochte sein hellbraunes Haar und die dunklen Brauen und Wimpern. Die hatte er von seiner Mutter. Seine Augen waren so hell wie die von Simon.

Er schüttelte sich wie ein Hund, der ein Bad genommen hat. »Puh, es hat plötzlich geschüttet. Deine Zeitung ist nicht nass geworden, Martha, ich habe sie gerettet!« Triumphierend zog er den *Standard* unter seiner Jacke hervor und wedelte damit herum. »Was machen wir jetzt? Bei dem Wetter will ich nicht auf die Donauinsel.«

Jeschek schälte ihn aus der Jacke. »Wir auch nicht. Halt, falsch, die kannst du gleich anbehalten. Wir gehen ins Büro, ich muss ein bisschen was tun, und du kannst mir dabei helfen.«

Das Strahlen auf dem Gesicht des Jungen wischte Marthas letzte Widerstände weg. Er hüpfte auf und ab. »Das ist voll gut.«

Martha öffnete die Türe zu Simons Büro und blieb stehen. Alex saß auf Simons Schoß und las seinen Comic, Jeschek hatte einen Arm um ihn gelegt und blätterte in einer Aktenmappe. »Hier wird ja heftig gearbeitet«, sagte sie.

Die beiden hoben die Köpfe. »War's schlimm?«, fragte Jeschek.

Sie verneinte. Das Programm, mit dem Phantombilder erstellt wurden, interessierte sie. Das Zeichnen war flott gegangen. Ein paar Fragen, wie die nach der Augenfarbe oder besonderen Kennzeichen, hatte sie nicht beantworten können.

»Hast du einen Ausdruck dabei?«

»Bitte schön.« Sie reichte ihm das Blatt.

Er betrachtete es sorgfältig. »Ein brauchbares Bild.«

»Ist das ein Gangster?«, fragte Alex.

»Nein, es ist Mr. Jennings«, meinte Martha. »Einer meiner Lehrer.«

»Ob er mit einem Verbrechen zu tun hat, wissen wir nicht«, antwortete Jeschek. »Wir möchten gerne mit ihm sprechen.«

»Wie lange brauchst du noch?«

Er schaute auf die Uhr. »Es ist halb zwei.« Er legte die Papiere in eine Mappe. »Können wir? Oder möchtest du noch meine Akten bearbeiten, Alex?«

Der verzog das Gesicht. »Die kann ich ja nicht essen. Ich hab Hunger!«

* * *

Caleb kam am Montagabend ins Atelier. »Hi, Martha, wie …« Weiter kam er nicht. Sein Handy klingelte. Er machte eine entschuldigende Handbewegung. »*Schloss Eggenberg?*«, fragte er ungläubig, grinste und wandte sich zu Martha. »Einer aus der Delegation ist alleine losgezogen. Er findet den Weg ins Hotel nicht mehr, ruft aus einem Lokal an. Ich habe ihn gefragt, in welchem, er hat gesagt, in dem neben der Kirche. Wie viele Kirchen gibt es in Wien?«

Martha hatte keine Ahnung. »Vielleicht meint er den Stephansdom. Oder die Karlskirche. Hast du gefragt, wie das Lokal heißt, in dem er sich befindet?«

»Natürlich. *Schloss Eggenberg!* Das Bier wird dort ausgeschenkt.«

»Straße?«

»Er ist dabei nachzuschauen … *Yes?*« Erstaunen glitt über seine Züge. »Einbahn! Er sagt, die Straße heißt Einbahn«, wiederholte er zu Martha.

»Sag ihm, er soll das Handy dem Wirt geben.«

Caleb redete abwechselnd in Englisch und seiner Landessprache. Endlich legte er auf, wischte sich über die Augen. »Der Kollege ist auf dem Weg zurück ins Hotel. Ausgerechnet Lugha. Er ist das erste Mal in Europa und hatte Bedenken, alleine auf die Straße zu gehen. Er hat Storys gehört, dass Hooligans und Neonazis jeden Schwarzen aus der U-Bahn werfen. Mag ja passieren, hier in Wien habe ich noch nie so etwas gehört oder gelesen. Martha, unsere Freundin, gehen wir auf ein Bier?«

»Gerne. Das mit Sally tut mir furchtbar Leid.«

Er seufzte. »Ich komme nicht zum Nachdenken. Die Delegation hält mich auf Trab. Ich muss gleich wieder los, wir gehen zum

Abschluss zu einem Heurigen. Aber ich wollte mit dir sprechen. Wir haben vergessen, die neue E-Mail Adresse der Botschafterin auf ihren Visitenkarten anzugeben. Ich hoffe, du kannst sie noch anfügen.« Er legte ihr einen Zettel hin.

Sie steckte ihn in eine Sichtmappe. »Klar geht das. Ich bringe dir morgen einen Probedruck.«

»Wollen wir?« Er hielt ihr die Tür auf.

Sie schlüpfte in ihren Mantel. »Habt ihr von Sallys Familie gehört?«

»Am Freitag haben wir sie erreicht und seither drei, vier Telefonate geführt. Sie sind erschüttert, wollten nach Wien reisen, um ihre tote Tochter heimzuholen. Können sie sich nicht leisten.«

»Ist die Leiche schon freigegeben?«

»Ich habe mit dem zuständigen Staatsanwalt telefoniert. Er sagt, es dauert nicht mehr lange. Dann wird sie umgehend nach Amani überführt. Das kommt die Familie teuer zu stehen.«

»Kann die Botschaft nicht helfen?«

»Ich habe einen großen Teil des Tages damit zugebracht, mit den Fluggesellschaften zu sprechen, alle Beziehungen spielen lassen. Die Familie bekommt einen fairen Preis für den Transport. Das habe ich nicht gemeint.«

Bei einer Todesnachricht versammelte sich in Amani die ganze Familie – Brüder, Schwestern, Onkel, Tanten mit ihren jeweiligen Familien. Es war Brauch, alle Gäste bis zum Begräbnis zu beherbergen und zu bewirten.

Martha pfiff durch die Zähne. »Je länger es dauert zwischen Tod und Begräbnis, desto mehr Leute finden sich ein.«

»Manchmal geht der Überblick verloren, wer denn überhaupt noch zur Familie gehört und wer nicht.«

Karli begrüßte sie gedämpft. »Ich bin sehr betroffen. Ein Gast hat mir davon erzählt, er kennt Sally aus dem *Café Schäfer*. Mein Beileid. Sie hinterlässt doch eine Tochter?« Er lehnte sich über die Theke. »War sie in der Wohnung, als es passiert ist?«

»Glücklicherweise nicht«, antwortete Martha. Neue Gäste lenkten den Würstelstandbesitzer ab.

»Hat er nach dem Kind gefragt?«, wollte Caleb wissen.

»Genau. Was ist jetzt mit Jessy?«

»Mit Usikus Familie haben wir besprochen, dass es besser für sie ist, wenn sie noch eine Weile in einer vertrauten Umgebung bleibt. Im Frühjahr haben wir den nächsten Heimaturlaub, da nehmen wir sie mit.«

Martha nickte. Das klang nach einer guten Lösung.

»Ich freue mich, mein Land wiederzusehen.« Er schloss die Augen und begann von der Landschaft zu erzählen, den Gerüchen, den Farben.

Martha hörte nur mit einem Ohr zu. Sie musterte Caleb. Wenn er nicht so peinlich korrekt gekleidet wäre, würde man ihn auch für einen Dealer halten? Die trugen Straßenkluft, Jeans, Turnschuhe, Sweater, Kapuzenshirts.

»... wir werden aus dem Herbst in den Frühling zurückkommen.«

Martha erwachte aus ihren Überlegungen. »Dieses Jahr hatten wir schon zu Ostern Temperaturen um die fünfundzwanzig Grad.«

Diesmal unterbrach Marthas Handy die Unterhaltung. »Simon? Dich wollte ich auch anrufen. Ich muss noch zu einem Termin am Abend. Weit draußen, ohne Auto kaum zu machen ... Danke. ... Bei dir wird es auch später? ... Ah, das erzähle ich gleich Caleb, wir sind am Würstelstand. ... Ja, gut, bis später oder spät. Stopp, halt, noch nicht auflegen. Sehen wir uns bei dir? ... Viel Glück bei deiner Mission.« Sie steckte das Handy ein. Die Geschichte lieferte das Stichwort. »Simon lässt grüßen. Er fährt heute Abend hinter Maji Kipepeo her. Letzthin habe ich miterlebt, wie er nach Drogen gefragt wurde.«

Caleb ging darauf ein. »Er sollte seine Dreadlocks abschneiden.«

»Warum?«

»Ich mag die Haartracht nicht«, erklärte er kategorisch.

Sie musste ob seiner Heftigkeit lachen. »Ansichtssache. Maji hat etwas Schiss vor der Polizei. Und du? Hast du schlechte Erfahrungen gemacht?«

»Einmal bin ich in der U-Bahn von einer Streife angehalten worden. Muss an meiner Kleidung gelegen haben, ich hatte Trevor geholfen, den Garten umzugraben. Wir haben ein paar Bier getrunken, Rebecca hat sich geweigert, mich abzuholen. Verhaftet hat man mich nicht. Aber ich habe erlebt, wie Polizisten mit dunkelhäutigen Menschen umgehen. Einer war sehr unhöflich. Nun, von einem soll man nicht auf alle schließen. Wahrscheinlich hatte der betreffende schlechte Erlebnisse mit Schwarzen.«

»Sehr diplomatisch ausgedrückt.«

Er sprach leise weiter. »Mich bedrückt, dass Leute meiner Hautfarbe sich für so ein dreckiges Geschäft hergeben und damit dem Ansehen aller schwarzen Menschen schaden.«

Martha überlegte kurz, ob sie Alois' Beobachtung erwähnen sollte, entschied sich aber dagegen. »Warum sind es oft Umojaner, die dealen?«

»Ein beachtlicher Teil der Afrikaner, die hier um Asyl ansuchen, stammt von dort. Ein großes Land mit vielen Völkern und Konflikten. Ich will damit nichts entschuldigen. Wenn sie hier straffällig werden, müssen sie nach österreichischem Gesetz bestraft werden. Die jungen Leute kommen nach Europa in der Hoffnung auf Arbeit. Sie stehen unter enormen Druck. Die Familien haben ihr ganzes Geld zusammengelegt, um einem Mitglied die Reise hierher zu ermöglichen. Aber Asylbewerber dürfen nicht arbeiten. Wie sollen sie zu Geld kommen, um die Investition zurückzuzahlen? Trotzdem, ich finde den Handel mit Drogen abscheulich.« Er schaute auf die Uhr. »Tut mir Leid, wir müssen das Gespräch bei anderer Gelegenheit fortsetzen. Die Delegation erwartet mich. Hab noch einen schönen Abend.« Er reichte die Flasche Karli und küsste Martha flüchtig auf die Wangen.

»Du auch.« Sie sah ihm nach, wie er über die Straße ging. Wäre er fähig, etwas zu verurteilen und es hintenrum doch zu tun? Caleb war ein besonnener und geschliffener Diplomat. Er würde Drogenhandel nicht tolerieren, sondern einschreiten.

* * *

Die Endstation der U1 lag in Favoriten, nach Einwohnern Wiens größter Bezirk. Jeschek saß im gleichen Waggon wie Kipepeo. Der Bildhauer hatte seine Rastalocken hochgesteckt und eine Kappe darüber gezogen. Die thronte wie ein verrutschter Deckel auf seinem Kopf. Er wirkte nervös. Als der Zug einfuhr, spähte er auf den Bahnsteig, stieg langsam aus. Der Fahrgast hinter ihm glaubte, Kipepeo versperre ihm den Weg. »Willst hier übernachten?«, raunzte er.

Jeschek bemerkte die jungen Männer sofort. Zwei trugen Mäntel, der dritte ein Kapuzenshirt. Sie hatten hinter einer Säule gewartet, sich bei Kipepeos Auftauchen in Bewegung gesetzt. Der mit der Kapuze stellte sich ihm in den Weg, der zweite blieb auf gleicher Höhe, der dritte klebte an seinen Fersen. Keiner der anderen Fahrgäste schenkte der Szene Beachtung. Kipepeo senkte den Kopf und ging stur weiter. Der Kapuzenmann legte eine Hand auf seinen Arm, redete auf ihn ein.

»Nein!«, rief Kipepeo. Der hinter ihm griff nach seinem Beutel. »Lasst mich in Ruhe!«

Die restlichen Passanten machten einen großen Bogen um das Quartett. Jeschek ging direkt auf sie zu. »Guten Abend, gibt es ein Problem?«

Der mit den langen Haaren und der Baseballmütze war offensichtlich der Anführer der Gruppe. »Halt dich da raus, Mann, das ist ein Kumpel von uns.« Er wollte Kipepeo freundschaftlich einen Arm um die Schultern legen.

Der wich aus und machte einen Schritt zur Seite. »Das sind nicht meine Freunde. Sie wollen Drogen bei mir kaufen, aber damit habe ich nichts zu tun.«

»Scheißnigger, halt's Maul!«, fuhr ihn der mit der Mütze an.

»Na, na, so ein hässliches Wort«, tadelte Jeschek. »Wonach steht denn der Sinn? Heroin? Kokain?«

Die drei musterten ihn misstrauisch. »Geht Sie nichts an. Wir wollen nur mit ihm reden.«

»Mir stinkt's, wenn Leute anderer Hautfarbe belästigt und beleidigt werden«, sagte Jeschek. »Wien ist eine weltoffene Stadt, hier soll sich jeder willkommen und sicher fühlen.«

Der Bahnsteig hatte sich geleert, bis auf einen Mann mit einem karierten Schal, der ebenfalls stehen geblieben war. Auf der Treppe tauchten zwei uniformierte Polizisten auf.

Der Mann mit dem Schal setzte sich in Bewegung und holte seinen Dienstausweis aus der Hosentasche. »Das gilt auch in Favoriten. Schubert mein Name, vom hiesigen Kommissariat. Eure Papiere!«

Die drei sahen um sich. Jeschek und sein Kollege blockierten den Weg zurück auf den Bahnsteig, die Uniformierten näherten sich von vorn.

»Er hat Drogen verkauft«, schrie der mit der Mütze. »Nicht mir, meiner Freundin! Ich habe es selber gesehen. Er ist ein Dealer, ein schmutziger, feiger Nigger. Die geben doch nur vor, politisch verfolgt zu werden. Gut, dass Sie gerade jetzt kommen, ich erstatte Anzeige.«

»Ich bin kein Dealer«, sagte Kipepeo.

»Jetzt bleib aber mal auf dem Teppich, Holzmann«, sagte der eine Uniformierte. »Hat dich die Zeit im Häfen bekehrt?« Er wandte sich an Schubert. »Zwei Mal habe ich den festgenommen. Einbruch, Diebstahl, Raub, alles, um sein Gift zu finanzieren. Zwei Jahre hat er deswegen ausgefasst. Dass er jetzt clean ist, bezweifle ich.«

»Am besten wir unterhalten uns auf dem Kommissariat weiter«, sagte Schubert.

* * *

Jeschek hatte es sich vor dem Fernseher gemütlich gemacht. »Schön, dass du auch schon kommst«, sagte er.

»Das Copyright für diese Begrüßung steht eigentlich mir zu«, maulte Martha.

»Oje, es ist nicht gut gelaufen bei deinem Termin.«

»Das kannst du laut sagen. Frag bitte nicht weiter. Und bei dir?«

Er schaltete den Fernseher aus. »Hätte nicht besser sein können. Drei Diebe sind gefasst und werden in nächster Zeit keine Gelegenheit mehr haben, unschuldige Schwarze zu belästigen.«

»Aha. Schuldige Schwarze belästigen dürfen sie.«

Er stand auf und kam auf sie zu. »Dreh mir nicht die Worte im Mund um. Was haben sie mit dir gemacht?«

Seine Laune war ekelhaft gut. Sie knallte ihre Schuhe in die Ecke. »Ich hatte mir einen Auftrag versprochen, eine schöne, interessante Sache. Das Layout für ein Buch über die Donauinsel. Drucksorten für die Botschaft sind gut und recht, aber mir fehlen neue Herausforderungen.« Eine offene Weinflasche stand auf der Bar. Sie schenkte sich ein Glas ein. »Die säuseln herum, meine Entwürfe seien interessant, nur leider hätten sie den Auftrag schon jemand anderem gegeben. Ich hätte mir den Weg sparen können!«

»Allerdings«, stimmte Jeschek zu. »Nicht gerade die feine englische Art.«

»Erzähl von Maji. Wie ist es gelaufen?«

»Ich habe Schubert vom Kriminalkommissariat Süd um Hilfe gebeten. Wir haben alle aufs Koat mitgenommen, deinen Bekannten und die drei Burschen.«

»Koat. Ihr Wiener könnt so mundfaul sein. Und dann?«

Kipepeo war beim Betreten des Kommissariats, einem charmelosen Klotz aus den frühen Siebziger-Jahren, misstrauisch gewesen, hatte befürchtet, er müsse eine Leibesvisitation über sich ergehen lassen.

»Die sollen nicht immer nach Vorschrift verlaufen, was das Wo und Wie betrifft«, unterbrach Martha. »Jeder Beamte, der eine Körperdurchsuchung vornimmt, müsste so eine einmal an sich selber erleben.«

»Maji ist natürlich nicht gefilzt worden, sondern die drei Typen. Dabei haben die Kollegen mehrere geklaute Geldbörsen gefunden. Die hatten nicht mal genug Hirn, das Geld rauszunehmen und die Börse wegzuwerfen. Einer von ihnen wollte Anzeige gegen Kipepeo erstatten, weil er seiner Freundin Drogen verkauft hätte. Deren Namen wollte er aber nicht nennen, sie sei traumatisiert.«

»Und Maji? Konnte er nach Hause gehen?«

»Freilich! Die Kollegen haben ihn hingefahren.«

Martha zog ihren Pullover aus. »Damit hat er Erfahrung. Kennst du die Geschichte mit den Gendarmen aus Niederösterreich?«

»Er hat sie mir erzählt.«

»Ich bin froh, dass es so gelaufen ist. Du, ich bin geschafft, ich geh schnell unter die Dusche und dann ins Bett.« Sie lachte. »Sicherheit und Hilfe, das Motto der Polizei. Die Methode merke ich mir, wenn ich mal spät dran bin, lasse ich mich auch mit Blaulicht zum Supermarkt chauffieren.«

5

»Die Obduktion hat es an den Tag gebracht. Usiku war schwanger, ja. Im dritten Monat.«

Jeschek wischte sich über die Wange. Bei jedem S kam ein Tropfen in seine Richtung geflogen. Er ging auf sicheren Abstand zu Brenneis. »Dann war sie bei einem Gynäkologen, ich frage Frau Jua. Vielleicht hatten sie nicht nur den gleichen Frisör, sondern auch den gleichen Frauenarzt.«

»Beide sind wichtige Vertrauenspersonen für die Damenwelt, ja«, stellte Brenneis fest.

»Übrigens, mit ihrer Frisörin hat sie nicht viel geredet, jedenfalls nichts von Belang. Meistens hat Usiku ihrer Tochter während der ganzen Haarprozedur Märchen erzählt.«

»Ja, da kann man nichts machen. Vielleicht kommen wir über die DNA des Fötus weiter?«, überlegte Brenneis. »Ich werde mich gleich in der Gerichtsmedizin schlau machen. Dann wären wir dem Kindsvater einen Schritt näher.« Er deutete auf das Phantombild von Sallys Begleiter. »Vielleicht ist es ja der da, ja?«

Der letzte Satz klang wie eine Zeile aus einem dadaistischen Gedicht. Jeschek unterdrückte ein Grinsen. »Dazu müssten wir ihn haben. Die DNA über ein Phantombild zu bestimmen …«

»Ist mir auch klar!«, bellte Brenneis, verschränkte die Hände auf dem Rücken und schritt auf und ab. »Raschauer hat mich vorhin angeschnauzt, ja, das Außenministerium drängt auf schnelle Klärung. Weil Usiku bei einer Botschaft gearbeitet hat.«

Hammerl stand auf. »Es wäre einfacher, ganz Österreich hätte zwischen den Feiertagen geschlossen. Unzählige Anrufe sind nur ins Leere gegangen.«

»Und die Leute der Botschaft? Die hatten tagtäglich mit der Frau zu tun, was sagen die?«

Jeschek schichtete Papiere von der einen Ecke des Schreibtisches in die andere. Der Gruppenleiter trug ausnahmsweise nichts Gestricktes, sondern eine graue Wildlederjacke. »Mit der Dolmetscherin Evelyn … Evelyn Johnson habe ich gesprochen. Sie ist die einzige Weiße in der

Botschaft, macht ihre Arbeit, hat kaum Kontakt mit den anderen. Die beiden Frauen saßen nicht im selben Büro. Privates hat Johnson mit dem Opfer nicht geredet. Herr Dume kommt am Mittwochabend aus London zurück, ich hole ihn am Flughafen ab. Im Laufe des Tages rede ich noch einmal mit Herrn Jua, und wenn ich schon in der Botschaft bin, höre ich mich bei den Kollegen am Koat um.«

»Was versprichst du dir davon?«

»Vielleicht hat jemand was beobachtet, Usiku fällt auf. Der Mann auf dem Phantombild wird mit dem Haus in Verbindung gebracht. Wenn das stimmt, ist er auch anderen aufgefallen, ja.« Jeschek hätte sich am liebsten die Zunge abgebissen. Jetzt fügte auch er dieses depperte Ja an.

Brenneis' Blick bekam etwas Lauerndes. »Eine attraktive Frau, auf ihre Art, ja. Meine Herren, muss man denn alles selber machen? Ich habe auf Anhieb eine Eintragung über Sally Usiku gefunden.« Er warf die Akte auf den Tisch.

»Die kenne ich«, sagte Hammerl lakonisch. »Der Sache messe ich nicht viel Gewicht bei. Sexuelle Handlung ist keine vollzogen worden.«

»Nicht mit dem, aber vielleicht mit anderen? Denk an die Männerkleider, die in ihrer Wohnung gefunden wurden. Deine Beurteilung ist eine Sache, die andere, mich darüber zu informieren, ja«, sagte Brenneis mit giftigem Unterton.

»Ich bin noch nicht dazu gekommen«, rechtfertigte sich Hammerl. »Der Mann, der in die Sache damals verwickelt war, heißt Pümpel. Er ist einer der Glücklichen, die über die Fenstertage urlauben. Er arbeitet erst wieder am Freitag an der Tankstelle in Floridsdorf.«

»Er heißt Pümpel und arbeitet an einer Tankstelle?«, fragte Brenneis ungläubig.

Jeschek musste erneut ein Grinsen unterdrücken. Martha hätte bestimmt ihren Spaß an dieser Kombination.

»Burschen, da hätten wir doch ein Motiv! Tagsüber ehrbare Arbeit in der Botschaft, abends spreizt sie ihre Beine für jeden, der dafür zahlt … ihr solltet euch in der Gegend umhören, am Westbahnhof, ja.«

»Halte ich nicht für zielführend«, sagte Jeschek bedächtig. »Für mich steht ihre Aussage gegen die von Pümpel.«

Brenneis' linkes Augenlid flatterte. »So, nicht zielführend, ja? Und wenn ein Freier sie umgebracht hat? Ihr beide hört euch in der Gegend um. Redet mit dem Kollegen, der sie angehalten hat.«

»Warten wir doch, bis ich mit Pümpel gesprochen habe«, schlug Hammerl vor.

Brenneis sah zwischen den beiden hin und her. »Nix da, ich erwarte morgen einen ersten Bericht zur Lage, haben wir uns verstanden, ja? Nehmt Bilder von Usiku mit, zeigt sie herum.«

Zweifel stiegen in Jeschek hoch. Hatten sie der Geschichte zu wenig Gewicht beigemessen? Gleichzeitig ärgerte er sich, dass Brenneis' Bemerkung ihn verunsicherte.

Der Gruppenleiter lehnte sich zurück. »Ich frage mich … wie das ist … hat einer von euch, ähm, je mit einer Schwarzen … etwas gehabt?«

»Steht nicht zur Debatte«, sagte Jeschek kühl.

Brenneis steckte seinen Daumen in den Hosenbund. »Fragt man sich doch, als Mann. Ich bin meiner Gattin ja treu, meistens … Kostverächter bin ich deswegen noch lange nicht. Und?«

Keine Reaktion. Jeschek und Hammerl hatten amtliche Gesichter aufgesetzt.

»Wenn ihr euer Privatleben so unter dem Deckel halten wollt …«

»Wir haben einen Termin im Kommissariat Josefstadt, wir sollten die Kollegen nicht warten lassen«, sagte Jeschek kurz angebunden.

»Ihr habt einen schlechten Tag ausgesucht.« Wolf Petri strich sich durch die Haare. Schuppen lösten sich, fielen auf Hemdkragen und Schultern. »Bei uns ist die Hölle los. Ich war die ganze Nacht auf den Beinen. Die Mutter von Hörtnagl, dem Abteilungskommandanten, ist letzten Abend gegen 23 Uhr auf einem Fußgängerstreifen überfahren worden. Fahrerflucht. Frau Hörtnagl ist noch auf der Fahrt ins Krankenhaus verstorben. Wisst ihr, wonach wir fahnden? Einem Ufo.«

Jeschek schaute ihn ungläubig an. »Wonach?«

Petri grinste, mehr verzweifelt als amüsiert. »Frau Hörtnagl ist noch kurz ansprechbar gewesen. Sie hat von einer golden schimmernden fliegenden Untertasse berichtet, die mit ihr zusammengestoßen sei.«

»Klingt schräg. Spontan denke ich an ein nicht alltägliches Fahrzeug. Aber geräuschlos?«, wunderte sich Hammerl.

»Ihr Gehör war nicht mehr das beste. Außer es hat ihren Sohn betroffen. Wenn jemand schlecht von ihm gesprochen hat, das hat sie durch Wände gehört. Die Kollegen können jede Menge Gschichtln erzählen. Sie hat alle, die hier Dienst tun, wie ihre Kinder behandelt. Sie sollten sich wärmer anziehen, weniger rauchen, nicht so viele Leberkässemmeln essen. Mit uns Kriminalbeamten hat sie sich weniger abgegeben, wir kommen nicht in schneidigen Uniformen daher. Die hatten es ihr angetan. Eine feine alte Dame. Lebensfroh, gesellig.« Petri rieb sich die rot geränderten Augen. »Ich bin die Strecke nachgefahren. Klare, übersichtliche Lage. Die Hörtnagl ist nie bei Rot über die Straße gegangen, der Wagenlenker hat schlicht und ergreifend den Fuß nicht vom Pedal genommen, so zynisch das klingt.«

»Alkoholisiert oder unter Drogen«, meinte Hammerl.

»Der Unfall nimmt meine ganze Zeit in Anspruch, dabei sollten wir den Umzug vorbereiten. Wir gehören ja jetzt zum Kriminalkommissariat Mitte. Aber die Büros werden noch umgebaut, bis Ende des Jahres weiterhin Chaos. Was führt euch zu mir?«

Jeschek nannte den Grund für ihren Besuch.

»Die ist tot?« Petri hatte noch nicht von dem Mord an Usiku gehört. Er war ein paar Tage weggefahren und erst am Montag wieder zum Dienst angetreten.

Ein junger Beamter kam ins Zimmer. Er schwang ein Dossier in seiner Hand. »Die Gerichtsmedizin hat vielleicht angegast, ich hab mich darauf eingestellt, sie kommen mit der Tour ›knapp an Personal‹. War aber kein Thema nicht«, sagte er triumphierend. Dann bemerkte er die Gäste. »Oh, guten Tag!«

»Jeschek und Hammerl von der Kriminaldirektion, mein Kollege Franz Wessely«, stellte Petri vor.

Wessely erinnerte Jeschek an Tim, die Comicfigur mit dem kleinen Hund. Sein Haar war kurz geschnitten, über der Stirn stand eine Tolle auf, sorgsam mit Gel in Stellung gebracht. Er wirkte äußerst wach und munter.

»Lackspuren haben wir keine. Was es für ein Auto gewesen ist, kein Hinweis nicht«, sagte Wessely. Seine Rede war lebhaft, er gestikulierte mit beiden Händen. »Sie wurde ein paar Meter durch die Luft geschleudert, prallte an einen Laternenpfahl. Todesursache innere Blutungen. Die weiteren Verletzungen: mehrfacher Beckenbruch, zahlreiche Schürfwunden am Kopf und eine blutende Wunde unterhalb der rechten Kniescheibe, darin befanden sich winzige Glassplitter. Die sind bereits in der Kriminaltechnik.«

»Moment«, unterbrach Jeschek. »Wie groß war Frau Hörtnagl?«

»Knapp einssiebzig, schätze ich«, sagte Petri. »Warum?«

»Wo hat der Mensch seine Knie?«

»Im Allgemeinen zwischen Ober- und Unterschenkel, ungefähr in der Mitte des Beins, da kommen sie am häufigsten vor.« Hammerl grinste. »Wo gewisse Menschen ihr Hirn haben, darauf gehe ich nicht näher ein.«

Jeschek ignorierte Hammerls anatomische Ausführungen und holte sein Handy hervor. »Martha, wo bist du? Im Atelier? Kannst du mir einen Gefallen tun, hast du ein Maßband zur Hand? ... Ja freilich, ein Lineal tut's auch. Kannst du nachmessen, in welcher Höhe über dem Boden deine Knie sind? Welche Schuhe trägst du?« Er lachte, drehte sich von den andern weg, senkte seine Stimme. »Nein, keiner dieser Anrufe, weiter hinauf frage ich nicht ... Nein, nicht absolute Höhe über Meer. ... 44 cm? Danke. Ich erzähle dir später, warum. Oder komm doch vorbei, ich bin bei den Kollegen im Kommissariat Laudongasse, Zimmer 211. Nein, es geht nicht um deine Knie, sondern um Sally und ihren Begleiter. Ja. Bis gleich.«

Hammerl schüttelte den Kopf. »Ich arbeite mit einem Kniefetischisten zusammen ...«

»Woher stammt die Verletzung, in der Splitter gefunden wurden?«, unterbrach Jeschek. »Worauf deutet Glas?«

»Nicht in dem Ton, du Schulmeister«, wehrte Hammerl ab. »Scheiben oder Scheinwerfer. Heutzutage sind die meisten Scheiben so gebaut, dass sie kaum splittern, bei Scheinwerferglas bin ich mir nicht so sicher.« Er pfiff leise durch die Zähne. »Die Höhe. Du suchst nach einem Hinweis auf die Marke. Eine, bei der die Scheinwerfer weit unten liegen.«

Jeschek nickte. »Martha ist ungefähr gleich groß wie Frau Hörtnagl, also haben sie plus minus die gleiche Kniehöhe. Sind an der Unfallstelle Splitter gefunden worden?«

Petri verneinte. »Die Kollegen der Tatortgruppe haben die Straße aufgeleckt, aber nein, nichts.«

»Der Scheinwerfer muss also zum Zeitpunkt des Unfalls schon kaputt gewesen sein. Die Verletzung an Frau Hörtnagls Knie war frisch, sie kann sie sich nicht vorher zugezogen haben. Vielleicht lässt sich über die Splitter die Marke feststellen.« Wessely war aufgeregt. »Ich häng mich da gleich rein. Und dann finde ich heraus, bei welchen Automarken die Scheinwerfer extrem tief liegen. Spontan fällt mir da keine nicht ein, aber ich kenne ein paar Autofreaks.«

»Lackspuren wären besser«, maulte Petri.

»Jetzt raunz nicht, ist doch ein Anfang«, meinte Jeschek.

Wessely nickte ihnen zu und verließ das Büro.

»Um auf euren Fall zurückzukommen, wie kann ich da weiterhelfen?«, fragte Petri.

Martha maß weiter an sich herum. Es war schwierig, den Knieumfang mit dem Lineal zu ermitteln, ein Maßband wäre praktischer gewesen.

Clemens zog an seiner Pfeife und schaute ihr zu. »Die meisten Frauen machen sich Sorgen um ihre Hüfte, Bauch, Popscherl, Busen, du bist mit deinem Knie nicht zufrieden. Ließe sich da operativ was machen?«

»Du hast sie ja nicht mehr alle. Meine Maße entsprechen nicht denen eines Models, aber deswegen unters Messer? Vergiss es.« Sie legte das Lineal weg. »Ich sollte nicht herumtrödeln, Simon ist unten auf dem Kommissariat, will mich kurz sprechen.«

Sie eilte die Gasse hinunter, fragte sich zu Zimmer 211 durch und klopfte. Jeschek öffnete.

»Hallo, meine Schöne. Kennst du Wolf Petri?«

Marthas gute Laune verflog beim Anblick des Beamten. »Hallo, Wolf.« Sie reichte ihm zögernd die Hand. »Wie steht's mit den Informationen?«

Er lachte. »Jeschek, das ist deine Frau? Die wollte mir beibringen, dass ich zu einem Neger nicht Bimbo sagen darf.«

Martha wurde ärgerlich, wollte reagieren, aber Jeschek kam ihr zuvor. »Da hat sie völlig Recht«, sagte er. »Ihr kennt euch? Die Welt ist klein. Martha arbeitet nur ein paar Häuser weiter, im Atelier. Sie hat Usiku mit einem Mann beobachtet.«

»Ah, das Fotostudio in dem schönen Biedermeierhaus«, stellte Petri fest. »Ich habe mich natürlich gefragt, was du machst.«

»Ich bin Grafikerin.«

»Jetzt ist das Rätsel gelöst.«

Jeschek sah zwischen ihr und Petri hin und her. »Weshalb ich Martha hierher gebeten habe ...« Er holte das Phantombild hervor. »Du kennst doch alle von dieser Dienststelle. Ist das einer aus unserem Verein?«

Petri kniff die Augen zusammen. »Nein, bei der Polizei ist der nicht. Obwohl ... gesehen habe ich ihn schon, ist eine Weile her.«

Marthas Neugier siegte über die Anspannung zwischen ihr und Petri. »Bist du sicher?«

»Ja.« Er stand auf. »Ich bin unhöflich, ich hole ein paar Sessel.«

»Spar dir die Mühe, wir haben gleich den nächsten Termin. Das Bild lasse ich hier, vielleicht fällt dir noch was ein. Wir würden gerne mit ihm reden.«

Petri überlegte. »Wo er hingehört, weiß ich nicht. Aber ich frage noch die Kollegen.«

»Wolf, viel Erfolg bei der Suche nach dem Unfallwagen.«

»Ich bin mir sicher, dass er Uniform trägt«, wandte Martha ein. »Außer der Polizei ist niemand in diesem Haus uniformiert.«

Petri stand auf. »Bei uns arbeitet der bestimmt nicht. Kollegen, streckt den Kopf rein, wenn ihr im Haus seid. Und vielleicht gehen wir alle mal etwas trinken? Martha, freut mich, dass du mit einem von uns zusammen bist. Man sieht dich viel mit den Negern, ich hab mich gefragt, ob da was läuft, man sagt doch, dass die ...«

In Martha begann es zu kochen. Seine Anspielung war ungeheuerlich. Sie hörte Jescheks Stimme, sein Tonfall war viel zu freundlich.

»Bis dann.« Er wandte sich zum Gehen und zog sie mit sich.

Sobald sich die Türe hinter ihnen geschlossen hatte, löste sich Martha unsanft aus Jescheks Arm. »Wie kannst du auf so etwas nicht reagieren«, zischte sie. »Und du auch nicht, Hans. Der kennt den Mann, es ist einer der Uniformierten! Das passt euch nicht in den Kram! Ihr deckt euch gegenseitig!«

Jescheks Augen verengten sich. »Martha, selbst wenn es so ist, bedeutet das nicht, dass dieser Mann Sally getötet hat.«

»So!« Ihre Augen blitzten. Sie merkte, dass sie sich in etwas hineinsteigerte, aber stoppen konnte sie es nicht mehr. »Warum nicht? Die armen geplagten Polizisten, alle trampeln auf ihnen herum. Völlig undenkbar, dass einer etwas Ungesetzliches tut. Zum einen. Zum andern: Der da drin spricht in unser beider Gegenwart offen aus, dass ich in seinem Ansehen gestiegen bin, weil ich nicht mit einem oder gleich mehreren Schwarzen herummache, sondern mit einem Polizisten! Das ist nicht zu fassen.«

»Martha, wir können uns die Kollegen nicht aussuchen«, versuchte Hammerl zu schlichten. »Wolf war voll daneben, aber Simon hat ihm unmissverständlich –«

»Ich habe nicht erwartet, dass du ihm eine Watschen verpasst«, sagte Martha schneidend. »Deutliche Worte hätten gereicht.«

Jeschek wurde ernst. »Wir hören einander nicht zu und reden aneinander vorbei. So sehr ich es hasse, wir müssen das Gespräch später fortsetzen, Martha. Hans und ich haben gleich einen Termin. Ich ruf dich an.«

* * *

Martha rettete sich in den Schutz des Ateliers. Hatte sie Jeschek unterstellt, nicht bedingungslos zu ihr gehalten zu haben? Sie holte sich eine Flasche Wasser, trank gierig. Sie fühlte sich nicht besonders gut. Um sie herum husteten und schnupften genug Leute, da konnte man sich leicht anstecken. War sie deswegen so heftig geworden? Der Trotz siegte. Und wenn schon.

Sie setzte sich an den Computer und nahm die Korrekturen in Angriff. Die Botschaft wartete auf die neuen Drucksorten. Drei Telefonnummern hatten nicht gestimmt, die E-Mail-Adresse der Botschafterin auch nicht. Gut, dass sie diesmal alle Angaben überprüft hatte. Sie druckte die Entwürfe aus, faxte sie in die Botschaft und erhielt umgehend das Gut zum Druck.

Dann wählte sie eine andere Nummer. »Hallo, Hannes, grüß dich. Ich hätte ein paar Jobs zu drucken, kann ich dir die Dokumente mailen?«

»Warum kommst du nicht vorbei?«, sagte der Drucker. »Die Farbmaschine ist frei.«

Sie schaute aus dem Fenster. Es schüttete. Keine verlockende Aussicht, jetzt hinauszugehen. Andererseits könnte sie am Donnerstag gleich in der Früh liefern. »Nur wenn du mir die Visitenkarten schneidest.«

»Mach ich.«

Sie packte ihre Unterlagen zusammen und schlüpfte in den Mantel. Das Druckstudio lag nur um ein paar Ecken in der Kochgasse. *Hannes Rumpler – Digitaldruck • Large Format Printing • Producing.* Martha wunderte sich immer wieder über die Namen der Wiener. Einige waren äußerst bildlich und beschworen Assoziationen herauf. Die Tür stand offen, Martha trat ein.

Hannes stand an der Schneidemaschine. »Hab keine Hand frei, soll gelten. Wie geht's?«

»Danke, gut, und dir?« Sie zog den nassen Mantel aus und hängte ihn an die Garderobe.

»Na ja, wir wollen lieber nicht anfangen zu jammern, sonst sind wir noch morgen dabei. Mir sind zwei Kunden abgesprungen, einen dritten habe ich eigenhändig hinausgeschmissen.« Hannes klagte gerne und viel. »Der bestellt 1000 Einladungen, unterschreibt das *Gut zum Druck*, ich drucke, liefere, stelle Rechnung. Bezahlt hat er nur 600 Stück, behauptet, mehr hätte er nicht gebraucht.«

»Das kann er doch nicht machen! Er hat unterschrieben!« Martha verstand seine Empörung. »Meine Aufträge werden komplett bezahlt, da kann ich dich beruhigen. Wo soll ich?«

»Mac oder PC? Tschuldige, ich sollte wissen, dass du Mac-Userin bist. Der dort hinten ist frei.«

Martha machte sich an die Arbeit. Mit den Druckertreibern kannte sie sich nicht aus, Hannes musste ihr helfen.

Er schaute auf den Bildschirm. »Geh auf ›Ablage‹, ›Drucken‹, in der Druckerbeschreibung wählst du … ui, schaut gut aus, das Wappen. Geh, das ist ja für die Botschaft von Amani. Kennst du die?«

»Einen der Diplomaten habe ich im Gasthaus kennen gelernt und mich mit ihm und seiner Familie angefreundet.«

»Hast du auch Sally gekannt? Das war vielleicht ein Schock. Die wohnt … wohnte nur drei Häuser weiter von uns. Jessy geht mit meiner Jüngeren in den Kindergarten. Ich finde es gut, dass meine Madln multikulturell aufwachsen, auch wenn Jessy den breitesten Wiener Dialekt draufhat, den ich bei einer Dreijährigen je gehört habe.«

An einem Samstag hatte Hannes alle drei Kinder ins Studio mitgenommen, sie hatten geholfen, Papier aus dem Lager im ersten Stock nach unten zu schaffen. Sie hatten den Warenlift beladen, er lud die Packen aus und legte sie auf die Regale. »Dann rufen meine zwei von oben, ›aufpassen, es kommt eine Speziallieferung‹. Ich denke nichts Böses, und wie ich die Türe aufmache, wer sitzt im Lift? Die Jessy. Erst habe ich nur ihre Augen in dem schwarzen Loch gesehen. Für die bräuchte sie jetzt schon einen Waffenschein. ›I hob an Duascht‹, hat sie gesagt. Dann habe ich mich erschrocken. Stell dir vor, der Lift wäre stecken geblieben!«

»Deine Töchter haben vielleicht Ideen. Wie lange kennt ihr euch?«

Er überlegte. »Ein knappes Jahr, glaube ich. Sally wohnte seit … letztem Jänner in unserer Straße.«

»Waren deine Kinder auch ab und zu bei ihr?«

»Sally war berufstätig. Eva, meine Gattin, arbeitet zu Hause, macht mir die Buchhaltung. Jessy ist öfter bei uns.«

»Kennst du Sally näher?«

Er schüttelte den Kopf, dann grinste er. »Ehefrauen achten darauf, dass sich ihre Männer nicht länger als notwendig mit allein erziehenden Müttern abgeben. Besonders, wenn sie gut ausschauen. Wart mal, bei Antonias Geburtstag im September, wie sie Jessy abgeholt hat, da war ein Mann dabei, ich hatte den Eindruck, die beiden standen sich nahe.«

Martha horchte auf. »Ein Österreicher?«

Hannes warf ihr einen langen Blick zu. »Hm, sie hat ihn vorgestellt, ich hab mir seinen Namen nicht gemerkt. Er war schwarz, aber mein Neffe hatte den ganzen Grundwehrdienst über einen dunkelhäutigen Zimmerkameraden. Sallys Begleiter hat nur Englisch gesprochen. Er war zurückhaltend, aber die Kinder haben ihn aufgetaut. Jessy hat gedolmetscht. Stell dir vor, die wächst in drei Sprachen auf!«

Kindergeburtstage. Lachen, Schreien, Jellypudding. War das an ihrem siebten gewesen, an dem sie alle Papphüte getragen hatten? Auf dem Foto ... Das war es. »Bei einer Feier macht man üblicherweise Fotos. Du hast nicht zufällig ein Bild, auf dem er drauf ist?«

Hannes überlegte. »Natürlich haben wir fotografiert. Meine Gattin hat zum hundertsten Mal darüber referiert, es sei endlich Zeit für eine Videokamera. Ich nehme lieber meine gute alte Spiegelreflex, nicht mal eine Digitalkamera besitze ich.«

Dafür Jeschek. Am Wochenende hatte er sie endlich eingeweiht und eine wahre Bilderflut produziert. Alex vor dem Fahrrad, Alex beim Besteigen des Rades, Alex auf dem Rad. Desgleichen von ihr. Sie lächelte, ihr Zorn auf Jeschek war verflogen.

»Ich muss die Bilder durchschauen«, meinte Hannes. »Ich bin mir sicher, dass ich von den beiden Aufnahmen habe. Ist es wichtig?«

»Die von der Botschaft stellen ein Album von Sally zusammen. Das wollen sie ihrer Familie schicken.« Das sollten sie wirklich tun, fand Martha.

* * *

Auf der Fahrt zurück ins Büro kam Jeschek wieder das Bild hoch, wie Martha abgezogen war. Sie hatte sich hinter ihrer Wut verschanzt. Die Heftigkeit hatte ihn überrascht. Missverständnisse zwischen ihnen hatten sie immer schnell geklärt. Gab es hinter den Rassismus-Diskussionen noch ein anderes Problem? Vertraute sie ihm nicht? Lag es an der Geschichte mit ihrem vorherigen Freund, der sie betrogen und verleugnet hatte?

»Du denkst an Martha, nicht wahr?«, wollte Hammerl wissen. »So kenne ich sie nicht, so echauffiert.«

»Dir ist sie auch über den Mund gefahren.«

»Um mich brauchst du dir keine Sorgen zu machen, ich kann's verkraften.«

»Hab mir gedacht, der Petri könnte eine Anlaufstelle für Martha werden. Er wäre schneller zur Stelle, wenn unser Phantom in der Gasse auftaucht«, brummte Jeschek. »Sie hat mir nie erzählt, dass sie ihn kennt … Woher überhaupt? Was hat er damit gemeint, jetzt sei das Rätsel gelöst?«

»Wo bleibt dein kriminalistischer Spürsinn? Petri hat sie mit denen von der Botschaft gesehen, höchst wahrscheinlich im Gasthaus. Mach dir nicht so viele Gedanken, sie war wütend und hat sich mit einem Rundumschlag Luft gemacht. Wahrscheinlich hat sie die Episode längst abgehakt.«

»Möglich.« Sein Handy piepte. »Jeschek … Nachtjournal? Gut, von mir aus.« Er legte auf. »Ich mache Nachtschicht, dann kann ich endlich meine Berichte aufarbeiten. Und Brenneis geht eigenhändig auf Streife am Westbahnhof.«

»Nenn die Dinge ruhig beim Namen, unser Gruppenleiter geht auf den Strich«, meinte Hammerl boshaft. »Du weichst aus. Findest du es besser, beleidigt im Büro zu sitzen, als dich mit Martha auszusprechen?«

»Ich bin nicht beleidigt«, wehrte sich Jeschek.

»Was denn sonst? Sie hat uns vorgeworfen, dass wir ein korrupter Haufen sind.«

»Das hat sie nicht! Sie hat nur gesagt, wir decken uns gegenseitig …« Hammerl hatte ihn dazu gebracht, Martha zu verteidigen. Jeschek musste grinsen. »Ich habe mich angegriffen gefühlt. Was soll's? Sie hatte Grund, verärgert zu sein.«

»Petri sollte sich bei ihr entschuldigen«, sagte Hammerl bestimmt. Dann kam er wieder auf den Fall zu sprechen. »Jua erzählt jedes ihm bekannte Detail aus Usikus Leben. Stutzig gemacht hat mich Usikus Äußerung, sie hätte ein Vergehen gut, weil sie sich für eines bestraft fühlte, das sie nicht begangen hat.«

»Die Logik kenne ich von Alex, wie er noch kleiner war«, meinte Jeschek. »Ich dachte, er hätte die Topfpflanze vom Fensterbrett hinuntergeschmissen, und habe ihn bestraft. Dabei ist es ein Windstoß gewesen. Darauf ist er hingegangen und hat die zweite gekillt.«

»Er hatte ja schon gebüßt, somit konnte er die Tat sogar genießen«, grinste Hammerl.

»Ich habe mich bei ihm entschuldigt, wir haben zusammen aufgekehrt und uns versöhnt. Usiku war beleidigt, wie ging sie mit der ungerechtfertigten Anschuldigung um?«

»Mit Frustrationen umzugehen muss auch gelernt sein. Sie hat alles getan, um sich anzupassen. Deutsch gelernt, westliche Kleidung getragen, Sitten und Gebräuche kopiert«, schilderte Hammerl. »Das ist mir schon in ihrer Küche aufgefallen. *Die gutbürgerliche österreichische Küche, Feines aus allen neun Bundesländern,* nichts von italienischer, französischer oder ... afrikanischer Küche. Fehlte nur noch, dass sie die Haare blond färbte.«

»Und eine Tracht anzog«, ergänzte Jeschek. »Sie hat sich darum bemüht, in unserer Gesellschaft aufgenommen und akzeptiert zu werden. Dann hat sie einen Tritt in den Hintern bekommen.«

»Nehmen wir an, Pümpel hat sich nicht an die Wahrheit gehalten? In der Angelegenheit Westbahnhof?« Hammerl drehte die Scheibe runter. »Es ist so stickig hier drin.«

»Passt schon.« Jeschek rieb sich die Hände. »Warum sollte der Typ ihr etwas anhängen? Ich habe das Protokoll nicht in allen Details präsent, was hat er ausgesagt? Er ist von hier, weiß, was um den Westbahnhof abgeht. Haben wir das zu voreilig zur Seite geschoben?«

»Vielleicht, vielleicht nicht.«

»Was glaubte Sally, anstellen zu dürfen?«, rätselte Jeschek. »Ihr wird illegale Prostitution vorgeworfen, geht sie daraufhin tatsächlich anschaffen?«

»Sie ist nicht Alex, der den zweiten Topf umwirft. Sie ist älter, berechnender. In der Botschaft hat sie keine Möglichkeit, etwas zu ihrem Vorteil zu erwirtschaften. Zudem haben sich ihre Kollegen solidarisch gezeigt, ihre Aussage nicht angezweifelt. Ladendiebstahl?«, mutmaßte Hammerl.

»Glaub ich nicht. Wenn wir davon ausgehen, dass Usikus Tod und ihr tatsächliches Vergehen in Zusammenhang stehen, ergibt das kein Motiv. Welcher Geschäftsbesitzer zieht aus und erdrosselt Ladendiebe? Moment mal. Wie hat Martha sich ausgedrückt? Wir hätten die Qual der Wahl, ob wir im Rotlicht- oder im Drogenmilieu ermitteln. Wenn man der Aussage des Buchhändlers Glauben schenkt, ist es nicht Usiku, die mit Drogen zu tun hat, sondern Dume. Trevor Dume.«

»Hoffentlich kommt wenigstens sie weiter mit ihren Ermittlungen«, meinte Hammerl.

* * *

Martha starrte auf das Telefon, als sei es ein wildes Tier, bereit, nach ihrer Hand zu schnappen. Es war an ihr, ihn anzurufen und sich zu entschuldigen. Schließlich nahm sie das Teil in die Hand und klickte sich durch das Telefonverzeichnis. Es läutete drei Mal und schon war er dran.

»Hallo, Martha, du, tut mir Leid, ich bin immer noch im Dienst und muss ausrücken. Kann ich dich zurückrufen?«

»Du redest noch mit mir?«

»Freilich, warum denn nicht?«

»Weil ich mich so ekelhaft benommen habe. Bis später.« Sie seufzte und machte sich daran, Brot zu backen. Natürlich kam sein Anruf, als sie mit beiden Händen den Teig knetete. Sie griff nach einem Tuch und wickelte es um den Hörer.

»Das war vielleicht ein komischer Einsatz. Ein anonymer Anruf, in einem Stiegenhaus in der Innenstadt liege eine blutüberströmte

Leiche. Wir fahren hin, kommen gerade richtig, wie sich die angebliche Leiche und ein paar Zombies aus dem Staub machen.« Jeschek klang vergnügt. »Ich habe vergessen, dass Halloween ist.«

»Hallo Wien?«

Er lachte. »Du hast eh verstanden, gib's zu.«

»Ja. Simon, noch etwas. Ich bin unausstehlich gewesen. Es muss an Petri liegen, ich kann den nicht leiden.«

»Ich habe nicht gewusst, dass du ihn kennst.«

»Darauf bin ich nicht stolz«, meinte sie. »Aber das erzähle ich dir, wenn wir mehr Zeit haben. Du machst Nachtdienst?«

»Ja, hoffentlich gibt es nicht noch mehr falsche Leichen.«

»Wäre dir eine richtige lieber?«

»Sicher nicht. Ich habe Tonnen von Papierkram zu erledigen.«

»Dann sehen wir uns erst am Donnerstag?«

»Da habe ich Fortbildung. Der Abend ist auch verplant. Ich treff ein paar Kollegen, die ich schon lange nicht mehr gesehen habe, wir gehen anschließend auf ein Bier.«

»Was ist denn mit morgen Abend?«

»Du bist doch bei dieser Party?«

Daran hatte sie nicht mehr gedacht. Ihre Nachbarin Clara hatte sie zu einer mexikanischen Totenfeier eingeladen. »Die Frauenparty, stimmt. Hm. Ich überlege mir, eine Leiche zu finden, dann musst du kommen.«

»Wissentliche Vortäuschung einer mit Strafe bedrohten Handlung kommt dich teuer zu stehen«, sagte er in amtlichem Ton.

»Du Schuft würdest mich glatt anzeigen.«

»Dann kannst du es immer noch mit Bestechung versuchen. Ich wüsste ein, zwei Dinge, die mir mit dir viel Spaß machen.«

Seine Stimme. Sie hätte sich am liebsten hineinfallen lassen. »Vergiss es. Dann bin ich gleich wegen zwei Vergehen dran, Vortäuschung einer Straftat und Beamtenbesprechung, Blödsinn, Be-ste-chung.«

»Schade. Schlaf schön.«

6

»Du weißt, was man vom Zentralfriedhof sagt.« Oma Strobl schritt rüstig voran.

Martha machte ein paar lange Schritte, um ihre Großmutter einzuholen. »Was denn?«

»Er ist nur halb so groß wie Zürich, aber doppelt so lustig.« Die alte Dame kicherte. »Manchmal frage ich mich, wie so etwas in Umlauf kommt.«

Martha schmunzelte. »Ich habe zwei Jahre in Zürich gelebt. Aus eigener Erfahrung kann ich berichten, dass auch dort gelacht wird. Meine Zeit war nicht so lustig, aber das lag an der Arbeit, nicht an der Stadt. Wohin drängt es dich? Du legst ein Tempo vor, ich komme kaum dazu, mir etwas anzuschauen.«

»Ich möchte dir den jüdischen Friedhof zeigen, der hat mich schon immer fasziniert.«

Im Vorbeigehen schnappte Martha Namen und Grabinschriften auf. Einige nannten den Beruf der Verstorbenen. *Bankierswitwe* hatte sie gerade gelesen. Martha blieb stehen. »Warum steht so oft *Hausbesitzer* auf den Steinen? Das ist weder ein Beruf noch eine Auszeichnung.«

Oma Strobl blieb ebenfalls stehen und rückte ihren Hut zurecht. »Früher genossen die viel Ansehen. Aber wehe, wenn du das auf meinen Grabstein meißeln lässt. Dann werde ich zu einer Untoten und suche dich heim.«

»Oma, sag das nicht, bitte.«

»Ich bin zweiundachtzig. Ist doch normal, dass man sich Gedanken macht.« Sie drehte sich um und marschierte wieder voraus.

In Wien war es Brauch, an Allerheiligen auf den Friedhof zu gehen. Einmal würde sie am Grab ihrer Großmutter stehen, daran wollte Martha nicht denken.

»Meine Liebe, niemand lebt ewig. Der Tag passt, darüber zu reden«, meinte Oma. »Wenn du nicht willst, auch gut. So, da sind wir. Der jüdische Friedhof.«

Hier waren weniger Leute unterwegs. Auf kaum einem Grab

brannte Licht. Die Wege waren nicht gekehrt, nasses Laub lag am Boden. Es roch faulig, das Licht war fahl.

»Komm, Oma, häng dich bei mir ein. Ich möchte nicht, dass du ausrutschst.«

Oma Strobl schob ihren dünnen Arm unter den von Martha. »Ist doch sehenswert, findest du nicht?«

Etliche Grabstätten waren wie kleine Tempel angelegt, mit Gartentor und Vorgarten, Obelisken und Kuppeln aus schwarzem Marmor. Viele waren verfallen, Säulen standen schräg, einige waren bereits umgefallen. Verzierungen waren abgebrochen, Platten gespalten. An einer Stelle bei der Mauer lagen komplett zertrümmerte Grabsteine. Eine hebräische Inschrift war zu erkennen. Büsche und Gras überwucherten die Steine. Der Wind hatte sich gelegt. Martha wünschte sich, er würde durch die Bäume heulen. Dann noch ein paar krächzende Raben, die perfekte Atmosphäre für einen Friedhof.

Ein Jet donnerte über sie hinweg und riss sie aus ihren Gedanken. Der Flugplatz lag nur ein paar Kilometer weiter.

»Habe ich dir je die Geschichte meiner Freundin Hilde erzählt?«, fragte Oma Strobl und rückte ihren Hut zurecht. »Sie ist in Simmering aufgewachsen, ganz nah am Friedhof. Denk dir, sie hat sich mit ihrem Schatz hier getroffen. Die beiden sind über die Mauer geklettert und haben sich in die Büsche … verzogen.« Sie kicherte verlegen. »Muss ich noch deutlicher werden?«

»Sie hat sich dort, wie es die Wiener ausdrücken, mit ihrem Gschamsterer getroffen und sie haben geschnackselt.«

»Hilde ist die einzige Frau, die ich kenne, die sich an so einem Ort hat schwängern lassen.«

Martha unterdrückte ein Grinsen. »Ich kannte eine Frau, die sich damit gebrüstet hat, wo sie es schon … ein Friedhof war nicht dabei.«

»Wir haben weniger darüber geredet, gemacht haben wir es auch«, schmunzelte Oma. »Liebe Martha, mir wird kalt, gehen wir zum Familiengrab, dann lade ich dich auf einen Kaffee ein. In Wien wird auf das leibliche Wohl geschaut, es ist angenehmer, mit vollem Bauch zu trauern.«

»Danke schön.« Martha schaute dem Kellner nach.

»Gefällt er dir?«, erkundigte sich Oma Strobl. »Ich finde die Barttracht unmöglich. Nur Bart ohne Schnauzbart sieht komisch aus.«

»Wir haben den gleichen Geschmack, was Männer anbelangt.« Sie musterte die anderen Gäste. »Habe ich dir erzählt, dass ich am Freitag zu einer Trauerfeier eingeladen bin? Eine junge Frau wurde erdrosselt, sie arbeitete für einen meiner Auftraggeber. Wir treffen uns in der Botschaft und geben ihr das letzte Geleit … nach Schwechat.«

»Die Afrikanerin? Ich habe davon gelesen. Traurig.« Oma Strobl förderte ein zartes Spitzentuch mit eingesticktem Monogramm zutage und putzte sich die Nase.

Martha schämte sich ein bisschen. Oma hatte sich hübsch gemacht für den Friedhofsbesuch. Eine Brosche mit Rubinen schmückte die weiße Bluse mit Stehkragen. Martha trug einen alten langen Cordrock und einen Rollkragenpullover. Und die ausgelatschten Stiefel, von denen sie sich nicht trennen konnte. »Ich habe noch nie eine Trauerfeier am Flughafen erlebt.«

»Ich auch nicht«, meinte Oma. »Ich bin nur ein einziges Mal dort gewesen. Wie ich nach Schweden geflogen bin. Weiter bin ich nie gekommen. Afrika.« Die alte Dame ließ sich das Wort im Munde zergehen. »Was weiß ich von dort? Was im Fernsehen über die Tierwelt gezeigt wird. Von den Menschen erfährt man herzlich wenig. Ab und zu über einen Krieg oder eine Hungersnot. Und wir Weißen schlüpfen wieder in die Rolle der Retter.«

Martha hob erstaunt den Kopf. »In Wien leben doch auch etliche Afrikaner. Du begegnest ihnen jeden Tag. Die jungen Männer, die in den U-Bahn-Stationen dealen …«

»Na, na, wie klingt denn das? Woher weißt du, dass es Dealer sind? Du bist doch immer so offen, nur weil ein Mensch dunkelhäutig ist, sich an einer U-Bahn-Station herumtreibt, macht ihn das schon zum Dealer?«, schalt die alte Dame.

Martha senkte den Kopf. »Erwischt!«

»Ich habe gelesen, diese Männer sind nur die Frontfiguren. Kleine, austauschbare Rädchen. Die hohen Bosse sitzen irgendwo, an die kommt man schwer heran«, sinnierte die alte Dame. »Die Flüchtlinge haben sich das Leben hier sicherlich anders vorgestellt. Nach dem Krieg, als alles am Boden lag, hat man von hier aus in die reiche Schweiz geschielt. Man hat gemunkelt, dort seien die Straßen mit Gold gepflastert.«

Martha schaute erstaunt auf. »Mit Gold?«

»So wenig hat man vom unmittelbaren Nachbarland gewusst.« Oma rührte in ihrer Tasse. »Trotz unserem so genannten Informationszeitalter, wie sollten die Asylbewerber wissen, was sie hier erwartet? Wie sollen sie je Fuß fassen? Schwarze werden doch nur in bestimmten Rollen akzeptiert. Als gute Fußballer oder Sänger.«

»Oder wenn sie U-Bahn-Stationen putzen.«

»Sie sind jung und voller Energie. Asylanträge ausfüllen und auf Bescheid warten, damit sind sie nicht ausreichend beschäftigt. Nicht dass ich es gut finde, dass sie dealen. Aber solange es Leute gibt, die Drogen konsumieren, wird sich jemand finden, der sie ihnen verkauft.«

»Du hast ja progressive Ansichten!«, staunte Martha. »Ich dachte, ältere Menschen fürchten sich vor Ausländern.«

»Du verallgemeinerst schon wieder«, schalt ihre Oma.

Martha schlug sich an die Stirn. »Ich weiß nicht, was mit mir los ist.« Sie nagte an der Lippe. »Habe ich dir die Grüße von Simon schon ausgerichtet?«

Oma Strobl lächelte. »Jetzt ja. Der Simon. Er ist einer der wenigen Männer, die mir von Mal zu Mal besser gefallen, ich entdecke immer neue Facetten an ihm. Warum zieht ihr nicht zusammen?«

»Es ist spannender, wenn wir uns gegenseitig besuchen und uns dazu verabreden. Und ein bisschen Distanz tut manchmal gut.« Marthas Handy brummte. »Wenn man vom Teufel … Das ist er … Hallo, Holmes, bist du aufgewacht? Guten Morgen. … Nein, wir sind im Kaffeehaus. Ich fahre mit Oma ins Pensionistenheim und dann zur Party, die ist bei einer Freundin von Clara. Bist du mir nicht mehr böse? Wir sehen uns am Freitag? Ich werd's überleben. Mach's gut.«

* * *

Jua studierte die Anzeigetafel. »Seine Maschine ist vor fünf Minuten gelandet.«

»Hast du ihn angerufen?«, fragte Jeschek. »Weiß er, dass ich hier bin?«

»Nicht deswegen. Ich musste ihm doch erzählen, unter welchen Umständen Sally ums Leben gekommen ist.«

»Wie hat er reagiert?«

»Schockiert. Wenigstens hat er ein gutes Alibi, er war zur Tatzeit bereits in London.«

»Es war nie die Rede, dass jemand von der Botschaft verdächtigt wird.«

»Denkst du, ich hätte es nicht gemerkt? Du hast uns gefragt, wo wir an diesem Abend gewesen sind, was wir getan haben, ob jemand angerufen hat und so. Schließlich geschehen die meisten Verbrechen im nahen Umfeld.«

Jeschek nickte. »Stimmt, nur sehe ich bei niemandem von der Botschaft ein Motiv.«

»Sie war eine angenehme Mitarbeiterin. In ihrer Freizeit machte sie manchmal komische Sachen.«

»Wie zum Beispiel?«

Jua grinste. »Sie hat sich der Lebensweise der Weißen übergepasst. Sie ist zweimal im Monat in ein Sonnenstudio gegangen. Bei unseren Pigmenten ist nichts zu machen, noch dunkler werden wir nicht. Sie hat gesagt, sie genießt die Wärme. Ah, da sehe ich ihn.«

Trevor Dume kam auf sie zu. Er trug Jeans, ein kariertes Hemd, das über der Hose hing, und eine alte Lederjacke. An seinen Schuhen klebte der gesamte Straßenstaub Londons. Ohne seinen Diplomatenpass hätten ihn die Zollbeamten sicherlich gefilzt. Er begrüßte Jua mit einem dreifachen Handschlag. »Du kennst Simon Jeschek? Er ermittelt in Sachen Usiku und hat ein paar Fragen an dich.«

»Sofort?« Dume wirkte irritiert.

»Sie sind doch einverstanden?« Jeschek wollte ihn nicht überrumpeln. »Sonst komme ich am Freitag ins Büro.«

»Nein, nein, das muss jetzt sein, am Freitag ist die Botschaft geschlossen, wegen der Trauerfeier«, drängte Jua. »Gehen wir in das Restaurant beim Eingang. Mr. Jeschek fährt uns dann in die Stadt zurück.«

»Hatten Sie eine gute Zeit in London?«, erkundigte sich Jeschek.

»Danke ja, aber die Nachricht von Sallys Tod hat einen Schatten darüber geworfen.«

Sie fanden problemlos einen Tisch. Die beiden Diplomaten bestellten Bier, Jeschek Kaffee.

»Wann haben Sie Miss Usiku zum letzten Mal gesehen?«, begann Jeschek.

»Vor einer Woche, bevor ich weggeflogen bin. Sie hat mich gebeten, ihr etwas aus London mitzubringen. Nach Calebs Anruf habe ich den Regenschirm nicht gekauft.« Er griff nach seiner Brieftasche und holte zwei Hunderterscheine hervor. »Was mache ich jetzt mit dem Geld?«

»Zweihundert Euro für einen Regenschirm?«, wunderte sich Jua. »Was für ein Prachtstück hätte das denn sein sollen? Einer aus purem Gold?«

»Nein, einer von *Liberty*. Mit einem Papageienkopf als Griff. Sally wollte ihn unbedingt, sie mag den Film *Mary Poppins*. Sie wusste nicht, was es kostet, hat mir lieber etwas mehr mitgegeben.«

»Viel Geld«, stimmte Jeschek zu. »Manchmal hat man etwas im Kopf, das muss dann sein, egal wie teuer. Mr. Dume, was für ein Mensch war Miss Usiku?«

Seine Beschreibung deckte sich mit dem, was Jeschek bereits wusste.

»Sie hat mir mehr von ihrem Leben in Amani erzählt als über ihr privates Umfeld. Seit der Geschichte mit der Polizei hat sie fast nur noch von Jessy gesprochen. Ich habe keine Ahnung, wer ihre Freunde und Bekannten sind.«

»Wissen Sie, wie sie die Wochenenden verbracht hat?« Jeschek schaute zu Jua, dann zu Dume. Der eine war schlank, der andere rundlich. Dumes Nase war flacher, seine Lippen breiter. Juas Haar war voll, kein einziges graues darunter. Auf Dumes Schädel breitete sich ein Glatze aus.

Der Diplomat schüttelte den Kopf und zündete sich eine Zigarette an. »Auch darüber kann ich nichts sagen. Doch, einmal hat sie erwähnt, dass sie mit Jessy im Tiergarten gewesen ist. Sie haben bei der Fütterung der Robben zugesehen und sind dabei nass geworden.«

»Das ist für die Ermittlung kaum von Belang«, meinte Jua.

Jeschek leerte seine Tasse. »Haben Sie sich außerhalb der Arbeit getroffen?«

»Nur auf dem Weg dorthin, wir beide fahren das letzte Stück mit derselben Straßenbahn. Wir haben über das Wetter gejammert. Dass wir uns auf den nächsten Feiertag freuen.« Er rieb sich das Ohrläppchen. »Ich hätte sie gerne häufiger getroffen, aber sie wollte nicht. Sie hatte Angst, die andern würden über uns tuscheln. Meine Frau ist in London.«

»Hat die Episode mit der Polizei Miss Usiku verändert?«

»Sie ist schweigsamer geworden. Ich weiß nicht, ob sie sich geschämt hat.« Dume starrte in sein Glas.

»Geschämt?« Jua war erstaunt. »Nein. Sie war aufgebracht, wütend. Sie hat die Ermahnung als harte Strafe empfunden. Davon habe ich ja erzählt.«

Jeschek spitzte die Ohren. »Ich erinnere mich. Man habe sie zu Unrecht beschuldigt. Jetzt durfte sie etwas anstellen. Was denn?« Er beobachtete Dumes Zigarette. Der klopfte die Asche nicht ab. Seine Hand zitterte leicht.

»Wir haben lange mit ihr darüber geredet. Wenn sie in diesem Land lebt, muss sie sich an die hiesigen Gesetze und Bräuche halten.« Dume wollte nach dem Aschenbecher greifen. Dabei fiel die Asche in sein Bierglas. »Darf ich?« Er nahm den Löffel von Jeschecks Tasse und bemühte sich, die Asche aus dem Glas zu entfernen. »Wäre schade um das gute Bier. Zeitweise hatte Sally unrealistische Vorstellungen. Ich habe geholfen, ihre alte Couch zu einem Altwarenhändler zu bringen. Sie hat gemeint, sie bekäme dafür mindestens zweihundert Euro. Zwanzig, mehr gab es nicht.«

»Also hast du sie doch außerhalb der Arbeit getroffen«, stellte Jua fest.

»Das erste und einzige Mal, da war meine Frau noch hier. Es ist mir gerade wieder eingefallen. Sie konnte das Ding ja nicht alleine schleppen.« Dume wirkte bedrückt. »Ich wollte nichts verheimlichen.«

»Wenn Ihnen noch mehr einfällt, lassen Sie es mich wissen?« Jeschek schrieb seine Nummer auf und reichte Dume den Zettel. Neue Erkenntnisse hatte das Gespräch nicht gebracht.

* * *

»Danke für die prompte Lieferung!« Caleb hob sein Glas und prostete Martha zu. »Wir freuen uns über die neuen Visitenkarten.«

Lisa servierte ihm einen Teller Reisfleisch. »Mahlzeit. Hallo, Martha, was darf ich dir bringen?«

»Hallo, Lisa, mir bitte auch eine Portion. Und ein Soda Citron.«

»Hi, Martha«, sagte eine Stimme.

Martha hob den Kopf. »Hallo, Trevor. Wie war es in England?«

»Danke, schön. Ich habe die Tage in deiner früheren Heimat sehr genossen.«

Sie wechselten ein paar Worte über London, dann begann Trevor ein Gespräch mit Caleb in der Landessprache von Amani.

Sie sah von einem zum andern. Caleb war gekleidet, als komme er aus dem Schaufenster eines Top-Herrenausstatters. Tadellose Bügelfalten, die Krawatte perfekt auf Hemd und Anzug abgestimmt, geschmackvolle Manschettenknöpfe. Trevor trug auch einen Anzug, aber die Hose war zu kurz, der Bund zu weit, ein Hemdzipfel schaute heraus. In der eingerissenen Brusttasche seines Hemdes steckte ein Kugelschreiber, der blaue Flecken auf dem Hemd hinterlassen hatte. Alois hatte ihn treffend beschrieben.

»Wann gehst du mit mir fischen, Martha?«, fragte Trevor auf Englisch.

Die Einladung sprach er zum x-ten Mal aus. »Zu kalt«, gab Martha zu bedenken. »Und ist jetzt nicht Schonzeit?«

Der Vorhang, der als Windfang diente, teilte sich. Martha hatte die Frau noch nie gesehen. Ihre Haare waren blond gefärbt, am Ansatz dunkelten sie bereits nach. Ihr Alter war schwer zu schätzen. Anfang, Mitte, Ende zwanzig? Sie hatte dunkle Ringe unter den Augen.

»Hallo, Trevor, schön, dass du wieder da bist«, grüßte sie in gebrochenem Englisch und kam zu ihrem Tisch. »Ich darf doch?« Sie schälte sich aus einem lammfellgefütterten Ledermantel. Ohne eine Antwort abzuwarten, setzte sie sich.

»Caleb Jua, mein Kollege von der Botschaft, und unsere Freundin Martha, sie hat uns die hier gemacht.« Trevor überreichte ihr eine seiner Visitenkarten. »Und das ist Tina, ich habe sie im *Jolly Fisherman* kennen gelernt.«

»Jua«, sagte Caleb kurz angebunden, senkte den Kopf und widmete sich seinem Essen.

Martha stutzte. Caleb war ein höflicher Mensch. Wenn er nur den Nachnamen nannte und dem neuen Gast die Hand nicht reichte, stimmte etwas nicht.

Tina warf ihre langen Haare zurück. »Ich bekomme eine Soda und einen Jägermeister, die Soda nicht aus dem Kühlschrank, mein Magen verträgt nichts Eiskaltes«, rief sie Lisa zu.

»Kommt sofort«, klang es von der Theke.

Verstohlen beobachtete Martha die Frau. Ihr Tonfall war schleppend. Wie viel Alkohol hatte sie bereits intus? Lisa brachte die gewünschten Getränke, die Frau griff nach dem Jägermeister, prostete der Runde kurz zu und leerte das Glas in einem Zug. Sie wischte sich über den Mund und verlangte noch einen.

Trevor versuchte seine Einladung zum Fischen bei Tina anzubringen. Sie verstand ihn nicht auf Anhieb. Er führte vor, wie er die Angel auswarf, dabei stieß er das Bierglas um. Die Flüssigkeit lief über den Tisch und tropfte auf seine Hose. Tina lachte schrill und anhaltend. Caleb brachte seinen Teller außer Reichweite.

Martha stand auf und bat Lisa um einen Lappen. »Du solltest die Hose auswaschen, Trevor, du riechst sonst wie ein Penner.«

Caleb beendete sein Mahl schweigend und winkte Lisa an den Tisch. »Zahlen, bitte. Bist du auch so weit, Martha? Ich begleite dich ins Atelier.«

»Ich habe die Frau verschiedentlich im *Jolly Fisherman* gesehen«, sagte er auf der Straße. »Sie ist mir nicht sympathisch. Sie trinkt viel, bei einer Frau stört mich das mehr als bei einem Mann. Da bin ich altmodisch. Ich muss mit Trevor reden, er sucht Gesellschaft, nur die Gesellschaft ist keine gute.«

»Wie meinst du?«

»Er hat Mühe mit dem Alleinsein. Seine Frau und die beiden Töchter studieren in London. Wir sind Familienmenschen, gewohnt, die ganze Sippe um uns zu haben. Single-Haushalte gibt es bei uns kaum. Trevor macht alle zu Freunden.«

»Du hast Tina geschnitten.«

Er blieb stehen und sah sie ernst an. »Ich habe sie mit verschiedenen Männern gesehen, unter anderem mit Schwarzen, die mir nicht gefallen. Wir haben uns kürzlich über das Thema unterhalten. Ich glaube, sie trinkt nicht nur viel, sondern nimmt auch andere Sachen.« Tiefe Falten bildeten sich auf seiner Stirn. »Einmal ist sie auf die Toilette verschwunden. Als sie wiederkam, war sie verändert. Ruhiger, ihre Stimme war nicht mehr so schrill. Sie hat auch nicht mehr so viel und so künstlich gelacht.«

»Heroin.« Martha fiel es wie Schuppen von den Augen. Das musste die Frau sein, die Alois bei dem Deal mit Trevor beobachtet hatte. Und kaum war Trevor wieder da, tauchte Tina in seiner Nähe auf. Brauchte sie Nachschub? Stopp, halt. Das waren immer noch mutmaßliche Beobachtungen eines voreingenommenen Zeugen.

»Wenn sie mit Drogen zu tun hat und sich von der Bekanntschaft mit Trevor irgendeinen Vorteil erhofft, das könnte sich schlimm auswirken.« Caleb klang besorgt. Er senkte seine Stimme. »Wenn nur der Schatten eines Verdachts auf die Botschaft fällt, das wäre eine Katastrophe. Wir wollen wirtschaftliche Beziehungen mit Österreich aufbauen und pflegen. Ein Dealer-Image zerstört diese Bemühungen. Trevor ist bereits angeschlagen, weißt du, dass ihm der Führerschein abgenommen wurde?«

»Ich habe es vermutet«, sagte Martha. Der Pick-up stand nicht mehr auf den für die Botschaften reservierten Plätze. Die meisten Autos mit den Buchstaben *WD* im Nummernschild waren Wagen der gehobenen Mittel- bis Luxusklasse. Nichts Richtung landwirtschaftliches Nutzfahrzeug.

»Er hat den Wagen ab und zu Sally geliehen. Jetzt steht er in der Tiefgarage. Trevor muss aufpassen, mit wem er sich einlässt.«

»Ich hoffe, du siehst keine Gespenster.« Du Heuchlerin, schalt sie sich. Eigentlich müsstest du ihm jetzt alles sagen.

»Lieber Gespenster sehen, als später Teufel austreiben.« Caleb schaute auf die Uhr und stellte fest, dass es schon fünf nach zwei war. Er murmelte etwas von einer Besprechung und eilte die Straße hinunter.

Sie starrte auf das Display ihres Handys. Simon hatte Weiterbildung. Natürlich hatte er nur die Mobilbox eingeschaltet. Sie bat um einen Rückruf. Dann rief sie in seinem Büro an.

»Brenneis.«

»Äh, guten Tag. Jones … Ich hätte gerne mit Herrn Hammerl gesprochen.«

»Der ist nicht da.«

»Dann rufe ich später wieder an.«

»Hammerl kommt morgen wieder. Kann ich weiterhelfen?«

»Nein, ich … es ist privat. Danke schön.« Sie legte auf. Warum musste Simon ausgerechnet heute unterwegs sein? Entschlossen drehte sie sich um und ging in das Lokal zurück. Wie kam sie mit Tina ins Gespräch, ohne plump zu werden? Entschuldigung, nehmen Sie Drogen? Und wo beziehen Sie die?

Sie hätte sich keine Gedanken zu machen brauchen. Das *Buffet Kaiser* war leer.

Lisa war dabei, den Tisch abzuwischen. »Wie ist das bloß passiert?«, fragte sie. »Der Trevor ist mir aber auch ein Ungeschickter.«

»Er hat geangelt«, erklärte Martha. »Virtuelles Trockentraining.«

»Bitte?« Lisa setzte sich an den Tisch und fing an zu lachen.

»Er hat Tina zum Angeln eingeladen. Dich noch nie?«

»Drei oder vier Mal.« Sie zog ihre Brauen hoch. »Unter uns, auf mich macht sie einen linken Eindruck. Magst du noch was? Kaffee, einen kleinen Braunen?«

»Nein, ich wollte Trevor sprechen. Hast du etwas gegen Linke?«

»Das war nicht politisch gemeint. Wir gebrauchen das Wort, wenn wir Gesetzeswidriges vermuten. Mir wäre lieber, diese Tina taucht hier nicht wieder auf. Meine Freundin Gudrun bedient im *Jolly Fisherman*. Sie hat erzählt, die habe ihr zweimal die Toilette, tja … schwer verunreinigt.« Sie tippte an ihren Mund und deutete mit der Hand an, was passiert war. »Gudrun kennt eine Frau, die im gleichen Haus wohnt, die hat ihr ein paar weitere Stückln erzählt. Aber davon kommt nichts über meine Lippen.«

Mit den Angaben sollte es für Simon ein Leichtes sein, die Frau ausfindig zu machen. Martha verabschiedete sich von Lisa, die ihr hinterherrief: »Sag dem Trevor, er kann den Fisch in die Küche bringen. Er bekommt ihn morgen vorgesetzt, gebacken oder natur, wie es ihm beliebt.«

Marthas Handy brummte. Sie warf einen Blick auf das Display, nickte Lisa zu und verließ das Lokal. Auf der Straße nahm sie das Gespräch an. »Hallo, Hannes.«

»Eine Unart, diese klugen Telefone. Man kann niemanden mehr überraschen. Ich habe die Fotos der Geburtstagsfeier durchgeschaut. Auf zwei Bildern sind Sally und ihr Bekannter drauf.«

Martha wurde aufgeregt. »In zehn Minuten bin ich bei dir.«

Sie ließ das Atelier links liegen und machte sich auf den Weg zu dem Drucker.

7

»Habe die Ehre! Martha ist fündig geworden. Hammerl, schau dir das an.« Jeschek tippte auf den Bildschirm. »Jetzt komm schon rüber, ich kann dir nur den Text vorlesen, die Fotos nicht.«

Hammerl stand auf und trat zu ihm.

Guten Morgen! Einmal habe ich Bilder von einem weiteren Bekannten von Sally aufgetrieben. Es ist am 17. September gemacht worden. Zweimal, nein, passt nicht, zum Zweiten weiß ich, wo ihr die Frau findet, die angeblich Drogen von T. bezieht. Sie heißt Tina. Fragt nach Gudrun, die bedient im Jolly Fisherman, Pub Ecke Laudon-/Lederergasse, öffnet um siebzehn Uhr. Die kennt eine Nachbarin von Tina. Frohes Schaffen wünscht MMJ. (Fahre jetzt zum Flughafen, Sallys Abschied …)

Martha hatte zwei Fotos mitgeschickt. Sally lachend, neben ihr ein Mann, der scheu in die Kamera blickte. Er trug ein blau-rot kariertes Hemd mit schwarzem Kragen. Eine dünne Goldkette hing um seinen Hals.

»Wer hat die Bilder geschossen? Wo sind sie entstanden?«, fragte Hammerl.

»Keine Ahnung, darüber schreibt sie nichts. Wie ich sie kenne, hat sie das Handy während der Feier ausgeschaltet.«

»Du fährst gleich in die Laudongasse, nicht wahr? Ich treffe Herrn Pümpel, der ist aus dem Urlaub zurück.«

Der Mann, der ausgesagt hatte, Usiku habe ihm sexuelle Leistungen gegen Bezahlung angeboten. »Wie gehst du das Gespräch an?«

»Auf jeden Fall frage ich ihn, warum er in der Gegend herumgekurvt ist. Er wohnt und arbeitet weit weg vom Westbahnhof, in Transdanubien.«

So nannten die Wiener das Gebiet auf der anderen Seite der Donau. »Frag ihn, wo er zur Tatzeit gewesen ist. Nur so.«

»Mach ich. Wir halten Kontakt.« Hammerl verließ das Büro.

Das knallige Gelb des Lamborghinis, der auf dem für die Polizei reservierten Parkplatz stand, stach Jeschek in die Augen. Briefkastengelb, nein, noch eine Spur schreiender. Er trat ins Gebäude.

Die Botschafterin hatte einer erneuten Durchsuchung zugestimmt, allerdings unter der Bedingung, dass sie am Tag der Trauerfeier stattfand. Sie wollte keine Störung im normalen Arbeitsalltag.

Berger, der Kollege der Spurensicherung, war schon bei der Arbeit. »Sie hat mir die Schlüssel gegeben. Wir haben die ganze Botschaft für uns«, wunderte er sich.

»Du kannst Botschafter spielen. Übrigens, es kommen noch zwei Kollegen«, kündigte Jeschek an.

Berger hob erstaunt den Kopf. »Traust mir nimmer? Ich bin der Beste.«

»Deine Bescheidenheit in Ehren, es geht um eine andere Sache.« Vor der Tür bewegte sich jemand. »Ich glaube, sie sind schon da.« Jeschek machte auf. »Grüß dich, Manfred. Wie heißt dein Partner?« Er beugte sich vor und kraulte den Schäferhund unter dem Kinn.

»Das ist Jak. Ich habe nicht schlecht gestaunt, als du angerufen hast«, antwortete der Kollege der Hundestaffel. »Eine Botschaft durften wir noch nie durchsuchen.«

Berger unterbrach seine Arbeit. »Ich dachte, wir sind wegen einem Mord hier, und dann kommt der Drogen-Top-Dog.«

»Ich will etwas ausschließen«, sagte Jeschek. »Wir haben weder ein Motiv noch den Hauch einer Ahnung, wer die Frau auf dem Gewissen hat. Mir wäre es lieber, dieses Manöver bliebe unter uns. Ich möchte keine Vorverurteilungen.«

Manfred Ungerböck stimmte zu. »Ich kann die Stunde in meinem Bericht als Training verbuchen. Freilich nur, wenn wir nichts finden. Habt ihr die Zimmer betreten?«

»Nein, nur den Empfang. Ich weiß doch, dass der Hund als Erster hineinsollte.«

»Gut so.« Ungerböck nahm dem Hund das Halsband ab und sagte »Gift bring«. Der Hund wedelte mit dem Schwanz und tänzelte durch den Raum, der als Lager genutzt wurde.

Jeschek lehnte sich an den Türrahmen, schaute zu, wie das Tier schnüffelnd zwischen den Regalen hin und her wechselte. Auf dem letzten lagen gebündelte Packen Prospektmaterial. Der Hund hob den Kopf und bellte kurz. Sein Führer nahm Bündel für Bündel hinunter, streckte sie ihm hin, aber Jak hatte das Interesse verloren.

»Wir können in alle Büros. Die der Diplomaten müssen wir wieder abschließen. Hier, das ist eine Kombination aus Aufenthaltsraum für die Fahrer, Garderobe für das Personal und Pausenraum.« Jeschek öffnete die Türe neben der Materialkammer. Jak stürzte sich mit neuem Elan in den Raum, rutschte auf dem glatten Boden aus und drohte das Gleichgewicht zu verlieren.

»Nicht hudeln«, ermahnte Ungerböck. »Manchmal ist er übereifrig. Sag mal, der Brenneis ist doch dein neuer Gruppenleiter, wie kommst du mit dem aus?«

»Och, aller Anfang ist nicht leicht«, wich Jeschek aus.

»Mein Schwager kennt Brenneis schon lange. Ein richtiges Chamäleon. Der färbt sich immer wieder um, passend zur Regierung.«

»Das habe ich nicht gewusst. Ist das auch sicher?«

»Aber ja, er hat auch gesagt …« Ungerböck brach ab. Der Hund war an ihm hochgesprungen, forderte seine Aufmerksamkeit. »Ja, mein Guter, schau doch nicht so enttäuscht drein, wenn nichts da ist, kannst du auch nichts finden. Es bleiben ja noch ein paar Zimmer. Am Empfang kannst du mit Berger um die Wette schnüffeln. Der ist auch ein guter Spürhund, wenn auch nur ein zweibeiniger.«

* * *

Martha schloss die Augen. Es half nichts, sie verspürte keine Andacht. Das gedämpfte Licht und der singende Tonfall des Priesters machten sie schläfrig.

»Wir sind hier zusammengekommen, um von einem Menschen Abschied zu nehmen, der viel zu früh aus unserer Mitte gerissen worden ist …«

Trevor, der neben ihr saß, scharrte mit den Füßen. Martha blinzelte und starrte auf seine Hosenbeine. Täuschte sie sich oder trug er zwei verschiedene Socken? In der Tat, die linke war grau, die rechte schwarz. Trevor hatte etwas von einem großen Jungen an sich, einem, der nur vorgab, erwachsen zu sein.

»So gehet hin in Frieden. Der Herr sei mit euch. Amen.«

Der Priester bekreuzigte sich. Vom Tonband erklang ein Choral. Martha war froh, aufstehen zu können, der Raum war überheizt. Sie trat von einem Bein auf das andere, fühlte sich leicht schwindlig.

Rebecca kam auf sie zu. »Danke, dass du gekommen bist.«

»Wie geht's zu Hause?«

»Jessy ist munter und vergnügt. Wir haben angefangen, mit ihr darüber zu reden.«

»Stellt sie keine Fragen?«

»Doch. Wir haben ihr gesagt, dass ihre Mama eine schöne und lange Reise angetreten hat, in ein Land, wo die Sonne scheint, die Menschen freundlich sind und viel lachen. Und dass Jessy bald auch dorthin fährt.«

Rebeccas Worte trieben Martha doch noch Tränen in die Augen. »Stimmt. Nur dass Sally auf einem Stern sitzt und die Ankunft ihrer Tochter in Amani von dort aus beobachtet.«

»Komm, lass uns gehen, wir sind bei den Letzten.« Rebecca hakte sich bei Martha ein.

Stellvertretend für Sallys Familie hatte die Botschafterin zu einem Imbiss geladen. Der Weg zum Restaurant führte durch die Ankunftshalle. Martha beobachtete das Geschehen. Eine Reisegesellschaft – sie trugen alle den gleichen Dress – johlte bei der Absperrung. Geschäftsreisende eilten vorbei. Eine türkische Familie begrüßte sich tränenreich. Zwei schwarze Männer verzogen sich hinter eine Säule.

Martha stutzte. Täuschte sie sich oder waren die beiden beim Anblick der Gruppe mit den vielen Afrikanern in Deckung gegangen? Sie löste sich von Rebecca, gab vor, etwas aus der Trafik zu holen, machte zwei Schritte seitwärts, blieb stehen. So konnte sie die Männer gut sehen. Dem einen liefen Tränen über das Gesicht. Der andere hatte ihm den Arm um die Schultern gelegt, redete leise auf ihn ein.

Die Trauergemeinde war aus ihrem Blickfeld verschwunden. Die würde sie wiederfinden. Sie wandte sich um und näherte sich den beiden Männern. Deren Gesichter wollte sie sich genauer ansehen.

* * *

Berger zog seine Handschuhe aus. »Kein guter Tag. Weder der Hund noch ich haben etwas gefunden. Rauschgift in einer Botschaft? Ist das nicht etwas weit hergeholt?«

»Ich hab gesagt, ich gehe nach dem Prinzip Ausschließen vor. Je mehr Angriffspunkte vom Tisch sind …«

»… desto ratloser bist du.«

»Ja«, musste Jeschek zugeben. »Wir haben keine Freunde aufgetrieben, nicht mal ihre Arbeitskollegen kannten sie näher. Ihre Tochter ist drei Jahre alt, das Madl kann ich doch nicht verhören. Mit Usiku ist ihr Privatleben gestorben. Ihr Handy ist weg, detto ihr Adressbuch.«

»Das eine wie das andere kann man leicht verschwinden lassen.« Berger musterte den Schreibtisch, an dem Sally gearbeitet hatte. »Ich beneide Jak. Der hat auch nichts gefunden, trotzdem hat er von seinem Herrl ein paar Streicheleinheiten und einen Hundekeks bekommen. Was ist mit mir?«

Jeschek musste lachen. »Kekse habe ich keine dabei, aber wo hast du's am liebsten? Hinter den Ohren oder unterm Kinn?«

»Finger weg!« Berger trat einen Schritt zurück.

Ein heftiges Klopfen riss sie aus ihren Frotzeleien. Jeschek öffnete die Tür.

Es war Petri. »Ich habe von der Kriminaldirektion erfahren, dass die Spurensicherung im Haus ist. Ich brauche Unterstützung. Habt ihr den Lamborghini unten gesehen? Der rechte Scheinwerfer ist kaputt, müssen wir uns näher anschauen. Wegen dem Unfall, bei dem Frau Hörtnagl gestorben ist. Erinnerst du dich? Die hatte Glassplitter in einer Wunde am Bein.«

Jeschek nickte. »Freilich. Die Frau hat etwas von einem goldenen Ufo gesagt. Für meine Begriffe ist der Lamborghini zwar gagerlgelb … Ist das der Unfallwagen?«

»Genau das müssen wir abklären. Also, was ist?« Petri wirkte aufgeregt.

»Vielleicht habe ich dort mehr Glück«, seufzte Berger. »Hat der Halter einer Durchsuchung zugestimmt? Oder geht das Richtung Gefahr im Verzug?«

»Auf jeden Fall. Es eilt, Berger, es eilt. Der Fahrer ist dabei, sich rauszureden.«

Auf der Treppe fasste Petri das bisherige Gespräch zusammen. Das teure Auto mit der gut sichtbaren Delle war Kollegen der Sicherheitswache aufgefallen. Sie hatten Kaspar Brandstetter gestoppt. Der Wagen gehörte seinem Vater, der war zur Zeit auf Urlaub. In seiner Abwesenheit durfte Junior den Lamborghini fahren. Er musste ihn in die Garage bringen, wegen dem Schaden. Der war vor zwei Wochen entstanden. Senior war beim Einparken mit einem Laternenpfahl zusammengestoßen.

»Ein hochgschissner, präpotenter Bursch«, gab Petri seine Eindrücke wieder. »Und ein Witzbold. Er wollte mir die Adresse des Laternenpfahls geben, damit ich den verhören kann! Das mit der Werkstatt haben wir sofort überprüft, es stimmt. Das Auto ist seit zwei Wochen zur Reparatur angemeldet.«

»Wo parkt er den Wagen? Hat noch jemand Zugang zu den Schlüsseln?«, fragte Jeschek.

»Er hat einen Stellplatz in der Tiefgarage. Eigentumswohnung in der Bennogasse, ein Student! Und ja, seine Begleiterin, wie er sich ausdrückt, hätte jederzeit damit fahren können. Die Schlüssel liegen immer im Vorzimmer. Zur Tatzeit sei er alleine unterwegs gewesen, bei einem Clubbing im *Kripolis*. Das liegt ums Eck von der Bennogasse, mit dem Wagen hätte er länger gebraucht als zu Fuß.«

»*Kripolis?* Klingt nach einem Stammlokal für die Kriminalpolizei«, grinste Jeschek.

»Ist es nicht. Eines der schicken neuen Lokale am Gürtel. Seit neun will er dort gewesen sein.« Petri wirkte niedergeschlagen. »Der Kollege, der das Gebiet am Gürtel betreut hat, ist versetzt worden. Der hatte supergute Kontakte, bekam jeden Zund, jede Information, was er brauchte. Der kennt den Geschäftsführer, die Türsteher, sogar die Häuslfrau. Ihm wäre es ein Leichtes gewesen, diese Aussage zu überprüfen. Wir müssen Klinken putzen.«

»Wage es nicht, die Reform zu kritisieren«, warnte Berger. »Sonst wirst auch du verwendungsverändert.«

Jeschek mochte nicht bei diesem Thema bleiben. »Kollege Berger schaut sich den Wagen an. Im Grunde freut er sich darauf, er gibt es nur nicht zu.«

Berger rieb sich die Hände. »Du sagst es. Hat der temporäre Halter Veränderungen am Fahrzeug festgestellt, seit er das letzte Mal gefahren ist?«, erkundigte er sich. »Stand der Wagen anders, als er ihn geparkt hat? War der Sitz verstellt? Der Rückspiegel? Hat er sich den Kilometerstand gemerkt? Die Benzinanzeige?«

»Ich bin noch nicht dazu gekommen, ihn danach zu fragen«, maulte Petri.

»Womit verdient Brandstetter senior seine Brötchen?«, fragte Jeschek. »So ein Untersatz kostet doch ein Vermögen.«

»Er ist Inhaber einer Spedition im 23. Bezirk. Melchior Brandstetter heißt er.« Petri überreichte Berger die Wagenschlüssel. »Hier. Viel Vergnügen. Kannst ja eine Probefahrt machen. Ich rede noch ein paar Takte mit dem Kaspar.« Er ging zu seinem Büro.

»Und wo bleibt der dritte der heiligen drei Könige?«, grinste Berger. »Nun denn, nehmen wir die Luxuskarosse unter die Lupe.« Beim Anblick des Autos begann er zu strahlen. »Jeschek, hast du ein Handy mit Kamera? Ich möchte den Moment festhalten, mein Sohn wird vor Neid platzen.«

»Nein, leider. Vorhin hast du Botschafter spielen können, jetzt Inhaber eines Lamborghinis. Man kommt herum in unserem Beruf. Weißt du überhaupt, wie der aufgeht?«, fragte Jeschek.

Berger warf ihm einen vernichtenden Blick zu. »Wage es nicht, den Wagen zu berühren! Pfoten gewaschen oder nicht.«

»Ich werde mich hüten.« Jeschek ging in die Knie. Der linke Scheinwerfer war zersplittert. Die gezackten Ränder waren schmutzig. Er stand wieder auf. »Ich räume das Terrain. Bis dann.«

* * *

Martha interessierte sich nicht für Autos. Aber das hier war so komplett anders, das war eine andere Dimension. Ein sehr gelbes, sehr flaches Gefährt.

Miriam stand vor der Buchhandlung und rauchte eine Zigarette. Buchhandlungsintern nannten sie das *Frische Luft genießen.* Miriam schlotterte. Sie trug einen dicken Pullover, aber den kalten Wind hielt der nicht ab. »Hast den gesehen?« fragte sie mit einer Kopfbewegung Richtung Lamborghini.

»Ich hab mich schon gewundert, in welchen Karossen die Herren Inspektoren jetzt herumkutschieren. Für verdeckte Ermittlungen ist der aber nicht geeignet.«

»Ein Lamborghini«, sagte Miriam ehrfürchtig.

»So einen habe ich noch nie live gesehen.«

»Alle fragen sich, wem der gehört. Drei Kunden haben uns schon darauf angesprochen. Ma, ich würde gerne mal in so einem Wagen sitzen.« Miriam bekam einen sehnsüchtigen Ausdruck.

Martha hatte Zweifel. »Du musst dich ja fast auf den Gehsteig hocken um einzusteigen.«

»In die Knie gehen zumindest.«

»In oder auf die Knie? Um es anzubeten? Ein Londoner Taxi wäre eher mein Geschmack.«

Miriam dämpfte ihre Zigarette aus. »Vorhin hat sich einer daran zu schaffen gemacht. Ich glaub, einer von der Polizei. Hat sich mit dem Ein- und Aussteigen schwer getan. Ich habe mir überlegt, ihm einen Schuhlöffel anzubieten.«

Martha kniff die Augen zusammen. »Wie war der angezogen?«

»Weißer Schutzanzug.«

»Könnte einer von der Spurensicherung sein. Kenne ich von damals, wie Herbert ermordet worden ist.«

Miriam schüttelte sich. »Ich kann mir nicht vorstellen, wie das ist, wenn jemand aus deinem nächsten Umfeld ermordet wird.«

»Nach Sallys Tod muss ich wieder viel daran denken.«

»Weiß man schon, wer es getan hat?«

»Nein. Ich komme gerade vom Flughafen, dort hat eine Trauerfeier für sie stattgefunden.« Martha dachte an Jessy. Warum war sie nicht dabei gewesen? »Hinterher meldet sich das Leben zurück. Kurz bevor ich gegangen bin, hat sich die Stimmung verändert. Ich nehme an, es ist feucht-fröhlich weitergegangen.«

Miriam stimmte zu. »Wie beim Begräbnis meines Vaters. Viele sind von auswärts angereist, die haben sich ewig nicht mehr gesehen und mussten das ausführlich begießen.«

»Du, entschuldige, ich sollte. Wir sehen uns.«

»Bis dann.«

Kurz nach sieben brummte Marthas Handy.

»Habe ich mich schon bei dir bedankt?« Jescheks Stimme klang munter.

»Noch nicht. Bist du im Büro?«

»Nein, ich habe mich zurückgezogen, muss etwas abschalten. Hilfst du mir dabei?«

»Ja, klar. Ich bin eff eff.«

»Fast fertig?«

»So ist es, ich brauche noch eine halbe Stunde. Wo finde ich dich?«

»Im *Café Alserviertel*, im ersten Stock.«

Nach getaner Arbeit machte sie sich auf den Weg. Der Wind war stärker geworden, auf dem kurzen Stück von der Straßenbahnhaltestelle begann Martha zu frieren. Sie beeilte sich zu dem Kaffeehaus zu kommen, drückte die Tür auf. Der dichte Rauch verschlug ihr den Atem und brannte in den Augen. Unten war jeder Tisch besetzt. An zwei Tischen wurde Schach gespielt. Ein junger Mann schrieb Noten auf, summte vor sich hin. Oder bildete sie sich das nur ein? Seine linke Hand bewegte sich anmutig. Er dirigierte ein Orchester, das nur er hören konnte.

Die Treppe in den ersten Stock war mit einem dicken Teppich ausgelegt, in dem ihre Schuhe versanken. Hier war die Luft besser. Ruhiger war es auch. Nur das Klicken eines Löffels an einer Kaffeetasse und gedämpftes Murmeln waren zu hören.

Jeschek saß am dritten Tisch, eine Zeitung vor sich. »Darf ich?« fragte sie leise.

Er ließ die Zeitung sinken. Ein warmes Lächeln glitt über seine Züge. Er machte Platz neben sich auf der Bank. »Heute ging es Schlag auf Schlag, ich habe eine Auszeit gebraucht.«

Lautlos tauchte ein Ober auf und fragte nach ihren Wünschen. Sie bestellte ein Viertel Rot, Jeschek ebenfalls.

»Ich kann es kaum erwarten, dir alles zu erzählen und dann noch, was heute …«, sprudelte sie los. »Aber erst entschuldige ich mich, dass ich dich und Hans so angefahren habe.«

Er hatte sie in die Arme genommen. »Du hattest einen schlechten Tag«, flüsterte er ihr ins Ohr. »Ich habe versucht, es nicht persönlich zu nehmen.«

»Normalerweise habe ich keine Tomaten, ich meine Paradeiser auf den Ohren.

Der Ober brachte den Wein. »Zum Wohl«, sagte er und verschwand genauso lautlos, wie er gekommen war.

Jeschek wollte nach seinem Glas greifen, aber Martha hielt ihn davon ab. »Bei dem, was der Wolf gesagt hat, sind mir die Sicherungen durchgebrannt.«

Er atmete tief. »Ich hoffe, ich liege falsch mit meiner Vermutung, aber zeitweise habe ich das Gefühl, dass du mir nicht vertraust.«

Martha erschrak. »Wie kommst du darauf?«

»Du bist mir dermaßen über den Mund gefahren. Ich habe auf Petris blöde Äußerungen reagiert! Umgehängt hab ich ihm keine, wir sind ja nicht im Kindergarten.«

Martha sah ihn ratlos an. »Was wolltest du ihm umhängen?«

Er holte mit der flachen Hand aus. »Wenn ich jemandem eine *Flaschn* androhe, oder damit, ihm eine umzuhängen, das bedeutet Watschen austeilen.«

Martha grinste. »Petris Gesicht lädt direkt dazu ein. Den könnte man im Prater als Watschenmann aufstellen, der würde Umsatz bringen! Was hast du ihm gesagt?«

»Er soll seine schmutzigen Fantasien für sich behalten. Wie hast du ihn kennen gelernt?«

»Lisa hat mich an ihren Tisch gesetzt, es war voll im *Buffet*

Kaiser. Er und sein Kollege haben heiteres Beruferaten mit mir gespielt. Sie taten geheimnisvoll, deuteten an, sie seien in der Informationsbranche. Ich habe ziemlich bald gemerkt, dass sie Kieberer sind. Umgekehrt haben sie nicht herausgefunden, was ich mache. Ja, so war's. Wolf hat mich eingeladen, mit ihm etwas zu trinken, ich habe abgelehnt. Dann hat er mich mit Caleb und Trevor gesehen und gefragt, ob ich lieber mit Bimbos zusammen bin als mit Hiesigen. Ich bin wütend geworden, habe mich aber beherrscht.«

»Manche sind unbelehrbar. Als Ermittler ist er nicht übel. Du auch nicht, Watson, wie bist du an die Bilder von Usikus Freund und an Tina rangekommen?«

Ihr war leichter geworden. »Es ist mir … zugefallen«, gestand sie und erzählte von Hannes Rumpler und seiner Familie. »Das dicke Ende kommt noch, den da –«, sie zog die Abzüge aus der Tasche und deutete auf Sallys Begleiter, »den habe ich heute Morgen gesehen! Am Flughafen, nach der Trauerfeier. Er hat geweint. Sein Kumpel hat ihn weggezogen, ich habe sie aus den Augen verloren.«

»Und du bist dir sicher, dass er es gewesen ist?« Er sah sie durchdringend an.

»Komm mir nur nicht mit dem Scheiß, dass alle Schwarzen gleich ausschauen!«, wehrte sie sich.

»Sei doch nicht so empfindlich«, dämpfte er. »Jemanden auf Grund eines Fotos zu erkennen, ist alles andere als leicht.«

»Ich bin nachher ins Büro gegangen und habe die Bilder noch einmal genau betrachtet. Er hat neben dem linken Auge einen kleinen Buckel, vielleicht eine Zyste? Und die Narben auf den Wangen. Ich bin keine Afrika-Expertin. Vielleicht haben sie eine rituelle Bedeutung?«

»Vielleicht war er in einer schlagenden Verbindung«, schlug Jeschek betont ernsthaft vor.

»Das glaubst du ja selber nicht! Schlagende Verbindungen, das habe ich erst hier kennen gelernt.« Sie griff sich an den Kopf. »Noch ein Argument, das blau-rot karierte Hemd mit dem schwarzen

Kragen. Kein Nullachtfünfzehn-Kleidungsstück. Er hat es auch heute getragen.«

»Ich bin platt, dass du nebenbei mehr herausfindest als wir Profis.«

Sie wurde ernst. »Ich habe noch mehr mitbekommen. Und das gefällt mir überhaupt nicht.«

Jeschek hörte ihrem Bericht ruhig zu. Martha war dabei, sich leer zu reden.

»Erst habe ich nicht daran glauben wollen, jetzt haben mich jede Menge Zweifel geschlichen.«

»So sehr, dass du schleichst? Entschuldige, ich sollte dich nicht unterbrechen, aber es haben dich Zweifel beschlichen.«

»Wenn du meinst. Vorsilben …« Sie nahm einen Schluck Wein. »Mir passt nicht, dass ich alles durch eine Brille mit Misstrauen betrachte. Kaum ist Trevor aus London zurück, taucht Tina in seinem Fahrwasser auf. Ich dachte, aha, sie braucht Nachschub … dabei will ich das nicht denken.«

Er streichelte ihren Arm. »Deine Infos in Bezug auf Tina habe ich Küppers weitergeleitet, einem Kollegen vom Suchtgiftreferat. Er hat sich vorhin gemeldet, er hat ihren vollen Namen und ihre Adresse herausgefunden. Sie ist nicht zu Hause. Tina hat mit Drogen zu tun, das haben mehrere Leute unabhängig voneinander ausgesagt. Im *Jolly Fisherman* hat sie mittlerweile Lokalverbot. Weil sie Gäste belästigt.«

»Denkst du, dass Trevor die Finger in was drin hat?«

»Nur weil er sie kennt und mit ihr spricht – das heißt noch nichts.«

Sie schaute ihn fragend an. »Und was machst du jetzt?«

»Wir schauen zu, ohne Brille, interpretieren noch nichts. Versuchen, Erklärungen zu finden. Zum Beispiel für die Anwesenheit von Sallys Bekanntem am Flughafen. Wie hat er erfahren, dass ihre sterblichen Überreste heute in ihre Heimat überführt werden?«

»Jemand hat in der Botschaft angerufen und sich danach erkundigt.«

»Woher weißt du das?«

»Hat mir der eine Fahrer erzählt. Der ist am Rotieren, weil er jetzt als Aushilfsempfangsdame einspringen muss.«

»Er ist verwendungsverändert worden«, sagte Jeschek.

»Was ist mit dir? Du bist doch sonst Weltmeister im Zuhören, ich kenne niemanden außer dir, der das kann!«

»Aktives Zuhören nennt man das in der Polizeipsychologie.«

»Dozier nicht und hör mir aktiv zu! Der Fahrer hat gesagt, er ist froh, wenn er eine Frage beantworten kann und sich nicht lange den Kopf zerbrechen muss, zu wem er einen Anruf durchstellt. Er hat von der Trauerfeier erzählt, ihn sogar dazu eingeladen.«

»Wann kam der Anruf?«

Martha überlegte. »Montag, Dienstag. Mittwoch nicht. Allerspätestens gestern.«

Drei Tage. Lohnte sich eine Rufdatenrückerfassung? Dabei würde herauskommen, dass der Anruf von einer Telefonkabine oder einem Handy getätigt worden war, schätzte er. »Hat er seinen Namen genannt?«

»Nein, aber dem Klang der Stimme nach sei es ein Afrikaner gewesen.«

»Ist das nicht vorgegriffen?«

Sie wirkte erstaunt. »Das ist keine rassistische Unterstellung. Der Fahrer hat tagtäglich mit ihnen zu tun. Tonfall, Sprachmelodie, Klang.«

»Mag ja sein«, sagte er nachdenklich.

Sie rümpfte die Nase. »Ich habe mir natürlich auch über Sally Gedanken gemacht. Sie hat sich mit mehreren Männern getroffen, ja.«

Ihre Empörung amüsierte ihn. »Und was stört dich daran? Soll vorkommen. Ich frage mich bloß, wie organisiert sich eine berufstätige Frau, die ein kleines Kind hat und zwei Beziehungen?«

»Kann ich nächste Woche, wenn Alex bei uns ist, ausprobieren.« Martha drehte ihr Glas hin und her. »Ich kann mir meine Arbeit freier einteilen als Sally, ja.«

Jeschek schüttelte sich. »Ich warne dich! Das lässt du bleiben! Und bitte auch diese vielen Jas, das macht schon Brenneis.«

»Deswegen brauchst du mich nicht anzufahren«, sagte sie beleidigt.

»Das wollte ich nicht.« Er hob beschwörend die Hände. »Alex könnte auch zu Irmgards Eltern, aber er will lieber zu uns. Ich weiß, zeitlich bleibt wieder mehr an dir hängen.«

»Ich freu mich auf Alex. Um auf Sally und die Männer zurückzukommen, Hannes hat erzählt, die beiden hätten Händchen gehalten. Er hatte den Eindruck, da läuft was. Mir ging es gleich, als ich sie mit dem anderen, dem Weißen, gesehen habe.« Sie zupfte am linken Ärmel ihres Pullovers, der hinaufgerutscht war. »Mir stinkt, dass Alois' Aussage doch stimmen könnte.«

»Wenn Trevor dealt, müssen wir uns auch überlegen, wer ihn beliefert. Hast du noch was herausgefunden?«

»Caleb hat sich sehr negativ über Dealer geäußert. Schon im Zusammenhang mit der Geschichte mit Maji. Aber nachdem ich Trevor mit Tina gesehen habe, bin ich unsicher geworden. Soll ich Caleb erzählen, was Alois vermutet?«

Jeschek überlegte. »Nein, besser nicht. Wir warten noch, bis die Kollegen vom Suchtgiftreferat mit Tina gesprochen haben. Magst du noch einen Wein? Oder gehen wir zu mir? Ich habe eine gute Flasche zu Hause.«

»Solange du mir die nicht umhängst?« Sie grinste ihn an.

Jeschek stand auf und half ihr in die Jacke. »Ob dir die steht? Nein, ich will nur den Inhalt mit dir genießen.« Er rieb sie sanft hinter dem Ohr. »Und wenn du einverstanden bist … dich auch.«

8

Martha hoffte, dass Petri ihr nicht über den Weg lief, sie musste zur Botschaft. Sie drückte den Liftknopf. Zu ihrer Freude befand sich niemand in der Kabine. Der Aufzug war zu drei Seiten mit Spiegeln verkleidet. Man kam nicht drum herum, sich hundertfach in immer kleinerer Ausführung zu betrachten.

Sobald sich die Türen hinter ihr geschlossen hatten, ging sie in die Vorbereitende Position, wie sie es im Ballettunterricht gelernt hatte. Dann hob sie die Arme leicht gerundet vor dem Körper bis auf Magenhöhe. Und nun von der ersten in die zweite und dann in die dritte Position. Ein Corps de ballet von Marthas tanzte mit, perfekt synchronisiert.

Kurz vor dem vierten Stock holte sie zu einer Arabesque aus und verbeugte sich formvollendet vor ihrem nicht vorhandenen Publikum. Hinter ihr klatschte jemand. Martha fuhr herum. Die Botschafterin spendete Beifall. Neben ihr stand einer der Fahrer und grinste breit.

»Sehr schön gemacht, Miss Marix Jones«, sie senkte die Stimme. »Einmal habe ich huldvoll dem Volk zugewinkt, wie es Königinnen tun. Aber verraten Sie mich nicht.«

Calebs Büro war zweckmäßig, aber spartanisch ausgestattet. Schlichte Holzregale, ein kleiner Tisch, drei Stühle, ein Schreibtisch, voll beladen mit Papieren, Akten und Ordnern. Er stand auf, begrüßte sie herzlich. »Nimm doch einen Moment Platz«, bat er. »Danke, dass du am Freitag dabei gewesen bist. Usiku ist gut angekommen, wenn man das so sagen kann. Sie wird heute beerdigt.«

»Es war feierlich. Mich setzen? Wohin?« Martha deutete hilflos auf den Sessel, auch der war mit Mappen und Zeitungen zugeräumt. Sie reichte ihm die Probedrucke. »Und ich bringe dir noch mehr Papiere. Ich brauch das *Gut zum Druck.*«

Er sah sich alles an, die Briefpapiere, die Umschläge. »Schaut gut aus. Wo soll ich unterschreiben?«

»Hier bitte.« Sie legte die Offerte hin.

Er setzte seinen Namen darunter. »Einen schönen Stempel kannst du auch noch haben.«

»Damit alles seine Ordnung hat, bitte ja.«

Caleb stempelte mit Anlauf. »Worüber ich noch mit dir sprechen wollte. Ich habe viel über Usiku nachgedacht, mir ist etwas aufgefallen. Sie verfügte über mehr Geld, als sie bei uns verdiente.«

»Wie kommst du darauf?«

Er runzelte die Stirn. »Zu viele neue Kleider, ständig andere Frisuren. Immerhin leben zwei weibliche Wesen unter meinem Dach, ich weiß, was die kosten.«

»Vielleicht hat Sally Schulden gemacht?«, meinte Martha.

»Kannst du nicht mit Simon darüber reden?«

»Das solltest du selber tun.« Sie wurde nachdenklich. »Ob an der Geschichte mit der Prostitution doch etwas dran ist?«

Er schüttelte den Kopf. »Das glaube ich nicht. Sie war ehrlich entrüstet.«

Martha fuhr mit dem Finger über die Tischplatte. »Oder sie hatte einen Nebenjob, vielleicht ist sie putzen gegangen?«

Caleb lachte. »Das kann ich mir nicht vorstellen. Du hättest sie sehen sollen, jeden Freitag, wenn sie mit dem Staubsauger durch die Botschaft zog, was zu ihren Pflichten gehörte. Der Widerwille war ihr von hinten anzumerken.«

»Wenn man muss, macht es keinen Spaß. Für extra Geld erträgt man es«, meinte Martha.

Er setzte sich auf die einzig freie Stelle des Tisches. »Sie hätte sich einen bequemeren Weg gesucht. Fürs Putzen bekommst du sieben, acht Euro die Stunde.« Caleb schüttelte den Kopf. »Sie hätte sich noch weniger um Jessy kümmern können. Sie war eine wirklich gute Mutter. Ich vermute, sie hat illegal Geld verdient. Maji ist sicher nicht der einzige Schwarze, der ständig auf Drogen angesprochen wird.«

Martha hielt den Atem an. »Haben deine Überlegungen auch mit Trevors neuer Bekannten zu tun?« Ihr Gewissen meldete sich. Caleb war ein Freund, und sie versuchte ihn auszufragen.

»Ist mit ein Grund.«

»Hast du mit ihm darüber gesprochen?«

»Trevor hat fast das ganze Wochenende bei uns verbracht. Ich habe ihm nahe gelegt aufzupassen. Er würde nie im Leben mit Drogen dealen, da lege ich meine Hand ins Feuer … aber vielleicht Usiku?«

»Sie hätte zu viel riskiert!«, wehrte Martha ab. »Stell dir vor, man hätte sie erwischt! Sie hätte sich von Jessy trennen müssen. Meines Wissens gibt es in Österreich keine Vollzugsanstalt, in der kleine Kinder bei ihren Müttern bleiben dürfen.«

Caleb stand auf und ging wieder auf die andere Seite des Tisches. »Vielleicht hat man ihr weisgemacht, es sei kein Risiko dabei? Sie war leichtgläubig.«

Martha grübelte. »Du solltest wirklich mit Simon reden.«

»Mache ich, sobald ich seine Karte gefunden habe.« Er musterte ratlos die Stapel und Berge.

Martha riss ein Blatt aus ihrem Notizblock, schrieb die Nummer auf. »Hier, bitte.« Sie stand auf.

»Ich bring dich hinaus«, sagte er. »Sehen wir uns am Abend? Auf ein Bier?«

»Heute nicht, wir gehen mit Alex schwimmen. Vielleicht morgen? Er freut sich bestimmt, Ian und Mary wiederzusehen.« Marthas Blick fiel durch das Glas der Eingangstür. Tina stand davor, leicht vornübergebeugt. Sie stützte sich mit der flachen Hand an die Mauer.

Caleb riss die Tür auf. »Was kann ich für Sie tun?«, fragte er nicht sehr freundlich.

»Wo ist Trevor?«, keuchte die Frau. »Nur er kann mir helfen, wo ist er? Sagen sie ihm, ich …« Ohne einen weiteren Laut sank sie zu Boden.

* * *

Brenneis überflog die Berichte und trommelte mit den Fingern. »Das Bild ist gut, damit kann man etwas anfangen, ja. Wie wollt ihr den Typen finden?«

Jeschek horchte auf. Brenneis hatte *Typ* gesagt, nicht Neger.

Hammerl spielte mit einem Bleistift, holte Luft. »Nach den Beobachtungen des Zeugen Rumpler handelt es sich vermutlich um einen Asylbewerber. Er hat weder die Umgangsformen noch das Auftreten eines Diplomaten oder eines UNO-Funktionärs.«

»Die Kartei durchgehen, ob wir uns das antun?«, zweifelte Jeschek. »Jemanden nach einem Foto zu identifizieren, ist schwierig.«

»Wenn er ein Illegaler ist, bringt es sowieso nichts, ja«, sagte Brenneis.

Jeschek hatte befürchtet, die nächsten Wochen mit dem Abgleichen der Fotos zu verbringen. »Wir wissen nichts Genaues über sein Verhältnis zu der Frau. In der Heingasse ist kein Schwarzer aufgefallen.«

»In der Wohnung von ...«, Brenneis schielte auf seine Unterlagen, »Usiku, ja, in ihrer Wohnung wurden Fingerabdrücke gesichert, die nicht von ihr stammen. Auf ihrem Wecker, aha. Würde mich ja interessieren, wer da seine Pfoten dranhatte. Und welchem Herrn die Unterhosen passen. Ich rufe die Spurensicherung an, ob sie schon einen Treffer haben. Gut, dass alle Asylbewerber erkennungsdienstlich erfasst werden, ja. Wie war das, hat keiner der Nachbarn Usiku in Begleitung eines Schwarzen gesehen?«

Jeschek kniff die Augen zusammen. »Es ist ein anonymes Haus, die Leute kümmern sich nicht groß, wer wie wo wann mit wem. Die in der Wohnung über ihr haben behauptet, sie hätten nicht gewusst, dass dort eine Schwarze lebte. Wir haben nur mit den Leuten von der Seite Heingasse geredet. Das Haus ist so gebaut, dass man über den Hof auf die andere Seite kommt, die geht auf die Wackergasse.«

»Dann müsste er einen Schlüssel haben«, warf Hammerl ein.

»Wir überprüfen, wie viele Schlüssel Usiku von der Hausverwaltung erhalten hat und wie viele in der Wohnung gefunden worden sind.« Jeschek machte sich auf die Suche nach dem Bericht der Tatortgruppe. »Nehmen wir an, ihr Freund hatte welche. Um weniger aufzufallen, betritt er das Haus von der andern Gasse aus, geht über den Hof.«

Brenneis lehnte sich zurück und nahm seine Trommelei wieder auf. »Warum habt ihr euch bis zum heutigen Tag nicht darum gekümmert?«

»Wir glaubten, Usikus Freund sei weiß. Von der Existenz des Herrn wissen wir erst seit letztem Freitag«, sagte Jeschek.

»Sehr scharfe Schlussfolgerung«, spottete Brenneis. »Auch ein Weißer hätte über den Hof kommen können. Machst du das jetzt an der Hautfarbe fest, wer von welcher Seite das Haus betritt? Du bist doch sonst so auf rassismusfreie Formulierungen bedacht, ja?«

Jeschek fühlte Ärger in sich hochsteigen. »Ich habe mich nicht klar ausgedrückt, ich wollte sagen, wir sind davon ausgegangen, dass Usiku sich nur mit …«

»Das reicht nicht, nachprüfen, überprüfen, alle Möglichkeiten in Betracht ziehen. Und klare Äußerungen, ja? Ihr hört euch auf der Stelle im anderen Haus um.«

»Machen wir«, versicherte Hammerl.

»Gut, gut.« Brenneis holte seine Notizen, die er bei der Obduktion von Usiku gemacht hatte, und blätterte darin herum. »Die Frau war schwanger, ja? Liegen Erkenntnisse vor, ob der Vater weiß oder schwarz gewesen ist? Ich mache mich in der Gerichtsmedizin kundig, ja.«

»Warum sollte der Kindsvater ein Interesse daran haben, dass sie stirbt?«, überlegte Jeschek.

»Wo sind wir hier eigentlich? Ich kann dir X Fälle aus der Kriminalgeschichte aufzählen, wo Männer von ihnen geschwängerte Frauen umgebracht haben. Ja, Beziehungskisten sind das häufigste Tatmotiv. Sie wollte das Kind, er nicht.«

Das wusste Jeschek auch. Er hätte sich am liebsten auf die Zunge gebissen.

»Bringt's mir den Kerl, und ich zeige euch, wie ein Mörder ausschaut«, sagte Brenneis mit fester Stimme.

Hammerl stand auf. »Schwarz muss nicht gleich schuldig sein, wir suchen ihn nach wie vor als Zeugen. Übrigens, ich habe letzte Woche endlich mit dem Pümpel geredet.«

Brenneis verstärkte seine Trommelei. »Ja, und?«

»Die erneute Befragung des Herrn hat den Sachverhalt erheblich verändert«, flötete Hammerl. »Er hat seine Aussage korrigiert, Usiku ist nicht dazu gekommen, ihm einen Preis zu nennen. Sie habe sehr unerfahren gewirkt, das hat ihn angetörnt.«

»Laut Protokoll sind sie sich schon über den Preis einig gewesen. Kann der Mann nicht lesen?«, ärgerte sich Jeschek.

»Lesen und verstehen sind zwei Paar Schuhe«, sagte Hammerl. »So etwas Rassiges sei nicht alle Tage unterwegs, hat er geschwärmt. Für ihn war klar, eine Frau, die sich in der Gegend ansprechen lässt, ist eine Gürtelschwalbe.«

»Und der ist sich nicht bewusst, was er Usiku mit dieser Aussage angetan hat?« Jeschek konnte es kaum fassen.

»Er war ja überzeugt, dass sie eine Hure ist. Er wollte unbedingt mal eine Schwarze pudern«, sagte Brenneis. »Wenn das stimmt, hätte ich mir die Herumlauferei am Westbahnhof sparen können, ja.«

Das Telefon läutete. Hammerl hob ab. »Hallo, Martha. Ja, der ist hier.« Er reichte den Hörer Jeschek.

»Privatgespräche sind während der Dienstzeit auf ein Minimum zu beschränken, ja?«, sagte Brenneis missbilligend, stand auf und verließ das Büro.

»Martha? Alles in Ordnung?« Jeschek drehte sich zum Fenster. »Ja, das war Brenneis, der die Bemerkung über Privatgespräche gemacht hat. … Nein, ich habe ihm nicht die Zunge herausgestreckt. Das ist kein Privatgespräch? Zusammengebrochen? Die Rettung? Ins Allgemeine Krankenhaus, gut hast du nachgefragt, wohin sie gebracht wird … Freilich werde ich versuchen, mit ihr zu sprechen. Bis später.«

* * *

»Schlaf gut, Alex!« Jeschek umarmte seinen Sohn und drückte ihm einen Kuss auf das Haar.

»Wird die ganze Woche so schön?«, fragte der Junge.

»Wir tun unser Bestes«, lachte Jeschek. »Martha bringt dich morgen zur Schule und holt dich ab. Mach ihr keinen Ärger.«

»Nie!«, versprach Alex und rollte sich zusammen.

»Ein Mann, ein Wort. Träum was Schönes.« Sorgfältig zog Jeschek die Türe hinter sich zu und ging zu Martha.

Sie rieb sich die Augen und gähnte. »Auch einen Schluck Wein?«

»Gerne. Da haben wir Maßstäbe gesetzt mit diesem Abend. Alex denkt, es geht die ganze Woche so.«

»Einen Punkt sollten wir klarstellen. Seine Mutter erlaubt ihm nur eine halbe Stunde pro Tag am Computer, dem habe ich mich angeschlossen. Du fällst uns in den Rücken, wenn du die Zeit verlängerst.«

»Ich wollte, dass er das Game zu Ende spielen kann«, verteidigte sich Jeschek.

»Das er eine Minute vor Ablauf der halben Stunde noch schnell angefangen hat.« Martha schüttelte den Kopf.

»Hast ja Recht. Morgen machen wir das anders. Der kleine und der große Mann halten sich an die vorgegebene Zeit.«

»Das große und das kleine Kind, wolltest du sagen«, spottete Martha. »Dir macht es doch genauso viel Spaß, auf Moorhühner zu ballern.«

»Verbessert die Reaktionsfähigkeit.« Er grinste. »Habe ich dir gesagt, dass ich diese Woche keinen Nachtdienst habe?«

Martha verzog das Gesicht. »Wir werden ja sehen. Notfalls komme ich auch alleine klar.«

Jeschek starrte in sein Glas. Alltag mit Martha und Alex. Wie eine Familie, eine Patchwork-Familie. »Danke, dass du vor Alex nichts von dem Zwischenfall mit Tina Lanner erzählt hast. Bist du nicht erschrocken, wie sie zusammengebrochen ist?«

»Ich wollte mir nichts anmerken lassen, weil Caleb dabei war. Er ist ganz blass geworden. Ich habe die Rettung gerufen, sie gelagert, Puls und Atmung kontrolliert.«

»Ich habe nicht gewusst, dass Schwarze blass werden können.«

»Kam mir so vor. Denen von der Rettung habe ich gesagt, dass sie vermutlich Herowien nimmt.«

»Lass Wien da lieber draußen«, ermahnte Jeschek.

»Ich bin müde«, gähnte Martha. »Meine Zunge will nicht mehr.«

»Ich habe ausfindig gemacht, auf welcher Station sie liegt. Die behandelnde Ärztin hat nicht zugelassen, dass ich sie sofort vernehme.« Jeschek schwenkte sein Glas hin und her. »Hat Tina nur nach Trevor gefragt? Sonst nichts? Hat sie nicht gesagt, was sie von ihm will? Braunes zum Beispiel, oder Weißes, Hohes, Tiefes?«

»Nein, nur *Er wird mir helfen* oder ähnlich. Ich versuche mir vorzustellen, was ich machen würde, wenn ich abhängig wäre, mir der Stoff ausgeht und mir immer schlimmer wird.«

»Du würdest versuchen, deinen Dealer aufzutreiben.«

»Aber doch nicht Trevor. Caleb schließt aus, dass der mit Drogen zu tun hat … Übrigens, hat er dich angerufen?«, fragte Martha.

»Trevor?«

»Nein, Caleb. Er sagt, Sally hätte über ihre Verhältnisse gelebt. Er macht sich Gedanken, ob sie in illegale Geschäfte verwickelt war, deswegen wollte er dich sprechen.« Sie ließ die Schultern hängen. »Es ist wirklich verzwickt mit der Botschaft.«

»Ihr Konto haben wir überprüft, da war nichts auffällig. Und, in einem weiteren Punkt kann ich dich beruhigen. Die Sache am Westbahnhof. Hammerl hat mit dem Mann gesprochen. Das ist einer von der Sorte, die nur das hören und verstehen wollen, was ihnen in den Kram passt. Und sogar noch unterschreiben.«

»So ein Vollkoffer.« Sie überlegte. »Kann der wegen falscher Aussage belangt werden? Das ist doch Verleumdung?«

»Der könnte schon morgen wieder etwas anderes behaupten. Zur ursprünglichen Aussage zurückkehren. Hammerl hat ihn nur befragt, nicht verhört. Ohne Protokoll.«

»Glaubst du, dass Caleb Sally in die Nähe von kriminellen Handlungen rückt, weil er von jemand anderem ablenken will?«

»Ich glaube überhaupt nichts. Ich sammle nur Fakten. Küppers und ich sprechen morgen mit Tina, dann wissen wir mehr. Und jetzt gehen wir schlafen.«

»Da fällt mir noch etwas ein.« Martha leerte ihr Glas.

»Und was?« Er drehte sich auf dem Absatz um.

»Trevors Auto. Es steht in der Tiefgarage. Er darf nicht fahren, ihm ist der Führerschein abgenommen worden. Aber Sally hat es ab und zu benutzt.«

»Und das sagst du mir erst jetzt?« Er war wie elektrisiert. »Ich werde mir den Wagen morgen sofort ansehen.«

Als hätte sie es geahnt. Martha drehte sich um und zog sich die Decke über den Kopf. Das half, das Läuten hörte auf. Dafür hörte sie Simons gedämpfte Stimme.

»Bist du wach?«, flüsterte er. »Ich muss weg. Ich schnapp mir meine Kleider und ziehe mich im Bad an.«

Sie streckte einen Arm nach ihm aus. »Nein, bitte nicht!«

»Es gibt einen Toten, in einem Asylbewerberheim. Sie brauchen alle, die Englisch sprechen.«

»Ich wollte, ich wäre Schwedin«, brummte Martha.

»Was ist das?« Er hielt ein Wäschestück hoch und schnupperte daran. »Was macht dein Leiberl zwischen meinen Socken?«

»Es hat sich verirrt. Komm her.«

Er küsste sie flüchtig. »Mehr ist nicht drin, sonst werde ich weich und leg mich wieder zu dir.«

Martha streckte widerwillig einen Fuß aus dem Bett, suchte ihre Hausschuhe. Dann richtete sie sich auf, streifte den Morgenrock über und folgte ihm. Simon klatschte sich kaltes Wasser ins Gesicht. Sie zog die Türe zu. »Wo musst du hin?«

»Nach Favoriten, das Heim liegt hinter dem Südbahnhof.«

»Was ist geschehen?« Sie lehnte sich an ihn.

»Ich weiß noch nicht Genaues.« Er tat, als wolle er das Hemd um sie beide zuknöpfen. »Jetzt musst du Abstand nehmen, sonst …« Dann putzte er sich die Zähne, trocknete die Hände ab. »So, Katzenwäsche beendet.«

Martha folgte ihm zur Wohnungstür. »Pass auf dich auf.« Sie schob ihre Hand unter seine Hosenträger, zog sie zu sich und ließ sie zurückschnellen.

»Aua«, jammerte er. Dann küsste er sie auf die Nasenspitze. »Der Einsatz kann dauern, ich ruf an. Und gib Alex einen Kuss von mir.«

* * *

Die Mittsommergasse lag gegen Südosten. Am rechten Straßenrand standen Wohnhäuser, links begann das Gelände des Südbahnhofs. Ein hoher, mit Stacheldraht gekrönter Zaun verwehrte den Zugang zu dem Industriegelände.

Die Einsatzfahrzeuge von Polizei, Rettung und Feuerwehr erschwerten die Durchfahrt. Rotierende Blaulichter warfen gespenstische Reflexe auf die Schaulustigen. Das Orchester hatte sie geweckt.

Jeschek stieg aus. Die Temperatur war gegen null Grad gesunken. Der schneidende Wind ließ die Kälte noch durchdringender erscheinen. Er stellte den Kragen seiner Jacke hoch und wünschte sich, er hätte einen Schal dabei. Vor ihm stand ein Streifenwagen, zwei uniformierte Kollegen betrachteten ihn argwöhnisch. Er holte seinen Dienstausweis hervor. »Grüß euch. Bezirksinspektor Jeschek.«

»Von welcher Dienststelle bist du?«

»Kriminaldirektion 1. Wer leitet den Einsatz?«

»Hofrat Reinberger, Kriminalkommissariat Süd. Moment, da kommt was im Funk.«

»Es ist eine zweite Handgranate gefunden worden, sie ist scharf«, knarrte es aus dem Wagen. »Wir evakuieren das Haus, Busse der Wiener Linien sollten jeden Moment eintreffen. Julius zwei, bitte melden. Schaut, dass sie so nahe wie möglich zum Haus fahren können.«

»So weit musste es kommen«, sagte der Fahrer des Wagens. »Diese verdammten Dealer, schrecken vor nichts zurück. Stellt's euch das vor, Kollegen! Bald hat jeder sein eigenes Waffenarsenal!«

»Ob der sich selbst in die Luft gesprengt hat?«, fragte der Beifahrer und schob sich einen Schokoriegel in den Mund.

»Möglich«, meinte sein Kollege. »Der Rums muss höllisch gewesen sein. Warum bist du dazugeholt worden?«

»Weil sie mir meinen Schlaf nicht gönnen«, sagte Jeschek. »Ich melde mich jetzt besser bei der Einsatzleitung.« Als er sich durch die Gruppen der Gaffenden bewegte, schnappte er Gesprächsfetzen auf.

»Jetzt hat's einen erwischt, gut so. Von mir aus können die sich alle in die Luft sprengen.«

»Meine Frau geht immer auf der anderen Straßenseite, nie direkt an dem Haus vorbei.«

»Schlecht geworden ist es in der Gegend, seit die Drogenneger hier Herberge bezogen haben.«

»Herberge? Das kann man unmöglich als Herberge bezeichnen, das ist eine heruntergekommene Absteige«, empörte sich eine Frau um die sechzig.

»Und? Lassen sich von uns durchfüttern, arbeiten nix.«

»Sie dürfen ja nicht«, gab die Frau zurück. »Kennst dich nicht aus mit den Asylbestimmungen! Paar von denen kommen in meine Trafik. Es gibt solche und solche unter ihnen, wie bei den Hiesigen.«

»Aber jetzt einen weniger!«

Jeschek hatte es bis zur Absperrung geschafft. Die Beamtin, die dort stand, kannte er flüchtig. Sie ließ ihn passieren, ohne nach seinem Dienstausweis zu fragen.

»Hofrat Dr. Reinberger ist in der Eingangshalle«, sagte sie.

Eine Gruppe von Heimbewohnern, mehrheitlich Schwarze, wurde zu der Flotte von Bussen geführt, die in einer langen Reihe auf der anderen Straßenseite warteten. Die meisten trugen Schlaf- oder Trainingsanzüge. Entsetzen stand in ihren Gesichtern. Ein junger Bursch trocknete seine Tränen mit dem Ärmel seines Morgenrocks, der ihm um Nummern zu groß war. Seine Füße waren nackt.

Jeschek schaute ihnen nach.

»Gut, dass du da bist, ich brauche jeden, der Englisch sprechen kann.« Reinberger kam auf ihn zu und schüttelte ihm die Hand. »Wie geht's?«

»Könnte schlimmer sein. Besser auch. Was ist passiert?«

»Kurz nach Mitternacht ist in einem der Waschräume eine Handgranate explodiert. Fortune Chipukizi hat sich anscheinend selbst in die ewigen Jagdgründe gesprengt. Fortune … sein Name hat ihm kein Glück gebracht.« Der frühere Leiter des Sicherheitsbüros bat ihn in die improvisierte Einsatzzentrale in der Eingangshalle. Er hatte es gewagt, die Polizeireform zu kritisieren, und war in die Vorstadt versetzt worden. »Komm, setz dich. Magst du einen Kaffee? Frischer steht da, eine Tasse werden wir auch noch auftreiben.«

Jeschek schaute ihn erstaunt an. »Vielen Dank, den Kaffee kann ich mir selber organisieren.«

»Nun zier dich nicht.«

Eine Minute später stand eine dampfende Tasse vor Jeschek. Er trank zu schnell, verbrannte sich die Zunge. »Fremdverschulden ist auszuschließen?«, nuschelte er undeutlich.

»Mit an Sicherheit grenzender Wahrscheinlichkeit. Ich kann mir nicht vorstellen, dass jemand anderes sie zündet und ihm in die Hand drückt. Er wäre nicht brav wie ein Esel stehen geblieben. Ich frage mich, ob die Granate einen Defekt hatte.«

»Ich habe gehört, es sei noch eine gefunden worden. Ist das Gebäude sicher?«

»Hier unten auf jeden Fall. Die Sprengstoffspürhunde sind noch unterwegs. Die zweite Handgranate wurde im Spind des jungen Mannes gefunden. Die erste hat ihn bedauerlicherweise das Leben gekostet.«

»Liegt ein Plan des Stockwerks vor?«

»Hier, die Leiterin des Heimes, Frau Hunyadi, hat mir eine Kopie gemacht. Zudem eine Liste der Asylbewerber, die hier wohnen. Mit den jeweiligen Zimmerzuteilungen.«

Jeschek überflog die Papiere. »Versteh ich das richtig? Sechs Räume pro Stockwerk, keiner größer als knapp zwanzig Quadratmeter, und darin sind vier bis sechs Leute untergebracht? Und nur eine einzige Toilette pro Etage?«

Reinberger nickte. »So ist es. Ich war oben, der Geruch in den Zimmern ist kaum auszuhalten. Die sanitären Verhältnisse sind prekär.« Reinberger deutete auf ein etwas größeres Rechteck. »Das ist der betreffende Duschraum. Fortune war gegenüber einquartiert. Du nimmst den Bus mit den Leuten aus seinem und dem angrenzenden Zimmer. Hier die Liste mit den Namen.«

Jeschek warf einen Blick darauf. »Geht klar. Soll ich direkt berichten oder willst du alles schriftlich?«

»Außergewöhnliches bitte sofort. Du kannst mich jederzeit erreichen.«

Um die zehn Asylbewerber befanden sich in dem Bus. Auf der hintersten Sitzbank hockten zwei nebeneinander, ansonsten saß jeder für sich. Es herrschte gespenstische Ruhe. Der Junge mit den nackten Füßen saß zuvorderst. Er hatte sich den Morgenrock über den Kopf gezogen und zitterte.

Jeschek überlegte. Wenn die Leute ihm etwas erzählen sollten, musste er ihr Vertrauen gewinnen. »Sie frieren«, sagte er zu dem Jungen. »Ich hole Ihnen Kleidung.«

Er ging in das Haus zurück. Frau Hunyadi saß in ihrem Büro und massierte sich die Schläfen.

»Entschuldigen Sie, Jeschek mein Name, ich bin einer der Ermittler, die die Asylbewerber befragen. Nun habe ich ein Problem, das hoffentlich leicht gelöst werden kann.«

Sie war dankbar, sich um etwas Handfestes kümmern zu können. »Kommen Sie, wir haben ein Kleiderlager.« Sie ging den Gang hinunter zu einem Schrank und öffnete ihn. »Unsere Sammlung, Spenden oder Teile von früheren Gästen. Damit helfen wir in Notfällen aus. Ich kann mir vorstellen, für wen sie bestimmt sind. Er nennt sich John.«

»Ich möchte nicht, dass er sich verkühlt. Wissen Sie, aus welchem Land er kommt?«

Frau Hunyadi kramte in den Regalen. »Aus dem Grenzland zwischen Umoja und Mchezo. Seine Familie ist angeblich bei einem Angriff von Rebellen umgekommen. Die Geschichten sind nur schwer zu überprüfen.« Sie streckte ihm Wollsocken hin. »Dann bräuchten wir noch Schuhe für John. Nehmen Sie die.« Sie deutete auf ein Paar Turnschuhe auf dem Gestell neben der Tür. »Die passen ihm hoffentlich.«

»Vielleicht noch einen Pullover?«

Sie reichte ihm ein Sweatshirt mit Kapuze.

»Danke. Kennen Sie alle Gäste mit Namen?«

Ihr Ton wurde kühl. »Aber sicher. Alle vierundachtzig. Es sind Individuen, unterscheiden sich äußerlich und in ihren Geschichten. Man muss sich darauf einlassen. Ich tue diesen Job nicht nur, um Geld zu verdienen. Meine Familie ist auch geflohen, aus Ungarn.

Wie die Österreicher uns damals aufgenommen haben, werde ich nie vergessen, dabei war das Land noch vom Krieg gebeutelt.« Sie strich sich mit einer müden Geste das Haar aus dem Gesicht. »Gehen wir.«

Er musste mit seiner letzten Frage einen empfindlichen Nerv getroffen haben. »Vielen Dank für Ihre Hilfe.« Er eilte zum Bus zurück, überreichte dem Jungen die Sachen. Der riss sie an sich, konnte nicht schnell genug hineinkommen.

»Passt vielleicht farblich nicht ganz zu Ihrem Outfit«, sagte Jeschek, »aber ich hoffe, Ihnen wird bald wärmer.«

Alle im Bus hatten die Szene mitbekommen.

»Sind Sie Polizist?«, fragte einer.

Seine Englischkenntnisse wurden auf eine harte Probe gestellt. »Ja. Mein Name ist Simon Jeschek.« Er trat zu dem Mann und streckte ihm seine Hand hin. Der zuckte zurück. Zögernd hob er seine Augen und schaute Jeschek an. »Ich rede mit Ihnen über die Explosion. Wenn ich langsam spreche, liegt es daran, dass Englisch nicht meine Muttersprache ist. Bitte haben Sie Geduld«, erklärte Jeschek.

Der Händedruck war kurz und fest. Der Mann murmelte etwas. Köpfe drehten sich. Kurz entschlossen ging Jeschek durch den Bus und begrüßte jeden mit Handschlag. »Es tut mir Leid, was da passiert ist.«

Zuhinterst lachte einer auf. »Warum Leid tun. Mister, wir sind froh, dass Fortune nicht mehr da ist. Er hat nur Ärger gemacht.«

Jeschek wandte sich ihm zu. »Was für Ärger?« Keine Reaktion. »Sagen Sie mir Ihren Namen bitte noch einmal, ich habe ihn mir nicht merken können.«

»Von mir aus, Mister, aber Sie müssen ihn buchstabieren.«

Jeschek ließ die Liste in der Jackentasche. »Ich probiere es, wenn Sie es umgekehrt mit meinem versuchen?«

»Gut«, sagte der Mann und grinste breit. Er war groß und muskulös. »Fangen Sie an?«

Jeschek nickte. »Schieß los.«

»Kicheko, Nelson.«

Jeschek buchstabierte nach bestem Wissen und Können.

»Nicht schlecht«, lobte der Hüne. »Und jetzt lass es mich bei dir versuchen. Wie war Ihr Name?«

»Jeschek.«

»Y e a h s h e k?«, buchstabierte der Mann selbstbewusst.

»Ja, kommt hin. Übrigens, der Name bedeutet Igel.« Gab es in Afrika überhaupt Igel? Doch, zumindest in einigen Regionen. Beim letzten Besuch im Tiergarten Schönbrunn war Alex in einer Ecke des Großkatzenhauses der kleine Käfig aufgefallen. *Ein Asterix*, hatte er gebrüllt. Eine rote Lampe beleuchtete eine Hand voll Stroh, kein Tier war zu sehen. Aber eine Anschrift. *Atelerix albiventris*, Afrikanischer Weißbauchigel. »Ich bin nachtaktiv, wie das Tier, dessen Name ich trage. Was bedeutet deiner?«

»Schlange.«

Die Stimmung lockerte sich, ein paar zaghafte Lacher waren zu hören.

»Die Schlange und der Igel«, meinte der Junge zuvorderst. »Die eine ist giftig, der andere stellt die Stacheln auf.«

»Lieber nicht«, sagte Jeschek ernsthaft. »Wir möchten wissen, was sich zugetragen hat, wer mit Fortune befreundet war. Vielleicht weiß jemand, woher er die Handgranate hatte. Was immer Sie mir heute erzählen, mit Ihren laufenden Asylanträgen hat das nichts zu tun.«

Jeschek tippte auf die Liste. »Sie haben gesagt, eigentlich fehle einer. Kein Asylbewerber, einer ohne Papiere. Er und Fortune hätten aneinander gehangen wie Brüder. Zeitweise habe er hier übernachtet, seit zirka zehn Tagen dauernd.«

»Was von der Heimleitung kaum überprüft werden kann«, meinte Reinberger. »So kleine Räume. Und die teilen sie noch mit anderen. Wussten sie seinen Namen?«

»Innocent Ngoma Kilele oder ähnlich, ich habe es lautschriftlich notiert. Er ist am frühen Abend gesehen worden. Von ...«, Jeschek überflog seine Notizen, »von zwei Zeugen. Kilele hat eine Freundin, eine Afrikanerin. Sie hält sich schon länger in Wien auf, hat Arbeit, mehr wissen sie nicht über die Frau.«

»Name, Nationalität? Einen Ansatzpunkt, an sie heranzukommen?«

»Nein, leider. Kilele stamme aus Amani, haben sie gesagt.«

Reinberger stutzte. »Amani? Vor kurzem ist eine Botschaftsangestellte ermordet worden. Komisch, jahrelang hatten wir nie mit jemandem aus diesem Land zu tun und nun innerhalb kürzester Zeit zum zweiten Mal.«

»Unsere Gruppe bearbeitet den Fall«, erzählte Jeschek. »Die Diplomaten haben mir gesagt, dass kaum zwei Dutzend Landsleute in Österreich leben. Alle mit Aufenthaltsbewilligung, kein einziger Asylbewerber. Ich habe nachgeschlagen, ob das Land in der Liste der Fremden auftaucht, die gegen das Suchtmittelgesetz verstoßen haben. Kein Eintrag.« Er grübelte. »Moment ... zu blöd, das Bild habe ich nicht dabei.«

»Was für ein Bild?«

»Ein Foto von Usikus Freund, wir wissen noch nicht, wer das ist. Das wäre ja ein Zufall.« Er wurde aufgeregt. »Kilele hat eine Freundin, die hier arbeitet. Er stammt angeblich aus Amani. Diese Freundin, das könnte doch Usiku sein!«

»Klär das ab, komm in der Früh mit dem Bild vorbei.«

Jescheks Gedanken überschlugen sich. Suchte Kilele hinter der Nationalität seiner Freundin Schutz? Brachten die Zimmergenossen etwas durcheinander? Er hatte nicht danach gefragt, in welcher Sprache sich Fortune und Innocent unterhalten hatten. Umoja und Amani lagen einen halben Kontinent auseinander, hatten nur eine gemeinsame Sprache, ihre Kolonialsprache.

»Was haben sie zu den Vorkommnissen des Abends erzählt?«

Jeschek musste sich zusammenreißen, um seinen weiteren Bericht zu formulieren. »Innocent hat nach Fortune gefragt, die beiden sind zusammen verschwunden. Fortune hatte eine Reisetasche, die ist mehreren Zeugen aufgefallen. Innocent wirkte seit Tagen verzweifelt und bedrückt. Mit dem Grund wollte er nicht herausrücken, wenn er wirklich Sallys Freund war, begreiflich.«

»Untermauert deine Theorie. Endlich ein Anfang«, seufzte Hofrat Reinberger. »Bis jetzt ist nur berichtet worden, niemand hatte näheren Kontakt zu Fortune. Wie hast du es geschafft, sie zum Sprechen zu bringen?«

Jeschek unterdrückte ein Grinsen. »Ich habe mit ihnen einen Buchstabierwettbewerb gemacht.«

»Wenn das hilft?«, schmunzelte Reinberger. »Sonst noch etwas?«

»Fortune war viel unterwegs. Kicheko ist ihm einmal zur Bank gefolgt, Fortune hat Geld überwiesen. Er hat sich beim Ausfüllen des Formulars vertan, es achtlos zerknüllt und neu angefangen. Das hat Kicheko sich geschnappt. Die Summe hat ihn umgehauen: 1500 Euro!«

»Wahrscheinlich hat er gedealt.«

»Es deutet einiges darauf hin«, stimmte Jeschek zu. »Er war nicht sehr beliebt, einer hat gesagt, Fortune sei einer von denen, die alle Österreicher gegen sie aufbringen. Fortune besaß ein Handy. Er hat es nicht aus den Augen gelassen, sogar unter die Dusche mitgenommen, in zwei Plastiksackerl gewickelt. Ob Innocent – haben denn alle so unpassende Namen – auch dealt, wussten sie nicht. Er ist verschwunden.«

Reinberger kratzte seinen Bart, dann griff er nach seiner Krawatte und lockerte den Knoten. »Ich möchte wissen, über welche Kanäle die an die Handgranate gekommen sind. Nach den Kriegen im Balkan wurde einiges nach Wien und auf den Schwarzmarkt verschoben.«

»Wir müssen Kilele unbedingt finden!«

»In die Wohnung der Ermordeten kann er nicht zurück, hier wird er sich auch nicht mehr blicken lassen. Also, Heime, Bahnhöfe, die üblichen Schlafplätze von Obdachlosen«, sagte Reinberger. »Du hast zu tun. Schade. Ich hätte dich gerne bei weiteren Gesprächen mit Asylbewerbern dabei. Wer ist jetzt dein Gruppenleiter? Der Schwarz ist ausgestiegen, kümmert sich nur noch um seine Bienen.«

»Ist auch nicht nur Honiglecken. Brenneis ist der Neue.«

Reinbergers Mundwinkel verzogen sich. »Ja, ich habe … ähm … von ihm gehört. Wir bleiben in Kontakt.«

9

»Gerade noch geschafft!« Martha zog den Topf von der Herdplatte. Die Milch drohte überzulaufen.

»Komisch, Milch braucht so viel Platz, wenn sie heiß ist«, stellte Alex fest. »Du hast nur eine Tasse hineingegeben, jetzt sind es ganz viele geworden.«

Martha streckte ihm den Topf unter die Nase. »Die Wogen haben sich geglättet. Kakao ist schon in der Tasse, rührst du selber?«

»Warum kocht Milch über, aber nicht Wasser?«

»Hm. Milch schäumt bereits, wenn sie aus der Kuh kommt.«

»Du meinst, wenn sie frisch gemelkt wird?«

»Ich bin mir nicht sicher, ob man gemelkt sagt oder gemolken.«

»Weiß ich auch nicht«, gab er freimütig zu. »Frisch aus der Kuh ist sie ja auch warm, weil die … welche Körpertemperatur hat eine Kuh? Ist das gleich wie bei Menschen? Kann eine Kuh auch Fieber haben? Wie misst man denen das Fieber?«

Das Telefon läutete. Simon war dran. »Seid ihr beim Frühstück?«

»Ja, dabei wälzen wir interessante Fragen. Und du?«

»Ich bin noch im Büro, muss aber gleich los. Heute Nachmittag bin ich in der Botschaft. Ich hole Alex von der Schule ab, wir könnten zusammen bei Lisa essen.«

»Ja, gerne. Du warst doch bei der Sache in dem Asylbewerberheim? Sie haben es vorhin im Radio gebracht.«

»Genau. Gibst du mir noch Alex?«

Martha reichte den Hörer weiter. Alex bombardierte seinen Vater mit Fragen. »Wegen der Zusammensetzung? Das habe ich mir gedacht. Und wie schaut ein Kuhfiebermesser aus? … Du holst mich ab? Mit dem Dienstauto? Kannst du die Lampe aufs Dach knallen? Toll. Ja, halb eins. Ich warte an der Ecke. Tschau.«

* * *

Der zweite Besuch im Asylbewerberheim hatte sich gelohnt, Usikus Begleiter war identifiziert. Jeschek rief Hammerl im Büro an. »Eindeutig Kilele. Nicht nur wegen der Narben. Ich habe sie abgedeckt, schon anhand der oberen Kopfpartie haben ihn die Zeugen erkannt. Endlich kommt Schwung in die Sache. Wie, er ist nicht in der Kartei? Probier's mit Kile, keine Ahnung, wie man seinen Namen korrekt schreibt. Wenn er illegal im Land ist, haben wir keine Chance. Fortunes Kollegen haben gesagt, die beiden hätten sich in einer umojanischen Sprache unterhalten, Kileles Mutter stammt wohl von dort. Ich bin am Weg ins Allgemeine Krankenhaus. Bin gespannt, was Lanner über Dume erzählt. Nein, ich habe versprochen, dass ich Alex von der Schule abhole. Wir essen im *Buffet Kaiser*, komm doch auch. So um eins? Bis dann.«

Die behandelnde Ärztin, eine attraktive Frau anfangs vierzig, begrüßte ihn. »Dr. Panzer mein Name. Der ist Programm, wenn ich mir die Schicksale meiner Patienten vor Augen führe. Tina Lanner hatte Glück. Sie kam gerade noch rechtzeitig in unsere Obhut. Ihr Kreislauf ist stabil, sie hält sich gut, wir beginnen in ein paar Tagen mit dem Entzug.«

»Bis dahin bekommt sie Methadon?«

»Und jede Menge Ansporn, den psychischen Entzug anzugehen. Die Sozialarbeiterin tut alles, um ihr einen Platz zu verschaffen.« Sie riss das oberste Blatt von ihrem Notizblock und zerknüllte es.

»Es wird behauptet, einige Therapien hätten mehr mit Hirnwäsche als mit Entzug zu tun.«

»Die Patienten müssen lernen, nicht mehr an Drogen zu denken. Nicht bei jeder Frustration wieder mit dieser Krücke zu liebäugeln.« Sie schaute ihn fragend an. »Suchen Sie ihren Dealer? Räumen Sie die U-Bahn-Stationen aus! Was habe ich da kürzlich in der Zeitung gelesen? Die Maßnahmen der Polizei beginnen zu greifen, die Dealer wandern aus. Lachhaft. Man versucht, uns etwas weiszumachen.«

Jeschek hustete. »Tja, nicht alle Dealer haben das gelesen. Ich bin nicht vom Suchtgiftreferat, von dort sollte noch ein Kollege kommen.«

Als wäre sein Stichwort gefallen, klopfte es an die Tür und Küppers trat ein.

»Er ist Spezialist in Sachen Drogen«, sagte Jeschek.

Doktor Panzer schüttelte Küppers die Hand. »Ich kann mir vorstellen, dass auch Sie mit vielen Frustrationen umgehen müssen. Wenn die Dealer nicht auswandern, einer meiner Patienten möchte es auf jeden Fall. In die Schweiz.«

»Glaubt er, er komme dort leichter an Drogen?«, fragte Küppers.

»Die kontrollierte Abgabe von harten Drogen hat einigen Patienten den Weg zurück ermöglicht. Aber es ist schwierig, in das Programm aufgenommen zu werden. Mein Patient glaubt, er kann in der Schweiz in die erstbeste Apotheke gehen, hallo, ich bin auf Heroin, und schwupps bekommt er seine Tagesration. So läuft es dann doch nicht. Die in Zürich geben nur an Zürcher Drogen ab, die in Bern an die Berner und so weiter und so fort. Sie wollen keine Drogentouristen anlocken. Nur hat die kontrollierte Abgabe den Straßenhandel nicht unterbunden.« Sie klappte ihre Schreibmappe schwungvoll zu. »Wie sagten Sie, Herr Jeschek? Sie sind nicht vom Suchtgiftreferat?«

»Nein. Ich muss einen Mord aufklären.«

»Einen Mord?« Sie klang entsetzt. »Ist Frau Lanner die Tatverdächtige?«

»Ich befrage sie lediglich als Zeugin. Sie können bei dem Gespräch gerne dabei sein.«

Sie seufzte. »Das erlaubt mir meine Zeit nicht. Ich habe mich auch um das Wohl anderer Patienten zu kümmern. Frau Lanner liegt auf Zimmer 154.«

Tina Lanner sah blass aus, ihre Haut war fast durchsichtig.

»Frau Lanner?«, sagte Jeschek. »Ich bin Simon Jeschek, Kriminaldirektion 1, mein Kollege Sven Küppers. Ich bin mit Herrn Jua und Herrn Dume aus Amani bekannt. Privat.«

Die Frau richtete sich auf und zog ihre Decke hoch. »Sie kennen Trevor?«

»Ja. Sie haben ihm einen Schrecken eingejagt. Wie geht es Ihnen?«

Ihre Augen füllten sich mit Tränen. »Na ja, ich lebe noch«, schniefte sie.

»Die von der Botschaft lassen grüßen«, log Jeschek. »Sobald Herr Dume Zeit hat, wird er Sie besuchen.«

»Das würde mich freuen.« Sie senkte ihre Stimme. »Ich gehe auf Entzug. Zu viel gesoffen, geraucht, geschluckt, gedrückt. Damit ist jetzt Schluss, ein für alle Mal. Der Zusammenbruch hat mir gezeigt, dass es so nicht weitergeht. Ich wäre beinahe abgekratzt.«

»Fürchten Sie sich vor dem Entzug?« Jeschek hatte seine Stimme ebenfalls gedämpft.

»Ich bin nicht sehr mutig, aber da gehe ich jetzt durch. Und danach fahre ich weg aus Wien. Wenn ich einen Platz bekomme.« Sie ließ sich zurücksinken.

»Was ist gestern passiert?«, fragte Küppers.

Die Frau kratzte sich am Kopf. »Das Zeug muss mit irgendwas versetzt gewesen sein. War echt unheimlich, hat mich umgehauen, Leberkollaps. Wenigstens habe ich noch gemerkt, dass ich Hilfe brauche.«

»Und Sie haben gehofft, die in der Botschaft zu bekommen?«

»Ja. Herr Dume war immer gut zu mir.« Ein Lächeln erschien auf ihrem Gesicht. »Der erste Mensch seit langer Zeit, der mich respektierte. Mit ihm konnte ich gut reden, weiter war nichts. Er wollte wissen, ob ich Geschwister habe, warum ich alleine lebe. Welche Musik mir gefällt, welche Bücher ich gerne lese. Normale Sachen. Er hat von sich erzählt, der Farm seiner Eltern, wie stolz sie auf ihn sind, weil er die Uni geschafft hat. Trevor hat sogar mit Mischa, meinem Hund, gespielt. Afrikaner und Hunde, das ist ein Kapitel für sich.«

»Wo ist Ihr Hund jetzt?«, erkundigte sich Jeschek.

»Bei meiner Tante. Ich habe sie immer wieder enttäuscht, gekommen ist sie trotzdem.« Sie senkte ihren Blick. »Ich hatte keine Achtung mehr vor mir. Als ich Trevor kennen lernte, wurde mir klar, dass ich in einem Ghetto lebe. Und diese Art zu leben noch verteidigte.«

Der Umdenkprozess musste bereits vor einiger Zeit begonnen haben, überlegte Jeschek. Trevor hatte mit seiner unbefangenen Art dazu beigetragen.

»Wer hat Ihnen den letzten Stoff verkauft?«, fragte Küppers.

»Das war ein Fehler.«

»Vielleicht auch eine Chance? Sie wirken entschlossen, Ihrem Leben eine andere Wendung zu geben«, ermutigte Küppers.

Lanner beugte sich vor. »Wenn ich durchhalte. Vielleicht kann ich irgendwann einmal mein Studium wieder aufnehmen.«

»Das hoffe ich für Sie. Ein paar Fragen müssten Sie uns aber noch beantworten. Wer hat Ihnen den Stoff verkauft?«, fragte Jeschek.

»Ich war übers Wochenende im Haus meiner Tante in Niederösterreich, sie war bis Sonntag im Urlaub. Dann bin ich nach Wien zurück. Am Elisabethen Gürtel habe ich mir was besorgt.«

»Nicht von der Person, die Sie sonst belieferte?«, hakte Küppers nach.

»Nein, er ist nicht ans Telefon gegangen.«

»Bei wem haben Sie sonst Ihren Stoff gekauft?«, wollte Küppers wissen.

»Von Tschortsch.« Sie ließ den Kopf hängen. »Ich muss ihn wohl ans Messer liefern.« Sie wirkte unsicher. »Werde ich dann nicht angezeigt?«

»Meines Wissens liegt nichts gegen Sie vor«, sagte Küppers. »Wenn Sie keine Drogen mehr anrühren, verzichten wir auf eine Niederschrift.«

Sie hob den Kopf. »Geld hatte ich immer genug. Meine Tante unterstützt mich großzügig, sie hat keine eigenen Kinder. Haben Sie Stift und Papier? Ich schreibe Ihnen Tschortschs Nummer auf, die kenne ich auswendig.«

»Haben Sie ausschließlich bei ihm gekauft?«, vergewisserte sich Küppers.

»Seit einigen Monaten, ja. Früher bin ich ab und zu mit Schwarzen ausgegangen, die haben schon mal was springen lassen. Im Klartext, ich habe mit zwei, drei geschlafen. Die machen sich nichts aus Drogen. Sex ja.«

Jeschek schaute ihr in die Augen. »Woher kommt Tschortsch? Ist er ein Asylbewerber?«

Sie rang sich ein verzweifeltes Lachen ab. »Tschortsch? Der doch nicht. Ein Wiener, so weiß wie Sie und ich.«

Tschortsch, das konnte ein Spitzname sein. Sein Fehler, wenn er gleich an einen Schwarzen dachte. Jeschek räusperte sich. »Wie haben Sie ihn kennen gelernt?«

»Ein Bekannter aus dem *Jolly Fisherman* hat mich vorgestellt. Tschortsch war oft in der Gegend. Er hat zeitweise im gleichen Haus wie die Botschaft gearbeitet.«

»Bitte?« Jeschek war wie elektrisiert.

»Er hat dort geputzt. Die Arbeit macht er nicht mehr.« Lanner griff nach dem Becher, der auf ihrem Nachttisch stand. Sie nahm einen Schluck. Etwas Wasser lief ihr übers Kinn, sie wischte es ab. »Viel mehr weiß ich nicht über ihn, auch nicht seinen richtigen Namen. Einmal habe ich ihn mit einer Frau gesehen, die auch in der Botschaft von Amani arbeitet. Trevor habe ich davon nichts erzählt. Vielleicht ist sie auch eine Kundin von Tschortsch, ich wollte nicht, dass sie Schwierigkeiten bekommt.«

Jeschek holte das Phantombild, das nach Marthas Angaben angefertigt worden war, aus der Tasche. »Ist er das?«

Sie trocknete die Hände an der Bettdecke ab und schaute sich das Bild an. Dann nickte sie. »Ja, nur die Haare trägt er jetzt anders, kurz geschnitten.«

»Wissen Sie, wo er wohnt?«, fragte Küppers.

»Nein, keine Ahnung. Wir haben immer einen Treffpunkt ausgemacht, in der Nähe von meiner Wohnung, im Park an der Tigergasse oder bei einer U-Bahn-Station.«

»Hat er einen Wagen?«

»Weiß ich nicht.«

Jeschek steckte das Bild wieder weg. »Sie sind dabei beobachtet worden, wie Sie von Herrn Dume etwas gekauft haben. Was genau?«

Ihr Lachen klang noch verzweifelter. »Ja, stimmt, auch Drogen, im weitesten Sinn.«

»Welche?«, fragte Küppers.

»Na ja, Trevor hat mich mit Zigaretten versorgt.«

Die beiden Polizisten sahen sich an. »Zigaretten?«

»Ja, im Shop in der UNO-City kosten sie weniger. Dort bekommt man sie zollfrei, wie früher im Duty-free-Shop. Er hat mir jeweils eine Stange besorgt, mir aber nicht alle Packeln auf einmal ausgehändigt. Sonst rauche ich zu viel, hat er gesagt.«

Jeschek räusperte sich. »Wo und wann hat er Ihnen die Zigaretten gegeben?«

»Mal in einem Lokal, mal auf der Straße.«

Der Buchhändler hatte in der Tat einen Drogendeal beobachtet. Jeschek musste ein Grinsen unterdrücken.

Küppers gab sich noch nicht zufrieden. »Beliefert Tschortsch alle seine Kunden nach Anruf?«

»Keine Ahnung.« Das Gespräch hatte sie sichtlich angestrengt. Sie schloss die Augen. »Ich habe Ihnen alles gesagt.«

»Frau Lanner, vielleicht habe ich später noch weitere Fragen. Für den Moment lassen wir Sie in Ruhe. Alles Gute.« Küppers stand auf.

»Kopf hoch, Sie schaffen es.« Jeschek meinte es ehrlich. »Ich gebe Herrn Dume die Zimmernummer, er besucht Sie bestimmt.«

* * *

Martha staunte immer wieder über Jeschecks Präsenz. Er hatte morgens um vier Uhr das Haus verlassen, doch ihm war keine Spur von Müdigkeit anzumerken. Angeregt unterhielt er sich mit Alex. Sie dagegen fühlte sich nicht besonders.

»Kann ich noch etwas bringen?«, erkundigte sich Lisa.

»Ein Glas Wasser, bitte«, bat Martha.

»Kommt sofort.«

»Was meinst du?« Jeschek sah sie an.

»Bitte, was? Entschuldige, ich habe nicht zugehört.«

»Wie viele Kühe braucht es, um das Regal im Supermarkt zu füllen?«, fragte Alex.

»Das Milchregal?«

»Genau das.«

»Eine einzige passt knapp hinein, schätze ich.«

»Nur die Milch«, lachte Alex. »Ich habe noch nie richtig gesehen, wie eine Kuh gemolken wird. Nur im Fernsehen. Oder heißt es gemelkt?«

»Wollte ich im Duden nachschlagen, sorry, Alex, das holen wir zu Hause nach. Nun zur Frage des Tages. Das Milchregal im Supermarkt fasst tausend Liter, schätze ich. Eine glückliche Kuh gibt fünfundzwanzig Liter pro Tag. Ach, lassen wir die Rechnerei. Wenn ihr so versessen aufs Landleben seid, dann machen wir Ferien auf einem Bauernhof, wie wär's?«, schlug Martha vor.

»Au ja!« Alex hopste auf seinem Sessel auf und ab. »Wann, wo?«

»Vielleicht nächstes Jahr zu Ostern? Wir müssten nur zeitig den Flug buchen.«

Jeschek schaute sie erstaunt an. »Wozu einen Flug? Wir können doch mit dem Wagen fahren.«

»Nach England? Ist etwas weit.«

Die beiden schoben die Teller weg. »Du willst mit uns nach England?«, fragte Jeschek.

»Warum denn nicht? Meine Mom und Quentin möchten euch endlich kennen lernen. Die haben genug Platz«, erzählte Martha. »Und dort gibt es Kühe, Pferde, Hunde, Katzen, jede Menge Schafe und einen Pfau.«

Die Tür des Lokals ging auf, Hammerl trat ein. »Grüß euch. Hallo, Martha, hallo, junger Mann!« Er setzte sich zu ihnen, knuffte Alex in die Seite. »Na, wann unternehmen wir zwei wieder was? Zum Beispiel Gokart fahren?«

Alex konnte sich nicht entscheiden, worauf er sich mehr freute. »Wir fahren nach England, zu Marthas Eltern. Sind das jetzt auch meine Großeltern? Dann hätte ich drei Opas und zwei Omas. Gleich viel wie einer in meiner Klasse! Der hat vier Omas, aber nur einen Opa!«

»Ich bin mir nicht sicher, ob mich die Bemerkung stolz oder verlegen macht«, flüsterte Jeschek Martha zu. »In meiner Generation haben wir mit unseren starken Vätern geprahlt.«

Alex drehte sich zu Hammerl. »Gokart fahren war ich schon lange nicht mehr.«

»Am Donnerstag?«

Martha überlegte kurz. »Passt. Wir haben ein ziemliches Programm. Heute besuchen wir meine Oma, morgen Simons

Vater und am Freitag fahren wir ins Waldviertel, sofern nichts dazwischenkommt.«

Jeschek grinste. »Den Nachsatz kannst du dir sparen. Es kommt nichts dazwischen.«

»Hoffen wir's. Und nun schiebt ab. Dir brennt es doch auf den Nägeln, weiter zu ermitteln.«

»Stimmt.« Jeschek bedeutete Martha, ihm zu folgen. »Entschuldige, dass ich so geheimnisvoll tue, ich will es nicht vor Alex ausbreiten. Trevor ist aus dem Schneider.« Er berichtete von dem Gespräch mit Tina Lanner.

Martha fiel ein Stein vom Herzen. »Darf ich das Alois erzählen?«

»Kannst du dich etwas gedulden? Wir überprüfen noch das Auto. Wenn es clean ist, sind alle Zweifel ausgeräumt.«

»Wenn du meinst.«

»Und noch was, wir haben Sallys Bekannten identifiziert. Der auf dem Foto, das du uns geliefert hast. Er heißt Innocent Ngoma Kilele.«

* * *

Im Stiegenhaus der Botschaft steuerte Jeschek zum Anschlagbrett. »Zauber Sauber Rein. Toller Name. Für die hat Lanners Dealer gearbeitet. Er nennt sich Tschortsch.«

»Ich hoffe, die Putzfirma hat Unterlagen über ihn, darum kümmere ich mich später«, sagte Hammerl. »Erst das Auto. Wo bleibt Küppers? Der sollte längst hier sein.«

Gerade als sie an Dumes Bürotür klopften, kam der Drogenfahnder um die Ecke gerannt. »Entschuldigt, ich bin am Ring in einen Stau geraten.«

Trevor Dume öffnete die Tür. Er hatte eine brennende Zigarette in der Hand und bat sie hinein. Die Krawatte des Diplomaten hing auf Halbmast, die Hosenträger waren verdreht.

Jua kam eine Minute später dazu und wedelte mit den Armen. »Du könntest ruhig mal lüften, hier drin riecht es wie in einer Spelunke«, sagte er.

»Mach ich später.« Dume wandte sich an Jeschek. »Danke für die gute Nachricht, ich werde Tina besuchen. Hoffentlich schafft sie es.«

»Nun zum amtlichen Teil. Kennen Sie den Mann?« Jeschek holte Kileles Bild hervor. »Er heißt Innocent Ngoma Kilele.«

Die beiden Diplomaten betrachteten das Foto.

»Nie gehört, nie gesehen«, versicherte Jua.

Dume schüttelte den Kopf. »Ich auch nicht.«

»Er war mit Miss Usiku bekannt, das steht fest. Zeugen haben gesagt, er stamme ebenfalls aus Amani.« Jeschek packte das Bild weg.

»Wo ist er?«, fragte Jua. »Drei Fragen und ich bin mir sicher, ob er wirklich ein Landsmann ist. Ich habe gehört, viele Asylbewerber verstecken sich hinter einer anderen Nationalität.«

»Er ist leider verschwunden«, bedauerte Hammerl.

Jeschek kam zu seinem eigentlichen Anliegen. »Mr. Dume, wir müssen uns Ihren Wagen anschauen. Miss Usiku hat ihn ab und zu benutzt.«

»Ja, zum letzten Mal am Montag, zwei Tage bevor sie getötet worden ist«, bestätigte Dume arglos.

»Waren Sie immer dabei?«, fragte Hammerl.

»Nein. Sie war eine gute Fahrerin, ich hatte keine Bedenken, ihr das Auto anzuvertrauen.«

»Hatte Sie die Schlüssel für den Wagen?«, wunderte sich Jeschek. »Bei ihr haben wir keine gefunden.«

»Konnten Sie auch nicht. Die sind bei mir im Büro.« Er zog die oberste Lade auf und holte einen Schlüsselbund hervor. »Hier, für den Wagen und den zur Garage.«

Jua schaute die Polizisten beschwörend an. »Mich beschleicht ein ungutes Gefühl. Erwarten Sie, in dem Wagen etwas zu finden? Illegale Substanzen, zum Beispiel?«

»Wir werden sehen. Wann sind Sie das letzte Mal damit gefahren?« Jeschek drehte sich zu Dume.

»Ist über zwei Monate her, anfangs September.«

»Gehen wir in die Garage«, sagte Jeschek.

Der Pick-up stand in der hintersten Ecke. Jeschek ging um den Wagen herum, begutachtete die Ladefläche, spähte in die Führerkabine. Er streifte sich Handschuhe über, öffnete die Tür zum Fahrersitz und stieg ein.

»Mach die Motorhaube auf«, sagte Küppers. »Auf der Ladefläche etwas zu verstecken wäre sinnlos.«

Jeschek prüfte das Seitenfach. Ein Städteatlas von Wien, mehrere Straßenkarten von Österreich und eine alte Zeitung. Das Ablagefach über der Windschutzscheibe war leer. Jeschek strich prüfend über den Bezug der Sitze.

Küppers knallte die Motorhaube zu. »Nichts Außergewöhnliches. Ich schau in den Tank.«

»Brauchst du ein Streichholz?«, fragte Hammerl, der am Boden lag und die Unterseite des Autos untersuchte.

»Schon besser gelacht.« Küppers tippte sich an die Stirn und holte eine Taschenlampe hervor.

Jeschek wechselte auf die Beifahrerseite, durchsuchte das Handschuhfach. Er fand einen Erste-Hilfe-Kasten, Papiertaschentücher und einen leeren Flachmann. Dann tastete er unter dem Sitz herum. In der Federung hingen Plastikbeutel. Er konnte sie deutlich fühlen. Mindestens vier. Vorsichtig versuchte er, einen herauszubekommen. Er stieg aus und bückte sich. Schließlich waren seine Bemühungen erfolgreich. In dem Beutel befanden sich kleine Briefchen.

»Schaut euch das an!« Er richtete sich auf.

Küppers trat zu ihm, öffnete die Verpackung und roch an dem Pulver. »Tatortgruppe kommen lassen, nicht noch mehr Spuren verwischen.« Er betrachtete fachmännisch die Plastikbeutel. »Heroin, ich schätze 300 Gramm, im Straßenverkauf an die 5000 Euro wert. Ein Teil ist schon konsumentenfreundlich verpackt. Wunderbar gebunkert. Im Wagen eines Diplomaten, dazu im gleichen Haus wie die Polizei, die alles gut bewacht.«

Jua hatte sich zu ihnen gesellt. »Ich bin entsetzt, Usiku hat ihre Unbescholtenheit verloren. Das sind doch Drogen, Trevor, hast du davon gewusst?«

»Nein! Sie hat mir nichts gesagt!«, wehrte Dume ab.

Küppers schaute ihn an. »Wie oft hat sie den Wagen benutzt?«

»Für Einkäufe, wenn sie schwere Sachen zu transportieren hatte. In der Regel zweimal die Woche«, erzählte Dume.

»Scheint mir übertrieben. Wir sind zu viert und fahren alle zwei Wochen zum Großeinkauf. Usiku lebte alleine mit einem dreijährigen Kind«, meinte Küppers. »Sie hat den Wagen für andere Transporte benutzt.«

»Ich habe ihr geglaubt«, sagte Dume betreten. »Aber ich kann mir nicht vorstellen, dass sie gewusst hat, was in den Briefchen ist. Oder sie ist gezwungen worden, das Zeugs hier zu deponieren.«

»Wenn du sie unbedingt in Schutz nehmen willst, bitte. Tatsache ist, dass Usiku über ihre Verhältnisse gelebt hat«, meinte Jua.

»Trotzdem war sie ein guter Mensch.« Dume drehte sich um und verließ die Garage. Jua machte eine entschuldigende Handbewegung und folgte ihm.

Jeschek war bemüht, alle Fäden aufzunehmen. »Langsam ergibt sich ein Bild der Frau. Martha und die Lanner haben Usiku mit Tschortsch gesehen.«

»Usiku nahm keine Drogen. Aber sie hat Ware für ihn versteckt, dafür hat er sie bezahlt«, ergänzte Küppers.

»In ihrer Wohnung ist nichts gefunden worden.« Jeschek deutete auf den Wagen. »Dafür hier.«

Küppers pfiff leise durch die Zähne. »Sie hatte seit zwei Monaten alleinigen Zugang zum Wagen. Vielleicht hatte sie die Ware früher bei sich zu Hause? Dann ändert sie plötzlich ihre Taktik. Warum?«

»Die Garage ist auf Dauer viel zu kompliziert«, überlegte Jeschek laut. »Sie musste immer Dume fragen. Moment, sie wusste, dass er über die Feiertage wegfährt. Wollte sie diesmal die Ware selbst verkaufen und den ganzen Gewinn einstreichen?«

»In der Menge wirst du sie gut los, brauchst nur eine Hand voll Kunden«, stimmte Küppers zu.

»Aber es bringt uns keinen Schritt weiter«, klagte Jeschek.

»Weder zu Kilele noch zu Tschortsch.« Hammerl streifte sich die Handschuhe ab. »Welcher der beiden hatte das stärkere Motiv, sie umzubringen?«

Küppers trug wieder den Pullover mit den zu langen Ärmeln. Er stülpte sie zurück. »Die Diplomaten haben wahrscheinlich nichts damit zu tun. Schwarze Händler verpacken das Gift üblicherweise in Kugeln.«

»Das wissen du und ich, die beiden bestimmt nicht«, gab Jeschek zu bedenken. »Aber ich bin überzeugt, dass sie nichts von Usikus Lager wussten. Die waren noch überraschter als wir.«

Hammerl nickte. »Sie sind in keinster Weise nervös geworden, wie du unter den Sitz gekrochen bist.«

»Gut. Dann konzentrieren wir uns auf das Umfeld der Frau«, sagte Küppers entschlossen.

»Das tun wir seit knapp zwei Wochen. Ohne Erfolg«, ärgerte sich Jeschek.

»Ich bleib hier und warte auf die Spurensicherung.« Der Drogenfahnder zückte sein Handy.

»Wir kommen nicht darum herum, weitere Laufereien in Kauf zu nehmen«, meinte Hammerl. »Fangen wir mit der Putzfirma an. Küppers, viel Spaß beim Carsitting.«

Als sie aus dem Lift traten, kam Petri die Stiege herunter. »Wird zur Gewohnheit, dass wir die Kriminaldirektion im Hause haben«, begrüßte er sie. »Habt ihr den Lift blockiert?«

»Noch einer, der nicht gerne zu Fuß geht«, stellte Jeschek fest. »Wir wissen jetzt, wer der Mann auf dem Phantombild ist. Er ist vor deiner Nase mit der Putztruppe ein und aus gegangen.«

»Hast du das Bild dabei? Meine Kopie finde ich nicht mehr, ich bin ein Schlamperdatsch.«

»Hier, bitte.« Jeschek gab ihm den Ausdruck.

»Tatsächlich, einer der Putzfritzen. Die fallen jede zweite Woche ein, reinigen das Stiegenhaus, die Haustür und den Lift.«

Martha hatte gesagt, der Mann hätte eine Uniform getragen. »Wie sind die gekleidet?«

»Einheitlich. Dunkelgrüne Hosen, blaue Hemden mit Schulterklappen, dunkelblaue Baseballmützen mit dem Firmennamen, *Zauber Sauber Rein* oder so ähnlich.« Petri ging ein paar Schritte den Gang hinunter. »Hier, der Aushang.«

Wie konnte Martha eine Putztruppe mit der Polizei verwechseln, wunderte sich Jeschek. Sie hatte doch ein gutes Auge für Design.

Hammerl griff nach seinem Handy. »Da fahr ich gleich hin. … Ja, guten Tag, Hammerl der Name. Ich hätte gerne die Personalabteilung gesprochen.« Er bekam einen Termin und machte sich auf den Weg.

»Wie steht die Causa Brandstetter?«, fragte Jeschek.

»Die alte Dame ist zweifellos von Brandstetters Lamborghini über den Haufen, ich meine angefahren und tödlich verletzt worden. Die Blutspuren am Scheinwerfer stammen von ihr«, antwortete Petri. »Und als besonderes Schmankerl haben wir Heroin in dem Schlitten gefunden.«

»Ach nein?« Jeschek hatte die Ohren gespitzt.

»Passenderweise im Aschenbecher. Brandstetter, von Beruf Sohn, belastet seine Freundin, nein, seine Begleitung, wie er sich ausdrückt. Die hätte ab und zu Heroin geraucht. Brandstetter streitet ab, den Wagen am Unfalltag benutzt zu haben. Wir können ihm nichts nachweisen! Und in diesem Club, dem *Kripolis,* waren natürlich hunderte von Leuten, alle und niemand haben ihn gesehen.«

»Klingt dünn. Ist Brandstetter senior aus dem Urlaub zurück?«, fragte Jeschek.

»Nein. Sein Prokurist hat im Wesentlichen Brandstetter juniors Angaben bestätigt. Komm, gehen wir auf einen Sprung ins *Buffet Kaiser*, dort ist es gemütlicher«, sagte Petri.

Auf dem Weg ins Gasthaus erfuhr Jeschek weitere Einzelheiten. »Melchior Brandstetter ist seit zehn Tagen auf Reisen, Dauer unbestimmt. Sein Handy hat er zurückgelassen, liegt in seinem Büro. Er kann Dutzende haben. In der Firma hat er sich gemeldet, den Stellvertreter informiert, er bleibe länger. Wir wissen mittlerweile, dass der Alte seinen Sprössling großzügig finanziert. Er hat ihm eine Eigentumswohnung im 8. Bezirk gekauft und zahlt ihm monatlich Unterstützung.«

»Und dessen Begleitung? Habt ihr die schon vernommen?«, wollte Jeschek wissen.

»Die ist wie vom Erdboden verschluckt. An der Adresse, die er uns gegeben hat, lebt eine Wohngemeinschaft. Ihr Verschwinden hat sie nicht beunruhigt. Erst wenn sie die Miete nicht mehr bezahlt, das würde ihnen Sorgen bereiten«, höhnte Petri.

Sie traten ins Lokal und bestellten.

»Der Junior verkehrt nur noch per Anwalt mit uns. Stell dir vor, er kommt mit Nemeth daher, Magister Doktor Roland Nemeth«, sagte Petri.

»Der ist windig«, kommentierte Jeschek. »Bekommt alle frei. Oder er bringt es fertig, den Urteilsspruch auf das mindeste aller möglichen Strafmaße runterzuschrauben.«

»Wem sagst du das.« Petri klang resigniert. »Dem Brandstetter ist jetzt plötzlich eingefallen, dass der Lamborghini anders eingeparkt war und der Rückspiegel verstellt. Seine Fingerabdrücke haben wir gesichert. Logisch, er hat am Steuer gesessen, wie die Kollegen ihn angehalten haben. Die anderen Spuren waren verwischt, konnten wir nicht verwerten.«

Jeschek rührte nachdenklich seinen Kaffee. »Ich mach mir Gedanken wegen seiner Freundin. Hoffentlich ist ihr nichts passiert.«

* * *

Küppers trat ins Zimmer und schwenkte ein Blatt durch die Luft. »Tschortsch hat natürlich eine Wertkartennummer. Die Telefongesellschaft hat keine Angaben. Ich werde schleunigst einen Überwachungsauftrag beantragen.«

»Versuchst du, einen Scheinkauf einzufädeln?«, fragte Jeschek.

»Schon geschehen. Ich habe eine Nachricht auf die Mobilbox gesprochen, hoffentlich geht er darauf ein. Das ist bestimmt nicht seine einzige Nummer. Die meisten Dealer haben mehrere Handys oder tauschen die Sim-Karten aus.«

»Wie geht es mit deiner Frau?«, erkundigte sich Jeschek.

Küppers kaute an einem Fingernagel. »Nicht besonders. Sie hat mir ein Ultimatum gestellt. Ich soll mich bis Weihnachten in eine andere Dienststelle versetzen lassen, sonst kann ich mich nach einer neuen Familie umsehen.«

»Ein Ultimatum bringt nie –«

Sie wurden von Hammerl unterbrochen, der schon unter der Tür zu reden anfing. »Ich habe Neuigkeiten.« Er strahlte.

»Lass hören.«

»Die Personalkarte vom Verein Zauber Sauber. Jörg Pichler, bis vor einem halben Jahr bei der Putztruppe beschäftigt. Sie haben ihn rausgeschmissen, er ist unzuverlässig geworden. Hat seinen Dienst zu spät angetreten, ist früher gegangen oder überhaupt nicht erschienen.«

Jeschek sah sich das Bild des Mannes genau an. »Jörg – George – Tschortsch. Sein Szenename. Wo ist das Phantombild?«

Zu dritt verglichen sie Zeichnung und Original.

»Nicht schlecht getroffen. Nur Kinnpartie und Ohren stimmen nicht«, sagte Küppers.

»Das war die gute Nachricht, nun kommt die schlechte. Er ist verzogen, an seiner früheren Adresse wissen weder Nachbarn noch Hausmeister, wo er jetzt lebt«, bedauerte Hammerl. »Ich werf gleich die Maschine an und durchforste Melderegister und was uns noch so zur Verfügung steht. Hier, ich habe auch Namen und Nummern von weiteren Mitarbeitern, die mit Pichler in der gleichen Truppe unterwegs waren.« Hammerl legte die Unterlagen auf Jescheks Tisch. »Damit dir nicht fad wird. Ich habe zwei Tage frei. Frohes Schaffen!«

* * *

Alex hockte auf einem Elektromobil, einer Hilfe für Menschen mit Gehproblemen, und versuchte die Kurve zum Fotostudio zu erwischen.

»Knall nicht in den Türpfosten«, rief Martha, die zwei Meter hinter ihm fuhr. »Wir sind nicht im Prater.«

»Alter hat Vortritt«, warnte Clemens, der seinen Untersatz aus dem Studio lenkte und nur knapp einen Zusammenstoß mit Alex vermeiden konnte.

»Wann kommt Hans endlich?«, fragte Alex. »Er wollte …«

Die Tür ging auf, Hammerl schaute sich um. »Na, hier geht es ja vergnügt zu. Ist noch einer frei?«

»Bedien dich, im Studio stehen noch mehr heiße Öfen«, sagte Martha.

»Du kannst meinen haben«, bot Alex an. »Ich will noch den blauen ausprobieren.« Er brachte sein Gefährt zum Stehen und rannte ins Studio.

»Gegen Gokarts sind das doch lahme Gänse«, sagte Martha.

»Enten, lahme Enten«, korrigierte Hammerl. »Zum Aufwärmen genau das Richtige!« Er setzte sich, drückte die Zündung und fuhr Richtung Dunkelkammer.

Clemens bremste ab und holte eine Kamera. »Das muss ich festhalten. Ich sollte die Dinger zwar fahrerlos fotografieren, aber bei den Modellen bekommt die Werbekampagne einen völlig neuen Charakter. Wir weiten das Zielpublikum aus. Martha textet alles um und die Firma verkauft plötzlich tausend Stück pro Tag.«

»Das ist doch nicht dein Ernst«, protestierte Hammerl, als Clemens losknipste.

»Hab dich nicht so. Du machst eine gute Figur.«

Hammerl fuhr direkt auf Clemens zu. Der Fotograf rettete sich mit einem Sprung in die Dunkelkammer.

Hammerl lenkte das Elektromobil ins Studio zurück. »Komm, Alex, wir hauen uns über die Häuser. Wir wollen richtige Feuerstühle, auf einer anständigen Rennstrecke. Hier kann man sich nicht austoben.«

Die beiden zogen ab.

10

Martha starrte auf den Bildschirm. So ein einfacher Auftrag. Aber sie kam und kam nicht weiter damit. Eine Einladung zum fünfzigsten Geburtstag. Die Jubilarin hatte sich eine Fotogalerie gewünscht. Ein Babybild, eines aus ihrer Schulzeit und so weiter. Wie immer sie die Bilder arrangierte, es schaute langweilig aus. Lag ihr das Wochenende noch im Magen? Sie hatte sich so darauf gefreut und dann … Das Telefon erlöste sie.

»Bitte?« Martha konnte ihre Aufregung kaum verbergen. Was Rebecca da erzählte, klang zu unglaublich. »Sallys Freund ist bei euch?«

»Die letzten Nächte hat er in einem Park geschlafen. Er ist in keinem guten Zustand, hat sich erkältet. Gegessen hat er nicht viel. Ich habe ihn in die Badewanne geschickt und koche ihm etwas.«

»In einer halben Stunde bin ich da. Und … es ist doch okay, wenn ich Simon Bescheid gebe?«

Rebecca antwortete nicht gleich. »Er ist extrem ängstlich. Ich habe ihm versichert, die Polizei nicht einzuschalten.«

»Gut. Dann tue ich es auch nicht.« Martha legte auf.

Clemens zog an seiner Pfeife. »Du musst weg? In einer Stunde kommen die Bilder für den Flyer. Du wolltest gleich einen Entwurf machen.«

»Kein Problem, das Layout ist fertig, die Bilder kann ich später noch einpassen.«

»Ich weiß, dass ich mich auf dich verlassen kann. Meistens«, schränkte er ein.

»Sei nicht so …«, sie suchte nach einem Wort, aber ihr fiel nichts Passendes ein. »Erst machst du mir ein Kompliment, dann einen Rückzieher.«

»Ich habe keine Erfahrungen mit Angestellten. Du bist mein erster Versuch. Jetzt schieb ab.«

»Bis dann.«

Die Fahrt zu den Juas dauerte viel zu lange. Martha war ungeduldig, setzte sich hin, stand wieder auf. Die gesamte Wiener Polizei fahndete nach Kilele, und wer hatte ihn entdeckt? Jessy!

Auf dem Rückweg vom Kindergarten hatte das Mädchen plötzlich immer »Ngoma, Ngoma« gerufen. Ngoma bedeutete in Suaheli Musik. Rebecca hatte jedes Mal das Autoradio aufgedreht. Bis ihr auffiel, dass Jessy immer an der U-Bahn-Station Elisabethen Gürtel »Ngoma« rief. Heute hatte sie zusätzlich den Arm ausgestreckt und auf einen Mann gezeigt. Da hatte Rebecca begriffen. Sallys Tochter sprach kein Wort Suaheli. Das musste der Name des Mannes sein.

Martha überlegte. Hatte Kilele etwas mit Sallys Tod zu tun? Nein, sagte eine Stimme in ihr. Dann hätte er am Flughafen nicht geweint. Sie würde ihn überzeugen, mit der Polizei zu sprechen.

Sie stieg aus der Straßenbahn und legte die letzten Meter zu den Juas im Eiltempo zurück.

»Komm rauf«, erklang Rebeccas Stimme aus der Gegensprechanlage.

Der Aufzug quälte sich von Stockwerk zu Stockwerk. Zu Fuß wäre sie schneller gewesen. Ian stand unter der offenen Wohnungstür. »Wir haben Besuch«, verkündete er. »Jessys Dad ist da. Oder … Ich weiß nicht genau. Sie will, dass er bleibt.«

»Ich sage ihm mal Hallo«, meinte Martha und zog ihre Schuhe aus.

Das Bild im Wohnzimmer wirkte familiär. Jessy saß auf dem Schoß des Mannes, den Martha am Flughafen gesehen hatte. Er trug ein Jeanshemd und eine dicke Strickjacke. Jessy hatte ein Ärmchen um seinen Nacken gelegt, schaufelte mit der linken Hand Reis auf einen Löffel und hielt ihn ihm vor den Mund.

»Nicht so schnell, ich muss zwischendurch kauen«, bat er.

»Hallo, ich bin Martha«, stellte sie sich vor und streckte ihm eine Hand hin.

»Das ist die Frau, von der ich erzählt habe«, sagte Rebecca. »Sie ist eine gute Freundin von uns. Sie hat uns oft weitergeholfen, wenn wir die Bräuche dieses Landes nicht verstanden haben. Reiner Zufall, dass ihre Haut hell ist.«

»Danke für das Kompliment«, erwiderte Martha. »Ich hoffe, ich kann auch hier helfen, zumindest kann ich zuhören. Und dann überlegen wir, was zu tun ist.«

Der Mann saß sehr steif da.

Ian klammerte sich an Martha. »Kommst du in mein Zimmer? Ich mache jetzt Teck-Wann-Doh.«

Damit meinte er wahrscheinlich Taekwondo, reimte sich Martha zusammen.

»In einem richtigen Dress! Ich zieh mich um und zeige dir, was wir am Anfang der Stunde machen.«

Sie beugte sich zu ihm hinunter. »Darauf freue ich mich. Geh vor.«

Der Junge rannte davon.

Der Mann streckte nun doch seine Hand aus und schüttelte die von Martha. »Innocent Ngoma Kilele.«

»Ngoma, Ngoma, Ngoma. Nicht weggehen!«, rief Jessy im Befehlston.

Er nahm die Kleine in die Arme. »Jessy, wie soll das gehen?«

»Ich mache dir einen Tee, Martha. Oder hast du Hunger, möchtest du mitessen?«

»Gerne.« Dabei war Martha viel zu aufgeregt, um zu essen.

»Ich richte dir einen Teller, oder willst du ihn dir selber zusammenstellen?«

Eine deutliche Einladung, ihr in die Küche zu folgen. »Die beiden hängen sehr aneinander«, staunte Martha. »Anscheinend kennen sie sich gut. Die Beziehung zwischen Sally und ihm muss ernst gewesen sein.«

»Sie wollten heiraten. Jetzt weiß ich, was Sally damit meinte, als sie von einer großen Überraschung gesprochen hat. Kilele«, sagte Rebecca gedämpft. »Das Problem ist, er ist ein Illegaler, er hat keine Papiere. Sally wollte ihm helfen, das zu regeln, ihm einen guten Anwalt suchen. Er ist völlig am Ende.«

»Illegal, so ein blöder Ausdruck«, meinte Martha.

Rebecca drückte ihr einen Teller in die Hand. »Bedienst du dich? Sally hat gesagt, wenn das nicht klappt, dann versucht sie, ihm eine andere Identität zu verschaffen, über die Botschaft etwas zu drehen.«

»Ihr habt doch mit ihrer Familie gesprochen. Haben die davon gewusst?«

»Er hat erzählt, Sally hätte kurz vor ihrem Tod einen langen Brief geschrieben. Ich vermute, der ist noch unterwegs. Als Jessy bei der U-Bahn-Station auf ihn zugelaufen ist, hat er vor Freude geweint.«

Martha lud sich Fleisch und Gemüse auf den Teller. Es duftete köstlich. »Was hat er sonst noch gesagt?«

»Nicht viel. Ich wollte, dass er zur Ruhe kommt. Er hat die letzte Woche auf der Straße gelebt. Die Temperatur sinkt nachts unter null! Komm, wir gehen wieder hinein.«

Jessy war in Kileles Armen eingeschlafen. Ian hatte sich zu ihnen an den Tisch gesetzt, in seinem Kampfsportoutfit. »Ngoma hat gesagt, er möchte auch Teck-Wann-Doh machen«, flüsterte er.

Martha machte sich hinter die Köstlichkeiten auf ihrem Teller. »Schmeckt das gut!«

»So gut habe ich nicht mehr gegessen, seit …« Kilele senkte den Blick.

Rebecca nahm ihm die schlafende Jessy ab und schob Ian in ein anderes Zimmer. »Bin gleich wieder da.«

Hundert Fragen schossen Martha durch den Kopf. Aber sie wollte ihn mit ihrer Neugier nicht vor den Kopf stoßen. Die Taktik ging auf, er begann zu erzählen.

»Das hätte nicht passieren dürfen. Sally war so schön und gut zu mir. Sie hat immer gelacht, war immer fröhlich. Wir wollten zusammenbleiben. Sally sagte, sie hilft mir, hier Asyl zu beantragen, auch wenn es schwierig ist. Dieses Land möchte für sich bleiben.«

»Wo haben Sie Sally kennen gelernt?«

Ein Lächeln huschte über sein Gesicht. »Bei einem Straßenfest. Es war ein wunderschöner Tag. Wir haben einer Musikgruppe zugehört. Jessy ist herumgetanzt und ist plötzlich hingefallen. Ich habe ihr aufgeholfen, so bin ich mit Sally ins Gespräch gekommen.

Vor zwei Monaten hat sie mir gesagt, sie bekommt ein Kind. Von mir, mein Kind, unser Kind.«

Rebecca kam ins Esszimmer zurück und setzte sich zu ihnen an den Tisch.

»Was ist an dem Abend passiert?«, hörte Martha sich fragen. »Als Sally gestorben ist?«

Kilele starrte mit leeren Augen auf den Tisch. »Sally wollte Tschortsch klar machen, dass sie nichts mehr mit ihm zu tun haben will. Sie wollte alleine mit ihm reden. Mir war das nicht recht.« Er stützte die Ellbogen auf den Tisch und vergrub das Gesicht in seinen Händen. »Hätte ich mich nur durchgesetzt, ich mochte Tschortsch nicht, er war unfreundlich und aggressiv.«

»Und dann?«

»Ich habe die Tür geöffnet ...« Er atmete tief ein, dann brach es aus ihm heraus. »Sie lag da, tot. Erwürgt mit dem Schal, den ich ihr geschenkt habe! Als ob ich sie getötet hätte! Mir ist schlecht geworden. Ich bin zurück auf die Straße gerannt, dachte, vielleicht kann ich Tschortsch finden und ihn ...«

Martha trank ihre Tasse leer. »Ich habe Sie mit einem anderen Mann am Flughafen gesehen.«

»Fortune. Er war mein Freund. Er wollte eine Waffe besorgen, um es Tschortsch heimzuzahlen. Es ist falsch gelaufen. Fortune wollte mir die Handgranate nur zeigen, da ist sie losgegangen! Ich konnte gerade noch in Deckung gehen! Nicht Tschortsch ist gestorben, sondern Fortune!«, sagte er mit weit aufgerissenen Augen.

»Es wird dunkel.« Rebecca schaltete eine Lampe in der Zimmerecke ein. Ein warmer Lichtkegel erschien an der Decke.

Innocent zuckte dennoch zusammen, legte sich die Hände vor die Augen. »Es gibt kein Licht mehr. Sally und unser Kind sind tot. Und Tschortsch lebt. Das ist nicht richtig.«

»Wir können Gottes Willen nicht durchschauen«, sagte Rebecca. »Wir müssen das Schicksal, das uns trifft, als Prüfung betrachten.«

Kilele presste sich die Hände an die Schläfen. »Ich kann das nicht. Ich bin für mein Schicksal selber verantwortlich, sonst niemand.« Er richtete sich auf, starrte in die Ecke, seine Haltung gewann an

Spannung. »Ich weiß, wo ich diesen Kerl erwische. Meine Liebe, mein Leben, alles kaputt. Dafür muss Tschortsch bezahlen!« Er sprang auf, lief aus dem Esszimmer und schlug die Tür hinter sich zu. Deutlich war zu hören, wie er den Schlüssel von außen drehte.

»Es tut mir Leid«, rief Kilele. »Ich wollte kein schlechter Gast sein, aber ich muss tun, was jeder Mann in meiner Situation tun würde.«

Die Wohnungstür knallte. Die beiden Frauen sahen sich mit langen Gesichtern an.

»Als Priesterin eigne ich mich anscheinend nicht«, meinte Rebecca trocken. »War ich zu salbungsvoll?«

»Auf jeden Fall eine gute Köchin. Dein Essen verleiht Flügel!« Martha stand auf und rannte zum Fenster. »Es gibt noch andere Wege!«, brüllte sie auf die Straße. »Bleiben Sie hier!«

Aber er war schon um die Hausecke verschwunden.

* * *

»Es fehlt eine Geldbörse mit zirka hundert Euro, ein Hemd, ein Pullover und eine blaue Daunenjacke des Hausherrn. Erstatten Sie Anzeige?«, fragte Hammerl sachlich.

»Frau Jua versteht kein Deutsch«, sagte Jeschek ungehalten. »Geht das nicht in deinen Schädel?«

»Das ja, die englischen Vokabeln nicht, du Besserwisser«, gab Hammerl zurück.

»Es ist kein Pullover, sondern eine Strickjacke«, sagte Martha matt.

»Sehr informativ«, bellte Jeschek. »Und wie sieht die aus?«

»Ich habe nicht darauf geachtet.« Martha wandte sich zu Rebecca und wiederholte die Frage.

»Naturbeige, mit Zopfmuster, einem Reißverschluss und Lederschonern an den Ellbogen«, lautete die Beschreibung.

»Und die Daunenjacke? Ist die auch so auffällig?«, fragte Hammerl interessiert.

»Himmel und Hölle«, zischte Jeschek. »Ein Kronzeuge ist uns durch die Lappen gegangen!«

»Danke, dass du nicht das Wort Tatverdächtiger in den Mund nimmst«, giftete Martha.

Sie fühlte sich alles andere als wohl in ihrer Haut. Sie hatte gehofft, sie könne Kilele überzeugen, mit der Polizei zu reden. Und nun das. Er hatte sich aus dem Staub gemacht, sie eingeschlossen, sogar noch Geld mitgehen lassen.

Rebecca und sie hatten wie Fische auf dem Trockenen gesessen. Jessy schlief im Kinderzimmer, Ian war mit einem Computerspiel beschäftigt. Kein Telefon im Zimmer. Marthas Handy lag in ihrer Tasche im Vorzimmer. Da hatte sich der Schlüssel gedreht. Mary war von der Klavierstunde zurückgekommen und hatte erstaunt gefragt, ob Ian ein neues Spiel eingefallen sei.

Martha hatte Simon angerufen, Rebecca Caleb. Die Männer, ergänzt durch Hammerl, waren fast zeitgleich eingetroffen. Seither ging alles durcheinander.

»Warum in aller Welt gibst du nicht Bescheid, wenn dir so ein wichtiger Zeuge über den Weg läuft?« Jeschek schien fassungslos.

»Rebecca hat gesagt, ihr Gast hätte lieber nichts mit der Polizei zu tun.« Wie konnte er es wagen, in diesem Ton mit ihr zu sprechen?

»Deine Vorstellungen von Gastfreundschaft in allen Ehren. Wir reißen uns den Arsch auf, um ihn endlich sprechen zu können. Was hätte es dich gekostet? Einen Anruf!«

»Glaubst du, ich mache mir keine Vorwürfe?«

»Wir klappern die Stellen ab, die Essen ausgeben, wir machen die Kollegen verrückt, Ausschau nach ihm zu halten«, schnauzte Jeschek. »Ein Zeuge in einem Mordfall!«

»Er ist Illegaler, du hast gesagt, du musst einschreiten, wenn du von einem Verbrechen oder Vergehen hörst.«

»Du hast vielleicht Vorstellungen! Glaubst du, ich hätte Kilele gefesselt und geknebelt zur Fremdenpolizei geschleppt? Warum hat Rebecca mich nicht angerufen?«

»Das habe ich dir schon gesagt! Wehe, wenn du sie auch noch anfährst«, brauste sie auf. Sie schielte zu Rebecca, die mit ihrem Mann debattierte. Machte auch er seiner Partnerin Vorwürfe? Sie würde sich nicht herunterkaufen lassen. »Immerhin scheinst du mir zu glauben, dass Kilele nichts mit Sallys Tod zu tun hat. Er war nicht in der Wohnung, als es passiert ist. Aber er hat einen Namen erwähnt: Tschortsch.«

Jeschek horchte auf. »Tschortsch? Was hat Kilele von ihm erzählt?«

»Sally war am Abend, an dem sie gestorben ist, mit ihm verabredet, in ihrer Wohnung. Es ging darum, dass sie ihn nicht mehr sehen wollte. In Kileles Augen ist er der Täter. Für ihn war die Handgranate bestimmt. Indirekt ist Tschortsch auch am Tod seines Freundes schuld. Das muss der Mann aus dem Asylbewerberheim sein.«

Jeschek stemmte die Arme in die Hüften. »Du kannst logisch kombinieren! Warum denkst du nicht so weit und gibst mir Bescheid, ach, ich wiederhole mich. Hatte Kilele eine Waffe?«

Martha deutete auf den Tisch. »Messer und Gabel hat er liegen lassen.«

»Jetzt nimm sie nicht ins Kreuzverhör«, beschwichtigte Hammerl. »Wir haben den beiden Damen doch neue Erkenntnisse zu verdanken.« Er zwinkerte Martha zu. »Zudem haben wir ein Kleidungsstück des Herrn, dieses wunderschöne Hemd. Sicherlich mit seinem genetischen Fingerabdruck.« Er schwenkte einen Plastikbeutel. »Hoffen wir, dass die Techniker ein oder mehrere Haare finden, die sie brauchen können. Jede Wette, das Material ist mit dem aus Usikus Wohnung identisch.«

»Meine Kappe fehlt auch«, stellte Jua trocken fest. »Sie ist schwarz, aus Leder, abgegriffen, das Futter zerrissen.«

»Die ist noch da?«, wunderte sich Rebecca. »Die habe ich doch in den Müll geworfen, damit kannst du dich nicht mehr sehen lassen.«

»Hier vielleicht nicht«, brummte Caleb. »Aber zu Hause.«

Ian turnte zwischen Sessel und Tisch herum. »Martha hat versprochen, sie will sehen, wie wir den Anfang machen.«

»Versprechen soll man halten.« Martha stand auf. Sie legte die Arme übereinander, verbeugte sich vor dem Jungen. »Macht ihr das ungefähr so?«

»Genau!«, schrie Ian. »Kannst du auch Teck-Wann-Doh?«

»Nur mit Worten«, seufzte Martha und schielte zu Jeschek. »Jetzt gehe ich nach Hause. Nein, ins Atelier, ich muss den Flyer fertig stellen.« Sie stolperte über die Teppichkante. »Rebecca, danke für das gute Essen. Bis bald.«

* * *

»Was bringt dich so ins Trudeln?«

Jeschek hatte Hammerls Stimme gehört, aber nicht verstanden, was er gesagt hatte.

»Hallo, ich hatte den Eindruck, du zweifelst an der Loyalität deiner Liebsten. Ja, Jeschek, du bist gemeint.«

»Was?«

»Jetzt tu nicht so. Du bist schwer verliebt in die Frau. Seit zwei Jahren!«

»Eineinhalb«, korrigierte Jeschek.

»I-Tüpferl-Reiter! Martha ist mehr, als du dir je erträumt hast. Dein Zitat! Warum bist du so hart zu ihr?«

»War ich das? Ja, sie ist die Frau für mich, keine Frage. Aber …« Jeschek kreuzte die Arme vor seiner Brust, schwieg.

Sie standen vor einer Ampel. »Aber was? Red schon«, bohrte Hammerl.

»Ich bin mir nicht mehr sicher, ob sie mich im gleichen Maß will, wie ich sie. Sie erzählt mir nicht alles. Ich weiß erst seit letzter Woche, dass ihr Stiefvater Großgrundbesitzer ist. Sie hat mir Fotos von dem Cottage gezeigt, aber verschwiegen, dass das umliegende Land, so die nächsten zwei, drei Hügelreihen, dazugehört.«

»Und das ärgert dich? Jeschek, Martha ist in England aufgewachsen. Die haben das Understatement erfunden. Mir ist der Zug sympathischer, als wenn sie mit den Ländereien ihres Stiefvaters herumprahlt.«

»Sie hätte es mir schon früher erzählen können. Ich kann tun, was ich will, sie vertraut mir nicht!«

»Du steigerst dich in etwas hinein. Und überträgst die berufliche Unsicherheit auf das Privatleben. Das kann nicht gut kommen. Ah, endlich Grün.« Er stieg aufs Gas. »Sie kann ja nichts dafür, dass ihr Stiefvater so viel Land besitzt.«

»Und einen Herrensitz! *Upper Martley Court* heißt der Kasten. Der wird als Hotel geführt.«

»Wer weiß, vielleicht teilst du Tisch und Bett mit einer Adligen?«

»Ihr leiblicher Vater war Koch.«

»Ich kenn mich in Erbfolge nicht aus. Vielleicht hat Mister Marix Jones Martha nicht nur adoptiert, sondern ihr auch einen Titel verliehen. Lady Marix Jones, klingt doch gut.«

»Warum gibt sie mir nicht Bescheid, wenn ein wichtiger Zeuge auftaucht? Was er erzählt hat, mag ja stimmen, das müssten wir aber alles überprüfen, bevor wir ihn als Tatverdächtigen ausschließen!«

Hammerl konzentrierte sich auf den Straßenverkehr. »Das darf nicht wahr sein. Hast du den gesehen? Wechselt über zwei Fahrbahnen, ohne zu blinken!«

»Mir fallen nur die auf, die von ihrem Blinker Gebrauch machen. Die meisten schonen ihn über die Maßen.« Jeschek krempelte die Hemdsärmel zurück. »Ich habe Martha von dem Fall erzählt. Sie kennt das Umfeld, die Leute. Sie hat mir viele Hinweise gegeben. Aber den Kronzeugen unterschlagen! Scheiße, wir können von vorne anfangen.«

»Und was tun wir gerade? Wir fahren dorthin, wo Tschortsch öfters gesehen worden ist. Und wem haben wir diesen Tipp zu verdanken? Deiner Lady! Jeschek, du machst mir Sorgen. Was war los übers Wochenende?«

»Sie fühlt sich nicht besonders, vielleicht brütet sie eine Grippe aus.« Martha hatte die ganze Zeit genörgelt. Er fahre zu schnell, das Gasthaus hatte ihr nicht gefallen, die Betten seien zu weich, das Essen zu fett, der Tee schmecke wie Abwaschwasser. So kannte er sie nicht. Jeschek versuchte, sich zu entspannen. »Wir hätten uns beinahe gestritten. Klar bin ich auch nicht in der besten Stimmung. Wir kommen nicht voran, die Stimmung in der KD ist schlecht. Die Reform der Reform steht an, am Ende finden wir uns in Uniform wieder.«

Hammerl lenkte den Wagen in eine Seitengasse. »Ich kenne dich als großen Schweiger, Simon Jeschek. Sprichst du mit ihr über deine Ängste, deine Unsicherheit?«

»Nein, ich will sie damit nicht belasten«, musste Jeschek zugeben.

»Und du beklagst dich, dass sie dir nicht vertraut? Wie ist es umgekehrt? Denk mal darüber nach«, schimpfte Hammerl.

»Es stinkt mir, dass sie die Wünsche des Kronzeugen über meine beruflichen Interessen stellt.«

»Damit hast du das Wichtigste erkannt. Deine beruflichen Interessen haben mit deiner Person nichts zu tun. Das musst du auseinander halten. Geh, kauf ihr ein paar Blumen, und dann lacht darüber.«

»Ach, ich weiß nicht. Ob das zwischen Martha und mir gut geht, auf Dauer?«

»Jetzt wirf die Flinte nicht aus dem Feld!«

»Du mit deinen gemischten Sprichwörtern!«

»Habe ich bei Brenneis gelernt«, meinte Hammerl mit einem Unschuldsblick.

»Vielleicht lacht uns das Glück zur Abwechslung, und wir treffen den Gesuchten an, oder möglicherweise beide. Wir müssen vierundzwanzig Stunden observieren.«

»Die Station wird eine halbe Stunde nach Mitternacht geschlossen und um fünf Uhr in der Früh wieder aufgesperrt. Wir sind mit meinem Wagen unterwegs. Komm, wir gehen zum Würstelstand, ich gebe ein Blondes aus.«

»Ich mach die erste Schicht«, bot Jeschek an.

»Feigling. Du willst dich nicht mit Martha aussprechen.«

»Vielleicht. Ich bin noch zu aufgebracht.« Jeschek zog die Jacke aus. »In der Früh hatte es sieben Grad, jetzt sind es um die zwanzig. Wie nennt man das Gegenteil von Temperatursturz?«

11

Martha stieg bei der Station Elisabethen Gürtel aus. Für einen Moment genoss sie den Blick auf die Stadtbahnbrücke, die über den Wienfluss führte. Zu Beginn und Ende der Brücke ragten je zwei Obelisken in den Himmel. Sie mochte die Silhouette, besonders den Gegensatz zwischen den filigranen Geländern und den wuchtigen Pfeilern.

Links und rechts brauste der Straßenverkehr. Der Grünstreifen zwischen den Fahrbahnen wurde nicht gepflegt, sondern der Natur überlassen. Beziehungsweise den Hundebesitzern, die ihre Vierbeiner hier zum Gassigehen führten.

Ob jemand von der Polizei die Station observierte? Einer der Kunden am Würstelstand? Der Mann mit der Zeitung auf der Bank bei der Straßenbahnhaltestelle? Und wenn Jeschek hier war? Der würde ihr bestimmt Vorhaltungen machen, sie hätte hier nichts zu suchen. Nein, damit konnte er nicht kommen, das hier war öffentlicher Raum.

Martha kaufte am Würstelstand eine Cola und eine Haselnussschnitte und stellte sich an die seitliche Theke.

Eine junge Frau bettelte. Einige ließen sie abblitzen, andere griffen in die Tasche und reichten ihr ein paar Münzen. Sie kam zum Würstelstand. »Haben Sie etwas Kleingeld?«, wandte sie sich an Martha.

»Geld gebe ich keines, aber mögen Sie einen Hotdog?«

Die Frau musterte sie von oben nach unten. »Kein Menü?«, fragte sie lauernd. »Mit Getränk? Und eine Zigarette?«

»Ich hab keine dabei. Mein Angebot ist ein Hotdog oder eine Wurst. Mit Brot und Senf. Auch eine Pfefferoni, wenn Sie mögen.«

»Hotdog mit scharfem und süßem Senf. Und eine Gurke.«

Martha gab die Bestellung dem Mann hinter der Theke weiter.

Ein Schwarzer lehnte sich an die Wand beim Eingang der U-Bahn-Station, stützte den linken Fuß an die Wand und stemmte die Hände in die Jackentaschen. Die Frau, die ihren Hotdog im Rekordtempo verzehrt hatte, redete ihn an. Er reagierte unwirsch, schüttelte den Kopf. Sie war hartnäckig, ließ sich nicht abweisen. Bis es ihm zu bunt wurde. Martha hörte ein bestimmtes »Nein!« aus seiner Richtung, dann drehte er sich um und ging zur Straßenbahnhaltestelle. Die Frau folgte ihm drei Schritte, blieb stehen und bettelte wieder Passanten an.

Martha musste ihren Standplatz verlagern, um ihn nicht aus den Augen zu verlieren. Er wechselte auf die andere Seite der Haltestelle. Vom Mühlendorfer Gürtel fuhren drei Straßenbahnzüge gleichzeitig ein, vom Elisabethen Gürtel zwei. Als die Leute sich verlaufen hatten, war er verschwunden. Dafür tauchten vier andere Schwarze auf. Martha musterte sie, aber Innocent war nicht unter ihnen.

Es begann zu dämmern. Der Himmel im Westen leuchtete in kitschigem Violett und vollen Rottönen. Keine gute Idee, hierher zu kommen. Was würde sie überhaupt tun, sollte Kilele auftauchen? Mit ihm sprechen? Jeschek anrufen? Sie seufzte, reichte die leere Flasche dem Mann hinter der Theke und ging zur Station. Ihre Hände waren klebrig. Sie durchsuchte ihre Taschen, nichts zu finden. Neben dem Eingang gab es eine Trafik, die verkauften auch Taschentücher. Martha trat ein. Die Kundin vor ihr plauderte gemütlich mit der Verkäuferin, konnte kein Ende finden. Endlich war die Reihe an ihr.

Langsam ging sie die Treppe zum Bahnsteig hinunter. Sie war noch nicht auf dem Zwischenabsatz, als sie in unmittelbarer Nähe das Folgetonhorn der Polizei hörte.

»*Dies ist eine Polizeikontrolle. Bewahren Sie Ruhe. Es ergeht an Sie die Aufforderung, sich den Beamten zur Verfügung zu halten*«, befahl eine knarrige Megafon-Stimme.

Die Wiederholung machte die Durchsage nicht verständlicher. Martha blieb verunsichert stehen. Eine Weile war es unheimlich still, dann klatschten schnelle Schritte durch das Gebäude.

»Hei, stopp!«, schrie jemand. Die Stimme kannte sie. Aber nicht in dem harten Tonfall.

Sie drehte sich um. Zwei Männer, der vordere trug eine blaue Daunenjacke, tauchten in ihrem Blickfeld auf. Sein Verfolger setzte zum Sprung an und warf sich auf ihn. Mit einem dumpfen Laut fiel der Mann auf den Steinboden und prallte gegen die Mauer. Martha musste die Augen schließen, sie glaubte, den Schmerz zu spüren. Zwei Sekunden später starrte sie wieder hin. Blaue Daunenjacke … Kilele!

»*Police, don't move!* Keine Bewegung!«, wurde der Wehrlose angeherrscht.

Jeschek richtete sich auf, schlang seine Arme um den Schwarzen und hob dessen Oberkörper an. Martha wollte schreien, aber es kam kein Ton aus ihrer Kehle. Sie wollte die Treppe hinauflaufen, aber ihre Füße schienen einzementiert, sie konnte sich keinen Millimeter bewegen. Ihr wurde abwechselnd heiß und kalt, ein Schweißfilm bildete sich auf ihrer Stirn. Ihr Verstand weigerte sich, die Szene zu begreifen. Es konnte nicht Jeschek gewesen sein, der Kilele so brutal zu Boden gerissen hatte.

Männer in schwarzen Uniformen stürmten in das Gebäude. Das war die WEGA, Wiener Einsatzgruppe Alarmabteilung, eine Spezialeinheit. Zwei eilten zu Jeschek und dem Schwarzen, andere kamen die Treppe hinunter. Martha wollte weg, es gelang ihr immer noch nicht, sich in Bewegung zu setzen. Ihr war schwindlig, sie klammerte sich ans Geländer.

Jeschek. Ihr begegnete er so zärtlich und rücksichtsvoll.

»Ist Ihnen nicht gut?«

Martha hatte die Frage gehört, aber nicht realisiert, dass sie ihr galt.

»Hallo, ich spreche mit Ihnen.«

Sie starrte auf die schwarzen Hosenbeine, die in Stiefeln steckten. Widerstrebend glitt ihr Blick an der Gestalt hoch. Der Mann trug seinen Helm am Arm. Als hätte er sich einen zu klein geratenen Einkaufskorb angehängt. Eine kugelsichere Schutzweste, Pistole in einer Lasche eingesteckt, daneben eine Taschenlampe, volle Montur. Nur Maske trug er keine.

»Nein, es … ich meine, ja«, stotterte sie.

»Kommen's, junge Frau, auf dem Bahnsteig ist eine Bank, da können Sie sich setzen.«

Er berührte sanft ihren Arm. Ihre Füße gehorchten wieder. Sie drehte sich noch einmal um. Jeschek und Kilele waren nicht mehr zu sehen. Zwei Beamte knieten am Boden, beugten sich über die Stelle, an der der junge Mann gelegen hatte. Was sie taten, konnte sie nicht erkennen.

Sie ließ sich auf die Bank sinken, fuhr mit dem Jackenärmel über die Stirn. Schreie drangen in ihr Bewusstsein. Auf dem gegenüberliegenden Bahnsteig rannten zwei junge Schwarze. Polizisten waren ihnen dicht auf den Fersen. Weit würden die beiden nicht kommen, auch von der anderen Seite eilten Beamte auf sie zu. Der eine Mann sah die Sinnlosigkeit der Situation ein und verlangsamte sein Tempo. Der andere gab nicht auf, schlug Haken.

»Nein, tu's nicht«, flehte Martha, als er sich der Bahnsteigkante näherte. Die Stromschiene verlief parallel zu den Gleisen.

Endlich blieb der Zweite ebenfalls stehen. Sofort wurde er gepackt. Im Vergleich zu Kilele geradezu sanft. Trotzdem begann er zu schreien. »Hilfe! Übergriff! Rassisten!«

»Geht das wieder los«, sagte der WEGA-Beamte zu Martha. »Ist bestimmt ein Dealer, die werden gut getrimmt. Nur geringe Mengen dabei haben, Übergriff schreien, Passanten gegen uns aufbringen. Und Sie? Geht's besser?«

»Etwas«, keuchte sie.

»Zu dem Giftlerpack gehören Sie nicht, auch wenn Sie blass wie ein Leintuch sind«, sagte der Beamte. »Wie Sie so dasitzen, eine Hand schützend auf Ihrem Bauch, das kenne ich. Meine Frau macht das genauso. Hält immer einen Arm um ihre Mitte. Sie erwartet unser drittes, fühlt sich fürchterlich. Morgendliche Übelkeit, sagt man, aber ihr ist den ganzen Tag übel. Wird bei jedem Kind schlimmer.«

»Schwanger? Ich?« Martha hatte schroff geklungen.

»Entschuldigung, ich wollte Ihnen nicht zu nahe treten.«

»Es könnte einem schlecht werden, wie Sie mit Menschen umgehen. Ich meine jetzt nicht Sie persönlich, sondern Ihre Kollegen.«

»Was handeln die Ausländer auch mit Gift?«

»Das ist doch noch gar nicht erwiesen. Nur weil sie dunkle Haut haben. Bei jedem Schwarzen klingeln die Alarmglocken. Ich bin keine Österreicherin, aber meine Haut ist weiß, ich werde nicht überprüft!«

»Sie sind nicht weggerannt. Das war ein Vorwurf, dass wir nur Schwarze kontrollieren, nicht? Gut. Wenn ich schon eine Einladung bekomme, die Gelegenheit lasse ich nicht aus. Ihren Ausweis!«, sagte er.

»Hier, bitte.«

Er zog sich den rechten Handschuh aus und blätterte ihren Pass durch. »Ah, deswegen sind Sie so blass! Eine Engländerin! Bitte schön.«

Martha steckte das Dokument weg. Abermals war ein Horn zu hören, diesmal die Rettung. »Ist jemand verletzt worden?«, fragte Martha.

»Hat schlimm ausgschaut. Ich hoffe, er wird durchkommen.«

»Ist mir neu, dass sich die Herren der WEGA um das Wohl der Menschen kümmern, die sie zusammenschlagen.«

»Einige Schrammen und Blessuren kann es geben, aber bis jetzt braucht nur ein einziger einen Arzt. Und das ist ein Kriminalbeamter. Frau Marix Jones, passen Sie auf sich auf.« Der Polizist drehte sich auf dem Absatz um und ging zur Treppe.

Martha verließ die U-Bahn-Station beim anderen Ausgang. Aus der Entfernung sah sie Jeschek. Er stand neben dem Notarztwagen und redete mit einem Sanitäter. Wenn er verletzt worden war, konnte es nicht schlimm sein. Dennoch, Erleichterung wollte sich keine einstellen.

* * *

Jeschek starrte auf das Telefon. »Komm schon, Martha, antworte.«

»Zur Zeit kann der Teilnehmer Ihren Anruf nicht entgegennehmen, bitte hinterlassen Sie eine Nachricht nach dem Signalton«, meldete eine freundliche Stimme.

»Martha, ich muss dringend mit dir sprechen, bitte ruf zurück.« Er legte auf und drehte sich zum Computer. Dabei streifte sein Blick Hammerls Tisch. Er fühlte ein unangenehmes Ziehen im

Magen. Die Szene tauchte immer wieder vor seinen Augen auf. Hammerl war ihm drei Schritte voraus gewesen, als sie auf den jungen Schwarzen zugegangen waren.

Gerade als wir die Identität des Verdächtigen mit der blauen Jacke … Sollte er Daunenjacke schreiben? Nein, so genau brauchte der Bericht nicht zu sein. … *überprüfen wollten, traf der Alarmzug der WEGA ein. Hammerl und der Meldungsleger standen in seiner Fluchtlinie. Der Verdächtige zog blitzschnell ein Messer.*

Die Buchstaben tanzten vor seinen Augen. Jeschek stand auf und ging in den Waschraum. Er drehte das Wasser auf, streckte seinen Kopf unter den Hahn und ließ sich das kühle Nass über den Nacken laufen. Wenn Hammerl wenigstens seine Lederjacke getragen hätte, die hätte den Stich etwas gemildert.

Jeschek richtete sich auf. Wasser rann ihm in den Kragen, den Rücken hinunter. Es kümmerte ihn nicht. Er griff nach dem Handtuch und tupfte sich über das Gesicht. Sein Blick fiel in den Spiegel. Täuschte er sich, oder hatte er plötzlich ein paar graue Haare mehr an den Schläfen?

Die Tür ging auf. »Jeschek, was hört man da?« Faltermayr vom Suchtgiftreferat stand breitbeinig da.

»Du wirst schon richtig gehört haben«, brummte Jeschek. »Ich nehme an, es geht um wie ein Lauffeuer.«

»Das kannst du laut sagen! Immer wieder diese schwarzen Dealer«, ereiferte sich der Kollege. »Wäre endlich Zeit, dass man die alle aus Österreich rausschafft. Was ist mit dir, du bist vielleicht blass um die Nase.«

»Wie würdest du dich fühlen, wenn deinem Kollegen ein Messer in den Bauch gerammt wird, verdammt noch mal!«, bellte Jeschek. »Und du kannst nichts tun!«

»Ist ja gut«, dämpfte Faltermayr. »Du kommst jetzt mit in unser Büro, wir haben einen Cognac, der beruhigt die Nerven.«

»Ich will so schnell wie möglich den Bericht fertig schreiben und dann ins Spital.«

»Weißt du was?« Faltermayr schnippte mit den Fingern. »Ich komme mit der Flasche zu dir hinüber.«

Jeschek legte das Handtuch achtlos weg und ging ins Büro zurück. Er starrte auf das Display seines Handys. Keine Anrufe. Er würde Martha später wieder anrufen, jetzt musste er erst den Bericht zu Ende bringen.

Der Stich wurde mit der rechten Hand von unten gegen den Unterleib von Hammerl geführt. H. sank zu Boden.

Wie lange hatte er gebraucht, eine Entscheidung zu treffen? Hinter ihm ein Großaufgebot der WEGA, vor ihm der blutende Hammerl. Und der Mann mit dem Messer, der weggelaufen war.

Die junge Frau, die sich neben Hammerl hingekniet hatte.

Eine zufällig anwesende Krankenschwester übernahm die Erstversorgung.

Die hatte der Himmel geschickt. Dann war etwas in ihm explodiert. Der Mann durfte nicht entkommen. So viel war er Hammerl schuldig.

Der Ml verfolgte den Täter, welcher weiterhin das Messer in der rechten Hand hielt. In der U-Bahn-Stadion konnte der Täter eingeholt werden. Der Ml sprang den Verdächtigen an, wodurch beide zu Sturz kamen. Bei dem Sturz schlug der Verdächtige mit dem Kopf auf dem Steinboden auf, wodurch er sich eine Platzwunde an der Lippe zugezogen und einen Schneidezahn abgebrochen hat …

Es war besser, den Bericht so zu formulieren. Die Wahrheit zog nur Komplikationen nach sich.

»So, hier bitte.« Faltermayr schraubte die Flasche auf und schenkte eine Daumenbreite ein. »Auf dass es Kollege Hammerl bald wieder besser geht!«

Jeschek nahm einen Schluck und hustete. »Donnerwetter, der brennt aber.«

»Das sind die fünf Sterne«, meinte der Kollege, zog einen Sessel an Jescheks Tisch und setzte sich. »Du hast den Messerstecher erwischt, der hat dann auch ein paar Sterne gesehen, nehme ich an. Welchen Griff hast du gesetzt? Einen der erlaubten?«

»Ich hatte keine Zeit, mir Samthandschuhe anzuziehen«, gab Jeschek zurück.

Faltermayr leerte sein Glas und schenkte sich einen nach. »Ja, ja, deine Schlagkraft habe ich am eigenen Leib zu spüren bekommen. In so einem Augenblick hat man keine Zeit, sich an die Dienstvorschriften zu halten.«

»Wie meinst du?«, fragte Jeschek.

»Komm, mir kannst du es doch erzählen. Man munkelt, du seist auf ihm gekniet und …«

»Und? Ich hatte ihn in der Bauchlage, aber ich habe ihn nicht fixiert. Ich habe seine Arme gepackt, auf den Rücken gedreht, da hat er zum Speiben angefangen. Was wird sonst noch gemunkelt?«

»Nichts, nichts. Nur …« Faltermayr ließ seine Blicke herumschweifen.

»Was?« Jeschecks Ton war scharf geworden.

»Du weißt, wie schnell man ein Disziplinarverfahren am Hals hat. Es täte mir Leid, wenn so etwas auf dich zukommt.«

»Was willst du damit sagen?«

»Du hast nicht anders handeln können. Wir tun unseren Job, halten den Kopf hin und unseren ganzen Körper. In deinem Fall spielen einem die Emotionen natürlich einen Streich.« Seine Stimme bekam einen dramatischen Unterton. »Du und ich, wir wissen es besser. Wir interpretieren eine Festnahme als korrekt. Du musstest härter zugreifen. Ein Außenstehender sieht darin schon einen Übergriff. Tja, es ist … es ist die Rede von einem Tritt in die Magengrube.«

Jeschek fühlte Zorn in sich aufsteigen. »Ich bin kein Akrobatiker. Ich habe auf ihm gelegen, wie hätte ich ihn da in den Magen treten können? Das musst du mir vorführen.«

»Wie hast du es fertig gebracht, dass er gekotzt hat? Wo muss man drücken, damit sie sich übergeben? Ein bestimmter Punkt in der Magengegend?«

»Das wäre Körperverletzung, weißt du genau.« Das Telefon läutete. Jeschek riss den Hörer von der Gabel. »Ja? Grüß dich, bin ich froh, dass du anrufst. Moment …« Er leerte sein Glas. »Faltermayr, danke für den Cognac, aber jetzt lass mich dieses Gespräch führen. Kannst ja mit den Kollegen weiter spekulieren, welche Dienstvorschriften ich missachtet habe.« Er bedeutete ihm zu gehen.

»Man will doch wissen, was passiert ist«, wehrte sich der. »Wir müssen zusammenhalten. Aber bitte.« Er packte die Flasche und zog beleidigt ab.

Jeschek wandte sich wieder dem Telefon zu. »Georg, es tut mir Leid. Treffen wir uns in einer Stunde im Krankenhaus? In der Eingangshalle? Nein, ich weiß noch nichts Näheres. Ich konnte nicht mit ihm fahren, ich musste sofort einrücken, wegen dem Bericht. Ja, wir warten aufeinander.«

* * *

Martha hatte lange auf einer Bank in dem Park gegenüber der Station gesessen. Eine Stunde, zwei Stunden, länger? Um sich aufzuwärmen, war sie zu Fuß weitergegangen. Die Abgase überdeckten die herbstlichen Gerüche von nassem Laub auf dem schmalen Grünstreifen zwischen den Fahrbahnen. Die Kuppel der Kirche auf der linken Seite erinnerte sie an das Parlamentsgebäude in Budapest. Letzten September hatte sie mit Jeschek dort ein langes Wochenende verbracht. Jeschek. An den wollte sie nicht denken.

Das Licht in der Drogerie blendete Martha. Es war viel zu hell. Sie kniff die Augen zusammen. Die Halogenlampen spiegelten sich auf dem blank geputzten Boden.

Schwanger. Das war nicht möglich. Wie konnte ein Wildfremder ihr so etwas sagen.

Auf welchem Regal wurden die Tests angeboten? Beim Eingang waren Berge von Toilettenpapier gestapelt, daneben Haushaltsreiniger. Weiter durch den schmalen Gang. Zwei zierliche Japanerinnen versperrten den Durchgang mit ihrem Gepäck, in das sie problemlos selber hineingepasst hätten. Sie diskutierten angeregt, studierten das Verbandsmaterial.

Martha schob sich an ihnen vorbei, murmelte eine Entschuldigung, als sie den Koffer der einen Frau touchierte. Die verbeugte sich, hauchte ihrerseits eine Entschuldigung und rollte ihr Gepäck zur Seite. Im nächsten Gang ging es um Körperpflege. Haare, Haut, bunte Flaschen und Tuben in allen Farben und Formen. Was sie suchte, konnte nicht dabei sein. Auch nicht bei der Unterwäsche. Unterwäsche? Seit wann verkaufte die Drogeriekette Unterwäsche? Hemdchen, Höschen, Büstenhalter? Gleich anschließend Herrenartikel, Kondome, feucht, gerippt, genoppt, mit Erdbeergeschmack. Ein Regal weiter Babynahrung.

War sie schon zu weit gegangen? Sie kehrte zur Verhütung zurück. Logisch wäre, wenn man hier auch gleich das zum Verkauf anböte, wenn die Erstere keinen Erfolg …

Wann hatte sie ihre letzte Regel gehabt? Das müsste so vor … vier, fünf, sechs Wochen gewesen sein? Könnte hinkommen, wenn ihr Organismus so funktionieren würde wie der einer Frau, die schwanger werden konnte.

Die längliche Packung in zartem Rosé. Sie überflog die Gebrauchsanweisung auf der Schachtel und reihte sich in die Schlange an der Kasse.

* * *

»Wenigstens ist er nicht in Lebensgefahr, aber die Wunde ist tief.« Georg machte einen tiefen Atemzug. Er trat ans Fenster, presste seine Stirn an die Scheibe. »Kannst du dir vorstellen, durch welche Täler ich in den letzten Stunden gegangen bin? Mein Herz hat auf der Fahrt geflattert, ich musste ein Taxi nehmen.«

Jeschek starrte auf sein Handy. Keine Nachricht. Sie standen im Gang der Station. »Mir geht es auch an die Nieren. Ich werde den Gedanken nicht los, ich hätte etwas falsch gemacht. Komm, lass uns gehen.«

»Quäl dich nicht, dich trifft keine Schuld.« Georg drehte sich um. »Ich habe keine Lust, nach Hause zu gehen. Mir fällt nur die Decke auf den Kopf. Ich könnte einen Schluck vertragen. Allerdings, wenn du lieber zu Martha möchtest …«

»Klar gehen wir etwas trinken, ich lass dich doch jetzt nicht allein. Ich ruf sie an, vielleicht leistet sie uns Gesellschaft.«

»Gute Idee. Wo gehen wir hin?«

Das Pub strahlte Geborgenheit aus. Obwohl es noch kein Jahr geöffnet hatte, lag eine Patina über dem Raum und den Möbeln. Die beiden Männer setzten sich an einen Tisch am Fenster.

Georg starrte in sein Glas. »Ich weiß nicht, was ich ohne Hans tun würde. Kennst du das Gefühl, dass du nur ganz du selber bist, wenn du deinen Partner, also, ich meine, deine Partnerin um dich hast, im Wissen, es geht ihm, äh, ihr gut?«

»Lass doch die Unterschiede zwischen männlich und weiblich, spielt ja keine Rolle.«

»Gut, aber das beantwortet meine Frage nicht.«

Jeschek drehte sein Bierglas hin und her. »Sicher, ja«, sagte er nach ein paar Sekunden.

Georg bemerkte seine zögerliche Antwort. »Ihr seid noch nicht so lange zusammen wie wir. Ich mag deine Martha, ein patenter Kerl, äh, ich meine natürlich … du hast ja gesagt, wir sollen die Männlein-Weiblein-Unterschiede lassen.«

»So ist es.«

»Hat Hans dir je die Geschichte erzählt, wie wir zusammen den Heiligen Abend im Wachzimmer gefeiert haben? Er war damals noch bei der Sicherheitswache, wir hatten uns gerade kennen gelernt. Seine Kollegen haben in keinster Weise reagiert, als ich aufgetaucht bin. Wahrscheinlich haben sie gedacht, ich bin ein guter Kumpel.«

Jeschek hatte nur mit einem Ohr zugehört. Er leerte sein Glas. »Was ist, magst du auch noch ein Bier? Die Runde geht auf mich.« Er nahm die Gläser und ging zur Theke. »Ich bekomm noch zweimal dasselbe, *Schloss Eggenberg*, bitte.«

Während der Wirt das Bier zapfte, holte Jeschek sein Handy aus der Tasche und stellte Marthas Nummer ein. Zum vierten Mal.

»Jeschek?«, hörte er ihre Stimme.

»Bin ich froh, dich zu hören«, sagte er. »Ich bin in einem Lokal im 9., gehe kurz raus.« Er bedeutete dem Wirt, dass er gleich zurück sei, und ging in den Gang, der zu den Toiletten führte. »So, da bin ich wieder. Martha, es ist etwas Grässliches passiert. Hans –«

»Du hast dich aufgeführt wie Rambo persönlich«, sagte sie. »Ich habe es gesehen.«

»Was?«

»Du hast Kilele niedergeschlagen! In der U-Bahn-Station am Elisabethen Gürtel.«

»Du warst da? Aber es war doch nicht –«

»Leider. Mir ist schlecht geworden.«

»Aber es –«

»Du hast dich auf ihn gestürzt! Er konnte sich nicht mehr bewegen und du schreist ihn noch an, er soll stillhalten!«

»Ich war sauwütend. Ich kann doch nicht ...«

»Respektvoll mit Menschen umgehen?«, fiel sie ihm ins Wort. »Innocent war mit Sally befreundet. Mit ihrem Tod hat er nichts zu tun. Jetzt bin ich froh, dass ich dich gestern nicht angerufen habe. Du wärst mit einem ähnlichen Großaufgebot aufmarschiert.«

»Meinst du die Razzia?«

»Was denn sonst?«

»Das eine hat doch mit dem anderen nichts zu tun –«

»Und nun feierst du die Festnahme. So macht ihr es doch immer. Nett. Lass mir Zeit, Jeschek, so mindestens ein, zwei Wochen, es ist überhaupt nicht lustig zuzuschauen, welches Aggressionspotential der Partner hat. Viel Spaß noch.«

Aufgelegt. Jeschek fühlte Ärger in sich hochsteigen. Sie zeigte null Bereitschaft, ihm zuzuhören. Von wo aus hatte sie die Szene beobachtet? Er rief sich die Örtlichkeit in Erinnerung. Entweder hatte sie die Halle betreten, als er den Schwarzen überwältigt hatte, nur dann hätte sie den verletzten Hammerl auch bemerken müssen. Oder sie hatte auf der Treppe gestanden, nichts von den Ereignissen mitbekommen, die zu der Verhaftung geführt hatten.

Jeschek ging zur Bar, bezahlte das Bier und kehrte zu ihrem Tisch zurück.

»Was ich erst jetzt realisiere, der Arzt hat mir alles gesagt!«, wunderte sich Georg.

»Warum denn nicht?«

»Du unschuldiges Lamm, du stinknormaler Hetero, die Ärzte dieses Landes dürfen gleichgeschlechtlichen Partnern ihrer Patienten keine Auskunft geben!«

»Vielleicht hat er dich für seinen Bruder gehalten«, meinte Jeschek. »Prost. Auf Hans!«

»Auf Hans!« Georg leerte sein Glas zur Hälfte. »Aber wir schauen uns doch überhaupt nicht ähnlich, der Hans und ich, der muss doch gemerkt haben, dass ich nicht sein Bruder bin.«

»Ihr kommt aus einer Patchworkfamilie, habt verschiedene Väter. Die sollen sich freuen, dass jemand auftaucht und sich um den Patienten kümmert, das soll den Genesungsprozess beschleunigen.«

Georg musste rülpsen. »Entschuldige, ich sollte nicht so schnell trinken. Jetzt, wo die Gesetze, was uns Schwule anbelangt, liberalisiert werden, handhaben sie die Verordnung vielleicht nicht mehr so streng. Hast du Martha erreicht, kommt sie?«

»Sie kann nicht, lässt herzlich grüßen, sie ist froh, dass es nicht schlimmer ausgegangen ist«, log Jeschek. »Wir können uns niedersaufen bis zum Geht-nicht-mehr.«

12

»So eine verdammte Scheiße!« Jeschek konnte sich kaum beruhigen. Schon gar nicht beim Anblick von Hammerls leerem Platz. »Die sind eingefahren wie die Sturmtruppen. Nicht verwunderlich, dass unter den Passanten Panik entstanden ist.«

Brenneis rutschte auf seinem Drehsessel hin und her. »Die konnten ja nicht wissen, dass ihr dort einen Zeugen sucht.«

»Es sind zwei Menschen verletzt worden! Mit dem Täter drei. Wir können uns glücklich schätzen, dass nicht mehr passiert ist.«

»Jetzt renn nicht dauernd auf und ab, setz dich nieder, ja!«

»Unser Einsatz war mit den Kollegen vom Suchtgiftreferat abgesprochen. Anscheinend sind nicht einmal die im Vorfeld über die Razzia informiert worden. In die Planung einbezogen? Nein, wozu? Wir werden zu Marionetten! Früher ist das Sicherheitsbüro eine Einheit gewesen. Wir haben relevante Informationen ausgetauscht, einander vertraut, uns gegenseitig motiviert. Und jetzt? Eine Chaostruppe, ein Haufen von profilierungswütigen Siebengscheiten an der Spitze, die nichts koordinieren können. Der Notarzt ist in letzter Minute verständigt worden, das hätte viel früher geschehen müssen!«

»Immerhin sind sechs mutmaßliche Dealer verhaftet und fünf Gramm Heroin sichergestellt worden, ja, und eine Verhaftung nach dem Fremdengesetz, ein Illegaler«, meinte Brenneis schwach.

»Fünf Gramm? Na toll. Mir scheint, du willst diesen schlechten Auftritt noch verteidigen! Wo bleibt die Kosten-Nutzen-Rechnung?«, ärgerte sich Jeschek. »Der Tipp, dass der Mann in der blauen Jacke aufgetaucht ist, war von einem verdeckten Ermittler. Dessen Arbeit ist durch diese Razzia zunichte gemacht worden. Der Wanderzirkus der Kleindealer hat seine Zelte schon gestern wieder woanders aufgeschlagen. Mir ging es um einen wichtigen Zeugen! Und den mutmaßlichen Täter im Mordfall Usiku. Wir sind dem einzigen Hinweis nachgegangen, wo die beiden sich aufhalten könnten. Nach der Aktion wird sich weder der eine noch der andere dort wieder blicken lassen.«

»Das war Pech, ja. Übrigens, den schreibst du neu.« Brenneis tippte auf Jescheks Bericht. »Viel zu viele Rechtschreibfehler. So kann ich den nicht entgegennehmen, ja?«

»Meine Rechtschreibung ist mir scheißegal. Wenn du Zeit hast, dich darüber zu ärgern, ist das dein Problem.« Jeschek fühlte, wie ihm das Blut zu Kopf stieg. »Ich hatte nicht den Ehrgeiz, einen perfekten Erguss abzuliefern.«

Brenneis hob den Bericht mit spitzen Fingern hoch. »Das musst du überarbeiten. *U-Bahn-Stadion*, hat doch nichts mit Fußball zu tun. Und die Formulierung *der Täter hat übergeben*, das *sich* fehlt, das verändert den Sinn, ja.«

»Die Kollegen haben zwei Heroinkugeln in dessen Pizza gefunden. Polizeiarbeit, immer wieder erfrischend. In Ausgespiebenem wühlen«, zischte Jeschek.

Brenneis schaute ihn angewidert an. »Willst mir das Mittagessen verderben, ja? Ich bin zum Essen in der Pizzeria ums Eck verabredet.« Er schüttelte sich. »Den Bericht habe ich bis vierzehn Uhr neu, ja? Und vergiss das vom mutmaßlichen Täter nicht.«

»Mutmaßlich? Er hat Hammerl vor meinen Augen niedergestochen! Dafür gibt es noch zwei, drei weitere Zeugen, wenn du an meiner Aussage zweifelst. Hättest du lieber eine Anzeige gegen Unbekannt?«

»Jetzt komm runter, Jeschek. Ich habe die Spielregeln nicht gemacht.« Brenneis zuckte die Schultern. »Ich bin ja nur froh, dass ich keine Beschwerde über dich auf dem Tisch habe. Ein Disziplinarverfahren gegen einen aus meiner Gruppe wünsche ich mir nicht, nein, ganz und gar nicht, ja. Ich möchte nicht wissen, wie du das angestellt hast, dass unser Messerfreund kotzt.« Brenneis sah Jeschek lauernd an.

»Möchtest du es wissen oder nicht?«, schnauzte der.

Brenneis ließ seinen Blick sinken. »Warum hast du nicht von deiner Waffe Gebrauch gemacht, beim letzten Schießtraining hast du doch gut abgeschnitten.«

»Ich kann nicht überall ein Ungenügend haben. In einer belebten, stark frequentierten U-Bahn-Station? Nie im Leben!« Seine

Pistole hatte er nicht dabeigehabt, aber das erzählte er nicht. »Zu viele Unbeteiligte! Die Gefahr von Querschlägern. Splitterndes Glas, noch mehr Panik, noch mehr Verletzte.«

Brenneis schien etwas zu schrumpfen. »Das wäre bei den Medien nicht gut angekommen. Von wegen, dass die Polizei zu leichtfertig von der Schusswaffe Gebrauch macht.«

»Apropos Medien! Die Kollegen, die zu diesem Einsatz ausgerückt sind, haben erst im letzten Moment erfahren, wo er stattfindet. Und wer steht bei ihrer Ankunft dort? Zwei Kamerateams, die Polizeiberichterstatter aller Tageszeitungen und so weiter und so fort. War die Razzia für die Medien inszeniert? Viel Sinn hat sie nicht gemacht.«

Brenneis deutete auf einen Stapel Zeitungen. »Passt doch! Wir stehen gut da! Eine starke Polizei, mit dem eisernen Willen, dem Drogenhandel in den U-Bahn-Stationen einen Riegel vorzuschieben, ja. Es wird auch erwähnt, dass ein Kollege verletzt worden ist.«

»Der Kollege ist übrigens aus deiner Gruppe! Du erkundigst dich nicht danach, wie es ihm geht. Geschweige denn, dass du deinen … dich ins Spital bequemst.«

Brenneis wurde kleinlaut. »Bist du heute schon bei ihm gewesen?«

»Gleich nach dem Rapport.«

»Wie fühlt er sich?«

»Einigermaßen, er hat nicht gut geschlafen, wen wundert's. Er hängt noch am Tropf.«

»Ich werde am Nachmittag hinfahren, ja«, brummte Brenneis. »Ich kann Spitäler nicht ausstehen.«

»Ich auch nicht, aber Hammerl ist nicht nur mein Kollege, sondern auch ein guter Freund.«

»Mag er Pralinen?«

»Solange nicht abgeklärt ist, ob die Leber verletzt worden ist, bekommt er Schonkost. Und wegen den Medien, hoffentlich schaut sich das der eine oder andere Journalist näher an. Ein Sanitäter hat mir erzählt, eine Frau ist die Treppe hinuntergefallen und hat sich den Knöchel gebrochen.«

»Ist mir bekannt, es war nur eine Bosnierin.«

Jeschek hieb mit der Faust auf den Tisch. »Nur eine Bosnierin! Nur! Als wäre es um die weniger schade. Nein, das halte ich nicht aus … ich muss an die frische Luft.« Er ging zur Tür.

»Dass du nicht selber mit einem Presseheini sprichst! Wenn ein Artikel erscheint, der Interna preisgibt, wissen wir, von wem der Tipp kommt, ja«, rief Brenneis ihm nach.

Jeschek knallte die Türe hinter sich zu. In ihm kochte es, in dem Zustand konnte er nicht arbeiten. Er zog seinen Trainingsanzug an und wechselte die Schuhe. Er überquerte die Rossauer Lände und lief den Donaukanal entlang flussaufwärts.

Es war immer noch ungewöhnlich warm für die Jahreszeit. Mitte November und knapp zwanzig Grad. Das fahle Licht passte zum Spätherbst, ebenso die entlaubten Bäume. Aber nicht diese Temperatur. Jeschek begann zu schwitzen. Er blieb stehen, zog sich die Jacke aus und band sie sich um die Hüfte. Dann lief er los, er musste den Kopf freibekommen. Martha, die nicht mit ihm sprechen wollte. Das Telefon einfach auflegen, das hasste er.

Hatte er sie neulich bei den Juas zu heftig angefahren? Was genau hatte sie bei der Razzia gesehen? Er hatte sie diesen Morgen drei Mal angerufen, sie war nicht ans Telefon gegangen. Ob er zu ihr fahren sollte? Sie müsste doch wissen, dass nicht er die Razzia angeordnet hatte. Das lag weit außerhalb seiner Kompetenzen. Hoffentlich las Martha heute die Zeitung, dann begriff sie hoffentlich, dass sie einen Fehler gemacht hatte. Das gab sie jeweils offen und ehrlich zu.

Warum entschuldigte sie sich nicht? Wollte sie nicht mehr mit ihm zusammen sein? Ging sie deswegen auf Distanz zu ihm?

Beim Nussdorfer Wehr blieb Jeschek keuchend stehen. Er war zu schnell gelaufen. Wut und Empörung hatten ihn vorangetrieben. Das brachte nichts. Er musste seine Kräfte besser einteilen. Er machte ein paar Lockerungsübungen. Den Rückweg ging er gemächlicher an.

* * *

Clara streckte ihr eine Tasse hin. »Diesmal habe ich keine Milch, du doch hoffentlich?«

»Sicher. Komm rein.« Martha reichte ihrer Nachbarin die offene Packung. »Die Party zu Allerheiligen war übrigens toll. Ich hab viel zu viel gefuttert.«

»Die Pute ist gut gelungen. Ich hatte Angst, sie wird zu trocken.«

»Sie war perfekt.« Martha bemerkte Claras Zögern. »Bedien dich ruhig, es ist genug da.«

Clara goss sich Milch in die Tasse. »Nur für einen Kaffee. Ich habe ein Stellen-Inserat gesehen, wie für mich gemacht. Ich will die Bewerbung gleich rausschicken.«

»Wie lange suchst du schon? War das letzten Juni, als deine frühere Firma in Konkurs gegangen ist?«

Clara nickte. »Die Vertretungsstelle in der Apotheke ist nicht das Wahre. Ich würde lieber wieder im Bereich Product Management arbeiten. Obwohl man im Umgang mit den Kunden vieles mitbekommt. Eine Dame Mitte achtzig hat heute erzählt, dass ihr vor zwei Tagen die Handtasche entrissen worden ist.«

»Sch…«, entfuhr es Martha. »Ich habe Angst, das könnte meiner Großmutter passieren. Vielleicht zeige ich ihr ein paar Kniffe aus der Selbstverteidigung.«

»Tasche sofort loslassen ist das Gescheiteste«, sagte Clara. »Bloß, im Reflex tut man wahrscheinlich das Gegenteil.«

»Ist sie verletzt worden, deine Kundin, meine ich?«

»Der Räuber hat sie niedergestoßen, aber sie hat sich beim Sturz nichts getan. Du weißt ja, ältere Menschen brechen sich leicht die Knochen. Die Kundin hatte doppelt Glück.« Sie wurde munter. »Sie hat ihre Handtasche wieder! Mit dem kompletten Inhalt. Kein Cent fehlt.«

»Das hört man selten.«

Clara zupfte den Kragen ihrer Bluse zurecht. »Passiert ist es auf einer belebten Straße, am helllichten Tag. Zivilcourage ist keine weit verbreitete Tugend, aber dieses Mal haben nicht alle weggeschaut. Ein Schwarzer ist dem Dieb nachgerannt, hat ihn erwischt, ihm die Handtasche abgenommen und der alten Dame zurückgegeben.«

»Denen wird doch immer das Dealer-Image angehängt.«

»Selbst wenn es einer war, ich will ihm nichts unterschieben«, Clara verbeugte sich kurz. »Dafür muss er drei Jahre weniger im Fegefeuer schmoren. Stell dir vor, der Schwarze hätte den Handtaschenräuber festgehalten, bis die Polizei eingetroffen ist. Die hätten bestimmt den Falschen verhaftet.«

»Schwarz gleich schuldig«, fügte Martha an.

»Erzähl die Geschichte deinem Freund, die Polizei sollte umdenken.« Clara fuhr zusammen. »Tschuldige, damit wollte ich nicht sagen, dass er einer der hirnlosen Polizisten ist, die generell in jedem Schwarzen einen Verbrecher sehen. Hinlangen, ohne nur einen einzigen Gedanken daran zu verschwenden, ob sie den Richtigen vor sich haben.«

»Das habe ich auch nicht so aufgefasst«, beruhigte Martha. »Er hat ein Gehirn, und er macht Gebrauch davon. Meistens.« Aber auch von seinen Fäusten, hätte sie beinahe hinzugefügt. So sauer sie auf ihn war, das wollte sie erst mit ihm und niemandem sonst ausdiskutieren.

»Hat er Dienst?«

Martha seufzte. »Ich weiß nicht. Ich wollte einen beziehungsfreien Abend.«

Clara sah sie fragend an. »Stress?«

»Tja … hm … wenn du nicht gekommen wärst, hätte ich bei dir geklopft.« Martha zögerte. »Macht ihr … Schwangerschaftstests in der Apotheke?«

»Nein, wir verkaufen sie nur.«

Martha strich sich über die Stirn. »Die gleichen, wie man sie auch in jeder Drogerie bekommt? Ich dachte, in einer Apotheke geht das sicherer über die Bühne. In der Schweiz kann man das machen lassen, anonym.«

Clara setzte sich an die Bar. »Bist … du … schwanger? Ich meine, wir haben uns nie darüber unterhalten, nur … es gibt mittlerweile ein breites Angebot an Verhütungsmitteln.«

»Mir ist von zwei Ärzten gesagt worden, dass ich nicht schwanger werden kann. Ich hatte einige Behandlungen, entzündete Eileiter.«

Clara verzog das Gesicht. »Das muss schmerzhaft gewesen sein.«

»War es. Die Diagnose, da war ich knapp zwanzig. Die haben ein paar Tests gemacht. Bei einem hat sich herausgestellt, dass ...«, Martha konnte den genauen Befund nicht übersetzen. »Jedenfalls haben die Ärzte gemeint, es sei unwahrscheinlich, dass ich schwanger werde. Somit habe ich auf das Thema Verhütung nur so viel Energie verschwendet, um mich und meine Partner vor Krankheiten zu schützen.«

Clara drehte die Tasse hin und her. »Nichts ist unmöglich. Wie viele Tage bist du drüber?«

»Knapp zwei Wochen.«

»Hast du dir einen Test besorgt?«

»Ja. Ich habe ihn auch schon durchgeführt. Nach Vorschrift, so nüchtern, wie es nur ging.«

»Das Resultat war positiv, das sehe ich dir an. Jetzt willst du Klarheit. Hast du einen guten Arzt?«

»Ja, und einen Termin. Am Montag. Eine andere Frau hat ihren, wie sagt man hier, zurückgegeben?«

»Zurückgelegt.« Clara machte eine Pause. »Hast du mit Simon darüber geredet?«

Sie hatte keinen seiner Anrufe angenommen. »Nein, noch nicht. Ich habe keine Ahnung, wie ich anfangen soll. Hallo, Überraschung, es scheint, als könne ich doch schwanger werden, ähm, eigentlich bin ich es bereits.«

Clara nagte an ihrer Lippe. »In der Situation wüsste ich auch nicht, was sagen. Vielleicht müssen wir das erst anders angehen. Wie hat er reagiert, als du ihm gesagt hast, dass du nicht schwanger werden kannst?«

»Da kannten wir uns noch nicht lange, die Frage, ob wir für den Rest des Lebens zusammenbleiben, stand noch nicht im Raum.« Martha spielte mit ihrem Schlüsselbund. »Er hat mich danach gefragt, wie ich diesen Befund aufgenommen habe. Ich habe gesagt, es gebe sicher Schlimmeres im Leben einer Frau. Wir fanden beide, es habe auch seine Vorteile, nur Wochenendeltern zu sein. Seither haben wir das Thema nicht mehr gestreift, es gab keinen Anlass dazu.«

Clara schüttelte den Kopf. »Ich bin ungeschickt. Wir diskutieren seine Befindlichkeit ... und er weiß noch von nichts. Mich interessiert vielmehr, wie du dich fühlst. Ich kann mir das nicht vorstellen, immer im Glauben gelebt zu haben, dass ich nicht schwanger werden kann, und dann ist es eines Tages so weit. Der absolute Hammer.«

»Der Überhammer«, bekräftigte Martha. »Ich bin mir nicht sicher, ob ich ein Kind will!«

»Ein Kind heißt, auf vieles zu verzichten.« Clara legte die Stirn in Falten. »Immerhin kannst du bei deiner Arbeit die Zeit freier einteilen als andere. Noch leichter wäre es, wenn Jeschek mitzieht.«

»Ich glaub, er würde.« Jeschek mochte Kinder, und er war ein guter Vater. Vielleicht hatte er sich mehr als ein Kind gewünscht. Darüber hatten sie sich nie unterhalten. »Ich weiß nicht, wovor ich am meisten Angst habe, das wechselt dauernd ab.«

»In so einem Moment stellt man alles in Frage.«

»Manchmal habe ich Angst, es sei nur falscher Alarm, dann, es ist doch wahr.« Martha seufzte. »Ich will dich nicht länger aufhalten. Mach dich an deine Bewerbung.«

Clara strich ihr über den Arm. »Red so bald wie möglich mit ihm. Eigentlich möchte ich dich jetzt nicht alleine lassen.«

»Ich komm schon klar. Und ich drück dir alle Daumen, dass es bei dieser Stelle klappt!«

»Danke! Wird schon schief gehen.«

Martha schloss die Türe und drehte den Fernseher auf. Im Regionalprogramm lief ein Beitrag über die Razzia von gestern. Raschauer, der neue Kriminaldirektor, referierte über den bedingungslosen Kampf, den die Wiener Polizei den Drogendealern angesagt hatte. Sie drehte den Ton lauter.

»Bei der Razzia am Elisabethen Gürtel ist ein Polizist verletzt worden. Der Vorfall zeigt die Notwendigkeit, mit aller Härte vorzugehen. Sechs Afrikaner konnten vorläufig festgenommen werden, darunter derjenige, der den Kriminalbeamten niedergestochen hat. Weiterhin sind erhebliche Mengen von Suchtgift sichergestellt worden.«

Der ratlose Raschauer, so wurde er von den Kriminalbeamten genannt. Die zuständige Abteilung hatte vergessen, seinen neuen Titel Hofrat auf den Visitenkarten anzugeben. Er hatte seine Untergebenen um sich geschart wie ein Feldmarschall seine Armee und über Unterlassungssünden geklagt.

Die Österreicher und ihre Liebe zu Titeln. Sie grinste. Raschauer trug mit Vorliebe Uniform bei seinen Auftritten in der Öffentlichkeit. Das passte nicht ins Bild, das Martha von Kriminalbeamten hatte. Das waren die Individualisten bei der Polizei.

Was hatte Jeschek am Telefon gesagt? Etwas Grässliches sei passiert.

Hatte die Aktion gar nicht wegen Kilele stattgefunden? Sie schaltete den Computer ein und ging die entsprechenden Berichte in der Onlineausgabe des *Standard* durch.

Langsam dämmerten ihr die Zusammenhänge. Kilele hatte angenommen, er würde verhaftet. Diese Angst konnte sie verstehen. Aber gleich zustechen?

Jeschek hatte aus dem 9. Bezirk angerufen. Sie hatte daraus geschlossen, er sei mit seinen Kollegen in einem der Stammlokale rund um die Kriminaldirektion. Wer war der verletzte Kriminalbeamte? Doch nicht womöglich …? In den Artikeln war nur von einem Polizisten die Rede. Keine näheren Angaben, keine Dienststelle, nicht einmal seine Initialen.

»Nicht Hans, bitte nicht!« Sie fischte ihr Adressbuch aus der Handtasche und suchte seine private Nummer heraus. Anrufbeantworter. Desgleichen an seinem Handy. Sie atmete tief durch und wählte Jescheks Nummer. Es meldete sich nur die Mobilbox. Sie schluckte. »Hallo, ich wollte mich entschuldigen. Bitte melde dich.«

Immerhin ein Anfang. Besser wäre es, ihn direkt zu sprechen. Sie versuchte sein Büro. Nach einer Weile meldete sich die Zentrale. »Kriminaldirektion 1«, sang eine Stimme.

»Ja, guten Tag. Ist Jeschek da?«

»Der ist nicht im Haus.«

»Und Hans Hammerl? Kann ich den erreichen?«

»Wer spricht?«

»Ich bin Jescheks Freundin, Martha Jones, Marix Jones. Sie haben meine Nummer auf der Liste, wo er überall zu erreichen ist. Ich war ein paar Tage unterwegs«, schwindelte sie. »Sein Handy ist nicht an. Ich müsste dringend mit ihm sprechen oder mit Hammerl.«

»Moment, ich überprüfe das kurz. Ja, ich habe Ihren Namen und Nummer hier. Jeschek hat keinen Dienst. Und Hammerl … der ist verletzt, er liegt im Spital.«

Martha erschrak. »Schlimm?«

»Nichts Lebensgefährliches, aber er muss ein paar Tage zur Beobachtung im AKH bleiben. Wie ich Jeschek kenne, ist er bei ihm.«

»Danke für die Auskunft.« Martha legte auf. Sie zitterte am ganzen Körper.

* * *

Tags darauf fühlte sich Jeschek zuversichtlicher. Auch wenn er Muskelkater hatte. Er sollte regelmäßiger trainieren. Um drei viertel sieben saß er im Büro und ging die Notizen des gestrigen Tages durch. Dörfler von der Fremdenpolizei hatte angerufen und hinterlassen, er sei die Woche im Westen Österreichs unterwegs, erst am Samstag wieder in Wien zu erreichen.

Die Tür ging auf. »Morgen!« Brenneis klang mehr forsch als freundlich.

»Ja«, erwiderte Jeschek.

»Ins Spital bin ich gestern nicht mehr gekommen«, sagte der Gruppenleiter entschuldigend. »Ich habe angerufen, ja, Hammerl hat gesagt, sei nicht günstig, er habe noch Untersuchungen vor sich.«

Georg verbrachte jede freie Minute bei ihm, und Hammerl wollte die beiden nicht miteinander bekannt machen, überlegte Jeschek. Nach Brenneis' sonstigen Äußerungen durfte man auf seine Haltung Homosexuellen gegenüber nicht eben gespannt sein.

»Es geht aufwärts mit ihm, ja, er hat sich erkundigt, ob wir Kilele gefunden haben.« Brenneis sah Jeschek fragend an.

Kein Wort davon, dass er sich gestern vom Dienst entfernt hatte.
»Noch nicht«, gab Jeschek zurück. »Ich werde heute telefonisch alle Obdachlosenheime abklappern, wenn möglich per E-Mail.«

»Brauchst du Verstärkung?«

Jeschek atmete tief durch, bevor er antwortete. »Jede Menge. Ich will denen das Foto von Kilele schicken.«

»Dann will ich mal in die Speichen greifen. Bis zum Mittag habe ich Zeit, ja, danach habe ich eine Besprechung.«

»Ich gebe dir einen Teil der Liste. Willst du mailen oder faxen?«

Brenneis wirkte verunsichert. »Da mache ich doch lieber Faxen, ja, haha.« Falten erschienen auf seiner Stirn. »Wie schickst du das Bild mit E-Mail?«

»In der Anlage.«

»Aha. Und wie geht das?«

»Ganz einfach. Ich zeig's dir.«

»Bei Gelegenheit gerne, ja. Heute bin ich nicht aufnahmefähig«, winkte Brenneis ab. »Ich mache es lieber auf die traditionelle Weise.«

»Passt schon«, sagte Jeschek und schaffte es, nicht arrogant zu klingen.

Kurz nach neun piepte sein Handy. »Simon? Ich bin's, Caleb. Rate, wer bei mir ist. Kilele. Er bedauert seinen Abgang von Montag. Er will seine Schulden bei uns abarbeiten. Vielleicht lasse ich ihn Fenster putzen. Rebecca wäre froh, wenn er bügelt.« Er lachte kurz auf. »Wir haben keine Anzeige erstattet, somit hat er nichts zu befürchten? Ich habe mit ihm gesprochen, ich glaube ihm. Er hat Usiku nicht getötet.«

Jeschek überlegte. Nach Martha und Rebecca der Dritte, der Kilele glaubte. »Ich habe einen Freund bei der Fremdenpolizei, der ist nächste Woche wieder da. Kilele ist Zeuge in einem Mordfall, ich bin sicher, man wird ihm helfen. Aber er muss mit mir reden.«

»Kannst du kommen? Jetzt gleich?«

»Läuft er auch nicht wieder weg?«

»Anbinden werde ich ihn nicht. Also beeil dich.«

»Wo finde ich euch?«

»Wir sind im *Buffet Kaiser* und frühstücken.«

Jeschek legte auf und zog seine Jacke über. Brenneis wollte er bei dem Gespräch auf keinen Fall dabeihaben. »Ich hol mir ein Jausenbrot«, rief er Richtung Büro des Gruppenleiters. Aber der war nicht da. Umso besser.

Auf dem schnellsten Weg fuhr er in den achten Bezirk.

Kilele, in Juas Strickjacke, strich sich Butter auf eine Semmel und biss gierig ab. Jeschek hob grüßend die Hand und trat an die Theke. »Hallo, Lisa, bringst du mir eine Melange und eine Buttersemmel?«

»Hallo, Simon. Magst du Marmelade dazu?«

»Nur Butter. Ich setz mich zu den Herren dort.«

»Alles klar. Kommt gleich.«

Jeschek reichte zuerst dem Älteren, dann dem Jüngeren die Hand. Kilele musterte ihn misstrauisch.

Lisa brachte Jescheks Bestellung und ein Ei im Glas für Kilele. »Mahlzeit«, wünschte sie.

»Ich bin froh, dass sich endlich die Gelegenheit ergibt, mit Ihnen zu sprechen, Mr. Kilele«, fing Jeschek an. »Es tut mir Leid, dass Ihre Verlobte gestorben ist.«

Kilele sank in sich zusammen. »Ich vermisse sie. Mit ihr wäre ich sogar wieder nach Afrika zurück. Aber erst wollten wir alles versuchen, damit ich legal hier sein kann.«

»Seit wann sind Sie in Österreich?«

»Seit fünf Monaten.«

»Haben Sie Asyl beantragt?«

»Nein.«

Jeschek klopfte sich in Gedanken auf die Finger. Du willst den Mann als Zeugen in einem Mordfall befragen, schalt er sich. Keine weiteren Fragen zum Problemkreis Illegalität. »Ich habe Sally Usiku flüchtig gekannt. Eine sehr sympathische Frau. Dass Sie lieber hier bleiben wollen, kann ich verstehen.«

»Uns ist immer gesagt worden, in Europa gibt es Arbeit für alle.«

Kilele hielt den Kopf gesenkt. »Ich dachte, alle Weißen haben viel Geld. Aber hier gibt es auch Arme. Das habe ich gesehen, auf der Straße. Von Obdachlosen habe ich nichts gewusst.«

Jeschek hielt sich mit Fragen zurück, hörte nur zu.

»Ich habe viele Leute kennen gelernt. Ausländer, aber auch Österreicher, die kein Zuhause haben. Warum kann ein weißes Land in Afrika helfen, aber nicht ihren eigenen Leuten? Es gibt Schulen, viele Möglichkeiten, eine Ausbildung zu machen, man wird sogar dafür bezahlt.«

Das war auch hierzulande nicht immer eine Selbstverständlichkeit gewesen, überlegte Jeschek. Noch in den dreißiger Jahren des letzten Jahrhunderts hatte man Lehrgeld bezahlen müssen. Ab wann an Lehrlinge Lohn ausbezahlt wurde, wusste er nicht.

»Man kann zu viel Geld kommen«, erzählte Kilele. »Im Fernsehen habe ich es gesehen. Man stellt sich in einen Glaskäfig und es werden Geldscheine auf dich geblasen.« Er schüttelte ungläubig den Kopf. »Sally hat mir erklärt, wie das geht. Was man innerhalb von zwanzig Sekunden erwischt, darf man behalten. Sally und ich haben uns oft gewünscht, wir würden dort stehen. Ein Mann hat über siebentausend Euro gewonnen! In meinem Land muss ich dafür zwanzig Jahre lang arbeiten!«

»Selbst wenn man die unterschiedlichen Lebenshaltungskosten aufrechnet, steht das in keinem Verhältnis.« Jeschek musterte ihn nachdenklich.

Jua drehte seine Tasse hin und her. »Bevor wir weiter komplexe Themen diskutieren, sollten wir uns überlegen, was mit Mr. Kilele geschieht.«

Jeschek wandte sich zu Kilele. »Was möchten Sie?«

Der junge Mann seufzte. »Dass Tschortsch bestraft wird. Er hat Sally umgebracht, nur er kann es gewesen sein.«

Jua schaute ihn fragend an. »Gestern hat sich Usikus Familie gemeldet. Ihr letzter Brief ist eingetroffen. Sie hat ihn einen Tag vor ihrem Tod abgeschickt. Usiku hat mit solcher Wärme von Ihnen geschrieben. Die Familie möchte Sie kennen lernen. Wenn Sie das auch möchten, würden wir Ihnen helfen, die Reise zu finanzieren. Wir fliegen im Frühjahr hin, Sie könnten sich uns anschließen.«

»Das wäre möglich?«, fragte Kilele.

»Bis dahin können Sie bei uns wohnen. Allerdings müssten Sie das Zimmer mit Jessy teilen. Die hört nicht mehr auf, von Ihnen zu sprechen. Und unter der Bedingung, dass Sie unserem Freund Simon helfen. Sallys Mörder muss so bald wie möglich gefasst werden. Keine Unternehmungen auf eigene Faust.«

»Nein, mache ich nicht«, versicherte Kilele.

»Sie stammen also doch aus Amani?«, fragte Jeschek.

Jua lachte. »Das habe ich längst geklärt. Mr. Kilele kommt aus Umoja. Sally hat ihn mit Einzelheiten gefüttert und ihm ein paar Worte Sauti beigebracht. Fortunes Zimmerkollegen haben ihm das glatt abgekauft.«

»Bevor Sie Reisepläne schmieden, muss ich wissen, was am Abend von Sallys Tod passiert ist und was Tschortsch damit zu tun hat. Fortune interessiert mich ebenfalls. Aber wir fangen bei Sally an, erzählen Sie von ihr«, bat Jeschek und lehnte sich zurück.

»Darf ich kurz?«, sagte Jua. »Ich muss euch verlassen, ich habe gleich eine Besprechung. Simon, hast du Rebeccas Nummer? Ruf sie an, sie kann ihn abholen. Begleitest du mich kurz hinaus?« Der Diplomat stand auf, ging zu Lisa und beglich die Rechnung. »Ich glaube, du hast sein Vertrauen gewonnen. Trotzdem. Solltet ihr beide Verständigungsschwierigkeiten haben, ruf mich an. Hier meine Karte. Die hat Martha gemacht.«

Jeschek fuhr mit dem Finger über das farbenprächtige Emblem. »Danke für deine Hilfe.« Er kehrte zu Kilele an den Tisch zurück. »Möchten Sie noch etwas?«

»Danke, ich kann nicht mehr.« Der Schwarze richtete sich auf. »Sind Sie wirklich bei der Polizei?«

Jeschek holte seine Kokarde aus der Tasche. »Bei der Mordkommission.«

Kilele strich über den Adler, der in der Mitte des Hoheitszeichens der Kriminalbeamten prangte. »Ich mag diesen Vogel. Er sieht alles.«

»Und was haben Sie gesehen?«

Kilele schloss die Augen. »Eine junge, schöne Frau mit einem großen Herzen. Nur hat sie sich blenden lassen von falscher Liebe. Sie ist enttäuscht und beleidigt worden.«

»Haben Sie gewusst, dass sie Drogen versteckt?«

»Sally hat es mir nicht gesagt, aber ich habe es herausgefunden. Tschortsch hat sie hineingezogen.«

Jeschek holte Pichlers Bild aus der Tasche und zeigte es Kilele. »Der da?«

Der junge Mann betrachtete das Foto und nickte. »Sally hatte ihn früher gern, aber seit sie mich kennt, wollte sie nicht mehr mit ihm zusammen sein. Ich habe ihr nicht geglaubt und bin ihm gefolgt. Immer wieder.«

»Tschortsch hat das nicht gemerkt?«

Kilele lächelte kaum merklich. »Nein. Die Weißen sind zu sehr mit sich selbst beschäftigt, sie schenken ihrer Umwelt kaum Beachtung. Ich habe gelernt, mich unsichtbar zu machen, sonst würde ich nicht mehr leben. Oder wäre von der Polizei erwischt worden.« Das Lächeln verschwand aus seinem Gesicht. »Zwischen Sally und Tschortsch ist nichts mehr gelaufen. Ich meine, sie waren kein Paar mehr. Aber ich habe gesehen, dass sie Drogen von ihm bekommt und sie für ihn durch die Stadt fährt. Dafür hat er ihr Geld gegeben. Ich habe Sally gebeten, es nicht zu tun.«

»Dass Ihr Freund Fortune dealte, hat Sie das auch gestört?«

»Er hat gesagt, er kann nur so Geld verdienen ... oder mit seinem ... Schwanz. Das wollte er nicht.« Er hob den Kopf, ohne Jeschek anzusehen. Bitterkeit stand in seinen Augen.

»Warum sind Sie sicher, dass Tschortsch Sally umgebracht hat?«

»Ich war dort.«

»In der Wohnung? Haben Sie ihn an dem Abend in Sallys Wohnung gesehen?«

»Nein, nicht in der Wohnung. Sally wollte nicht, dass ich dabei bin, wenn sie mit ihm redet. Ich werde mir mein Leben lang Vorwürfe machen, dass ich nicht geblieben bin. Ich habe ihn aus dem Haus kommen sehen.«

»Um welche Zeit?«

»Mein Handy hat eine Uhr, aber ich habe nicht drauf geschaut«, erklärte Kilele. »Ich habe in einem Hauseingang gegenüber gewartet. Das Haus war ganz dunkel. Es ist eine Schule, da ist abends niemand. Ein Hund hat mich angebellt, sein Besitzer hat etwas zu mir gesagt. Ich habe ihn nicht verstanden.«

Das kam Jeschek bekannt vor. Ein Bewohner von der anderen Hofseite hatte ausgesagt, er hätte einen Schwarzen im Eingangsbereich der Schule stehen sehen. Mindestens eine halbe Stunde oder noch länger. Die Aussage erhärtete Kileles Alibi. »Sie sind in Sallys Wohnung gegangen?«

»Ja. Sie war tot.« Seine Stimme klang heiser, er rieb seine Augen. »Ich bin zur U-Bahn gelaufen, er war schon verschwunden. Seither habe ich ihn nicht mehr gesehen.« Er warf einen kurzen Blick in Jeschecks Richtung. »Dort in der Station war eine Uhr, es war Viertel nach zehn.«

Jeschek überlegte. »Ist Tschortsch immer mit öffentlichen Verkehrsmitteln unterwegs?«

»Außer Sally hat ihn gefahren. Sie hat erzählt, Tschortsch hätte keinen Führerschein.«

Jeschek war überzeugt, dass er die Wahrheit sagte. Jörg Pichler war nirgends gemeldet, die Sozialversicherung hatte keine aktuelle Adresse, bei seiner einzigen Tante hatte er sich seit Jahren nicht mehr blicken lassen. »Wissen Sie zufällig, wo er wohnt?«

»Einmal dachte ich, er ist auf dem Weg nach Hause, aber da sind die Männer eingestiegen, die Fahrscheine kontrollieren. Ich bin schnell raus, ich hatte keinen.« Sein Blick flackerte kurz.

»Interessiert mich nicht«, beruhigte Jeschek. »Wo haben Sie Tschortsch verloren?«

»In Favoriten.«

»Wo genau?«, hakte Jeschek nach.

»Beim Reumannplatz. Er ist mit der Straßenbahn Nummer 6 gefahren, vom Elisabethen Gürtel her, deshalb bin ich später wieder hingegangen und habe auf ihn gewartet.«

»Na ja, das wäre zu schön gewesen, wenn Sie uns seine Behausung zeigen könnten.«

»Dann wäre ich schon dort gewesen«, gestand er. »Aber ich weiß, wo er die Drogen abholt.«

Jeschek versuchte seine Aufregung zu verbergen. »Zeigen Sie mir, wo?«

Der junge Mann holte ein Papier aus seiner Hosentasche und faltete es auseinander. »Ich habe einen Plan gemacht. Damit ich die Stelle wiederfinde. Ein Mann hat ihm ein Paket gegeben. Sally hat mit dem Auto von der Botschaft auf ihn gewartet.«

Jeschek holte die Wagenschlüssel aus der Jacke. »Das will ich mir anschauen, sind Sie so weit?«

* * *

Martha saß in der Konditorei und wartete auf ihre Oma. Eine Tasse Kaffee stand vor ihr. Hatte sie die bestellt? Wenn sie schwanger war, sollte sie keinen trinken. Kein Koffein. Keinen Alkohol. Kein Nikotin. Seit sie mit Jeschek zusammen war, zündete sie nur noch gelegentlich eine Zigarette an. Er hatte nie von ihr verlangt, dass sie damit aufhörte. Keine moralischen Daumenschrauben angesetzt, nie Kommentare abgegeben. Sie machen lassen.

»Kann ich noch ein Kännchen Milch haben, bitte?«, bat Martha die Kellnerin.

»Kommt gleich.«

Und wenn sie doch nicht schwanger war? Ihre Brüste spannten, sie hatte Anfälle von Empfindlichkeit, ihre Hormone schlugen Purzelbäume.

»Liebe Martha, entschuldige.« Oma Strobl drückte ihrer Enkelin einen Kuss auf die Wange. »Die Straßenbahn wollte und wollte nicht kommen. Die haben sehr gute Torten hier, darauf habe ich mich seit Tagen gefreut. Du nimmst doch auch ein Stück?« Sie setzte sich und schielte begehrlich zu der Vitrine, in der die Tortenstücke appetitlich arrangiert waren.

»Warum heißt der Betrieb Kurkonditorei? Unter einer Kur stelle ich mir etwas anderes vor. Fettarme, gesunde Ernährung, keine Kalorienbomben.«

Die alte Dame hob die Hände. »Den Namen kann ich dir nicht erklären. Du solltest zwei Stück Torte bestellen, du wirkst bedrückt.«

Martha seufzte. »Stimmt. Ich bin ziemlich durcheinander.«

»Krach mit Simon?«

»Ich … er … redet nicht mit mir.« Sie erzählte von den Ereignissen. »Ich habe ihm unterstellt, er verdresche Schwarze und feiere anschließend mit Kollegen. Dabei ist alles anders gewesen.«

»Du hast das Kind mit dem Bade ausgeschüttet.«

Martha zuckte zusammen. »Jeschek hat den Mann gestellt, der Hammerl niedergestochen hat. Er ist so brutal auf ihn losgegangen, das hat mir schon beim Zusehen wehgetan.«

»Der Mann hat seinen besten Freund verletzt! Was hätte Simon deiner Meinung nach tun sollen? Ihn höflich bitten, ihn aufs Wachzimmer zu begleiten, sofern sein Terminplan es gerade zulässt?«, sagte die alte Dame spitz.

Martha lachte gequält. »Ich war total geschockt. Da wusste ich noch nicht, dass Kilele Hammerl mit dem Messer angegriffen hat.«

»Du hast den Schwarzen für unschuldig gehalten, du setzt dich für ihn ein. Noch eine Frage, meine Liebe. Hättest du genauso reagiert, wenn sich dein Freund auf einen … sagen wir auf einen Bankräuber mit makellos weißer Haut gestürzt hätte?«

Martha ließ den Kopf sinken. »Du stellst schwierige Fragen. Erst stelle ich klar, dass ich Kilele nur in Sachen Sally für unschuldig halte. Dass er mit einem Messer auf Hans losgegangen ist, kann ich nicht abstreiten.« Sie atmete tief durch. »Man liest eher davon, dass Polizisten Afrikaner prügeln. Ich messe mit zwei verschiedenen Latten.«

»Im einen Fall billigt man ein Verhalten, im anderen nicht«, sinnierte Oma Strobl. »Und wenn der Typ Simon niedergestochen hätte?

»Du nimmst mich vielleicht in die Zange«, stöhnte Martha.

»Du liebst ihn sehr, nicht wahr?« Oma Strobl rührte ihren Kaffee um.

»Ja, schon. Ich denke, er lässt mich ein paar Tage zappeln«, mutmaßte Martha.

»Das glaube ich nicht.« Ihre Großmutter klang sehr bestimmt. »Simon Jeschek ist kein Mann, der Spielchen spielt. Dein Verhalten verunsichert ihn. Er weiß nicht, was er tun soll. Männer können so unbeholfen sein.«

Martha rutschte auf ihrem Sessel hin und her. »Es ist noch etwas, worüber ich dringend mit ihm reden sollte. … Ich glaube … wir bekommen ein Baby.«

Oma stellte ihre Tasse mit einem Ruck ab, Kaffee schwappte über den Rand. »Und das ist kein Schmäh? Großartig! Du wirst Mama … und ich Urgroßmutter. Hast du es Simon schon erzählt?«

»Nein. Ich habe keine Ahnung, wie ich es ihm beibringen soll«, sagte Martha. Sie mochte diesen kläglichen Tonfall nicht, weder an anderen noch an sich selbst.

»Wenn ich mich richtig entsinne, hast du mir gesagt, dass du nicht schwanger werden kannst. Die Götter in Weiß sind nicht allwissend. Wie fühlst du dich jetzt?«

»Verwirrt«, gestand Martha. »Ich habe mir nie ein Leben mit einem eigenen Kind vorgestellt.«

Ihre Großmutter bedachte sie mit einem langen Blick. »Denkst du an eine Abtreibung? Ich will dir keine Moralpredigt halten. Das musst du entscheiden. Aber nicht alleine. Der Vater muss auch Gelegenheit haben, sich zu äußern. Ich wollte, ich hätte das nicht gesagt, das mit der Uroma. Ich will dir keinen Druck machen.« Sie legte Martha eine Hand auf den Arm.

»Erst bin ich mir nicht sicher gewesen, ob ich ein Kind will. Ich habe mit dem Gedanken gespielt … ich bin ja zu Beginn der Schwangerschaft. Nun ertappe ich mich bei Überlegungen wie Bub oder Mädchen? Wie wird das Kleine ausschauen? Wird es Simons helle Augen bekommen, ihm mehr ähnlich sehen oder mir?«

Oma Strobl hatte den Atem angehalten. Dann schmunzelte sie. »Ich muss mich korrigieren. Auch wenn du noch so bedrückt wirkst, du solltest doch nur ein Stück Kuchen essen. Zunehmen wirst du von selbst.«

Martha musste lachen. »Und wenn ich ein zweites vor mir stehen hätte?«

»Das hätte ich dir glatt weggeschnappt.«

* * *

Jeschek holte den Städteatlas aus dem Seitenfach des Wagens. »Sie sind mit der U6 bis Philadelphiabrücke gefahren und dann mit dem Bus 62A, der fährt über die Breitenfurter Straße. Dann bis zu dem roten Backsteinhaus mit Turm.« Er tippte auf den Stadtplan. »Könnte hier liegen, Ecke Gregorygasse.«

Kilele nickte. »Bringen Sie mich danach zu den Juas?«

»So ist es ausgemacht.« Jeschek startete den Wagen. »Bitte Sicherheitsgurt anlegen, wir heben ab.«

»Ich hatte Angst, ich muss ins Gefängnis.«

»Mir ist es egal, wo Sie wohnen. Es hilft, wenn wir wissen, wo Sie zu erreichen sind. Haben Sie ein Handy?«

»Ja.« Er zog ein buntes Gerät aus seiner Tasche. »Sally hat es mir geschenkt. Es geht nicht mehr, die Wertkarte ist aufgebraucht. Und es ist schwierig, den Akku zu laden, wenn man auf der Straße lebt«, sagte er entschuldigend.

Jeschek fielen die zwei Ladegeräte ein, die sie in Sallys Wohnung gefunden hatten. »Wir holen Ihr Ladegerät. Und eine neue Karte spendiere ich Ihnen.«

»Danke. Fortune hatte das gleiche Handy wie ich.«

»Wissen Sie, wie er an die Handgranate gekommen ist?«

»Nicht genau. Er hat nur gesagt, ein Kunde hat sie ihm gegeben.«

»Ein Kunde? Er hat eine Handgranate als Zahlung für Drogen genommen?«

»Ja.« Kilele presste seine Stirn an die Scheibe. »Fortune war mein bester Freund. Die zwei Menschen, die mir hier am meisten bedeutet haben, sind tot. Weil die Weißen Drogen wollen.«

Fortune hatte fast zwei Jahre in Österreich gelebt. Sein Asylverfahren lief, endgültigen Bescheid hatte er noch nicht erhalten. *Wenn bei uns in Afrika etwas passiert, wie damals, als mein Land überschwemmt worden ist, dann kommen die Weißen und helfen,* hatte er gesagt. *Aber wenn wir zu ihnen gehen und um Hilfe fragen, dann drehen sie sich weg und wollen nichts mit uns zu tun haben.* Die Gesellschaft zeigte keine Solidarität mit ihm, warum sollte er sich um ihre Regeln scheren?

»Ich habe versucht, andere Arbeit zu finden. Ohne Papiere geht das nicht. Zumindest nicht in meinem Beruf als Kraftfahrzeugmechaniker. Vierzehn Stunden habe ich in einer Fabrik schwere Kartons herumgetragen. Dafür hat man mir dreißig Euro bezahlt.« Er seufzte. »Ich habe Sally wieder und wieder gebeten, nicht mehr Drogen zu verstecken.«

»Wo hatte sie die?«

»Bei sich zu Hause, in der Couch. Die kann man ausziehen.«

Usiku hatte also die Ware vor ihrem Gespräch mit Pichler weggeschafft. »Schade, dass Sie nicht früher zu uns gekommen sind.«

»Als Illegaler?«

»Warum haben Sie nie um Asyl angesucht?«

Er hob die Hände. »Fortune und Sally, beide haben gesagt, die Bestimmungen sind sehr streng. Es sei besser, erst eine Geschichte für mich zu finden, die wasserdicht ist. Wir Umojaner haben kaum Aussicht auf politisches Asyl. Alle denken, wir gehören zur Drogen-Mafia. Fortune stammte aus dem südlichen Umoja. Sein Vater, ein politischer Aktivist, ist ermordet worden, das Haus niedergebrannt. Ihm glaubt man nicht. Meine Geschichte ist ähnlich.«

»Wie haben Sie ihn kennen gelernt?«

»Über den Freund, der mich nach Österreich geschleust hat. Er hat mir geraten, ich solle meine Papiere verlieren und mich als Bürger eines anderen Staates ausgeben. Sally hat gemeint, vielleicht gibt es noch einen anderen Weg. Es gibt bei der Asylbehörde einen Beamten, der für Geld guten Bescheid ausstellt. Sie wollte herausfinden, wer das ist und wie viel Geld man ihm geben muss.«

Korrupte Beamte, die an der Not anderer Menschen verdienten, und das mitten in Österreich.

»So. Wir sind da.« Sie stiegen aus. Zielsicher ging Kilele an einer Mauer entlang.

Jeschek warf einen Blick auf den Stadtplan. Dahinter lag ein Industriegelände. Die Eingänge befanden sich auf der Breitenfurter Straße.

»Hier.« Kilele zeigte auf eine Tür in der Mauer. Sie hatte keine Aufschrift, die rote Farbe war abgeblättert. »Tschortsch ist stehen geblieben. Ich habe mich hinter dem Trafokasten versteckt. Er hat telefoniert und kurze Zeit später ist ein Mann gekommen und hat ihm zwei Plastiktaschen gegeben. Tschortsch hat sie geöffnet, daran gerochen. Dann gab er dem Mann einen Umschlag. Der hat hineingeschaut, mit dem Daumen darüber gestrichen, etwas gesagt und die Türe hinter sich geschlossen.«

Die Tür war verschlossen. Jeschek musterte die Mauer. Sie war ungefähr drei Meter hoch. »Ich muss herausfinden, was für ein Betrieb dahinter liegt. Würden Sie mir helfen hochzukommen?«

Kilele faltete seine Hände zu einem Steigbügel. »Stellen Sie sich auf meine Schultern.«

»Ich gebe mir Mühe, mich leicht zu machen.«

Der junge Mann stellte sich geschickt an, Jeschek schaffte es im ersten Anlauf, den Mauerrand zu fassen. Er zog sich hoch, schwang ein Bein über die Mauer und hockte sich rittlings hin. Von hier aus hatte er einen wunderbaren Blick auf das Firmengelände. Er beugte sich hinunter, die Türe gehörte eindeutig zum Betrieb. Vier, fünf Lastwagen standen herum, alle dunkelrot lackiert, mit einem weißen Schriftzug auf den Seiten: *Spedition Brandstetter.* »Das darf doch nicht wahr sein!«, rief er. War das der Brandstetter mit dem Lamborghini? Er musste sofort Petri anrufen, Spedition, Transporte, Brandstetter senior war in der Türkei abgeblieben. Viel zu viel Zufall.

»Wenn du dich satt gesehen hast, kommst besser herunter! Aber auf unsere Seite. Keine Streiche, ich hab dich im Visier!«, bellte eine Stimme von der Straße.

13

Jeschek drehte den Kopf. Zwei Streifenbeamte standen unten. Der eine hatte seine Waffe auf ihn gerichtet, der andere hielt den verdatterten Kilele in Schach. Jeschek musste lachen. »Ich ergebe mich. Bitte nicht schießen!« Er sprang hinunter.

»Umdrehen, an die Mauer, Hände über den Kopf, Beine auseinander!«

»Du kannst die Prozedur abkürzen, wenn du meinen Dienstausweis aus der linken Westentasche nimmst. Wir sind Kollegen«, grinste Jeschek. Zu schade, dass er das Gesicht des Beamten nicht sehen konnte.

»Was? Willst mich pflanzen?«

»Jeschek, Kriminaldirektion 1. Ich bin hier mit einem wichtigen Zeugen bei einem Lokalaugenschein.«

Eine Hand griff in seine Westentasche und förderte den Ausweis zutage. »He, Rudi, schau dir das an. Wir haben einen Kriminalbeamten aufgegriffen.« Der Polizist klang verlegen.

»Kann ich die Hände runternehmen?«, fragte Jeschek.

»Ja, Entschuldigung, freilich. Hier, dein Ausweis. Es … hat so verdächtig ausgschaut. In der Gegend wird viel eingebrochen.«

»Ich wollte feststellen, welcher Betrieb hinter der Mauer liegt.« Er deutete auf Kilele. »Der junge Mann hat hier eine interessante Beobachtung gemacht. Kennt ihr Brandstetter? Dem gehört die Spedition.«

Die beiden sahen sich an. »Der Gestopfte?«, sagte der Ältere. »Sicher. Er fährt einen Lamborghini. Vor knapp zwei Monaten war er im Wachzimmer, um Anzeige zu erstatten. Ein Hund hat an sein Heiligtum gepischt. Der hat vielleicht einen Aufstand gemacht! Wir sollen die DNA des Hundes bestimmen und dann Hund und Herrl ausforschen. Die DNA aller Hunde in der Gegend! Ideen haben die Leute. Der Brandstetter wohnt nicht weit weg, eine nette Villa mit Blick auf die Weinberge von Rotdürren. Man sagt, dass er den Boden der Garage mit Marmorfliesen hat auslegen lassen.«

»Dem muss es ja gut gehen«, überlegte Jeschek. »Was wisst ihr über die Firma?«

»Negativ. Mit denen hatte ich weder dienstlich noch privat je zu tun. Du, Rudi?«

»Nein, ich mache ja erst seit ein paar Monaten hier Dienst«, sagte der Jüngere. »Tut mir übrigens auch Leid, dass wir quasi eine Amtshandlung gestört haben.«

»Gut, dass ihr vorbeigekommen seid«, grinste Jeschek. »Dank euch weiß ich mehr über Brandstetter. Und wenn ich wieder in eurem Rayon auf Mauern klettere, gebe ich vorher Bescheid.«

* * *

»Hast du die Nachrichten gehört?« Hammerls Wangen glühten. »Die Karner ist vorläufig vom Dienst suspendiert. Kaum ein Jahr im Amt und schon nicht mehr in Würden.«

Martha legte ihren Mantel ab. »Wen. Wer. Wann. Wo. Womit. Wie. Warum?«

»Die Polizeivizepräsidentin. Entthront! Entzaubert. Bitte, bitte, macht aus dem vorläufig ein endgültig!« Er setzte sich auf und zog seine Decke zurecht. »Bist du dir bewusst, dass du die sieben goldenen Fragen eines Kriminalisten gestellt hast?«

Ein Lächeln huschte über ihr Gesicht. »Ja, aber bitte, Hans, von vorne. Ich verstehe nur Bahnhof.«

»Sie hat sich die Schlinge um den Hals gelegt!«, jubelte er. »Dann ruckartig zugezogen und nun hängt sie fest.«

»Du hast doch nichts mit ihr direkt zu tun.«

»Aua. Der Bauch tut noch weh.« Er verzog das Gesicht. »Wir haben so viel Ärger mit der Polizeireform. Management by Champignon, wer den Kopf hervorstreckt, der wird geköpft … und nun rollt ihrer! Zu schön!«

»Vorläufig vom Dienst suspendiert weswegen?« Martha setzte sich auf den Sessel neben seinem Bett.

»Amtsmissbrauch!« Er strahlte. »Sie wollte die Macht missbrauchen, die ihr vom Staat geliehen worden ist. Das muss man sich in unserem Beruf immer vor Augen halten.«

»Hans! Keine polizeitheoretischen Vorträge«, bat sie. »Der Innenminister hilft ihr bestimmt. Sie ist auch eine Umbesetzung, nicht wahr? Die Regierung hat zu Beginn ihrer Amtszeit gesagt, das Innenministerium bleibe rot-weiß-rot. Stattdessen wird es auf schwarz-blau-schwarz umgefärbt.«

»Die Untersuchungen laufen erst an, aber er kann ihr nicht helfen. Wir sind dem Recht verantwortlich, nicht den Machthabern.«

»Vielleicht fordert er ihren Rücktritt? Das würde weitere Untersuchungen ersparen«, meinte Martha lakonisch.

»Wenn schon, fordert er nicht, sondern lädt dazu ein. Er spricht des Öfteren Einladungen aus.« Hammerl spielte mit seinem Ohrring.

Sie schauderte. »Ich weiß. Er hat tschetschenische Flüchtlinge an der Grenze eingeladen, darüber nachzudenken, nach Tschechien zurückzukehren. So hat er das Vorgehen seiner Leute in den Medien erklärt. Aber ich weiß noch immer nicht, was passiert ist.«

Er griff nach einem Glas Wasser und trank ein paar Schlucke. »Vor einer halben Stunde haben sie es im Radio gebracht. Sie ist wegen Begünstigung dran! Wem hat sie die zukommen lassen? Ihrem Gatten, Magister Karner. Seines Zeichens Lehrer an einem privaten Gymnasium. Was unterrichtet er? Deutsch, gut, Geschichte, auch gut, Ethik, weniger gut. Die Wissenschaft vom moralischen Handeln!«

»Du dozierst schon wieder«, jammerte Martha. »Was hat er angestellt?«

»Er fährt die gemeinsame Tochter nach Hause. Kurz vor ihrem Haus stößt er mit einem anderen Wagen zusammen. Er hat die Vorfahrt nicht beachtet. Die Lenkerin des anderen Wagens zückt ihr Handy, ruft die Polizei. Da kommt die Vizepräsidentin in Person, sie hat den Unfall nur um ein paar Minuten verpasst. Sie verschafft sich einen Überblick und erklärt, es sei keine Streife nötig, sie übernehme die Amtshandlung.«

»Was sie theoretisch machen könnte?«, fragte Martha.

»Bei ihrem eigenen Ehemann?«

»Befangenheit«, musste Martha zugeben.

»Die von der Sicherheitswache waren schnell zur Stelle. Die Vize wollte sie wieder wegschicken! Die andere Frau, pikanterweise eine Journalistin, hat sich das nicht bieten lassen. Der Karner habe eine Fahne drei Meilen gegen den Wind, ob das außer ihr niemand bemerke. Die Uniformierten haben den Herrn ins Röhrchen blasen lassen. Resultat: über zwei Promille! Sein Führerschein war sofort weg.« Hammerls Begeisterung steigerte sich. »Es kommt noch schöner. Die Vize hat auf die Kollegen eingeredet, sie sollen die Sache vergessen. Sie komme für den entstandenen Schaden auf. Die Journalistin hat ein laufendes Diktafon aus der Tasche gezogen. Das war's dann endgültig. Gewisse Ausschnitte aus dem Band sind schon gesendet worden, unter anderem der, wie die Karner das Diktafon beschlagnahmen wollte.«

Martha schüttelte den Kopf. »So ein Idiot. Fährt in dem Zustand noch Auto und hat sein Kind im Wagen.« Hingegen meldete sich ein leises Gefühl von Verständnis für das Handeln der Vize. Die hatte ihren Partner verteidigt. Sie hatte Jeschek in Bausch und Bogen verurteilt, ohne zu wissen, was passiert war.

Hammerl wurde ernst. »Das ist der tragische Aspekt. Der Vater fährt in besoffenem Zustand und die Mutter verliert ihren Job. Wie erklärt man das einem kleinen Menschen?«

»Seit wann machst du dir Gedanken über Kinder?«

»Wenn man keine eigenen hat …« Hammerl machte eine unbestimmte Handbewegung. »Ich hätte nichts dagegen, Kinder großzuziehen. Ich genieße jeden Moment mit Alex und all den Nichten und Neffen aus meiner und Georgs Familie. Aber es sind nicht die eigenen. Nicht die, die dir täglich auf die Nerven gehen. Auch wenn ich nicht immer den Erwartungen meiner Eltern entsprochen habe, sie haben mich akzeptiert und spüren lassen, dass ich etwas Besonderes bin. Das hätte ich gerne weitergegeben.«

Martha war verstummt.

»Habe ich dich in Verlegenheit gebracht?«

»Nein, es ist nur, weil …« Am liebsten hätte sie erzählt, was sie zur Zeit beschäftigte. »Wie lange musst du noch hier bleiben?«

»Heute Morgen haben sie die Infusion abgehängt, ich darf wieder essen. Aber nur Schonkost.« Er verzog das Gesicht. »Ich freue mich schon auf ein riesiges Schnitzel! Und dann all die Frauen um mich herum. Ein schicker Pfleger wäre mehr nach meinem Geschmack.«

»Wenn du wieder meckern kannst, geht es dir besser.« Martha lachte. »Mir tut nur Leid, dass du überhaupt hier bist.«

»Wir konnten nicht ahnen, dass Raschauer einen Großeinsatz dorthin befiehlt. Aber das hat Jeschek dir bestimmt erzählt.«

Sie nickte zaghaft. »Ich muss ehrlich sagen, Kilele hätte ich nicht zugetraut, dass er zusticht … auf mich hat er einen eher sanften Eindruck gemacht.«

Hammerl sah sie erstaunt an. »Kilele? Wir haben erst geglaubt, er sei es. Wegen der blauen Jacke. Nein, das war ein Dealer. Er hatte Heroin dabei und …«

Martha zuckte zusammen. Ihr wurde übel. »Was?«

»Allmählich kommt mir die Vermutung, dass Jeschek dir nichts gesagt hat, sieht dem großen Schweiger ähnlich«, schimpfte Hammerl. »Will alles alleine verarbeiten.«

»Tu ihm nicht auch noch Unrecht«, stöhnte Martha. Sie erzählte ihm, dass sie die Szene beobachtet hatte. »Ich habe den falschen Schluss gezogen. Simon hat ein paarmal angerufen, ich bin nicht drangegangen. Jetzt tut es mir Leid.«

»Ihr bekommt das auf die Reihe«, tröstete Hammerl. »Wenn er sich bei mir rührt, sage ich ihm, dass du –«

»Nein, Hans, bitte nicht«, unterbrach Martha. »Das muss ich machen.« Sie stand auf.

»Natürlich. Schön, dass du gekommen bist.«

* * *

Jescheks Stoßgebet wurde erhört, Brenneis war nicht im Büro. Er konnte das Protokoll mit Kilele erstellen, ohne gestört zu werden. Der war nach ihrer gemeinsamen Fast-Verhaftung sichtlich aufgetaut. Er beschrieb den Mann, von dem Tschortsch die Ware übernommen hatte als ungefähr einssiebzig groß. Dicker Hals, aufgedunsenes Gesicht und sandfarbenes Haar. Am Ringfinger der linken Hand trug er einen Ring mit einem großen Stein. Zum dunkelblauen Anzug hatte er sich eine schreiend gelbe Krawatte umgebunden. »Weiße Männer kleiden sich selten in so kräftigen Farben«, meinte Kilele.

»Wenn nur alle Zeugen so präzise Angaben machen könnten!«, sagte Jeschek, als sie fertig waren. »Sie müssen das Protokoll noch nicht unterschreiben. Es wird auf Englisch übersetzt, damit Sie alles verstehen.« Es klopfte an die Türe. »Herein!«, rief Jeschek.

Ian platzte ins Büro. »Wo hast du die Handschellen?«

Rebecca folgte ihm, mit Jessy auf den Armen. »Bitte entschuldige, Simon, ich wollte draußen warten, aber Ian hat mir keine Ruhe gelassen. Er hat die ganze Zeit gequengelt, er wolle unbedingt dein Büro sehen. Er stellt es sich wie das eines Sheriffs vor. Die Gefangenen in einer Zelle hinter dir, Gewehre und Lassos an der Wand.«

Jessy geriet bei Kileles Anblick außer sich. »Ngoma, Ngoma«, rief sie und begann zu strampeln. Rebecca setzte sie auf den Boden. Das Mädchen rannte zu Kilele, zupfte an seinen Hosenbeinen und tanzte auf und ab.

»Danke, dass du gekommen bist. Ich habe gleich eine Einsatzbesprechung mit anderen Kollegen«, sagte Jeschek. »Ach ja, Ian, natürlich habe ich Handschellen.« Er zog eine Lade auf und nahm sie heraus.

»Darf ich sie ausprobieren?«, fragte Ian aufgeregt.

»Ian, das geht nicht«, wies ihn Rebecca zurecht. »Und, Jessy, du kannst hier nicht herumtanzen. Entschuldige, die zwei hatten heute noch nicht genug Bewegung. Ich denke ernsthaft daran, ein Hamsterrad für sie anzuschaffen.«

Jeschek hob Ian hoch und schwenkte ihn durch die Luft. »Heute geht es leider nicht. Ein andermal zeige ich euch alles.«

»Ich will aber jetzt«, quiekte Ian, griff nach den Handschellen, die auf dem Tisch lagen, und streifte sie sich über. Seine schmalen Hände glitten problemlos durch die Öffnung. »Die sind kaputt«, beschwerte er sich.

Die Tür ging schon wieder auf. Jessy wurde von ihr erfasst und setzte sich mit einem Plumpser zu Boden.

»Was ist denn hier los«, polterte Brenneis, die Arme in die Hüften gestemmt. Dann fiel sein Blick auf das Kind. »Jössas, war ich das? Was macht die hier?«

Jessy begann zu plärren und flüchtete zu Rebecca.

»Ich habe ja nicht ahnen können, dass da ein Kind ...« Brenneis zog eine Packung Bonbons aus der Tasche und streckte sie ihr hin. »Magst ein Zuckerl?«

Jessy drehte den Kopf und schielte misstrauisch zu Brenneis. Die Versuchung war zu groß. Sie streckte eine Hand aus und griff zu. Bedächtig schälte sie die Leckerei aus dem Papier.

»Ich will auch eins«, meldete sich Ian.

»Wen hast du denn da eingefangen, Jeschek?«, fragte Brenneis argwöhnisch.

»Er ist eher dabei, mir zu entkommen«, entgegnete Jeschek und setzte Ian auf den Boden. »Darf ich vorstellen? Frau Jua, die Gattin des Diplomaten, der uns damals in die Residenz begleitet hat, ihr Sohn Ian und Jessy Usiku und ...«, er deutete auf den jungen Mann. »Innocent Kilele. Er ist aus freien Stücken zu uns gekommen und hat mir in der Zwischenzeit neue Informationen gegeben. Das Protokoll liegt auf deinem Tisch.«

»Aha.« Brenneis musterte Kilele, der bei seinem Anblick aufgestanden war.

»Chefinspektor Brenneis, unser Gruppenleiter«, ergänzte Jeschek und hielt den Atem an.

»Ja, du darfst dir auch zwei nehmen«, sagte Brenneis zu Jessy. »Der Junge ebenfalls. Jeschek, kann ich dich einen Moment unter vier Augen sprechen, ja«, er winkte ihn auf den Gang.

»Ich komme gleich wieder«, beruhigte Jeschek die Anwesenden.

»Und?«, fragte Brenneis. »Was hast du aus ihm herausbekommen?«

»Für den Tod von Usiku halte ich ihn nicht verantwortlich«, sagte Jeschek überzeugt. »Er hat am Abend der Tat beobachtet, wie Pichler das Haus verlassen hat. Dabei ist er von einem Hundebesitzer, der sich auf der Straße verplaudert hat, gesehen worden. Und er hat mir gezeigt, wo Pichler die Drogen abholt. Deswegen findet gleich eine Besprechung mit Küppers vom Suchtgiftreferat,

Gruppe 2 und Bezirksinspektor Petri vom Kriminalkommissariat Mitte statt. Ich vermute, die Fäden von zwei Fällen laufen zusammen.«

»Du hättest mir Bescheid geben sollen, wie Ki … Dingsbums, wie heißt er?«

»Kilele«, half Jeschek.

»Du warst stundenlang weg. Es gibt Handys.« Brenneis kniff die Augen zusammen. »Immerhin, ich bin gespannt, was bei der Besprechung herauskommt, ja. Übrigens, ist das Madl die Tochter des Opfers?« Sein Ausdruck wurde abwesend. »Wie alt ist sie?«

»Drei Jahre und ein paar Monate.«

Brenneis senkte den Blick. »Ein halbes Jahr älter als meine Enkeltochter. Die habe ich noch nie gesehen. Mit Barbara, meiner Tochter, habe ich mich … ähm, ja, verkracht. Das war …« Seine Stimme war immer leiser geworden, er war kaum noch zu hören. Dann straffte er sich. »Keine Zeit für lange Familiengeschichten. Was machen wir mit Ki … . Ich sollte mir wirklich seinen Namen merken, ja.«

»Kilele. Die Juas nehmen ihn bei sich auf. Bis zum Prozess, wenn es sein muss.«

»Gut, ich bin geneigt, deinem Bericht zu glauben, ja.« Er öffnete die Tür und ließ Jeschek vorgehen.

Jessy und Ian krochen unter Hammerls Tisch hervor. »Wir haben etwas gefunden!«, brüllte Ian.

»Nicht so laut«, ermahnte ihn seine Mutter.

»Was denn, Ian?«, fragte Jeschek. Der Junge hatte Staubflocken auf seiner Kleidung. Er streckte ihm einen Kugelschreiber entgegen. »Danke, genau den habe ich vermisst.«

»Wenn ich groß bin, will ich auch Detektiv werden«, verkündete Ian und baute sich vor Brenneis auf. »Darf ich deinen Revolver sehen?«

»Was sagt er? Jeschek, du kannst doch Englisch.« Ächzend ging der Gruppenleiter vor Ian in die Knie. »Ich habe keinen Revolver, wir sind ja nicht im Wilden Westen.«

»Jetzt lass gut sein«, sagte Rebecca. »Wir wollen den Herren nicht weiter zur Last fallen.«

»Ich begleite euch hinaus«, meinte Jeschek. »Mr. Kilele, Sie waren eine große Hilfe.«

Jessy drehte sich an der Tür um. Brenneis hob zögernd seine Rechte und winkte ihr zu.

»So.« Jeschek warf einen Blick in die Runde. »Jörg Pichler, alias Tschortsch, hat an der Hintertür der Spedition Brandstetter Pakete abgeholt. Kilele hat ihn drei Mal dabei beobachtet, er wusste sogar die genauen Daten, an denen –«

»Eine Spedition«, unterbrach Küppers und rieb sich die Hände. »Da kann man gleich zu spekulieren anfangen.«

Wolf Petri räusperte sich. »Also, ich ermittle gegen den, ähm, unbekannten Fahrer des Lamborghinis. Der Halter des Wagens ist Melchior Brandstetter, Inhaber der besagten Spedition. Ein betuchter Mann, anfangs fünfzig, seit drei Wochen auf Urlaubsreise in der Türkei. So lange war die Reise nicht geplant. Huber, der Prokurist, vertritt ihn geschäftlich. Der Chef hat keine Telefonnummer für Notfälle hinterlassen. In Abwesenheit von Papa fährt das Burschi den Lamborghini. Er streitet ab, den Unfall gebaut zu haben, und lenkt den Verdacht auf seine Bekannte, die seit dem Tag des Unfalls verschwunden ist.«

»Noch nicht wieder aufgetaucht?«, wunderte sich Jeschek.

»Nein. Ihr Handy ist ausgeschaltet. Damit sind seit dem Unfall keine Gespräche mehr geführt worden.« Petri blätterte in seinen Akten.

»Und das reicht nicht, den Jüngling festzunageln?«, wunderte sich Brenneis.

»Brandstetter verweist darauf, dass die Wagenschlüssel frei zugänglich in seiner Wohnung hängen. Seine Bekannte, Sonja Rasumofsky hatte jederzeit Zugang. Zudem hat er einen Zeugen hervorgezaubert, der ihm für die Tatzeit ein Alibi gibt.«

»Alibis kann man sich kaufen.« Jeschek rümpfte die Nase. »Im Lamborghini wurde Heroin gefunden. Usiku hat für Pichler Heroin versteckt.«

»Wir sollten die entsprechenden Proben umgehend vergleichen«, schlug Küppers vor. »Es sieht verdammt danach aus, dass die Spedition illegale Substanzen nach Österreich bringt.«

Jeschek fuhr über die Specksteinfigur auf seinem Schreibtisch. Sein Finger hinterließ eine dunkle Spur. Martha. Seit zwei Tagen hatten sie sich nicht mehr gesprochen. Er sollte sie anrufen, sie hatte darum gebeten. Später. »Eine Zeit lang läuft alles bestens. Dann verliebt sich Usiku in den Flüchtling Kilele. Er beschwört sie, die Finger von solchen Geschäften zu lassen. Sie stimmt zu, will mit Pichler brechen. Der war an diesem Abend dort, Kilele hat ihn aus dem Haus kommen sehen.«

»Ist der Zeuge glaubwürdig?«, fragte Küppers.

»Usiku war von ihm schwanger, sie wollten heiraten. Pichler hatte das Motiv, sie zu töten.« Jeschek putzte sich die staubigen Finger an der Jeans ab.

»Sie will aussteigen, ja, er befürchtet, dass sie ihn verrät. Vielleicht hat sie versucht, ihn zu erpressen«, meinte Brenneis. »Oder sie wollte in die eigene Tasche arbeiten.«

Jeschek überlegte, wozu Sally so viel Geld gebraucht hatte. Um damit den bestimmten Beamten zu bestechen, der Kileles Antrag bearbeitete? »Tschortsch sucht die verschwundene Ware in ihrer Wohnung. Die Drogen sind ein Motiv, dazu kommt noch ein anderes. Vielleicht wollte er, dass sie zu ihm zurückkommt. Sie hat ihm unmissverständlich klar gemacht, dass die Geschichte zwischen ihnen Vergangenheit ist. Da hat er rotgesehen.«

»So eine Gustokatz würd ich auch nicht gehen lassen«, überlegte Petri laut. »Ich hab die oft gesehen. Wie die ausschaut, die hätt ich nicht von meinem Hosentürl verjagt.«

»Behalt deine Fantasien für dich, ja«, sagte Brenneis tadelnd. »Wir sind in einer dienstlichen Besprechung.«

Jeschek traute seinen Ohren nicht.

»Auf jeden Fall sollten wir uns um die Spedition kümmern. Mit welchen Firmen sie in der Türkei zusammenarbeiten, wen sie beliefern, was sie wo abholen, wie oft die Laster dorthin fahren. Soll ich mich um einen Durchsuchungsbefehl kümmern?«, bot Küppers an.

»Mir wäre es lieber, wenn wir sie erst nur im Auge behalten.

Von Tschortsch fehlt jede Spur. Die Spedition ist der einzige uns bekannte Ort, an dem er auftauchen könnte«, bremste Jeschek.

»Aber nur, wenn die weiterhin Nachschub liefern«, winkte Küppers ab. »Brandstetter ist seit drei Wochen weg.«

»Brandstetter kann einen Komplizen in der Firma haben. Oder …« Jeschek verstummte mitten im Satz.

»Was oder?«, fragte Brenneis.

»Vater und Sohn stecken unter einer Decke?«, meinte Jeschek. »Und wir müssen herausfinden, ob es zwischen Kaspar Brandstetter und Pichler eine Verbindung gibt.«

»Junior sollten wir rund um die Uhr observieren.« Küppers sah sich fragend um.

»Ist äußerst personalintensiv, ja«, gab Brenneis zu bedenken. »Mal sehen, was die hohen Herren dazu meinen.«

»Stimmen die Angaben von dem Bimbo denn auch?« Petri schien nicht überzeugt.

Brenneis' Augen wurden schmal. »Der Ausdruck wird in diesem Raum nicht verwendet, ja? Welchen Grund hätte er, sich das aus den Fingern zu saugen?«

Jeschek musste ein Grinsen unterdrücken. »Kilele hat mir vorhin noch etwas gesagt. Er sei erschrocken, als du eingetreten bist, Brenneis. Du schaust dem Mann an der Hintertür ähnlich, hättest aber keine Krawatte.«

»Das wird ja immer schöner«, brauste der Gruppenleiter auf. »Ich als Drogendealer?«

»Wir treiben ein Foto von Brandstetter senior auf«, schlug Jeschek vor. »Und legen es mit ein paar ähnlichen Typen Kilele vor. Nicht dass ich an seiner Aussage zweifle, wäre ein weiterer Nagel, um die Geschichte fest …«, er zögerte, »festzunageln.«

»Hat die Spedition eine Homepage? Bei vielen mittelständischen Unternehmen sehen die aus wie ein Familienalbum.« Küppers stand auf und ging zum Computer. »Nehme ich gleich in Angriff. Aber ich höre weiter zu und denke mit.«

Jeschek atmete durch. »Bei den Brandstetters kann nicht alles mit rechten Dingen zugehen, Vater und Sohn leben auf großem

Fuß. Der Lamborghini steht angeblich in einer marmorgefliesten Garage.«

»Junior trägt nur Markenanzüge«, ergänzte Petri. »Er hat eine Eigentumswohnung im achten. So viel Geld kann eine Spedition nicht abwerfen.«

»Ich habe nicht schlecht gelegen mit meiner Vermutung.« Küppers deutete auf den Bildschirm. »Ein gutes Bild von Brandstetter, sieht dir durchaus ähnlich, Brenneis. Nur hat er mehr Haare. Ich drucke es aus und suche ein paar typähnliche Typen.«

»Auf mein Konterfei verzichtest du, ja«, wehrte Brenneis ab. »Ansonsten bin ich mit dem Vorgehen einverstanden. Wenn dein Zeuge, Jeschek, den Richtigen herausfischt, dann gratuliere ich. Ich werde das weitere Vorgehen mit den Vorgesetzten und dem Staatsanwalt absprechen.«

* * *

Martha schaltete den Fernseher aus. Lauter lachende Babys, die glücklich in ihre perfekt sitzenden Windeln machten. Die passende Werbeeinschaltung für den Film über eine Frau, die sich nichts sehnlicher wünschte, als endlich Mutter zu werden.

Und sie wurde schwanger, obwohl es laut Diagnose nicht möglich war.

Sie schlug eine Grafikfachzeitschrift auf. Jede Menge Babybilder lachten sie an, Anregungen zur Gestaltung einer Geburtsanzeige. Etwas zu früh. Sie zählte die Monate an den Fingern ab. Ende Juli. Ein Löwe. Alois' Bemerkung über Spätgebärende fiel ihr ein. Gehörte sie mit 33 Jahren schon dazu? Bei der Arbeit sollte es keine Probleme geben. Sie konnte das Kind ins Atelier mitnehmen, Clemens hatte bestimmt nichts dagegen. Ihre Wohnung war groß genug, das Arbeitszimmer konnte man unterteilen, eine Wand hochziehen. Das würde das Kinderzimmer. Alex konnte im Wohnzimmer schlafen, wenn er …

Sie musste endlich mit Jeschek reden. Sein Handy läutete, aber er ging nicht ran. Sie versuchte es im Büro. »Komm schon,«, flüsterte sie in den Hörer.

»KD 1, Journaldienst«, meldete eine schroffe Stimme.

Der Wachhabende hatte offenbar schlechte Laune. »Guten Abend, Jones mein Name, ist Jeschek noch im Haus? Ich habe seine Durchwahl gewählt.«

»Der spricht. Rufen Sie später an.«

Aufgelegt.

Jeschek war noch im Büro, sie konnte ihm ein Mail schicken. Sie schaltete den Computer ein. Und gleich wieder aus. Das war zu unpersönlich. Ein SMS vielleicht?

Wo war ihr Handy? In dem Moment, als sie es aus der Tasche geholt hatte, läutete das Festnetz-Telefon. Sie schaute auf das Display. *Jua* stand in der Anzeige.

Rebecca meldete sich. »Martha, unsere Freundin. Wir möchten dich und Simon am Wochenende zum Essen einladen. Wir sind froh, euch zu unseren Freunden zu zählen. Simon hat bei unserem Gast Eindruck hinterlassen.«

»Gast? Ich versteh nicht.«

»Kilele hat heute Morgen bei der Botschaft gewartet. Caleb hat ihn dazu gebracht auszusagen und Simon verständigt. Der war den ganzen Tag mit ihm unterwegs. Jetzt wohnt er bei uns. Kilele natürlich, nicht Simon. Der war vorhin noch mal hier, hat ihm ein paar Fotos gezeigt. Ich habe nicht begriffen, worum es ging, aber er ist sehr zufrieden wieder abgezogen.«

»Er ist immer noch in der Arbeit, ich habe ihn nicht gesprochen«, stotterte Martha.

»Jessy ist begeistert, dass Kilele bei uns ist.«

»Eine Diplomatenfamilie nimmt einen Illegalen auf?«

»Der Vorschlag kam von Caleb. Wenn die Polizei ihn gehen lässt, das war seine Bedingung. Kilele hat sich entschuldigt, dass er uns eingeschlossen hat. Es sei eine Kurzschlussreaktion gewesen.«

»Ich bin ihm nicht böse. Und danke für die Einladung. Kann ich dir morgen Bescheid geben? Ich kann mich schwach erinnern, dass Jeschek am Wochenende Dienst hat.«

»Dann eine Woche später. Hab noch einen friedlichen Abend.«

»Danke, ebenfalls.« Martha legte auf. Entschlossen zog sie Schuhe und Mantel an, schnappte ihre Tasche und machte sich auf den Weg zu Jescheks Büro.

Sie erwischte eine Straßenbahn. Martha nahm das als gutes Zeichen. Beim Volksgarten stieg sie um. Der D-Wagen fuhr ein Stück den Ring entlang. Vor dem Rathaus wurde noch eifrig gearbeitet. Am Samstag eröffnete der Christkindlmarkt. Eine riesige Tanne thronte bereits in der Mitte des Platzes.

Beim Jörg-Mauthe-Platz stieg sie aus und ging durch die Berggasse zur Rossauer Lände hinüber. In Jescheks Büro brannte kein Licht mehr. Sie tastete nach dem Handy. Es war nicht an seinem gewohnten Platz, sie hatte es zu Hause vergessen.

Ihr Blick fiel auf den Ringturm. Die grünen Lampen leuchteten gleichmäßig. Die verschiedenen Farben und die Art, wie sie blinkten, zeigten die Wetterlage an. Martha konnte sich nicht an die genaue Bedeutung erinnern, nur dass rot blinkende Lampen vor Gewittern oder Stürmen warnten. Sie ging zu den Telefonkabinen an der Ecke. Zu blöd, die paar Cent reichten nicht für einen Anruf. Sie durchsuchte alle ihre Taschen. Nichts zu wollen. Ein paar Meter vor ihr startete ein Motor, ein Auto fuhr aus der Parklücke. Jescheks Wagen. Sie lief aus der Kabine, winkte, schrie. Er bemerkte sie nicht.

Enttäuscht blieb sie stehen. Tränen stiegen ihr in die Augen.

* * *

Der Prokurist der Spedition Brandstetter war das Abbild eines typischen Buchhalters. Dünn, grau, mit einer dicken Hornbrille. Die Krawatte mit Musiknoten lockerte seine Erscheinung auf. Er zuckte zurück, als Küppers ihm den Durchsuchungsbefehl vor die Nase hielt.

»Huber, Fritz Huber«, sagte er mit kräftiger Stimme, die überhaupt nicht zu seiner Statur passte. »Eine Hausdurchsuchung?«

»Auf Anweisung des Staatsanwaltes«, sagte Jeschek. Ihm wäre es lieber gewesen, Brandstetter zu observieren. Aber die hohen Herren hatten das anders gesehen.

»Alles bleibt so wie es ist. Kein Auto darf bewegt, kein Papierkorb geleert werden. Haben Sie eine Kantine, einen Aufenthaltsraum?

Alle Angestellten sollen sich dorthin begeben und sich zu unserer Verfügung halten«, sagte Küppers.

»Aber das geht doch nicht, die müssen ihre Arbeit erledigen. Wir haben Termine und Verpflichtungen einzuhalten.« Huber strich sich aufgeregt durch die schütteren Haare. »Wenn nur der Chef hier wäre. Das überfordert mich. Sie werden doch gestatten, dass ich den Anwalt der Firma kontaktiere?«

»Nur zu«, sagte Küppers. »Aufhalten kann uns der auch nicht.«

»Und weswegen der Aufwand?« Der Mann stand am Fenster, schaute auf den Vorplatz hinunter. »Da kommt ein Hund! Ich habe eine Allergie, ich kann nicht mit einem Hund im gleichen Raum sein.«

»Müssen Sie auch nicht, Herr Huber. Sie leiten die Geschäfte in Herrn Brandstetters Abwesenheit?«, fragte Küppers.

»Ja. Ich verstehe nur nicht ... Ach, ja, den Anwalt. Ich bin gleich wieder bei Ihnen.« Er ging zum Schreibtisch und klappte ein Adressbuch auf.

Jeschek war verärgert. Sein Privatleben drohte aus den Fugen zu geraten. Gestern hatte seine Ex-Frau angerufen und um ein dringendes Gespräch gebeten. Er war zu ihr gefahren. Über Irmgards Anliegen musste er dringend mit Martha reden. Martha. War sie im Atelier? Er sah ihr gerne zu, wenn sie am Computer arbeitete. Konzentriert, die Welt um sie herum ausgeblendet.

Und nun dieser Einsatz. Brandstetter junior vorläufig verhaften, hatte die oberste Etage gemeint. Der tödliche Unfall mit Fahrerflucht müsse endlich geklärt werden. Hatte die Entscheidung mit dem bevorstehenden Besuch des Innenministers in der Kriminaldirektion zu tun? Wollte man ihm lieber den Schuldigen vorführen, der die Mutter eines Kollegen auf dem Gewissen hatte, als den Mörder einer Afrikanerin? Küppers winkte ihn ans Fenster.

»Jak ist schon bei der Arbeit.« Er deutete auf den Hund, der aufgeregt zwischen den Autos herumlief. »Ich schaue mir die Fahrtenbücher an, wie viele Transporter zur Zeit unterwegs sind und wohin.«

»Damit kommst du doch alleine zurecht? Ich sehe mich draußen auf dem Gelände um.« Jeschek ging hinunter. Er wäre lieber bei der Festnahme von Brandstetter junior dabei gewesen, die zeitgleich mit der Hausdurchsuchung stattfand. Aber Brenneis hatte sich das selbst vorbehalten. Jeschek's Auftrag beschränkte sich darauf herauszufinden, wann und wie oft sich Junior auf dem Firmengelände gezeigt hatte. Er griff in die Innentasche seiner Lederjacke. Pichlers Foto hatte er dabei.

Entlang des Zaunes zum benachbarten Betrieb lagen etliche Nebengebäude. Die ersten drei standen offen, darin war Werkzeug und Putzmaterial gelagert. Der letzte war mit einem Vorhängeschloss versperrt. »Wer hat die Schlüssel?«, fragte Jeschek die Arbeiter, die im Hof standen.

»Von uns niemand«, sagte ein Mann, der einen fleckigen Overall trug. »Da drin hat der Sohn vom Chef seinen Proberaum. Die Türe ist immer zugesperrt, nur der Junior hat einen Schlüssel.«

»Proberaum?«

»Früher hat er hier oft mit seiner Band geprobt. Rock, Pop, so genau kenne ich mich mit den modernen Musikstilen nicht aus.« Er zündete sich eine Zigarette an und hielt ihm die Schachtel hin. »Wollens auch eine?«

Jeschek lehnte dankend ab.

»Ein gutes kleines Haus, ist als Wohnhaus gebaut worden. Der Chef hat sich überlegt, es wieder herzurichten, einen von uns dort einzuquartieren. Als billigen Nachtwächter. Ich hätte mich dafür interessiert, aber der Sohn hat es bekommen.«

»Wie oft kommt Brandstetter junior hierher?«

»In der letzten Zeit fast täglich. Ich hab mir gedacht, das Interesse an der Musik ist wieder erwacht.«

»Haben Sie nichts gehört?«

»Wie denn? Er und sein Freund haben die Fenster zugebaut, Tonnen von Eierkartons angeschleppt und die Wände mit Dämmwolle ausgekleidet.«

»Kennen Sie seinen Freund?«

»Nur vom Sehen.« In seinen Augen blitzte es. »Der war in der letzten Zeit auch wieder hier.«

Jeschek holte Pichlers Bild aus der Tasche. »Ist es der da?«

Der Mann wischte sich seine ölverschmierten Hände am Overall ab. »Ich fass es lieber nicht an, ich mache es schmutzig. Etwas höher, ja so. Das ist er. Nur hat er die Haare jetzt anders, kurz geschoren, eigentlich eine Glatze.«

Jeschek schluckte. »Bleiben wir vorerst beim Junior. Zu welcher Tageszeit kommt er gewöhnlich?«

»Um die Zeit ist er meist wieder weg. Heute habe ich ihn noch nicht gesehen.« Er drehte sich zu seinen Kollegen. »Einer von euch?« Die anderen schüttelten die Köpfe.

»Und seinen Freund? Wann haben Sie ihn zum letzten Mal gesehen? Bevor oder nachdem der Chef seinen Urlaub angetreten hat?«, half Jeschek.

»Danach.« Die Antwort kam wie aus der Pistole geschossen. »Er war lange Zeit nicht hier. Dann eben zusammen mit dem Sohn vom Chef.«

»Der Durchsuchungsbefehl gilt für das ganze Gelände. Ich brauche eine gute Zange.« Jeschek schaute sich fragend um.

»Eine leichte Übung«, sagte der Mann im Overall. »Ich bin für die Werkstatt verantwortlich.« Er ging in den Schuppen.

»Wonach wird überhaupt gesucht?«, fragte einer der Arbeiter.

»Das kannst du dir doch ausrechnen«, meinte ein anderer und fuchtelte mit seiner Wurstsemmel. »Ich habe einen Spürhund gesehen. Entweder Suchtgift oder eine Bombe.«

»Du hast sie ja nicht alle.« Der Erste tippte sich an die Stirn. »Eine Bombe! Dann hätten sie uns weggeschickt. Also Drogen.«

Der Werkmeister reichte Jeschek eine Zange.

Jeschek setzte an, es knackte kurz und das Schloss fiel zu Boden. Er stieß die Türe auf. Der Schuppen war voll eingerichtet, elektrische Heizkörper, ein einfacher Holztisch, ein paar Sessel. An der Wand hing ein Dartbrett. Musikinstrumente waren keine zu sehen. »Sind alle Gebäude mit Wasser- und Stromanschluss ausgestattet?«, fragte er den Werkmeister, der an der Schwelle stehen geblieben war.

»Ja. Wir müssen oft Nachtschicht machen. Mit der Taschenlampe das richtige Werkzeug zu finden wäre mühsam.«

Jeschek drehte sich um. »Danke für Ihre Hilfe. Sie und die anderen Arbeiter gehen jetzt bitte in den Konferenzraum.«

»Unsereins hat dort eher selten zu tun«, meinte der Werkmeister und zog mit seinen Kollegen ab.

Jeschek zückte sein Handy. »Brenneis? Ich habe Zeugen, die Pichler mit Brandstetter junior hier auf dem Gelände gesehen haben … Wie war das? Ein Foto, das die beiden zusammen zeigt? … Junior ist am Weg in die Rossauer Lände? Legst du das Bild auf meinen Tisch? Bis später.« Er winkte dem Hundeführer. »Ungerböck, bring Jak hierher.«

Der Hund lief schwanzwedelnd durch den Schuppen. Er schnüffelte an einem Eimer, der in der Ecke stand, bellte vor einer schmalen Tür. Ungerböck machte sie auf. »Ein Klo.« Er deutete auf Spuren in der Schüssel. »Frisch verschissen.« Er betätigte die Spülung, die funktionierte.

Jak lief an der Seitenwand entlang, blieb stehen, kratzte an einem Brett, winselte, kratzte. Ungerböck ging zu ihm.

»Zeigt er so an, dass er was gefunden hat?«, fragte Jeschek.

»Nein. Aber irgendetwas stört ihn.« Ungerböck legte seine Hand flach an die Wand. »Das kann nicht die Außenwand sein, sie ist warm.«

Jeschek trat kurz aus dem Schuppen und gleich wieder ein. »Stimmt. Außen sind es mindestens sieben Meter, hier nur etwa fünf.«

»Wenn es noch einen Raum gibt, dann auch einen Zugang.« Die zwei Polizisten tasteten die Wand ab.

»Da!«, rief Ungerböck aufgeregt. »Das Brett und vier weitere sind nur hingestellt, nicht angenagelt.« Er stellte sie zur Seite. Eine Eisentür mit einer abgegriffenen Schnalle kam zum Vorschein. Die Tür war verschlossen, aber der Schlüssel steckte. »Sehen wir nach.« Er riss sie auf und trat ein. »Au verdammt!«, entfuhr es ihm.

14

Es klopfte an die Fensterscheibe des Ateliers. Martha hob den Kopf, Caleb stand draußen. Sie bedeutete ihm einzutreten.

»Störe ich?«, fragte er.

»Nein, grüß dich. Wie geht es eurem Gast?«

Er seufzte. »Der Abend war nett. Wir haben Maji und seine Frau eingeladen. Die haben sich gut mit ihm verstanden.«

»Warum warte ich die ganze Zeit auf ein Aber?«, fragte Martha.

»Es kommt gleich. Rebecca hat vorhin angerufen. Kilele ist kurz vor elf weggegangen, um sich Tabak zu holen. Jetzt ist es nach vier, und er ist noch nicht wieder da.«

»Hat er Schlüssel?«

Jua schüttelte den Kopf. »Rebecca war zu Hause. In die Trafik und zurück braucht er keine zwanzig Minuten. Sein Handy ist ausgeschaltet. Ich zerbreche mir den Kopf, wohin er gegangen ist.«

»Vielleicht in das Heim, in dem sein Freund gewohnt hat?«, rätselte Martha. »Er hat Bekannte getroffen, sie sind ins Erzählen gekommen.«

»Ich erwarte nicht, dass er mir über jeden seiner Schritte Bescheid gibt«, sagte Caleb. »Er ist ein erwachsener Mann. Ich bin auch nicht beleidigt, wenn er von unserer Gastfreundschaft keinen Gebrauch machen will.«

»Rebecca hat erzählt, er hätte sich auch mit Simon verstanden.«

»Sag ihm nichts davon, er hat verlangt, dass Kilele sein Handy immer eingeschaltet hat. Usiku hatte mit Drogen zu tun, sein Freund Fortune hat gedealt. Ich frage mich, ob er doch damit Geld macht.«

»Jetzt redest du wie alle anderen. Er hätte sich mit Sally zusammentun können. Hat er aber nicht.« Sie zuckte bedauernd die Schultern. »Mir fällt es schwer, mich in das Denken und Fühlen eines Flüchtlings hineinzuversetzen. Aber ich habe ihm geglaubt, dass er mit Drogen nichts zu tun haben will.«

Caleb seufzte erneut. »Wenn du meinst.«

»Mach dir nicht zu viele Gedanken. Wie du gesagt hast, er ist erwachsen.«

Er wandte sich zum Gehen. »Hoffentlich mache ich mir vergeblich Sorgen, bis dann.«

* * *

»So, die Herren, wir können. Ist mein Mandant da drin?« Nemeth deutete mit seiner Aktentasche auf die Tür des Verhörzimmers. »Sie haben doch nicht ohne mich angefangen?«

»Bei der Rechtsbelehrung hat er darauf bestanden, dass sein Anwalt bei der Vernehmung anwesend ist«, sagte Küppers.

»Was stehen wir dann noch herum?«

Jeschek und Küppers wechselten einen viel sagenden Blick. »Sie gestatten, dass ich vorgehe?«, sagte Jeschek und öffnete die Tür.

Kaspar Brandstetter saß im Sessel zurückgelehnt, die Beine lässig übereinander gekreuzt. Er trug Jeans, ein Hemd und einen Kaschmirpullover. Als er den Anwalt sah, stand er auf und reichte ihm die Hand. »Herr Dr. Nemeth, schön, dass Sie kommen konnten. Es ist ungeheuerlich, wie man hier behandelt wird. Sogar mein Handy haben sie mir weggenommen. Könnten Sie veranlassen, dass ich das wieder bekomme? Ich muss ein paar dringende Anrufe erledigen.«

»Darf ich alle Anwesenden bitten, sich zu setzen?«, sagte Jeschek höflich, aber bestimmt. »Herr Brandstetter, Handys sind in Polizeigewahrsam nicht gestattet.«

»In dem Punkt kann ich nichts für Sie tun, Kaspar«, sagte der Anwalt und setzte sich. »So, jetzt möchte ich wissen, warum Herr Brandstetter vorläufig, ich betone, vorläufig festgenommen worden ist. Die Geschichte mit dem tragischen Unfall ist, soweit ich informiert bin, geklärt.«

»Ist sie nicht«, sagte Jeschek. »Bringen wir die Formalitäten hinter uns. Wir vernehmen Kaspar Brandstetter.«

Küppers leierte die Angaben zur Person herunter. »Herr Brandstetter, auf dem Firmengelände Ihres Vaters, genauer gesagt, in einem Gebäude, zu dem nur Sie Zutritt hatten, ist eine Frau gefunden worden. Sie war bewusstlos, in Folge schwerer Misshandlungen.«

Jeschek hatte wieder das Bild der Frau vor Augen. Sie hatte auf einer Matratze gelegen, zu einem hilflosen Bündel verschnürt. Ungerböck hatte Puls und Atmung kontrolliert. Sie lebte. In der Armbeuge und an den Füßen hatte sie frische Einstichstellen. Jeschek war die Durchsuchung zuwider gewesen, aber sie hatte das Leben der Frau gerettet.

»Danke, das war's«, sagte Nemeth und klappte seinen Konferenzblock zu. »Wollen Sie sich lächerlich machen? Wie kommen Sie dazu, meinen Mandanten zu verhaften?«

»Herr Brandstetter, Sie sind jeden Tag auf dem Gelände gesehen worden. Sie sind in dem Haus ein und aus gegangen! Es gibt diesbezüglich genug Zeugen.« Jeschek gab sich Mühe, sachlich zu bleiben.

»Ich war ab und zu auf dem Gelände, um meinen Vater zu besuchen«, sagte der Student. »In letzter Zeit aber nicht mehr, er ist ja immer noch in der Türkei.«

»Der Werkstattmeister hat Sie täglich gesehen! Herr Brandstetter, es bringt doch nichts zu leugnen.« Jescheks Ton war schärfer geworden.

»Das behauptet der nur! Er ist angefressen, weil mein Vater das Haus nicht ihm überlassen hat. Er hätte gerne dort gewohnt, er spielt Trompete. Zu Hause lässt ihn seine Alte nicht.« Brandstetters Arroganz war ungebrochen.

»Sie haben keine Ahnung, wie die Frau in das Haus gekommen ist?«, schaltete sich Küppers wieder ein. »Es fällt mir schwer, das zu glauben.«

»Nein. Was für eine Frau überhaupt?«

Jeschek schielte auf seine Unterlagen. »Sonja Rasumofsky. Bei Ihrer ersten Vernehmung in der Causa Lamborghini haben Sie angegeben, sie sei Ihre Freundin. Sie hat Schlüssel zu Ihrer Wohnung, somit auch Zugang zu den Wagenschlüsseln. Seit dem Unfall ist sie verschwunden.«

Brandstetter biss sich auf die Lippen. »Ich habe mir Sorgen gemacht, wo sie steckt. Wie geht es ihr?«

Küppers hieb die flachen Hände auf den Tisch. »Für wie dumm halten Sie uns? Sobald die junge Frau einvernommen werden kann, wird sie aussagen. Es ist besser, Sie arbeiten mit uns zusammen.«

Nemeth rückte seine randlose Brille zurecht. »Sie haben erwähnt, die Frau war bei ihrer Auffindung bewusstlos. Ist ihre Identität zweifelsfrei, ich betone, zweifelsfrei festgestellt?«

»Wir arbeiten mit Fakten«, sagte Küppers schneidend. »Nicht mit Behauptungen. Die Frau ist von zwei Leuten ihrer Wohngemeinschaft identifiziert worden. Übrigens, die Adresse der WG haben wir von Ihrem Mandanten.«

»Sie hat noch nicht ausgesagt?«, fragte Nemeth lauernd.

»Als Anwalt dürfen Sie bei der Vernehmung anwesend sein, aber nur als Mäuschen. Ich kann Sie jederzeit aus dem Raum verweisen«, zischte Jeschek. »Und wir sind nicht verpflichtet, Sie über den Stand der Ermittlungen auf dem Laufenden zu halten. Nun zu Ihnen, Herr Brandstetter.«

Brandstetter rang sichtlich mit sich. »Sonja hat mich gebeten, sie zu verstecken. Erst als der Wagen meines Vaters beschlagnahmt worden ist, habe ich begriffen, warum. Sie war total versessen darauf, damit zu fahren. Ich habe es ihr nicht gestattet. Mein Vater ist heikel, wenn es um den Lamborghini geht.«

»Sie müssen sich nicht selber belasten«, unterbrach Nemeth. »Ihnen ist doch klar, dass Sie auch strafrechtlich verfolgt werden, wenn Sie, ich betone, nur Beifahrer waren. Unterlassene Hilfeleistung ist ein Delikt.«

»Herr Dr. Nemeth, ich mache Sie noch einmal in aller Form und Deutlichkeit darauf aufmerksam, Sie haben zu schweigen. Das ist die letzte Warnung.« Küppers' Tonfall war unmissverständlich.

Brandstetter sah seinen Verteidiger irritiert an. »Ich … war nicht dabei, weder als Fahrer noch als Beifahrer. Sie hat meine Abwesenheit dazu benutzt …« Er legte seine Hände an ein nicht vorhandenes Steuer und ahmte das Geräusch von einem Motor nach.

»Mein Sohn macht das genauso, wenn er Autofahren spielt. Er ist sechs!« Küppers klang zynisch. »Wollen Sie damit andeuten, dass Frau Rasumofsky den Unfall verursacht hat? Dann hat sie die

Schlüssel zurückgehängt und Sie gebeten, sie zu verstecken? Hat Sie Ihnen gesagt, warum?«

»Nein! Erst bei der Polizei habe ich von dem Unfall erfahren. Da habe ich zwei und zwei zusammengezählt, ja, ich habe Sonja die Hütte gezeigt, ihr die Schlüssel gegeben und ihr Essen gebracht. Gefesselt habe ich sie nicht.«

»Haben Sie sie auf den Unfall angesprochen?« Küppers klang scharf.

»Sie … sie war nicht im Haus. Ich, ähm, habe sie seit, ähm, etwa einer Woche nicht mehr gesehen.«

Nemeth legte seine Brille ab. »Darf ich kurz? Ich möchte nicht, dass Sie Ihre und auch meine kostbare Zeit zu lange auf einen Sachverhalt verschwenden, der so nicht ist.«

»Von mir aus, aber ein falsches Wort …« Küppers deutete auf die Tür.

»Danke. Mein Mandant gibt zu, in Unkenntnis der Sachlage einer Tatverdächtigen, ähm, ich betone, Verdächtigen, ob wirklich sie am Steuer gesessen hat, steht nicht fest … dieser Person hat mein Mandant Unterschlupf gewährt. Sie haben gehört, dass Herr Brandstetter nur annimmt, dass Frau … wie war der Name … gefahren ist. Er war nicht dabei, somit kann er nicht sagen, wie sich der Unfall zugetragen hat. Ich sehe keinen Grund, ihn weiterhin festzuhalten. Zudem hat er ein Alibi, er war bei dem Clubbing. Wir haben die Aussage des Zeugen …« Er suchte in seinen Unterlagen nach dem Namen.

»Ich danke für die Zusammenfassung«, sagte Jeschek kühl. »Wir sind noch lange nicht fertig. Herr Brandstetter, ich glaube Ihnen kein Wort. Wer fesselt sich selbst! Jemand muss Ihrer Freundin dabei geholfen haben.«

»Sie ist nicht meine Freundin. Wir sind nur ab und zu miteinander ausgegangen«, sagte der Student.

»Grund genug, ihr die Schlüssel zu Ihrer Wohnung zu geben«, hakte Küppers nach.

»Na ja, wir haben miteinander geschlafen.« Er setzte sich gerade hin, zupfte an seinem Hemdkragen. »Aber es war nichts Ernstes, weder von ihr aus noch von mir. Im Bett haben wir uns verstanden. Sehr gut. Wir mochten die gleichen Praktiken.«

»Gleich werden Sie mir noch erzählen, dass sie darauf stand, gefesselt zu werden. Was für Gschichtln wollen Sie uns noch einidrucken?« Küppers rang um Fassung. »Kommen wir zu einem weiteren Punkt. Im Lamborghini ist Heroin sichergestellt worden.«

»Sonja hat ab und zu etwas geraucht«, sagte Brandstetter mit fester Stimme. »Sie ist erwachsen. Ich habe nur hie und da bei einem Rave eine Tablette eingeworfen, sonst nichts.«

»Sind Sie einverstanden, dass wir ein Haar von Ihnen ins Labor geben, um Ihre Enthaltsamkeit Drogen gegenüber zu untermauern?« Küppers beugte sich vor.

Brandstetter sah seinen Anwalt fragend an. Der machte eine ermunternde Handbewegung. »Selbst wenn Sie etwas geflunkert haben, bei Drogenkonsum kommen Sie mit einem blauen Auge davon, zumal es ein erstmaliges, ich betone, erstmaliges Vergehen ist.«

»Beim Handel schaut es dann etwas anders aus«, sagte Jeschek. »Darauf kommen wir als Nächstes zu sprechen.«

* * *

Martha fiel es schwer, sich zu konzentrieren. Sie bastelte lustlos am Layout des Folders über das Pulkautal. Dem Auftraggeber war ihr erster Entwurf zu gewagt gewesen. *Schade,* hatte Clemens gemeint. *Er hat kein Auge für deine Ideen. Damit musst du leben, wer zahlt, befiehlt.* Ihre Gedanken kreisten um die Schwangerschaft. Und um Jeschek.

Sie stand auf und drückte das Kreuz durch. Auf andere Gedanken kommen, den Kopf auslüften, einen Spaziergang machen. Sie schloss das Atelier hinter sich zu und ging die Gasse stadtauswärts Richtung Gürtel. Der Fön hatte nachgelassen, es war etwas kälter geworden, aber für die Jahreszeit immer noch viel zu warm.

Sie bog in die Bennogasse. Neben dem Blumenladen auf der anderen Straßenseite standen zwei Polizeiautos, ein Streifenwagen und ein Wagen der Spurensicherung. In so einem war sie erkennungsdienstlich behandelt worden, nachdem ihr früherer Freund ermordet worden war.

Jemand trat ihr auf den Fuß.

»Entschuldigung«, murmelte Martha.

»Nichts passiert«, sagte der Mann.

Sie hob den Kopf. Vor ihr stand Mr. Jennings, nein, der Mann, den sie mit Sally gesehen hatte! Er musterte sie flüchtig, warf einen Blick auf die andere Straßenseite und ging mit langen Schritten Richtung Josefstädter Straße. Hatte sie nur geglaubt, er sei es? Sie musste sich vergewissern, bevor sie … was tun, wenn er es war?

Martha bemühte sich aufzuholen. Der Mann drehte sich ein paarmal um, schaute zurück. Bei einem Fußgängerstreifen blieb er stehen. Sie kam nahe genug an ihn heran, um sein Gesicht zu erkennen. Kein Zweifel. Die Ähnlichkeit mit Mr. Jennings war verblüffend. Obwohl, Jennings hätte die Haare nie so kurz getragen. Seine Locken waren sein ganzer Stolz gewesen. Sie und ihre Teamkameradinnen hatten über seine Angewohnheit gekichert, jedes Match mit dem Kamm zu dirigieren.

Schnell holte sie ihr Handy aus der Jackentasche und wählte Jescheks Nummer. Martha hasste es, im Gehen zu telefonieren, aber sie durfte nicht riskieren, den Mann aus den Augen zu verlieren. »Geh ran!«, flehte sie. »Bitte.« Sein Handy war ausgeschaltet, im Büro war er nicht.

Und jetzt? Der Abstand zwischen ihr und dem Mann hatte sich vergrößert. Sie beschleunigte ihre Schritte. Den Journaldienst anrufen? Bis sie denen klar gemacht hatte, worum es ging, war der Mann über alle Berge. Sie musste mit jemandem sprechen, der sie kannte. Hans. Der konnte ihr vom Spital aus nicht helfen, aber er wusste bestimmt Rat. Gut, dass sie seine Nummer notiert hatte. Zu ihrer Erleichterung hob er ab. »Hallo, Hans, Martha hier. Bitte entschuldige, wenn ich dich nicht als Erstes nach deinem Empfinden befrage. Ich habe einen Notstand.«

»Lass hören«, sagte er mit ruhiger Stimme.

»Ich hatte vorhin einen Zusammenstoß mit dem Mann, den ich mit Sally zusammen gesehen habe.«

»Pichler?«

»So heißt er? Ich gehe hinter ihm her. Ich kann Simon nicht erreichen, was soll ich tun?«

»Wo genau bist du?«

»Josefstädter Straße, Höhe Café Hummel.«

»Folge ihm so unauffällig wie möglich. Dich hat er noch nie gesehen, oder?«

»Doch, wie er mich gerammt hat.«

»Ich glaube nicht, dass er dich bewusst wahrgenommen hat. Er wird sich nicht weiter den Kopf darüber zerbrechen. Zudem wird es schon dunkel. Ich versuche, Jeschek oder sonst jemanden vom Verein zu organisieren, der übernehmen kann. Wenn er in ein Auto steigt, schreib Marke und Kennzeichen auf, desgleichen, wenn es ein Taxi ist. Ist ein zweites greifbar, fahr ihm nach. Fährt er mit den Öffentlichen, steigst du ebenfalls zu. Sprich ihn nicht an. Glotz nicht hin, benimm dich unauffällig.«

»Soll ich nicht doch lieber die von der Sicherheitswache holen?«

»Uniformen könnten ihn nervös machen. Ich erwische Jeschek, verlass dich drauf. Er wird dich umgehend anrufen, sonst ist er mein Freund gewesen. Gib mir deine Handynummer.«

»Die hat er doch.«

»Nein, für mich hier, ich rufe dich zurück.« Er wiederholte die Nummer. »Siehst du den Typen noch?«

»Ja, er geht stadteinwärts, zirka vierzig Meter vor mir.«

»Du schaffst das.«

»Wenn du meinst. Und wie geht es dir?«

»Ich empfinde mich definitiv auf dem Weg der Besserung.«

»Warum sprichst du dann so komisch?«

»Nichts, nur ein Zitat. Wir müssen jetzt auflegen, ich hab hier nur ein Telefon.«

* * *

»Sie versuchen hier mit aller Gewalt, meinen Mandanten zu belasten. In Tat und Wahrheit haben Sie keinen einzigen Beweis.« Nemeth war die Verachtung in Person. »Ihre Beschuldigungen sind haltlos, ich betone, haltlos. Herr Brandstetter verhält sich kooperativ. Auch wenn er ein, zwei Mal Drogen genommen haben sollte, das macht ihn noch nicht zum Dealer.«

»Der Apfel fällt nicht weit vom Stamm, lautet ein altes Sprichwort.« Jeschek tippte auf die Papiere vor ihm. »Nach unseren Ermittlungen hat die Spedition Brandstetter, also der Vater des Herrn hier, Suchtmittel aus der Türkei nach Wien geschmuggelt.«

»Das kann auch einer der Angestellten gewesen sein. Was hat das mit meinem Mandanten zu tun?«

»Welchem Ihrer Mandanten? Vertreten Sie auch Herrn Brandstetter senior? Gegen ihn läuft ein internationaler Haftbefehl. Wenn Sie von ihm hören, raten Sie ihm, schleunigst nach Österreich zurückzukehren, der Staatsanwalt würde es wohlwollend zur Kenntnis nehmen«, sagte Küppers. »Zu den Fakten, Nummer eins: Auf dem Gelände sind Kartons sichergestellt worden, in denen laut Frachtpapieren T-Shirts waren. Und was haben wir da drin gefunden? Heroin! Die Kartons sind nicht schnell genug entsorgt worden.«

Nemeth spielte mit seinem Kugelschreiber, einem dicken, protzigen Teil. »Ich darf ja nichts mehr sagen, nur ich sehe da immer noch keinen Zusammenhang mit den Umständen, die Sie zum Anlass nehmen, einen unbescholtenen Bürger hier festzuhalten«, sagte er.

Jeschek musste mit sich kämpfen, um einen höflichen Umgangston zu wahren. »Das war's. Herr Nemeth, die weitere Einvernahme findet ohne Sie statt.«

»Das können Sie nicht machen!«, protestierte der Anwalt.

»Können wir doch«, sagte Küppers schneidend. »Die Bestimmungen muss ich Ihnen nicht näher erläutern.«

»Befürchten Sie, dass meine Anwesenheit Ihre weiteren Erhebungen gefährdet? Da kann ich Sie beruhigen. Ab sofort schweige ich wie ein Grab.«

Jeschek stand auf und machte die Tür auf. »Herr Nemeth, guten Tag.«

»Das wird Ihnen Leid tun«, schimpfte der Anwalt. »Ich werde mich beschweren. Mit Hofrat Magister Raschauer bin ich bekannt, wir sind im gleichen Golfclub. Ich werde ihn anrufen, oder besser, ich gehe gleich zu ihm.«

»Leider ist er nicht da«, sagte Küppers ironisch. »Er hat einen Termin auswärts.«

Nemeth nahm sein Handy und stand auf. »Kaspar, wir bleiben in Verbindung. Das ist ein Rechtsstaat, wir werden alles tun, um Ihnen zu helfen.«

Jeschek schloss die Türe. Es gab Mittäter, er musste jede Möglichkeit ausschließen, dass die gewarnt werden konnten. »Nach unseren Erkenntnissen liegt die Wahrheit anders, Herr Brandstetter.« Er fixierte den jungen Mann. »Auf den Unfall mit Fahrerflucht kommen wir später zurück. Auch zu der äußerst unglaubwürdigen Geschichte, wie Frau Rasumofsky in das Haus auf dem Firmengelände gekommen ist.«

»Wir sind an dem Punkt stehen geblieben, dass auf dem Firmengelände Ihres Vaters Heroin gefunden worden ist, das war Fakt eins«, sagte Küppers. »Fakt zwei: Ihr Vater hat die Drogen einem Dealer, nennen wir ihn Tschortsch, übergeben.«

Jeschek ließ den Studenten keine Sekunde aus den Augen. Brandstetter atmete kurz und heftig.

»Und?«, sagte er mit gequälter Stimme.

Für Jeschek war es Zeit für eine Breitseite. »Die Kollegen im achten Bezirk suchen den Fahrer des Unglückswagens, Kollege Küppers einen Dealer, ich aber suche einen Mörder.« Er knallte das gerahmte Foto, das Brenneis aus Brandstetters Wohnung mitgebracht hatte, auf den Tisch. »Ein Anruf bei Ihrer früheren Schule war äußerst informativ.«

Brandstetter warf einen Blick auf das Bild, dann schloss er die Augen.

»Sie sind mit Jörg Pichler, alias Tschortsch, seit Jahren befreundet! Ihr Klassenlehrer konnte sich bestens an Sie und Pichler erinnern. Sie hatten die Ideen, Ihr Kumpel hat sie ausgeführt. Zum Beispiel das mit den Zigaretten. Sie haben ein paar Stangen aus der Spedition entwendet. Pichler hat sie auf dem Schulhof verkauft. Haben Sie den Gewinn mit Tschortsch geteilt oder hat er nur den kleineren Anteil erhalten?«

Brandstetter zierte sich noch immer. »In meiner Volksschulklasse hat einer Pichler geheißen. An den kann ich mich kaum erinnern.«

»Sie lügen! Die Bilder zeigen Sie im Verlauf der Jahre. Als Taferlklassler hätte ich ihn nicht erkannt, auch wenn groß und deutlich *Jörg* auf seiner Schultüte steht. Hier sieht man Sie bei der Firmung, hier gemeinsam auf der Bühne. Wie hat die Band geheißen? Ich kann es nicht erkennen, nur *The Viennese* ...«

»*The Viennese Tiger Rockers*«, sagte Brandstetter matt.

»Klingt gut, der Name«, fand Jeschek. »Was haben Sie gespielt?«

»Schlagzeug.«

»Das kann ich erkennen, die Musikrichtung hätte mich interessiert.«

»Eine Mischung von Rock und Country.« Er atmete wieder gleichmäßig.

»Der Mann an der Gitarre ist doch Pichler? Um Ihrem Gedächtnis auf die Sprünge zu helfen, hier, ein neueres Bild von ihm.« Jeschek hielt ihm das Foto vor die Nase. »Pichler ist mit Ihnen zusammen auf dem Firmengelände gesehen worden, beim Verlassen der Hütte, in der sich Ihre Freundin angeblich freiwillig versteckt hielt.«

»Ich sage nichts mehr.«

»Schade. Das hätte das Strafmaß doch etwas –« Das Telefon läutete. Jeschek nahm den Hörer ab. »Muss das jetzt sein? Wir sind bei einer wichtigen – Wo? Klar, wir kommen sofort.« Er stand auf. »Wir setzen die Einvernahme später fort.«

* * *

Der Mann hatte sein Tempo gedrosselt. Er schaute die Straße hinunter. Martha ging in einem Hauseingang in Deckung. Er hatte sie gesehen. Hastig zog sie die Patchworkjacke aus und wendete sie.

Die Innenseite war schwarz, die auffälligen bunten Karos waren verschwunden. Sie nahm den Schal und schlang ihn um den Kopf.

Er schlenderte nur noch, blieb stehen. Die Auslage eines Spielwarengeschäftes studierte er, als müsse er sie auswendig lernen. Martha betrachtete ihrerseits das Schaufenster eines Schuhladens. Dann bog er in die Lederergasse, ging auf die Bushaltestelle zu. Martha blieb in gebührender Entfernung stehen und musterte die Beine der Leute, die auf den Bus warteten. Umgekrempelte Jeans waren immer noch in Mode, Mr. Jennings alias Pichler trug welche und noch zwei andere.

Das Handy brummte. Sie zog es aus der Brusttasche ihres Hemdes. Genau genommen war es Jescheks Hemd. Sie hatte es angezogen, weil sie ihn vermisste. Wenn sie sein Hemd trug, war es, als sei er ein bisschen bei ihr.

Hans klang zuversichtlich. »Ich habe Simon aufgescheucht, er meldet sich in Kürze. Bist du noch an ihm dran?«

»Ja«, flüsterte sie. »Ich glaube, er will zum Bus, Linie 13 A.«

»Gib die Richtung an, wenn du eine Linie erwähnst.«

»Richtung Südbahnhof.«

»Ich leg jetzt auf. Du bist eine Weile auf dich gestellt.«

»Die Sache gefällt mir nicht.«

»Martha, du bist auf einer belebten Straße. Dir kann nichts passieren.«

»Wenn du meinst. Achtung, der Bus kommt.«

Pichler machte keine Anstalten einzusteigen. Der Bus war gerammelt voll. Während der Stoßzeit konnte man sicher sein, dass hinter einem vollen Bus ein halbvoller und dann noch ein leerer folgte. Und richtig, noch bevor der erste abgefahren war, folgte schon der nächste.

Er stieg vorne ein, Martha setzte sich in die hinterste Reihe und hielt den Kopf gesenkt. Sie schielte nach links und rechts, probierte aus, wie sie ihn möglichst unauffällig beobachten konnte. Am einfachsten war es, wenn sie sein Spiegelbild im Auge behielt. Er stand beim Fahrer und schaute geradeaus.

Sie näherten sich der Haltestelle Neubaugasse, Ecke Mariahilferstraße. Dort pflegte sich der Bus zu leeren. Wenn er hier ausstieg, lief sie Gefahr, dass er ihr im Getümmel der Einkaufsstraße entwischte.

Die Türen öffneten sich. Der Mann machte einen Schritt zum Ausgang, blieb stehen. Zwei kichernde Teenager drängelten an ihm vorbei. Neue Fahrgäste stiegen zu, einige mit riesigen Einkaufstaschen. Martha verlor Pichler aus den Augen.

* * *

»Küppers, mach schon, es brennt!« Jeschek rannte die Treppe hinunter. »Pichler darf uns nicht durch die Lappen gehen.«

»Den werden wir einbuchteln«, beruhigte ihn sein Kollege und schnallte sich im Laufen das Waffenholster um.

Das Wort hatte Martha kreiert. Das halbe Sicherheitsbüro hatte gelacht, als er damit angekommen war. Seither gehörte es zum Wortschatz vieler Kollegen. Jeschek setzte sich auf den Beifahrersitz. »Ich bin nur froh, dass wir Nemeth rausgestellt haben, bevor das Thema Pichler aufs Tapet gekommen ist. Er könnte ihn warnen!«

Küppers knallte die Lampe aufs Dach und startete den Motor. »Hast du Kontakt? Stell fest, wo die beiden jetzt sind. Ich muss mich entscheiden, wie ich fahre.«

Jeschek nahm sein Handy und rief Marthas Nummer auf. Den aufgeschlagenen Stadtplan legte er sich auf die Knie. »Weiß ich auch, verdammt. Es ist meine Freundin, die hinter Pichler her ist.«

»Wäre dir umgekehrt lieber?«, fragte Küppers trocken.

»Red nicht so deppert«, wehrte Jeschek ab. »Zu blöd, dass wir keine Zeit hatten, Brandstetters Handy zu kontrollieren.«

»Wo ist Brenneis? Ich dachte, der kümmert sich darum.«

»Er hat einen Termin, Physiotherapie. Verflixt, heute geht es Schlag auf Schlag. Wochenlang tut sich nichts und dann …« Jeschek wollte lieber nicht daran denken, was in der nächsten halben Stunde noch alles passieren konnte.

* * *

Martha stand auf und ging eine Sitzreihe weiter. Pichler war noch im Bus.

Hans hatte gesagt, es werde nicht lange dauern. Wie lange war nicht lange? Die fünf Minuten, die sie bisher für die Busfahrt benötigt hatten? Hinter ihr setzten sich ein Mann und sein Sohn hin. Der Bub musste in Alex' Alter sein. Sie unterhielten sich über Schach.

»Aber wenn ich mit dem Springer auf G5 gefahren wäre, hättest du mich in drei Zügen schachmatt gesetzt«, sagte der Bub.

Martha hörte fasziniert zu. Der Bus fuhr über die Mühlendorfer Straße und blieb beim Apollo Kino stehen. Pichler stieg aus, Martha folgte ihm.

Wenn Pichler bloß nicht ins Kino ging. Der Komplex hatte sechs Säle und noch mehr Ausgänge. Nein, er blieb stehen. Klar, er stieg um. Hier hielten Busse der Linie 14A. Er holte eine Flasche aus seinem Rucksack, schraubte den Deckel ab und nahm einen langen Schluck. Martha kehrte ihm den Rücken zu und betrachtete den Kinoaushang.

Es dauerte nicht lange, bis ein Bus kam. Pichler stieg wiederum vorne ein. Martha platzierte sich in der Mitte des Wagens. Von hinten war es zu schwierig, ihn ständig im Blickfeld zu halten. Sie klammerte sich an eine Haltestange. Der Fahrer stieg aufs Gas, als wolle er einen Streckenrekord aufstellen. Die Kurven schnitt er und an den Haltestellen bremste er ruckartig. Die Bemerkung einer Dame drang in ihr Bewusstsein. »Wie der fährt, man möchte sich am liebsten anschnallen.«

Am Matzleinsdorfer Platz musste sie wieder aufpassen. Dort gab es unzählige Möglichkeiten umzusteigen. Ihr Handy brummte.

»Watson, wieder mal in Aktion?« Jeschek klang weder verärgert noch besorgt, eher sachlich.

»Hans hat mich darum gebeten.«

»Er hat eine Weile gebraucht, mich zu erreichen. Bist du noch an der Zielperson dran?«

»Ja.«

»Fantastisch. Wo bist du?«

»Linie 14 A, Matzleinsdorfer Platz.«

»Wo?«

»Ich kann hier nicht herumbrüllen. Wir stehen am Matzleinsdorfer Platz, Fahrtrichtung Reumannplatz.« Sie gab sich Mühe, so leise wie möglich und doch deutlich zu sprechen.

»Martha, wir machen Folgendes. Ich bin zwar unterwegs, allerdings dauert es noch eine Weile, bis wir zu dir aufschließen. Es ist Rushhour. Alle wollen aus der Stadt raus.«

»Raschauer? Was hat der damit zu tun?«

»Rushhour, Stoßzeit. Bleib im Bus. Ich könnte … welchen Mantel trägst du?«

»Die Patchworkjacke, helle Jeans.«

»Gib mir eine Beschreibung des Mannes.«

»Um die einsachtzig groß, mittlere Statur, glattrasiert, den Schädel rundum, Mitte zwanzig, schätze ich.«

»Seine Kleidung habe ich gemeint.«

»Schwarze, verwaschene Jeans mit Umschlägen, eine graue Jacke aus Kunststoff mit roten Nähten und rotem Kragen, Lederschuhe. Er hat einen dunkelblauen Nylonrucksack dabei.«

»Ich versuche jemandem im KK Süd zu erreichen. Der Bus fährt in zirka fünf Minuten dort vorbei, dann bekommst du Unterstützung. Leg nicht auf! Ich habe ein zweites Handy. Tu so, als würdest du einem endlosen Monolog meinerseits zuhören. Ich melde mich gleich wieder.«

* * *

»Schubert ist da? Dann verbind mich. Ja, ich habe seine direkte Nummer gewählt. Nein, ich bin nicht bereit, mich einem Verhör zu unterziehen … Schubert? Kannst du alles stehen und liegen lassen und in den nächsten Bus Richtung Reumannplatz einsteigen? Es geht um einen Verdächtigen in einem Mordfall, vergiss deine Puffn nicht.« Jeschek griff an seine Hüfte. Diesmal hatte er seine Waffe dabei. »Moment, bleib dran, ich bin gleich wieder bei dir.« Er wechselte das Handy. »Martha, kannst du die Nummer des Busses erkennen?«

»Ich versteh dich nicht!«

»Wir sind mit Horn unterwegs«, brüllte Jeschek. »Die Nummer des Busses brauche ich.«

»Ich kann doch nicht während der Fahrt aussteigen und einen Blick auf das Schild werfen!«

Jeschek bedeutete Küppers, das Horn auszuschalten. »Siehst du zum Führerstand? Die steht auf der Frontseite.«

»Ja, stimmt. Acht sieben vier sechs.«

»Super. Bin gleich wieder bei dir … Schubert? Bist du schon auf der Straße? Was, der Bus … weg? Die Nummer 8746? Scheiße! Martha, wo bist du jetzt?«

»Immer noch im Bus. Wir halten schon wieder. Uups. Zielperson steigt aus, ich auch. Wir sind immer noch auf der Gudrunstraße, er biegt um die Ecke auf die Laxenburger Straße, geht Richtung Quellenplatz.«

»Du machst das gut. Wir sind noch nicht ganz da, aber du bekommst gleich Unterstützung. Ein Kollege ist dir auf den Fersen. Ich sag ihm, wie er gehen muss.«

Küppers fuhr was das Zeug hielt. »Du machst Druck, Jeschek.«

»Pichler könnte der Mörder von Usiku sein.« Jeschecks Stimme war die Anspannung anzumerken. »Schubert? Zielperson und Martha sind jetzt auf der Laxenburger. Zu Fuß, du kannst sie locker einholen … Martha? Seid ihr schon am Quellenplatz?«

»Nein. Der ist in einen Supermarkt gegangen, ich warte draußen.«

»Schubert müsste gleich bei dir sein. Wenn alles vorbei ist, gebe ich ein Bier aus, so groß, wie du willst.«

»Das … ja, äh, darüber reden wir … Achtung, er kommt raus. Ich habe Angst, er merkt, dass ich ihn verfolge.«

»Hat er dich gesehen?«

»Ja, kurz, in der Bennogasse, wie er mir auf den Fuß getreten ist.«

»Wo genau?«

»Auf meiner Seite war ein Antiquitätengeschäft, gegenüber ein Blumenladen. Er hat auf die andere Seite gestarrt. Dort waren zwei Polizeiautos.«

»Wahrscheinlich wollte er seinen Freund besuchen, den haben

wir heute verhaftet. Martha, fühlt er sich beobachtet? Schaut er hinter sich? Hat er telefoniert, seit du ihm folgst?«

»Ich glaube nicht, außer es war ein sehr kurzes Gespräch.«

»Gut ... Schubert, du Lama, die beiden haben bei einem Supermarkt einen Boxenstopp eingelegt. Siehst du sie? ... Hab dich nicht so, in dem Abschnitt kann es ja nicht hunderte geben ... Akzeptiert, das nächste Mal gebe ich durch, welche Kette. Ja, wir Schnecken haben es immerhin bis zum Karlsplatz geschafft ... Martha ist einssiebzig, schlank, mittelblond, dichtes, glattes Haar, schulterlang. Anfangs dreißig. Ovales Gesicht, dunkle Augen. Trägt einen kurzen Mantel mit auffälligen Karos in Grün, Grau und Rot, helle Jeans ... niemand zu sehen?«

* * *

Sie waren beim Quellenplatz angelangt. Pichler blieb vor einer Buchhandlung stehen und betrachtete die Auslage. Martha orientierte sich. Welche Linien fuhren von hier weg? Straßenbahn Linie 6. Auf der anderen Seite der Kreuzung gab es noch eine Haltestelle. Von ihrem Standort aus konnte sie die Nummern der Linien nicht erkennen.

»Martha?«

Das Horn übertönte seine Stimme. »Ja?« Pichler hatte sich wieder in Bewegung gesetzt, überquerte die Straße.

»Schubert hat dich noch nicht gesehen, wo genau bist du?«

»Am Quellenplatz vor einer Buchhandlung.« Sie drehte sich um. »Franz irgendetwas heißt die. Ich glaube, der Typ will in die Straßenbahn. Ein Zug fährt ein, Linie 67. Pichler gibt Gas, ich muss mich sputen. Es geht Richtung Oberlaa.«

»Ich verstehe nicht, warum Schubert dich noch nicht gesehen hat, deine Jacke ist doch so auffällig.«

Sie sah an sich hinunter und erschrak. »Genau aus diesem Grund habe ich sie umgedreht, jetzt ist Schwarz außen. Und ... ich trage den grauen Schal als Kopftuch.«

Von seinem anderen Gespräch bekam sie nicht viel mit, auch wenn sie das Handy dicht ans Ohr gepresst hielt.

»Jetzt passt es. Schubert hat dich einsteigen sehen. Wenn er die Beine in die Hand nimmt, kann er dich am Reumannplatz einholen. Das sind kaum dreihundert Meter. Wir brauchen noch zirka acht Minuten schätze ich, dann sind wir da.«

»Da kann viel passieren. Ich habe Angst, dass er sich in Luft auflöst.«

»Das erlauben wir ihm nicht. Wenn etwas ist, melde dich, ich hab dich auf der Freisprechanlage.«

»So eine wünsche ich mir auch, mein Arm wird steif. Und ich fürchte, der Akku macht nicht mehr lange mit.« Sie ließ einen Moment den Arm sinken. Undeutlich war aus dem Handy das Folgetonhorn der Polizei zu hören. Martha wickelte es in den Mantelärmel. Die Straßenbahn hielt Ecke Reumannplatz. Sie hielt das Handy wieder ans Ohr. »Simon?« Keine Antwort. »Jeschek?«, fragte sie eindringlich. »Wie erkenne ich Schubert?«

»Schubert wird dich ansprechen. Achte du nur auf die Zielperson. Was macht er?«

»Nichts. Er sitzt da und schaut zum Fenster hinaus. Ich halte mich hinter ihm.«

»Sehr klug.«

Martha setzte sich auf einen frei gewordenen Platz und versuchte sich zu entspannen. Aber das wurde ihr nicht vergönnt. Halb Favoriten drängte in die Straßenbahn. Das ging nicht ohne Unfreundlichkeiten.

»Gehens vor, ja, Sie, junger Mann«, befahl eine Frau, die zwei voll bepackte Einkaufstaschen schleppte. »Es wollen noch mehr Leute einsteigen.«

»Sie haben mir nicht zu sagen, wo ich mich hinstellen soll«, gab der Angesprochene in scharfem Ton zurück. Er hatte sein Haar zu einem Pferdeschwanz zusammengebunden.

»Nun machens schon, oder sind Sie grenzdebil?«, keifte die Frau.

»Hör auf, du alte Schachtel, das muss ich mir nicht gefallen lassen. Jetzt bleibe ich extra, wo ich bin.« Er klang aggressiv.

»Kauf dir doch eine eigene Straßenbahn, du Affe, du, dir gehört eine übergezogen«, sagte sie gehässig.

Martha lauschte der Konversation mit wachsender Besorgnis. Der Frau, einer stämmigen Mittvierzigerin, traute sie es zu, dass sie hinlangte. Aber sie hatte keine Hand frei, sonst wäre es wahrscheinlich zu Tätlichkeiten gekommen.

Martha konzentrierte sich wieder auf Pichler. Zwei Stationen weiter bewegte er sich im letzten Moment zur Tür. Martha wurde beinahe eingeklemmt, aber sie war draußen. Sie holte ihr Handy hervor. »Simon? Wir sind an der Station Schleifergasse. Wir gehen jetzt, Fahrtrichtung stadtauswärts gesehen, in die erste Quergasse rechts, die heißt ... Schleifergasse, passend zur Haltestelle.«

»Verstanden. Wir sind im Anflug.«

Sie ließ sich etwas zurückfallen. Viele Leute waren ausgestiegen, aber die Menge dünnte sofort aus. Einige hasteten in die umliegenden Geschäfte, viele gingen zum Parkplatz unterhalb des Favoritner Gewerberings. Martha arbeitete gelegentlich mit einer Offset-Druckerei zusammen, die lag ein Stück weiter oben.

»Nicht zu hastig, Frau ... darf ich Sie Martha nennen?«, sagte eine Stimme hinter ihr. »Nein, nicht umdrehen. Bleiben Sie stehen und tun Sie so, als müssten Sie sich die Schuhe binden.«

Sie fühlte sich wie in einem billigen Agentenfilm.

»Jeschek hat mich geschickt. Ich habe ihm gesagt, dass ich aufgeholt habe, Sie können das Gespräch mit ihm beenden.«

Sie starrte auf ihr Handy, das kläglich piepte, und steckte es in die Tasche. »Hat sich von selbst erledigt. Der Akku ist leer. Und die Schuhe kann ich nicht länger binden, ich gehe weiter«, zischte sie.

Die Leute hatten sich verlaufen, sie drei waren die Einzigen in der Gasse. Der Motorenlärm von der Favoriten Straße war nur noch gedämpft zu hören. Die Wohnbauten lagen etwas von der Straße zurückversetzt. Auf der Grünfläche standen Platanen. Eine fetzige Melodie erklang.

Pichlers Handy.

Er fischte es aus der Innentasche seiner Jacke, nahm das Gespräch entgegen und blieb stehen. Seine Körperhaltung veränderte sich, er fuchtelte mit dem rechten Arm durch die Luft.

Martha verlangsamte ihre Schritte.

Pichler steckte das Handy weg und ging zu dem Würstelstand auf der linken Straßenseite. Er bestellte etwas, dann drehte er sich um und sah sie direkt an.

»Und jetzt?«, flüsterte Martha ins Nichts.

»Gehen Sie ruhig weiter«, brummte es hinter ihr.

Schubert war hinter einem geparkten Auto abgetaucht. Er hatte noch etwas gesagt. »Wie bitte?«, zischte sie.

»Gehen Sie an ihm vorbei, nehmen Sie die zweite Gasse rechts. Ich versuche, ihn zu überraschen.«

»Ich mach mich aus der Schusslinie«, flüsterte sie und senkte den Blick. Nur nicht zu Pichler hinüberschauen, einfach weitergehen.

Es ist vorbei, sagte sie sich. Zweite Gasse rechts, die führt schon irgendwohin. Jeschek wird sich rühren, sobald die Festnahme erfolgt ist.

Sie atmete tief aus. Ihr Herz hämmerte. Sie war Grafikerin, keine Polizistin. Und der Mann war mit ziemlicher Sicherheit ein Mörder.

Ratlos blieb sie vor einem Zaun stehen. Hier kam sie nicht weiter. Sie war in eine Sackgasse geraten.

15

Hatte sie Schubert falsch verstanden? Links und rechts konnte man leicht verwechseln. Martha sah sich um. Das war einmal die Zufahrt zu einem Betrieb gewesen. Der Boden war mit Schlaglöchern übersät, der Teer an mehreren Stellen aufgebrochen. Müll lag herum, Zeitungsfetzen, leere Getränkedosen. Sträucher wucherten auf beiden Seiten. Sie musste zurück zur Schleifergasse. Sie würde nicht zur Favoriten Straße gehen, sondern in die andere Richtung. Vielleicht war alles schon vorbei. Hatte Schubert Pichler im Alleingang festgenommen?

Das hätte ihr sofort auffallen müssen, in der Sackgasse gab es keine Straßenlampen. Die vergangene Stunde hatte sie mehr mitgenommen, als sie wahrhaben wollte. Ihre Füße waren schwer wie Blei, ihre Tasche wog Tonnen. Jetzt übertreibst aber, schalt sie sich. Wenn schon wirst du Mutter, nicht Großmutter.

Martha blieb stehen. Mit dem werdenden Vater würde sie noch heute reden. Ob der sich überhaupt freute? Für ihren Teil war sie sich jetzt ganz sicher.

Splitterndes Glas riss sie aus ihren Gedanken. Als sie die Gestalt wahrnahm, war es zu spät. Pichler hatte sie von hinten gepackt.

»Keinen Schritt weiter, Bulle, oder deine Kollegin ist hin! Dass ihr mir folgt, war ja gegen den Wind zu riechen«, schrie er. »Und komm nicht auf die Idee, von deiner Waffe Gebrauch zu machen. Auf den Boden legen! Schön langsam.«

Martha brauchte eine Weile, um die Situation zu erfassen. Pichler hielt sie fest an sich gedrückt. Etwas Spitzes kitzelte an ihrem Hals. Sie schielte nach unten. Ein abgebrochener Flaschenhals, scharf gezackt.

Schubert hob zögernd die Arme. »Machen Sie keinen Unsinn, Pichler. Sie haben ausgespielt. Tun Sie der Frau nichts! Sonst sieht es für Sie noch schlechter aus!«

»Du hast nichts zu melden. Deinen Wagen will ich. Her mit den Schlüsseln!«, brüllte Pichler. »Und dein Handy. Aber plötzlich.«

Schubert schien darauf bedacht, Zeit zu gewinnen. »Ich bin Ihnen in den Öffentlichen gefolgt, zuletzt in der 67.« Er machte eine Pause.

»Ich rufe im Kommissariat an und lasse einen Wagen schicken. Ohne dass die Kollegen misstrauisch werden. Aber dazu brauche ich mein Handy.«

»Willst du mich für dumm verkaufen?« Pichler klang verärgert.

»Nein. In der 67 hat es beinahe einen Zwischenfall gegeben.« Er bewegte sich millimeterweise auf sie zu. »Eine Bisgurn, wie sie im Buche steht, war kurz davor, einen jungen, starken Mann zu verprügeln.«

»Stehen bleiben«, brüllte Pichler und wich einen Schritt zurück.

Martha fühlte die Scherbe an ihrem Hals. Sie konnte nur ausweichen, wenn sie sich noch enger an Pichler presste. Sie musste sich zwingen, einen klaren Kopf zu behalten. Pichlers säuerlicher Atem blies an ihr Ohr. Konnte sie ihre Lage ändern? Wenn sie ihren Kopf ruckartig zurückschnellte? Ihren Hinterkopf auf sein Kinn knallen ließ? Mit Anlauf hätte sie vielleicht eine Wirkung erzielt, aber sie hatte keinen Spielraum. In seinen Schritt greifen, kräftig zupacken? Ihre linke Hand konnte sie bewegen. Er würde sich vor Schmerz zusammenkrümmen und ihr Hals wäre aufgeschlitzt.

»Gut, von mir aus. Du rufst an, aber keine Tricks, sonst ist die Frau nicht mehr lange deine Kollegin. Und du bist so lieb und gibst mir deine Waffe.«

»Ich habe keine«, presste Martha zwischen den Zähnen hervor.

»Mit was für Weicheiern habe ich es hier zu tun«, spottete Pichler. »Sind mit den Öffis unterwegs, ist euch der Sprit ausgegangen? Keine Waffe dabei? Das kannst du mir nicht erzählen.« Er tastete mit der linken Hand über ihren Rumpf, um ihre Hüfte. »Das hätte ich mir nie träumen lassen, dass ich mal einen weiblichen Bullen perlustriere.«

Sonst hatte sie das Wort zum Lachen gebracht. Durchsuchen, Leibesvisitation. Tränen der Wut stiegen Martha in die Augen. Sie fühlte sich hilflos, ausgeliefert. Und der grapschte noch an ihr herum.

»Womöglich hast du sie in der Handtasche? Her damit!«

Es war zu dunkel, er hatte nicht erkennen können, dass sie keine gewöhnliche Handtasche hatte, sondern eine Art Seesack. Sie hatte den Verschluss immer gut zugezurrt, damit niemand hineingreifen konnte. Um den aufzubekommen, brauchte man beide Hände. Da bot sich vielleicht eine Gelegenheit …

»Auch dort werden Sie nichts finden«, meldete sich Schubert. »Die Frau –«

»Lass nur, Kollege«, fiel sie ihm ins Wort. Schubert durfte nicht verraten, dass sie nicht zu seiner Truppe gehörte. Sie gab sich Mühe, damit ihre Stimme nicht zitterte. Pichler sollte von ihrer Angst nichts merken. »Ich möchte den Herrn nicht weiter nervös machen. An meiner Stelle würdest du das Gleiche tun, mein Hals ist sehr empfindlich. Nur zu, Pichler, die Glock ist in meiner Tasche, bedien dich.«

Er griff nach ihrem Beutel. »Und du da drüben machst den Anruf. In fünf Minuten steht der Wagen beim Würstelstand, mit laufendem Motor, Schlüssel im Zündschloss.«

»Sieht doch faul aus, kann ich nicht einsehen. Die Kollegen sind ja nicht blind. Die würden sofort sehen, dass es nicht mit rechten Dingen zugeht.«

Er brauchte das Wort *sehen* oft und betonte es auffällig. Wollte Schubert ihr damit etwas sagen?

»Ich organisiere Ihnen einen Wagen, sehen Sie zu, wie weit Sie damit kommen, aber die Frau bleibt hier.«

»Nein, die nehme ich mit. Als Polizeischutz, bis ich in Sicherheit bin«, sagte Pichler und lachte.

»Geiselnahme wäre neu in Ihrem Repertoire«, meinte Schubert. »Geben Sie auf, Pichler. Die gesamte Exekutive Wiens wird Sie jagen.«

Hatte Jeschek mitbekommen, was passiert war? Er hatte ständig mit Schubert Kontakt gehalten. Sie beobachtete den Polizisten genau. Er spreizte den kleinen Finger zweimal ab. Im Gebüsch an der Ecke, keine drei Meter vor ihr, raschelte es. Der Wind ging kaum.

»Verdammt, ich bekomme das Ding nicht auf«, fluchte Pichler. »Mach du das, aber rasch. Und keine Tricks.« Er reichte ihr die Tasche, dabei ließ er die Hand, in der er die Scherbe hielt, sinken.

In dem Moment löste sich ein Schatten aus der Ecke und schnellte auf sie zu. Etwas streifte sie an der Seite. Martha ließ sich nach links fallen, rollte so weit wie möglich weg. Pichler schrie, dumpfe Schläge klatschten. Dann hob sie vorsichtig den Kopf.

»Alles in Ordnung?«, rief ihr Schubert zu und eilte zu den Kämpfenden. Pichler hatte keine Chance. Er blieb unten.

»Schön liegen bleiben«, befahl Schubert. »Auf den Bauch, Beine und Arme spreizen, los.«

Sie konnte den Lauf seiner Waffe erkennen, die auf die Männer am Boden gerichtet war. Arme und Beine entwirrten sich. Einer kroch zu ihr hinüber.

Martha stützte sich auf den Ellbogen. »Hallo, Simon«, sagte sie.

* * *

»Das hätte ins Auge gehen können«, keuchte Jeschek. Er streckte einen Arm aus und fuhr ihr über die Wange. Sein Mund war ganz trocken. »Alles okay?«, brachte er hervor.

Sie blinzelte. »Ich glaube ja. Bist du mir böse?«

Sein Puls raste, wenn auch nicht mehr so arg wie vorher. Seine Hände waren feucht. Die Benommenheit wich, Erleichterung stieg in ihm auf. »Wie kommst du darauf?«

Sie grinste verlegen. »Ich bin zu blöd, um auf zwei zu zählen.«

»Wie meinst du?«

»Schubert hat gesagt, ich soll die zweite Quergasse nehmen. Und was mache ich? Ich biege bei der ersten Gelegenheit ab.«

Er musste lachen. »Lustig war es nicht. Ich habe am Handy mitgehört. Mir ist fast das Herz stehen geblieben, wie ich realisiert habe, dass er dich in seiner Gewalt hat.«

»Ich habe euch nicht hören kommen … kommen hören. Keine quietschenden Reifen, nichts.« Sie tastete nach seiner Hand, ihre Finger verflochten sich.

»Du kennst unsere Wagen nicht. Die würden kaum quietschen, Motor, Kupplung und Bremsen sind in einem jammervollen Zustand. Für einen Knalleffekt wären die Türen noch gut genug, auch wenn sie ausgeleiert sind.« Er schluckte. »Wir haben in gebührender Entfernung das Horn ausgeschaltet, den Wagen stehen lassen und uns angeschlichen«, erzählte Jeschek. »Das mit der Tasche war clever, da wusste ich, er ist abgelenkt. Bist du verletzt?«

Sie löste sich von ihm, betrachtete ihre Hände. »Nein, doch, da ist ja Blut … aber ich habe nichts gespürt.« Sie rieb sich über die Hand, dann griff sie nach seiner linken. »Das ist von dir. Du musst dich an der Flasche geschnitten haben. Habt ihr einen Erste-Hilfe-Kasten im Auto? Ich hole ihn.«

Der Schnitt war glatt, nur eine Fleischwunde. »Nein, geh nicht weg. Es ist so schön, mit dir hier zu sitzen.«

»Du machst vielleicht Witze. Mein Hintern tut weh und mir wird kalt. Und ich habe noch nicht viel gegessen heute.«

Schubert trat zu ihnen. »Ein Arrestantenwagen ist unterwegs, Pichler wird gleich abgeholt. Wir wissen, in welchem Haus er wohnt! Der Mann am Würstelstand kennt ihn vom Sehen und hat es uns gezeigt. Schlüssel haben wir, Küppers will sich gleich in der Wohnung umsehen.«

»Komm, Martha. Auszeit vorbei, vorstellen muss ich euch beide nicht mehr, oder? Martha, das ist Schubert.«

»Wie der Komponist?«

»Ja, genauso, wie der Franz Schubert«, bestätigte Jeschek.

»Sagen Sie bloß, Sie heißen auch Franz.« Martha schaute zu dem Mann hoch.

»Nein, Anton. Toni.«

Martha überlegte. »Anton klingt mehr nach Bruckner.«

»Ob Sie – oder darf ich du sagen?«, vergewisserte sich Schubert. »Ob du das glaubst oder nicht, bei uns im Koat arbeitet noch einer namens Wagner. Jeschek hat keine Manieren, komm, ich helf dir auf.«

»Verhörst du Pichler jetzt gleich?« Martha träufelte Jod über die Wunde. »Stillhalten, nicht herumhampeln.«

»Du sollst nicht mitbekommen, dass ich wehleidig bin«, grinste Jeschek. »Nein, ich will keinen Fremden mehr sehen, nur noch dich.« Er klang komisch verzweifelt. »Ich bin seit über elf Stunden im Dauereinsatz. Morgen habe ich wieder Dienst.«

Martha öffnete eine Packung mit sterilem Wundverband und legte ihn auf seine Hand. »So, den müssen wir noch fixieren, dann kannst du wieder zupacken. Hat er Sally umgebracht?«

Er griff nach ihrem Arm und drückte ihn. »Pichler ist beim Verlassen des Hauses gesehen worden. Hieb- und stichfesten Beweis haben wir noch keinen. Du hast gesagt, du hättest noch nichts gegessen. Magst du denn überhaupt?«

»Ja, warum denn nicht?«

»Hat dir das nicht auf den Magen geschlagen?«

Der knurrte gefährlich. »Nein. Nicht dass ich die Coole spielen will, aber ich habe wirklich Hunger.« Ob sie es ihm beim Essen sagen konnte? Oder doch lieber in einer privateren Atmosphäre?

Sein Handy piepte. Er hob bedauernd die Schultern und antwortete. »Hallo, Brenneis, wir haben Pichler … Ja? Die Freundin von Brandstetter ist ansprechbar? Warum ich? Kann das nicht bis morgen warten? Aha. Ich verstehe. Gib mir die Nummer vom behandelnden Arzt. Moment, ich brauche Stift und Papier.« Er tastete seine Taschen ab.

Martha zog ihr Notizbuch aus der Tasche und reichte es ihm. Er klemmte das Handy zwischen Ohr und Schulter und schrieb mit. »Ja, ich werde ihn umgehend kontaktieren … Nein, morgen, als Erstes in der Früh. Gut, danke.« Er legte auf. »Gibt es nicht ein englisches Sprichwort, wenn es regnet, dann schüttet es? Oder so ähnlich?«

»*When it rains, it pours.* Heißt das, du musst wieder?«

»Nur noch einen Anruf.« Er wählte die Nummer, die er aufgeschrieben hatte, und stieg aus dem Wagen.

Martha sah ihm nach. Wie sollte sie anfangen? *Simon, ich habe Neuigkeiten.* Blödsinn. *Ich muss dir etwas gestehen.* Nein, sie hatte ja nichts verbrochen. *Könntest du dir vorstellen, mit mir ein Kind zu haben?* Zu abgedroschen.

Blaulicht riss sie aus ihren Gedanken. Einer der Wagen, in denen Gefangene transportiert wurden. Küppers und Schubert führten Pichler hin, zwei uniformierte Beamten nahmen ihn in Gewahrsam.

Jeschek hatte sein Gespräch beendet. Mit Küppers und Schubert kam er auf den Wagen zu. Martha stieg aus.

»So, der ist gut versorgt«, sagte Küppers. »Ein glücklicher Zufall, dass du ihm über den Weg gelaufen bist, Martha.« Er schwenkte einen Schlüsselbund. »Die Spurensicherung ist unterwegs, den Bericht hast du morgen, Jeschek. Ah ja, ich habe die Rufliste seines Handys überprüft. Der letzte Anruf war von – erstaunt es uns – der Kanzlei Nemeth. Jede Wette, der hat ihm gesteckt, dass wir hinter ihm her sind. Einen schönen Abend wünsche ich noch.« Er drehte sich um und ging zu dem Haus.

»Das heißt, ich muss den Wagen zurückbringen. Schlimm?« Jeschek strich Martha eine Strähne aus der Stirn.

»Ich werde es aushalten.«

»Vorher fahren wir Schubert zum Kommissariat. Alles einsteigen bitte.«

»Kommt doch mit rein«, sagte Schubert. »Wir feiern den Abschied von einem Kollegen. Einer mehr, der sich frühzeitig pensionieren lässt, den Wirren der Polizeireform den Rücken kehrt. Er hat ein Heurigenbuffet auffahren lassen, das seinesgleichen sucht.«

Jeschek grübelte. »Klingt verlockend, aber wir sind nicht eingeladen. Nein, wir fahren ins Sicherheits–, ich meine, in die KD. Ich habe mehr Mühe, mich daran zu gewöhnen als an den Euro.«

»Ich rechne auch noch immer in Schilling«, meinte Schubert. »Mit oder ohne Einladung, spielt keine Rolle. Das Buffet ist üppig, die Tische biegen sich.«

»Lieber nicht«, winkte Jeschek ab. »Der Dienst diese Woche war überdrüber. Wir hatten kaum ein Privatleben.«

»Dazu haben wir noch genügend Zeit«, sagte Martha. Gleichzeitig schalt sie sich Feigling.

»Na siehst du. Deine Freundin hat volles Verständnis.«

»Nur saufen kann ich nicht«, brummte Jeschek. »Ich habe Gusto auf ein Bier.«

»Ich kann ja fahren«, sagte Martha. »Mir ist nicht nach Alkohol.«

»Da bekommen wir Probleme mit den Dienstvorschriften«, gab Jeschek zu bedenken. Er horchte seinen Worten nach. »Nicht dass du jetzt denkst, laut unseren Vorschriften müsstest du Alkohol trinken. Ich darf dich nicht ans Steuer eines Dienstwagens lassen. Gut, wir strecken kurz den Kopf hinein. Und danach gehen wir ein paar Takte spazieren, einverstanden, Martha?«

Der Wind strich durch die Bäume und wirbelte Blätter über den Weg neben dem Donaukanal. Martha zog ihren Mantel enger um sich. »Dass ihr noch Witze macht. Wie ging der gleich, was ist der Unterschied zwischen der Polizeireform und der Mafia?«

»Die Mafia ist organisiert«, sagte Jeschek matt. »Aber ich kann das Wort Polizeireform nicht mehr hören!«

»Du hast nicht erzählt, wie die mit euch umspringen.«

»Ich wollte es nicht nach Hause tragen. Erst sind die Unbequemen und die von der falschen Partei versetzt und zurückgestuft worden, jetzt kann es jeden treffen.« Er stellte den Kragen seiner Jacke hoch. »Immerhin ist unser neuer Gruppenleiter für Überraschungen gut.« Er erzählte von der Begegnung zwischen Brenneis und Jessy.

»Du hast viel über ihn geschimpft.«

»Ein dreijähriges Madl lächelt ihn an und schon ist er ein anderer Mensch«, musste er zugeben. »Hoffentlich hält das an.«

»Nichts ist nur schwarz oder weiß. Ich bin fähig, jemanden vorzuverurteilen«, flüsterte Martha. »Ich hab mich dumm benommen. Das wollte ich dir seit Tagen sagen, aber du warst nicht zu erreichen.«

»Reden wir darüber.« Er schluckte leer. »Damals hat es wehgetan. Du hast mir nicht zugehört, wolltest mich nicht sehen. So fängt es an aufzuhören. Aneinander vorbeireden, sich eine, zwei Wochen nicht sehen. Plötzlich steht man sich fremd gegenüber.«

Sie blieb stehen. »Ich … war so aufgebracht. Ich habe die Festnahme falsch interpretiert. Dann wollte ich mit dir reden, aber du hast dich nicht gerührt.«

Er nahm sie in die Arme. »Es war so viel los, auf allen Kanälen. Ich kenne dich doch. Ich habe darauf gehofft, dass du die Lage anders beurteilst, nachdem du mitbekommen hast, wie es gelaufen ist.«

»Du hast ihn so hart angefasst, es hat ausgesehen, als wolltest du ihn erdrücken«, brummte sie in sein Hemd.

»Wie ich ihn zu Fall gebracht habe, hat er zu kotzen angefangen. Ich wollte nicht, dass er erstickt.«

Wenigstens in dem Punkt hatte sich Jeschek an die Wahrheit gehalten.

»Hat sich der Mann bei dem Sturz nicht verletzt? So wie der hingeknallt ist, ich dachte, der hat sich sämtliche Knochen gebrochen.« Ihr Blick war argwöhnisch.

Jeschek atmete tief durch. Er musste sich entscheiden. Ihr die ganze Wahrheit sagen oder weiterhin nur die geschönte Fassung anbieten. Nicht nur hier und jetzt. »Hm, ja, es hat einen Zwischenfall gegeben.«

Da war wieder dieses Misstrauen in ihrem Blick. »Zwischenfall?«

Er hob die Schultern. »Du hast ja gesehen, dass die WEGA aufmarschiert ist. Zu dritt haben wir den Gefangenen zum Arrestantenwagen gebracht. Das hätte ich auch alleine geschafft, keine Frage. Aber ich war froh, Unterstützung zu haben. Das mit Hammerl war ein Schock.«

Ihr Ausdruck änderte sich, die Falten verschwanden von ihrer Stirn. »Trotzdem musstest du funktionieren.«

»Was jetzt kommt, wird dir nicht gefallen. Zwei Schritte vor dem Auto holt der eine Kollege aus und zieht dem Afrikaner eins über den Schädel … er ist an die offene Tür geknallt und gestürzt. Dabei hat er sich die Lippe aufgeschlagen und einen Zahn abgebrochen.«

»Das nennst du Zwischenfall?«, rief Martha entsetzt. »Das ist ein Übergriff!«

»Ich hatte ein ungutes Gefühl, habe es kommen sehen … und nicht verhindert. Der Kollege hat schon in der U-Bahn-Station eine Bemerkung gemacht, was er hier und jetzt bekommt, könne ihm keiner mehr nehmen.«

Sie war blass geworden, schloss die Augen. »Und weiter? Was kommt noch?«

»Die von der WEGA sind weggegangen, der Kollege vom Arrest hat die Aktion nicht mitbekommen. Der muss jeden Gefangenen auf seine körperliche Unversehrtheit begutachten. Er hat einen Sanitäter dazugeholt, um die Wunde behandeln zu lassen.«

»Hast du den Weganer gemeldet?«

Er seufzte. »Nein, was hätte das gebracht?«

»Das ist vorsätzliche Körperverletzung!« Sie klang empört.

Jeschek nickte. »Stimmt.«

Sie ließ den Kopf hängen. »Was hast du im Bericht geschrieben?«

»Dass sich der Mann die Verletzungen zugezogen hat, wie ich ihn zu Fall gebracht habe.«

»Dann stimmt es also doch, dass ihr euch gegenseitig deckt.«

»Die Polizei ist eine Solidar- und Gefahrengemeinschaft.« Er zögerte. »Aber sein Verhalten war unverhältnismäßig.«

»Wenigstens gibst du das zu«, flüsterte sie.

»Vielleicht habe ich schon nächste Woche wieder einen Einsatz mit der WEGA. Glaubst du, ich könnte noch auf deren volle Unterstützung zählen, wenn ich einen von ihnen vernadere?«

»Das bedeutet verraten? In ihren Augen wärst du ein Kameradenschwein«, sagte Martha.

»Ich wollte, es wäre anders gelaufen.«

»Es beschäftigt dich also?«

»Ja.«

»Weißt du, wie der Weganer heißt?«

»Weganer? Sind das nicht Außerirdische?«

»Jetzt lenkst du ab«, protestierte Martha. »Kennst du den?«

»Ja, warum?«

»Red mit ihm unter vier Augen. Er könnte es wieder tun.«

Jeschek atmete auf. »Ich werde alles daransetzen, dass er mir zuhört.«

Sie streckte ihm eine Hand entgegen. »Gut. Ich … ich habe mich dir gegenüber auch nicht goldig benommen. Können wir einen Strich darunter ziehen? Einen endgültigen?«

Jeschek nahm ihre Hand, drückte sie. »Die letzten Stunden mit dir waren ein Wechselbad, wie es im Buche steht. Ich war stolz, dass du über Pichler stolperst und ihn durch halb Wien verfolgst. Wie er dich in seiner Gewalt hatte, bin ich fast wahnsinnig geworden. Er hätte dich … nein, ich will nicht darüber nachdenken.« Er nahm ihr Gesicht in seine Hände. »Was mich so sicher macht, kaum hast du so ein Erlebnis hinter dir, kümmerst du dich um den oberflächlichen Schnitt an meiner Hand. Ich kann mir keine andere Frau vorstellen, die so reagiert. Ich will dich nicht verlieren.«

»Und wenn ich wieder falsch abbiege?«, flüsterte sie.

Er lachte. »Selbst wenn du wieder eine Sackgasse erwischst, auch die haben Überraschungen zu bieten. Es müssen ja nicht immer unangenehme sein.« Jeschek hakte sie unter. Martha hing erst etwas steif an seinem Arm, dann lockerte sie sich. Nach einer Weile sprach er weiter. »Eine habe ich bereits im Ärmel, die muss ich jetzt hervorziehen. Aber es ist wichtig, dass du ehrlich bist.«

»Ich werde die Wahrheit sagen und nichts als die Wahrheit. Eigentlich wollte ich … na gut, du zuerst.«

Er kratzte sich am Kinn. »Gestern hat Irmgard mich angerufen, ich bin hingefahren.«

»Ist was mit Alex?«

»Ja und nein.« Jeschek räusperte sich. »Unsere Teamfähigkeit wird in allernächster Zukunft noch mehr gefordert.«

Das war genau der Anfang, nach dem Martha gesucht hatte.

»Sofern du mitmachst. Es ist ein Attentat, das –«

Sie drückte seinen Arm. »Was du vorhin gesagt hast, stimmt auch für mich. Auch das mit der Teamfähigkeit. Ich meine, dass sie noch mehr gefordert wird. Unser Leben wird sich ziemlich verändern. Wenn du das auch willst.«

Er schaute sie überrascht an. »Hat Irmgard dich angerufen?«

»Nein, warum? Das hat sie noch nie getan.«

»Sie macht sich natürlich Gedanken, ob du einverstanden bist.«

Martha blieb verständnislos stehen. »Ich habe seit Wochen nicht mit ihr geredet. Warum sollte sie …?« Sie legte den Kopf zur Seite und schielte zu Jeschek hoch. »Habe ich dich nicht ausreden lassen?«

Er klemmte ihre Nase zwischen Zeige- und Mittelfinger. »Schreib es dir hinter die Ohren, du sollst mich immer ausreden lassen.«

»Nützt nichts, da kann ich es nicht nachlesen«, sagte sie bedauernd.

Er lachte, drückte sie an sich. »Deine Logik ist bestechend. Du weißt, dass meine Ex-Frau für eine Firma arbeitet, die Ferienclubs in der ganzen Welt betreut. Sie hat ein Angebot, vor Ort einen neuen Club aufzubauen. Auf den Bahamas. Sie könnte Alex mitnehmen, vielleicht findet sie eine Schule für ihn. Aber sie kann ihn nicht dauernd beaufsichtigen. Sie hat mich gefragt, ob er bei uns wohnen könnte. Fühl dich bloß nicht im Zugzwang. Irmgard würde auf das Projekt verzichten, wenn sie nicht die Gewissheit hat, dass Alex in einer gewohnten Umgebung bleibt.«

»Wann fährt sie weg?«

Er seufzte. »Mitte Jänner. Sie muss sich bis Ende nächster Woche entscheiden. Ich war etwas überrumpelt, aber Alex ist mein Sohn.«

Martha schluckte. »Ich meine, sie sollte nicht auf so eine Gelegenheit verzichten. Klar mache ich mit.«

»Ich werde versuchen, die regulären Dienstzeiten einzuhalten.«

»Versuchen ist schon viel. Es ist nur …« Sie zögerte.

»Was bedeutet dieses Nur?« Er klang verunsichert.

Sie holte tief Luft. »Weil ich auch eine Neuigkeit habe, die mit Familienvergrößerung zu tun hat.«

Er war völlig ahnungslos. »Und wie soll das gehen?«

»Einen allgemein üblichen Weg. Du bist ein Mann, ich eine Frau … Wir schlafen miteinander …« Sie machte eine Pause. Jeschek zeigte keinerlei Reaktion. »Schau, ich … ich habe geglaubt, was mir die Ärzte gesagt haben. Und jetzt bin ich … schwanger … wahrscheinlich.«

Er schnappte nach Luft. »Du bist schwanger … von mir?«, stotterte er endlich.

»Von wem denn sonst! Muss ein Schock für dich sein. Für mich war es auch einer, das kannst du mir glauben.« Martha traute sich kaum zu atmen. »Ich habe nicht viel geschlafen die letzten Tage … Nächte. Ich war mir erst nicht sicher, ob ich das Kind überhaupt will.«

»Und jetzt?«, keuchte er.

»Jetzt ja. Ohne Vorbehalte. So, jetzt ist es raus. Nächste Woche habe ich die erste Ultraschalluntersuchung, dann habe ich, haben wir Gewissheit.«

Er wirkte verwirrt, ungläubig, machte den Mund auf und zu wie ein Fisch. »Wann?«, brachte er knapp heraus.

»Montag, fünfzehn Uhr.«

Er ruderte mit den Armen durch die Luft. »Dass es nicht so schnell geht, ist mir bekannt. Also, wann wann wann?«

»Das habe ich dir vor zwei Sekunden gesagt, Montag …«

»Nicht die Untersuchung, wann bekommst du, bekommen wir. Wann kommt unser Baby?«

»Im Allgemeinen dauert es neun Monate. Nach meinen Berechnungen ist es in der zweiten Julihälfte so weit.«

»Wahnsinn. Ich habe mir immer zwei Kinder gewünscht, mindestens.«

Martha versuchte, einen Schritt zu ihm hin zu machen, aber ihre Beine waren wie angenagelt.

»Und Montag, kann ich … mitkommen?«, fragte Jeschek mit belegter Stimme.

»Zu dem Arzttermin?«

»Ja, freilich. Wir werden doch alle drei … zusammen bleiben, oder?«

Sie senkte den Kopf. »Das wäre schön.«

Er trat zu ihr und legte sein Gesicht in ihr Haar. »Wir sind schwanger! Wir beide werden Eltern.«

Sie fühlte etwas Warmes, Feuchtes auf ihrem Kopf. Ihm liefen Tränen über das Gesicht.

Er hob sie hoch und wirbelte sie herum. »Oh Entschuldigung, Schwangeren wird immerzu übel. Dir auch?« Er ließ sie vorsichtig zu Boden gleiten.

Sie legte ihr Gesicht an seine Schulter. »Nein. Ich fühle mich …

anders.« Dann grinste sie. »Ausgerechnet einer von der WEGA hat mich darauf gebracht, dass ich schwanger sein könnte! Er hat gesagt, ich erinnere ihn an seine Frau, die erwartet ihr Drittes.«

»Er hat ein Kind mehr Erfahrung als ich. Komm, wir gehen nach Hause.«

***

Hammerl rückte sein Polster zurecht. Irgendwie fand er den Kniff nicht. Er lehnte sich zurück, richtete sich wieder auf und boxte hinein. »Ich halt es nicht mehr aus im Bett. Komm, Martha, wir gehen ein paar Schritte.«

Als sie in den Gang traten, kam Jeschek aus dem Lift. »Wollt ihr beide durchbrennen?«

»Wie hast du das erraten?«, fragte Hammerl. »Schau an, Jeschek, du leuchtest ja förmlich.«

»Ich hoffe, ich kann euch anstecken. Gibt es in der Nähe ein Lokal?«

»Zum Heurigen darf ich noch nicht«, jammerte Hammerl. »Setzen wir uns dort ans Fenster, da sind wir schön unter uns. Und es gibt einen Getränkeautomaten.«

»Mit Champagner? Den hätten wir uns verdient, aber wir nehmen Rücksicht auf dich, Hammerl, und begnügen uns mit Mineralwasser.

»Und worauf stoßen wir an?«, fragte Martha.

Jeschek zog eine Flasche aus dem Automaten und öffnete sie. Er beugte sich zu ihr hinunter und drückte seinen Mund an ihr Ohr. »Ich wusste nicht, wie scheinheilig du sein kannst«, flüsterte er.

»Du kitzelst«, lachte sie. Sie hatten ausgemacht, erst nach dem Arzttermin anderen von der Schwangerschaft zu erzählen. »Jetzt spann uns nicht länger auf die Folter. Hast du Pichler verhört?«

»Der Fall ist gelöst.« Jeschek nahm einen großen Schluck. »Brandstetter und Pichler sind seit ihrer Schulzeit dicke Freunde. Sobald das feststand, lief alles wie am Schnürchen. Wir haben keine Stunde gebraucht, ihren ehemaligen Klassenlehrer aufzutreiben, der hat uns einige Gschichtln erzählt. Brandstetter, Kaspar wohlgemerkt, war der Kopf, hat die Fäden gezogen. Er ist der Machatschek, Pichler seine Marionette. Sie haben jüngeren Schülern die Jausenbrote weggenommen und gegen Bezahlung zurückgegeben. Brandstetter senior hat immer wieder verhindert, dass sie angezeigt werden. Beide sind behördlich nie aufgefallen.«

»Wie haben sie es zu Drogen geschafft?« Hammerl beugte sich vor.

Jeschek wischte sich über den Mund. »Brandstetter junior begann früh mit Drogen zu experimentieren. Hasch, Tabletten, Kokain, Ecstasy, die ganze Palette. Sein Vater hat ihm auf die Finger gehauen. Aber es hat den Alten auf die Idee gebracht, damit Geld zu machen. Wie das im Einzelnen gelaufen ist, wissen wir noch nicht. Der Spediteur hat seinen Sohn überredet, statt Drogen zu konsumieren lieber damit zu handeln. Junior hat seinen Spezi eingeweiht und ihm den Großteil der Arbeit aufgeladen. Er selber hat sich darauf beschränkt, ein paar Bekannte in Clubs und Nachtlokalen zu beliefern.«

»Hat Pichler nur zum Schein für die Reinigungsfirma gearbeitet?«, fragte Hammerl.

»Zuerst nicht. Sein Leben war nie so behütet wie das von Brandstetter. Er hat da und dort gejobbt.«

»Wie konnte ich nur glauben, er sei Polizist?«, sagte Martha nachdenklich. »Hat er dort Sally getroffen?«

»Genau. Sie wurden ein Paar. Er hat gemerkt, dass sie einem Nebenverdienst nicht abgeneigt ist. Sie hatte Zugang zum Wagen eines Diplomaten, ein optimales Transportmittel.«

»Trevors Wagen«, sagte Martha. »Der nimmt es schwer. Glaubt, er sei mitschuldig an der Geschichte.«

»Seine Hilfsbereitschaft ist ausgenutzt worden.«

»Was für mich noch nicht zusammenpasst, warum hat Kilele Pichler am Gürtel aufgelauert? Hat der im Straßenhandel mitgemischt?«, wunderte sich Hammerl.

»Er hat Kunden, denen er die Ware dort übergibt.« Jeschek trank aus und stellte die Flasche weg. »Usiku hat einen Teil der letzten Lieferung unterschlagen. Sie wusste Namen und Nummern von ein paar seiner Käufer. Sie hat ihm damit gedroht, ihn auffliegen zu lassen, ihn zudem beschimpft, er sei kein guter Liebhaber gewesen. Da hat er rotgesehen.«

Martha verspürte ein flaues Gefühl im Magen. »Ich habe einen Mörder durch halb Wien verfolgt.«

»Du wirst blass. Ist das ein verzögerter Schock?«

»Wahrscheinlich«, japste sie. »Erzähl weiter, das lenkt ab.«

Jeschek rieb ihren Rücken. »Brandstetter ist bis jetzt stur geblieben. Pichler hat gestanden, wir haben zwei hieb- und stichfeste Sachbeweise. Die Spurensicherung hat in seiner Wohnung Usikus Handy gefunden und Flaum von Sallys Tuchenten sichergestellt.«

»Wie ich zum ersten Mal über das Wort gestolpert bin, habe ich Tuch-Enten gelesen, ich wusste nicht, dass es eine Bettdecke ist«, grinste Martha.

Jeschek lachte mit. »Die Kollegen haben die Federn in den Umschlägen seiner Hose gefunden! Man weiß nie, wozu eine Mode gut sein kann«, grinste er.

»Eines verstehe ich nicht«, sagte Hammerl. »Brandstetter senior. Der ist immer noch in der Türkei. Hat er geahnt, dass er Schwierigkeiten bekommt?«

»Vermutlich. Es kommt ein verzweifelter Anruf vom Herrn Sohn, er hat eine Frau überfahren. Er könne die Schuld auf die Beifahrerin schieben, die habe er unter Kontrolle. Der Vater befürchtet, das Wiener Pflaster könnte für ihn zu heiß werden. Er wartet ab, dehnt seinen Urlaub aus. Mittlerweile weiß er genau, was sich zugetragen hat. Der Anwalt hat ihn laufend darüber informiert. Der Spediteur bleibt bei seinen Hintermännern, wird selber zu einem. Küppers ist trotzdem zuversichtlich, dass er früher oder später an ihn rankommt. Unser Verbindungsbeamter in der Türkei und die Interpol sind dabei, sich über die Firmen schlau zu machen, mit denen er zusammenarbeitet.«

»Und die Frau, die ihr gefunden habt?« Martha sah ihn an.

»Sonja Rasumofsky liegt nur ein paar Stockwerke weiter unten. Ich war vorhin bei ihr. Sie schwört, den Wagen nicht gefahren zu haben, Kaspar Brandstetter hätte sie nie ans Steuer gelassen. An viel mehr kann sie sich nicht erinnern, nur, wie die beiden sauberen Herrn sie auf das Firmengelände gebracht haben.«

»Dass sie unter diesen Umständen überlebt hat, erstaunt mich.« Martha setzte sich gerade hin. »Was hatten die beiden mit ihr vor? Sie konnten sie ja nicht auf alle Ewigkeit dort verstecken? Pichler hat schon einen Menschen getötet, er …«

»… hätte somit weniger Hemmungen, es ein zweites Mal zu tun?«, ergänzte Hammerl den Satz. »Nicht unbedingt.«

»Pichler war überzeugt, dass man ihn nicht mit Usiku in Verbindung bringt. Sie hatten keine gemeinsamen Bekannten, zur Sicherheit hat er ihr Handy und ihr Adressbuch mitgenommen«, sagte Jeschek. »Rasumofskys Freundschaft mit Brandstetter, davon wussten viele. Übrigens, ob Nemeth die beiden weiterhin verteidigt, ist noch in der Schwebe. Es kann sein, dass die Ermittlungen auf ihn ausgedehnt werden.«

»Du hast erzählt, dass er mit seiner Bekanntschaft mit Raschauer herumprahlt? Das kann ja heiter werden«, meinte Hammerl und lehnte sich gemütlich zurück. »Immerhin weiß ich jetzt, dass Jeschek eine Sache auch ohne mich durchziehen kann. In Zukunft verzichte ich auf Überstunden, verlasse pünktlich um halb vier das Büro und kümmere mich mehr um mein Privatleben.«

»An deinem ersten Arbeitstag, von mir aus. Da hast du Schonzeit. Danach …« Jeschek machte eine unbestimmte Handbewegung. »Das mit mehr Privatleben habe ich eigentlich mir vorgenommen.«

»Ich habe es zuerst gesagt.«

»Am besten, ihr wechselt euch ab«, schaltete sich Martha ein. »Simon macht Dienst nach Vorschrift an den geraden Tagen, du, Hans, an den ungeraden.«

Hammerl lachte. »Schlau, Martha, sehr schlau, es gibt weniger gerade Tage als ungerade.«

»Du hast mich durchschaut. Darf ich Caleb und Rebecca anrufen? Martha schaute Jeschek fragend an und stand auf. »Caleb hat mich in der Früh angerufen. Kilele ist gestern zu ihnen zurückgekommen.«

»Er war wieder verschwunden?«, fragte Jeschek scharf. »Ich habe vorhin mit ihm telefoniert.«

»Er hat sich um Arbeit bemüht, beim *Augustin,* der Obdachlosenzeitung. Dort ist er sich vorstellen gegangen. Warum wirst du blass? Auch verzögerter Schock?«, erkundigte sich Martha.

»Kann man sagen. Ich muss mit ihm zur Fremdenpolizei. Ich habe einen Antrag für eine vorläufige Aufenthaltsgenehmigung gestellt. Die schriftliche Ausfertigung ist noch nicht fertig, wir können ein Schreiben als vorläufige Bestätigung abholen.«

Martha grinste. »Heißt das, er kann hier bleiben? Amtsdeutsch beherrsche ich immer noch nicht.«

»Gut übersetzt«, bestätigte Hammerl. »Hat er den Job bekommen?«

»Weiß er erst nächste Woche«, sagte Martha. »Genau gesehen ist Kilele immer noch ein Illegaler, und mein Freund versteckt ihn? Ich kann es nicht fassen.«

Jeschek strich ihr über den Arm. »Kilele ist Zeuge in einem Mordfall, bis zum Prozess bleibt er hier. Danach sehen wir weiter. Ich würde es ihm gönnen, wenn das mit der Zeitung klappt. Auch wenn er damit rechnen muss, auf Drogen angesprochen zu werden. Sowohl von Passanten wie von unserem Verein.«

Hammerl spielte mit dem Gürtel seines Bademantels. »Der bei unserer U-Bahn-Station hat einen guten Schmäh drauf. Er hat erzählt, sie hätten eine Art Ehrenkodex. Wenn einer von ihnen dealt, leidet das gesamte Projekt.«

Martha durchsuchte ihre Taschen. »Ich habe das Handy vergessen. Es hängt immer noch am Ladegerät.«

»Du kannst das Telefon in meinem Zimmer benützen«, schlug Hammerl vor.

»Wollt ihr mich loswerden«, fragte Martha.

»Nicht doch«, beruhigte Jeschek. »Lass die Juas grüßen. Und komm bald wieder!«

Die Wärme in seinem Blick ließ ihr Herz höher schlagen. »So schnell ich kann.«